KB160133

불멸의 문장

이 도서의 국립중앙도서관 출판예정도서목록(CIP)은 서지정보유통지원시스템 홈페이지
(http://seoji.nl.go.kr)와 국가자료공동목록시스템(http://www.nl.go.kr/kolisnet)에서
이용하실 수 있습니다. (CIP제어번호 : CIP2017007748)

불멸의
문장

《위대한 개츠비》에서 《안나 카레니나》까지

주옥 같은 고전 명작 64편에 담긴

우리 삶과 이 세상을 바라보는 방식

박정태 지음

굿모닝북스

천재들이 엿본 우리 인생의 비밀

나는 고래를 알지 못한다. 절대로 알 수 없다.
고래의 꼬리조차 알지 못하는데, 그 머리를 어찌 알겠는가?
하물며 그 얼굴은, 있지도 않은 그 얼굴에 대해선 알 턱이 없다.
고래는 말할 것이다. 너는 내 등이나 꼬리는 보았겠지만
내 얼굴은 못 보았을 것이라고.
그러나 실은 그 등에 대해서도 제대로 이야기할 수 없고,
그 얼굴에 대해선 무슨 암시가 있더라도
고래에겐 얼굴이 없다고 다시 말할 것이다.

_허먼 멜빌 《모비딕》

그날 오후 친구 K와 나는 호수공원을 한 바퀴 달리고 난 다음 내 작은 오피스텔에서 한숨을 돌리고 있었다. 내가 글을 쓰는 집필실이자 책도 읽고 음악도 듣고 때로는 와인도 마시는 공간인 그곳에서 K는 말없이 서가에 꽂혀 있는 책들만 꺼내보곤 했다. 글렌 굴드가 연주하는 바흐의 피아노곡이 오디오에서 흘러나오는 동안 나는 창 밖으로 해질 무렵의 풍경을 바라보며 한가로이 시원한 캔맥주를 들이키고 있었고, K는 골똘히 뭔가를 생각하고 있었다.

그도 그럴 것이 바로 얼마 전 K는 인사이동으로 새로운 자리에 발령받은 터였다. 그로서는 20년 넘는 기자생활에서 주간지가 처음이었고, 게다가 편집국장까지 맡았으니 본디 일 욕심과 의욕이 넘치는 성격상 생각이 많을 수밖에 없었다. K는 특별한 기획을 준비하고 있다고 했다. 매거진 형태의 차별화된 '고급' 지면을 만드는데, 여기에 맞는 '품격 있는' 기사가 필요하다는 것이었다.

그때 나는 이미 맥주를 몇 캔이나 마신 다음이었고, 붉은 노을을 바라보며 한껏 감상에 취해 있었다. "*Chance and chance alone has a message for us.*" 친구는 물끄러미 나를 돌아보았고, 나는 서가에 꽂혀 있는 《참을 수 없는 존재의 가벼움》을 가리켰다. "오로지 우연만이 계시처럼 다가오는 법이지." 아마도 이때쯤 오디오에서는 쇼팽의 녹턴이 흘러나오고 있었던 것 같은데, 그래서였는지 나는 내 '18번'을 한 번 더 읊조렸다. "*At his lips' touch she blossomed for him like a flower and the incarnation was complete.*"

《위대한 개츠비》에 나오는 이 문장처럼, 잘 쓰여진 책 한 권을 읽는 것은 첫 키스와 같다. "그의 입술에 닿자 그녀는 한 송이 꽃처럼 피어났고, 그는 새로이 태어났다." 개츠비가 데이지와 처음 입맞춤했을 때의 그 기억을 잊지 못하듯이, 훌륭한 고전 한 편을 읽으면서 느꼈던 감흥은 세월이 지나도 잊혀지지 않는다. 아니 세월이 흐를수록 더 또렷하게 뇌리에 남아있다.

소설이나 시를 쓰는 작가들은, 특히 뛰어난 작가일수록 우리 인생의 결정적인 순간들을 포착해 그것을 작품화한다고 많은 사람들은 생각한다. 일견 그럴듯하지만 그것만으로는 부족하다. 내가 보기에 진짜 중요한 것은, 대부분의 사람들이 흘려버리거나 놓쳐버리고 마는 삶의 비밀들을 천재적인 작가들은 살짝, 적어도 어렴풋이나마 보았다는 것이다. 그 충격과 느낌, 거기에다 자신의 경험과 감상을 녹여내 멋진 글로 옮겨내면 탁월한 작품이 되는 것이다.

우리가 훌륭한 문학 작품을 읽는 이유는 이처럼 '작가가 힐끗 엿본 인생의 비밀'을 깨닫기 위함이다. 물론 다 볼 수도 없고, 다 보여주지도 않는다. 작가는 그저 자신이 들여다 본 것, 잠깐 스치듯 떠오른 것만 글로 옮길 수 있을 뿐이다. 그 정도뿐이라 해도 우리는 소설 한 편을 읽으면서 문득 그것을 깨닫고 거기에서 감동과 영감을 얻는 것이다.

대실 해밋은 《몰타의 매》에서 이 순간을 아주 멋지게 표현했다. "*He felt like somebody had taken the lid off life and let him see the works.*"(누군가 인생의 어두운 문을 열고 그 안을 보여준 것 같았다.) 그런가 하면 조셉 콘래드는 《암흑의 핵심》에서 그 비밀을 아주 멋지게 풀어놓는다. "*Droll thing life is—that mysterious arrangement of merciless logic for a futile purpose.*"(인생이란 우스운 것, 부질없는 목적을 위해 무자비한 논리를 불가사의하게 배열해놓은 게 인생이라고.) 대문호 셰익스피어가 《맥베스》에서 들려주는 이 유명한 대사는 또 어떤가. "*Life's but a walking shadow. It is a tale told by an idiot, full of sound and fury signifying nothing.*" (인생이란 그림자가 걷는 것, 백치가 지껄이는 이야기 같은 것, 소음과 광기 가득하나 의미는 전혀 없네.)

하지만 문득 찾아오는 깨달음이 그렇듯 우리 삶의 신비 역시 인간의 언어로는 제대로 다 옮길 수가 없다. 그래서 상징과 은유가 필요한 것이고, 우리는 베일 속에 감춰진 어렴풋한 윤곽만이라도 겨우 알아채는 것이다. 《선과 모터사이클 관리술》에 나오는 이 문장처럼. "*It's the sides of the mountain which sustain life, not the top.*"(삶을 지탱하고 있는 것은 산비탈들이지 산꼭대기가 아니다.) 《노인과 바다》의 이 문장은 차라리 매혹적이다. "*A man can be destroyed but not defeated.*"(인간은 파괴되어 죽을 수는 있지만 패배할 수는 없는 거야.) 허먼 멜빌은 《모비딕》에서 스타벅의 입을 빌어 이렇게 말한다. "*Old man of oceans! Of all this fiery life of thine, what will at length remain but one little heap of ashes!*"(바다의 노인이여! 당신의 이 불 같은 생애도 끝내는 한 줌의 재 외에 무엇을 남기겠는가!)

아무리 고전 명작이라 해도, 긴 시간 동안 그것을 읽는다고 해서 어떤 현실적인 필요가 충족되는 것은 아니다. 가령 소설을 읽음으로써 돈을 더 벌 수 있다든가 생산성이 배가된다든가 하는 일은 가능하지도 않고 있을 수도 없다. 그럼에도 불구하고 많은 사람들이 고전을 읽는 이유는 일차적으로는 작가가 풀어놓는 이야기가 재미있기 때문이기도 하지만 실은 독자들 내면에 말할 수 없는 '앎에의 열정' 같은 것이 있기 때문이다. 앞서 말했던 '작가가 힐끗 엿본 인생의 비밀'을 알고 싶어서다.

살아가는 방법을 다 배우고 나서 인생을 시작하는 사람은 없다. 어쩌면 죽는 순간에야 비로소 약간의 깨달음이라도 얻으면 다행일지 모른다. 한 편의 소설을 읽는다는 것은 온전한 삶을 살아가기 위해, 단 한 번뿐인 내 인생을 어떻게 살아갈 것인지 그 해답을 구하기 위해 선택한 작은 노력일 수 있다. 한 권의 책에는 수많은 삶이 들어있고, 우리는 그것을 읽으면서 어떤 식으로 살아갈 것인지 고민해볼 수 있으니 말이다.

내가 이야기를 마쳤을 때는 사위가 이미 어두워진 다음이었다. 그리고 그 몇 주 뒤부터 친구 K가 말한 새로운 형식의 매거진에 '박정태의 고전 속 불멸의 문장과 작가'라는 제목의 칼럼이 격주로 실리기 시작했다. 그렇게 해서 3년 가까이 쓴 글을 묶은 것이 이 책인데, 다만 그때는 지면의 제약으로 무조건 한 편에 200자 원고지 12매로 한정했던 것을 이번에 수정하고 가필하면서 좀더 늘렸다.

　나는 여기에 수록된 작품들을 문학적으로 혹은 평론가의 시각으로 분석한다거나, 문장과 단어들이 갖고 있는 숨은 의미 내지는 상징성을 밝혀내기 위해 이 글을 쓴 것이 아니다. 나는 단지 작가들이 자신의 작품을 통해 독자들에게 이야기하고자 했던, 어쩌면 자기도 모르게 말할 수밖에 없었던 '인생의 풀 수 없는 수수께끼'들을 가능한 한 있는 그대로 전달하려고 했다. 다시 말하지만 내가 이 책을 쓴 목적은 '작가가 흘끗 엿본 인생의 비밀'과 내가 그것을 읽으며 느꼈던 감흥을 글로 옮겨놓는 것이었다.

　연재가 이어지는 동안 나는 무척이나 즐거웠다. 적어도 2주에 한 번씩은 밤새 책 한 권을 다 읽고는, 시대를 대표하는 천재들이 들려주는 우리 삶의 경이로움을 알아냈다는 생각에 가슴 뿌듯한 기쁨을 얻고는 했으니까. 나는 그것으로 충분하다고 생각했다. 그런데 어느덧 다시 3년의 세월이 흘러 그것들을 한 권의 책으로 묶어 세상에 내놓게 됐다. 인생은 그런 것이다. 함께 살아가는 이들에게 감사하라.

차례

봄

어느 날 문득 찾아온 깨달음

어느 날 문득 찾아온 깨달음

■ 안나 카레니나

Anna Karenina / Lev Nikolayevich Tolstoi

What am I? Where am I? And why am I here?

나는 대체 무엇인가? 나는 어디에 있는가? 무엇 때문에 여기 있는가?

레프 니콜라예비치 톨스토이(1828~1910) 표도르 도스토예프스키와 더불어 러시아를 대표하는 대문호. 카잔 대학에서 철학과 법학을 공부했으나 대학생활에 회의를 느끼고 중퇴한 뒤 형의 권유로 군대에 입대했다. 포병대 장교로 근무하며 문학 활동을 시작해 처녀작 《유년시절》(1852)을 발표했다. 《전쟁과 평화》 《참회록》 등 평생 90권의 저작을 남겼다.

행복이란 순간순간 삶의 의미를 느끼는 것

톨스토이는 나이 쉰을 경계로 그 이전과 그 이후로 나뉜다. 쉰 살 이전의 톨스토이가 위대한 작가라면 쉰 살 이후의 톨스토이는 위대한 교사다. 부유한 백작 가문 출신으로 자신보다 열여섯 살이나 어린 예쁜 신부를 얻어 자기 소유의 영지 야스나야 폴랴나에서 자유롭게 창작 활동을 하며 살던 사람이 갑자기 변해 죽을 때까지 인간의 운명과 인류의 고통을 생각하며 오직 양심에 따라서만 산 것이다.

아무리 지천명知天命의 나이라지만 그에게 대체 무슨 일이 있었던 걸까? 슈테판 츠바이크의 말처럼 "거대한 허무"를 본 것일까? 그러니까 인간 내면의 저 어두운 밑바닥을 들여다보고 죽음을 의식하게 된 것일까? 그가 우리나이 오십에 완성한 《안나 카레니나》를 읽으면 그 즈음 그가 무슨 생각을 했는지 작은 단서를 얻을 수 있다.

저 유명한 소설의 첫 문장이다. "모든 행복한 가정은 서로 엇비슷하지만 불행한 가정은 그 불행한 모양이 저마다 다르다." 소설은 안나의 오빠 오블론스키의 외도로 인해 엉망이 된 집안 이야기로 시작된다. 불행한 가정이다. 그리고 오빠와 올케언니 돌리를 화해시키기 위해 안나가 상트페테르부르크를 떠나 모스크바에 도착한다. 성실한 남편과 사랑스러운 아들, 매혹적인 외모까지 갖춘 안나는 아주 행복하게 보인다.

그런데 다들 알다시피 안나는 불륜을 저지르고 괴로워하다 종국에는 기차에 몸을 던져 자살한다. 안나를 사랑했던 매력적인 청년 장교 브론스키도 죄책감에 시달리다 죽음을 향해 전쟁터로 떠난다. 반면 바람둥이 남편으로 인해 고민하던 돌리, 안나에게 사랑하는 연인을 빼앗겼던 키티, 브론스키로 인해 실연의 아픔을 겪었던 레빈은 이따금 고만고만한 행복을 발견하며 살아간다.

행복에 대한 톨스토이의 생각은 《안나 카레니나》 곳곳에서 드러나는데 내가 제일 좋아하는, 레빈이 풀베기하는 장면을 보자. 레빈은 '지주 나리'지만 농부들과 호흡을 맞춰 온몸에 땀을 적신다. 그는 하느님이 주신 하루를, 힘을 노동에 바친다. 보수는 땀방울 그 자체에 있다고 느낀다. 자신의 노동이 누구를 위한 것인지, 그 결과가 어떨지는 생각할 필요도 없다. 그저 온몸을 적신 땀이 시원함을 가져다 주고, 휴식시간에 마시는 미지근한 물 한 모금의 달콤함이면 충분하다. 그는 심지어 풀을 베면서 무아지경에 빠져들 정도다.

"그럴 때는 손이 낫을 휘두르는 것이 아니라 낫 자체가 생명으로 가득 찬 육체를 움직이고 있는 것 같았다. 마술에 걸리기라도 한 것처럼 일에 대해서는 아무 생각도 하지 않는데도 일이 저절로 정확하고 정교하게 되어가는 것이었다. 그런 때가 가장 행복한 순간이었다."

행복이란 이처럼 그저 순간순간 삶의 의미를 느끼는 것이다. 소설 속 등장인물들은 모두가 행복해지길 원하지만 행복은 인생의 목표도 아니고 목적지도 될 수 없다. 돈도 명성도 심지어는 사랑하는 사람과의 결혼도 행복을 가져다 주지 못한다. 완벽을 바랄수록 오히려 만족할 수 없는 것과 같은 이치다.

대저택에서 마음껏 사치를 부리며 자신만을 사랑하는 젊은 애인과의 로맨스를 즐기는 안나, 그녀는 전혀 행복하지 않다. 사람들의 따가운 시선이나 이혼 문제는 둘째치고 몸이 불까 봐 임신도 하지 못한다. 애인의 사랑이 식은 것 같아 밤에는 모르핀이 없으면 잠을 이룰 수 없다. 끊임없이 질투의 상념에 시달리며 애인을 달달 볶는다. 그녀의 질투가 자신에 대한 사랑 때문임을 알고 있는 브론스키조차 두려워할 정도다. 그 역시 행복하지 않다.

"대체 몇 번이나 그는 그녀의 사랑이 곧 행복이라고 생각해 왔던가. 실제로 그녀는 그를 사랑하고 있다. 그러나 그녀의 뒤를 따라 모스크바를 떠났던 무렵과 비교하면 그런 행복과는 아주 멀어져 있다. 그때 그는 자기가 불행하다고 여기고 있었지만 어쨌든 앞날의 행복을 응시하고 있었다. 그러나 지금에 와서 그는 최상의 행복이 이미 지나가 버렸다는 생각이 자꾸 들었다. 그녀는 그가 처음 보았을 무렵과는 완전히 달라졌다. 정신적으로나 육체적으로나 그녀는 나쁜 쪽으로 변해 있었다."

반면 키티와 돌리는 안나에 비해 모든 면에서 부족하지만 행복을 느낀다. 키티는 자기 젖이 띵띵 붓자 아기가 배고플 것임을 알아차린다. 그리고 마음씨 착한 남편을 생각하며 아이에게 말한다. "그래, 아가야 너도 그저 아버지 같은, 그런 사람이 되어야 한다!" 세상에, 이런 말을 할 정도면 진짜 행복한 것이다.

《안나 카레니나》는 사실 여주인공 안나의 비극적인 죽음으로 끝나는 연애소설이 아니다. 안나는 제7부에서 자살하지만 번역본으로 100페이지가 넘는 제8부가 이어진 다음에야 소설은 끝난다. 잡지에 연재될 당시 삭제됐다가 톨스토이가 책으로 내면서 다시 쓴 마지막 부분은 그래서 다소 지루하더라도 꼭 집중해서 읽어야 한다.

호밀을 타작하러 먼 마을에서 온 가난한 농부 표도르는 레빈에게 사람들이 살아가는 방법에 대해 이야기해준다. 어떤 사람은 그저 자기 욕심만으로, 제 배때기에다 처넣기 위해서만 살고 있고, 어떤 사람은 영혼을 위해, 늘 하느님을 기억하며 살아가고 있다고 말이다. 레빈은 비로소 깨닫는다. 지금까지 그가 믿어왔던 사실, 그러니까 "인간이란 모두 이성을 가진 존재로서 자기 뱃속을 채우지 않고서는 살아갈 수 없다"는 말은 결코 선善일 수 없다는 점을 이해하게 된 것이다.

제 배를 채우기 위해 사는 삶은 옳지 않은 것이다. 그것이 바로 어떻게 살아가야 할 것인가에 대한 해답이다. 그렇다고 이것을 이성으로 설명할 수는 없다. 선은 이성을 초월해 있고, 아무런 원인도 결과도 없으니까. 만약 선이 어떤 이유를 갖고 있다면 더 이상 선이 아니다. 또한 선에 어떤 결과나 보수가 따른다면 그것 역시 선이 아니다. 레빈은 마침내 진리를 발견한다.

"나는 그것을 알고 있다. 우리가 모두 아는 것이다. 그런데 나는 기적을 찾아 다니며 나를 이해시킬 기적을 만나지 못한 것을 안타깝게 생각해왔다. 그러나 이것이 바로 기적이 아닌가. 유일하게 가능한, 언제나 존재하고 사방에서 나를 둘러싸는 기적, 그것을 나는 알아채지 못했던 것이다."

다시 돌아가 안나의 마지막 모습을 보자. 그녀는 브론스키의 사랑이 처음부터 허영에 불과했다고 느낀다. 그가 자신을 사랑하지도 않으면서 단지 의무감에서 사랑하는 척해주는 것은 참을 수 없다. 그녀는 자신을 괴롭히는 누군가를 향해 으르대며 외친다. "이제 더는 너 따위가 날 괴롭히게 놔두지 않겠어. 아아, 나는 어디로 가야 하지?"

그리고는 화물차의 차대 밑으로 몸을 던진다. 기차가 덮쳐오는 최후의 순간 그녀는 오싹한 공포를 느끼며 묻는다. "여긴 어디지? 난 뭘 하는 걸까? 무엇 때문에?" 그리고는 "하느님, 모든 것을 용서해주십시오!"라고 중얼거리면서 생에 마침표를 찍는다.

그런데 작가의 분신이라고 할 수 있는 레빈 역시 똑같은 질문을 끊임없이 던진다. "나는 대체 무엇인가? 나는 어디에 있는가? 무엇 때문에 나는 여기 있는가?" 레빈은 자살 충동까지 느끼지만 마침내 인생이 무엇이고 행복이 어디에 있는지 조금씩 깨달아간다. 그에게 이것은 특별한 믿음 때문도 아니고 경이로운 순간도 아니다. 갓 태어난 아이가 사람을 알아보기 시작하고, 아내가 시아주버니를 배려하는 자연스러운 감정에서, 또 가난한 농부의 말에서 선의 의미를 찾은 것이다. 그런 점에서 《안나 카레니나》의 핵심은 안나가 아니라 레빈이 삶을 깨우쳐가는 과정이다.

톨스토이는 안나를 아주 냉정하게 죽였다. 그는 쉰 살 이전의 자기를 죽인 것이다. 그리고 다시 태어났다. 레빈의 모습으로. 그리고 그렇게 남은 생을 살았다. 물론 현실은 소설처럼 쉽지 않았다. 모든 재산을 내놓았지만 아내의 반대로 뜻을 이루지 못했다. 직접 밭을 갈았지만 성과는 별로 없었다.

톨스토이는 결국 여든둘의 나이에 노구를 이끌고 집을 나와야 했다. 아내 몰래, 10월의 이른 추위를 무릅쓰고서. 하지만 아내가 쫓아올 것이라는 두려움으로 인해 톨스토이는 한 순간도 편치 않았고, 감기까지 걸려 눕게 된다. 허름한 시골 기차역의 관사에 누운 채로 톨스토이는 사경을 헤매는 신세가 됐고, 끝내 다시는 일어서지 못했다.

그는 레빈의 모습으로 남은 생을 살고자 했다. 하나 인생사라는 게 자기 뜻대로 될 수만은 없다. 톨스토이도 현실의 벽에 수없이 부딪치며 고뇌하고 몸부림쳐야 했던 것이다. 그렇다고 너무 아쉬워하거나 슬퍼할 필요는 없다. 톨스토이는 어쨌든 양심에 눈을 떴으니까. 인간이 어떻게 살아야 한다는 것은 분명히 알아냈고, 그렇게 살고자 최선을 다해 노력했으니까. 그러면 된 것 아닌가?

Terre des hommes / Antoine de Saint-Exupéry

Love does not consist in gazing at each other
but in looking outward together
in the same direction.

사랑한다는 건 서로가 서로를 바라보는 게 아니라
같은 방향을 함께 바라보는 것이다.

앙투안 드 생텍쥐페리(1900~1944) 네 살 때 아버지를 여의고 가족 소유의 성城에서 어린 시절을 보냈다. 미술학교에서 건축학을 공부했고, 가족들의 반대에도 불구하고 군 복무 중 조종사 훈련을 받아 비행사로 근무했다. 《어린 왕자》를 비롯해 자신의 조종사 경험이 녹아 있는 많은 작품을 남겼으며, 평생 비행과 창작에 대한 열정을 동시에 추구했다. 제2차 세계대전 중 정찰비행에 나섰다가 지중해 상공에서 실종됐다.

함께 살아가는 이들에게 감사하라

누구에게나 첫 비행이 있다. 기나긴 준비과정을 거쳐 두근거리는 가슴을 안고 새로운 길을 향해 출발하는 것이다. 아직 준비가 덜 됐다는 생각과 함께 무거운 책임감마저 느껴질 때 선배가 해주는 한 마디는 큰 힘이 된다.

"폭풍우나 안개, 눈 때문에 힘들 때도 있을 거야. 그런 때는 자네보다 먼저 그런 일을 겪은 사람들을 떠올려봐. 그리고 이렇게 생각해. '남들이 해낸 일은 나도 꼭 할 수 있다'라고."

생텍쥐페리가 조종사로서 처음 비행에 나서기 전날 밤 기요메는 미소를 한번 지어 보였다. 거기에는 무어라 형용할 수 없는 가치가 담겨 있었다.

"한 직업의 위대함이란 어쩌면 사람들을 이어주는 데 있을지 모른다. 진정한 의미의 부富란 하나뿐이고, 그것은 바로 인간관계라는 부니까. 우리는 오직 물질적인 부를 위해 일함으로써 스스로 감옥을 짓는다. 우리는 타버린 재나 다름없는 돈으로 우리 자신을 외롭게 가둔다. 삶의 가치가 깃든 것이라고는 무엇 하나 살 수 없는 그 돈으로.”

친구와의 오래 묵은 추억, 함께 겪은 시련을 통해 영원히 맺어진 동료와의 우정은 돈으로 살 수 없는 법이다. 《인간의 대지》는 바로 이 같은 돈으로 살 수 없는 가치를 전해준다. 이 책의 영문 제목은 ‘바람, 모래, 그리고 별*Wind, Sand and Stars*’인데 바로 세 대의 비행기가 연속해서 불시착했던 그날 밤 그가 발견했던 보물이다.

“우리는 사막 한가운데서 추억을 이야기하고 농담을 나누고 노래를 불렀다. 우리는 한없이 가난했다. 바람, 모래, 그리고 별. 그럼에도 어두침침한 그 식탁보 위에서 추억 말고는 세상에서 아무것도 가진 것 없는 예닐곱 명의 사내들이 눈에 보이지 않는 보물을 서로 나누고 있었다.”

생텍쥐페리는 1935년 파리-사이공 간 비행시간 신기록을 세우려다 리비아사막에 추락한다. 그는 물 없이는 19시간밖에 살 수 없다는 곳에서 갈증에 시달리며 5일간이나 걷고 또 걷는다. 신기루에 수없이 속다 더 이상 고통도 느끼지 못하고, 끝내는 절망이 무엇인지조차 모르는 지경에 이른다. “사막, 그것은 바로 나다. 나는 이제 침을 만들 수 없다. 태양 때문에 내 안에서 눈물의 샘이 바싹 말라버렸다. 희망의 숨결이 바다 위의 돌풍처럼 내 위를 스쳐 지나갔다.”

이 순간 그는 한겨울 안데스산맥을 횡단하다가 일주일이나 실종됐던 기요메를 기억한다. 그는 우편 행낭을 뒤집어쓴 채 48시간을 기다리다가 눈보라 속을 닷새 낮과 나흘 밤을 걸었다. 자고 싶은 생각이 간절해지면 그는 스스로에게 이렇게 말했다. "내 아내는 생각하겠지. 만약 내가 살아 있다면 걸을 거라고. 동료들도 내가 걸을 거라고 믿을 거야. 그들은 모두 나를 믿고 있어. 그러니 걷지 않는다면 내가 나쁜 놈인 거야."

기요메는 비로소 깨닫는다. 조난자는 자신이 아니라는 사실을. 조난당한 이들은 바로 자신을 기다리는 사람들이고, 그는 조난자들을 향해 달려가야 한다고. "만약 내가 이 세상에 혼자였다면 나는 그냥 뻗어버렸을 거야."

생텍쥐페리의 다른 작품들처럼 《인간의 대지》도 문장 하나하나가 이슬방울처럼 영롱하게 빛난다. 그가 펼쳐놓는 장면 하나하나에는 너무나도 인간적인 진실이 배어있다. 추락한 비행기 파편 속에서 기적적으로 찾아낸 오렌지 한 알, 그것을 동료와 함께 쪽쪽 빨아먹으며 그는 잠시 동안 한없이 행복해한다. 사람들은 오렌지 한 알이 갖는 의미를 알지 못하지만, 이들은 오늘 그것을 확실히 이해한 것이다.

"나는 오늘에야 비로소 사형수가 가진 담배 한 개비와 럼주 한 잔의 의미를 이해한다. 나는 사형수가 그런 비참함을 받아들이는 것을 이해할 수 없었다. 하지만 그는 거기서 많은 즐거움을 맛보는 것이다. 그가 미소라도 지으면 사람들은 그 사내를 용감하다고 생각한다. 사실 그는 럼주를 마실 수 있음에 미소 짓는 것이다. 그가 관점을 바꾸어 그 마지막 순간을 인간의 일생으로 삼은 것을 사람들은 모르는 것이다."

인간의 위대함은 스스로에게 책임이 있다는 것을 느끼는 데 있다. 희망을 버리지 않는 가족과 동료들에 대한 책임. 그리하여 마침내 가족과 동료들의 품으로 돌아왔을 때 그 힘들었던 기억이 펼쳐주는 마술 같은 맛을 만끽하는 것이다. 인간의 행복은 자유 안에 있는 것이 아니라 의무를 받아들이는 데 있다. 진리는 이처럼 역설적이다.

짊어진 삶의 무게가 너무 힘겹게 느껴질 때면 문득 이런 생각을 해본다. 우리가 이 땅에 발을 붙이고 살 수 있는 건 무엇 때문인가 하고 말이다. 생텍쥐페리는 흑인 노예 바르크의 이야기를 통해 그 비밀을 알려준다. 가축 몰이꾼이었던 바르크는 무어인에게 잡혀와 노예 생활을 하고 있지만 다른 노예들처럼 기다리다 지쳐 평범한 행복에 안주하려고 하지 않는다. 그는 모하메드라는 자기 이름을 끝까지 고집하면서 가족에게 돌아갈 날을 꿈꾼다.

생텍쥐페리와 동료 비행사들은 돈을 모아 그를 노예 주인에게서 구해주고, 고향에 가서 쓸 수 있도록 비상금을 마련해 손에 쥐어준다. 그런데 바르크는 중간 기착지에서 동네 꼬맹이들과 맞닥뜨리자 가진 돈을 다 털어 선물 보따리를 풀어놓는다. 장난감과 팔찌, 금실로 만든 슬리퍼를 사느라 그는 파산해버린 것이다. 사람들은 그가 기쁨에 겨워 미친 줄로만 안다. 생텍쥐페리는 이렇게 설명한다.

"그는 자유로웠으므로 이미 본질적인 재산을 소유한 것이었다. 사랑 받을 권리, 북쪽이나 남쪽으로 걸어갈 권리, 일을 해서 빵 살 돈을 벌 권리 같은 본질적인 인간의 부를 말이다. 그러니 그 돈이란 게 그에게 무슨 소용이겠는가. 그는 사람들 가운데서 사람들과 연결된 상태로 하나의 인간이 되고 싶은 욕구를 느꼈다. 마치 심한 허기를 느끼듯 자연스럽게."

바르크는 자유를 되찾았지만 그가 만나는 사람들 누구도 그를 필요로 하지 않았다. 술집에서 만난 무희들, 찻집의 웨이터, 길가의 행인들, 모두가 이제 자유인이 된 그를 살갑게 대했지만 그를 어루만져주고 가슴 저리게 하는 인간관계의 무게가 없었다. 그의 주위로 달려든 아이들은 수많은 희망의 끈을 가져왔고, 그는 이것으로 아이들과 이어질 수 있었던 것이다.

내일이면 고향 마을로 돌아가 가난한 가족을 부양해야 하는데, 이제 나이 들어 제대로 부양하지 못할지도 모르는데, 바르크는 조무래기들에게 가진 것을 다 나눠주었다. 나는 눈물겨울 정도로 아름다운 이 이야기를 읽으면서 새삼 이 땅에도 천사가 살고 있음을 깨닫는다. 가진 것이 아무것도 없어 날아가버릴지도 모를 가난한 사람들에게 하느님은 납덩어리 같은 무거운 삶의 짐을 지워놓은 것이라고, 그러니 오늘도 힘겹게 살아가는 가난한 이들이 어쩌면 천사일지 모른다고.

생텍쥐페리는 마드리드 전선에서 겪었던 이야기로 《인간의 대지》를 마무리한다. 사령부에서 하달한 부조리하고도 무모한 공격 명령에 따라 잠도 깨지 않은 상태에서 사지死地를 향해 나서는 중사, 그는 출발하면서 빙그레 웃는다. 이 순간 사람들은 더는 말이 필요 없는 일체감을 느낀다.

"우리 외부에 있는 공동의 목적에 의해서 형제들과 이어질 때, 오직 그때만 우리는 숨을 쉴 수 있다. 우리는 경험을 통해 알고 있다. 사랑한다는 건 서로가 서로를 바라보는 게 아니라 같은 방향을 바라보는 것임을. 동료란 도달해야 할 같은 정상을 향해 한 줄에 묶여 있을 때만 동료다."

생텍쥐페리는 프랑스에서 폴란드로 돌아가는 노동자 수백 명이 탄 열차 3등칸에서 비참함과 더러움으로 진흙덩어리가 돼버린 인간들을 만난다. 그리고 그 틈바구니에서 잠을 자고 있는 황금사과 같은 어린아이를 발견한다. "여기에 음악가의 얼굴이 있구나. 여기에 어린 모차르트가 있구나. 여기에 생명의 아름다운 약속이 있구나. 보호받고 사랑 받고 잘 교육받기만 한다면 그 아이가 무엇인들 되지 못하겠는가!"

그러면서 그는 죽어가는 모차르트를 괴로워한다. 너무도 많은 사람들이 체념과 빈곤 속에서 그저 잠든 채로 살아가기 때문이다. "오직 정신만이 진흙에 숨결을 불어넣어 인간을 창조할 수 있다."

우리 인간이 자유롭다고 하지만 사막에서 물 없이 하루만 지내보면 그 자유가 어디까지인지 알 수 있다. 인간을 우물에 매어둔 밧줄이 비로소 보이는 것이다. 탯줄처럼 인간을 대지의 자궁에 매어두고 있는 밧줄 말이다. 그래서 인간을 사회적 동물이라고 하는 것인지 모른다. 고립된 개인은 존재하지 않고, 우리 모두는 같은 나무에 난 가지들이라는 의미다. 그러니 공동체를 이루며 함께 살아가는 서로서로에게 감사해야 한다. 인간은 자신을 인간으로 알아주는 상대 앞에서만 인간으로 존재할 수 있으니까.

Heart of Darkness / Joseph Conrad

Droll thing life is–that mysterious arrangement of merciless logic for a futile purpose.

인생이란 우스운 것,
부질없는 목적을 위해 무자비한 논리를 불가사의하게 배열해놓은 게 인생이라고.

조셉 콘래드(1857~1924) 러시아의 지배를 받고 있던 폴란드에서 태어났다. 아버지가 독립운동에 참여하면서 가족들이 유배생활을 하게 됐고, 열두 살 때 부모를 모두 여의고 삼촌 슬하에서 자랐다. 스물한 살에 영국 상선의 선원이 돼 영어를 처음 배웠고, 영국으로 귀화한 뒤 서른일곱이라는 늦은 나이에 작가의 길로 들어섰다. 대부분의 작품을 영어로 집필해 영국 문학을 대표하는 작가로 손꼽힌다.

사는 방법을 배우고 시작하는 인생은 없다

부와 권력, 감각적 만족을 얻기 위해 당신은 뭔가를 하려고 한다. 당신이 한 행동은 그 누구도 알 수 없고 의심조차 하지 못한다. 어떤 인간도 심지어 신조차도 전혀 눈치채지 못한다. 그렇다면 당신은 그 일을 해치우겠는가?

살아가다 보면 우리는 이런 물음에 수없이 부딪친다. 벌써 이천 년 전에 로마 철학자 키케로가 던진 이 질문은 꼭 나 자신의 문제가 아니더라도 답을 할 것을 요구한다. 우리는 그렇게 삶의 본질과 의미를 찾아가는 내면 여행을 시작하는 것이다.

너무 어려운가? 그러면 《암흑의 핵심》을 읽어보자. 이 작품은 인간의 내면을 탐색하는 여행기이자 그 깊은 심연에까지 이르는 흥미진진한 모험담인데, 프랜시스 포드 코폴라 감독은 여기서 영감을 얻어 베트남 전쟁을 소재로 한 영화 《지옥의 묵시록》을 만들었다.

《암흑의 핵심》은 작중 화자가 소설을 풀어나가는 일인칭 시점 형식이지만 특이하게도 진짜로 이야기를 해나가는 인물은 따로 있으니, 조셉 콘레드의 작품에서 단골로 등장하는 이야기꾼 찰리 말로다.

소설은 어느 날 해질 무렵 템즈 강 연안에 닻을 내리고 있는 쌍돛대 유람선 넬리 호에서 시작된다. 선상에는 끝까지 정체를 밝히지 않는 작중 화자와 말로, 변호사와 회계사, 그리고 이들을 초대한 주인으로 여러 회사의 중역을 겸하고 있는 이 배의 선장이 앉아 있다. 배는 강 하류로 내려갈 예정이었지만 바람이 불지 않아 조류가 썰물로 바뀌기만을 기다리고 있다. 어느덧 해가 지고 어둠이 내리기 시작하자 말로가 밑도 끝도 없이 자신의 젊었던 시절 경험담을 꺼낸다. 그러면 작중 화자가 들려주는 말로의 이야기를 따라가 보자.

말로는 벨기에의 상아 무역회사 소속 기선 선장으로 콩고 강 상류의 오지로 배를 몰고 간다. 그의 임무는 커츠라는 주재원을 데려오는 것인데, 가는 곳마다 직원들은 커츠를 일급 주재원이라든가 아주 주목할 만한 인물이라며 칭송한다. 사실 커츠는 아프리카에 처음 왔을 때 과학과 진보의 사절로 자처했고, 원주민을 교화한다는 도덕적 이념까지 내세웠다

그러나 실상은 달랐다. 그는 회사를 위해서는 가장 생산적인 직원이었지만, 원주민들에게는 가장 잔혹한 약탈자이자 독재자였다. 더구나 오랫동안 착취와 수탈에 몰두하면서 정신적

타락까지 겪었다. 그는 문명을 벗어난 암흑의 오지에서 온갖 무자비한 수단을 동원해 상아를 긁어 모았고, 원주민들을 총으로 제압해 살아있는 신으로 군림했으며, 식인 의식까지 치르는 악의 화신으로 변해버렸던 것이다.

마침내 말로의 배를 타고 강을 따라 내려오면서 커츠는 화려한 달변으로 담론을 펴나간다. "나의 약혼녀, 나의 상아, 나의 주재소, 나의 강, 내 필생의 과업, 나의 이념…." 잠결에 이렇게 중얼대기도 한다. "올바르게 살아라, 죽을 때는, 죽을 때는…." 그는 거짓된 명성과 헛된 탁월성, 겉으로 보기에 성공과 권세로 여겨지던 그 모든 것을 탐해왔던 자신의 영혼을 토로한다.

그러던 어느날 커츠는 떨리는 목소리로 말한다. "나는 죽음을 기다리며 여기 암흑 속에 누워 있소." 그때 그의 상아빛 얼굴에는 음침한 오만, 무자비한 권세, 겁먹은 공포, 치열하지만 기약 없는 절망의 표정이 감돈다. 말로는 그 순간을 이렇게 전한다.

"완벽한 깨달음이 이루어지는 그 지고한 순간에 그는 욕망, 유혹, 굴종으로 점철된 그의 일생을 세세하게 되살아보고 있는 것이었을까? 그는 어떤 이미지, 어떤 비전을 향해 속삭이듯 외치고 있었어. 겨우 숨결에 불과했을 정도의 낮은 목소리로 두 번 외치고 있었어. '끔찍해! 끔찍해!'"

커츠의 이 외침은 아마도 영문소설에 등장하는 제일 유명한 유언일 텐데, 자신의 삶에 대한 통렬한 자기 반성이자 지상에서 자기 영혼이 겪은 모험에 대한 냉정한 판결이다. 말로는 "끔찍하다*The horror!*"는 커츠의 이 마지막 절규가 무수한 패배를 대가로 치르며 얻은 하나의 긍정이요 도덕적 승리라고 믿는다.

"인생이란 우스운 것, 부질없는 목적을 위해 무자비한 논리를 불가사의하게 배열해놓은 게 인생이라고. 우리가 인생에서 희망할 수 있는 최선의 것은 우리 자아에 대한 약간의 앎이지. 그런데 그 앎은 너무 늦게 찾아와서 결국은 지울 수 없는 회한이나 거두어들이게 되는 거야."

우리는 사는 방법을 배우기도 전에 살아가야만 한다. 그리고 죽는 순간에야 비로소 약간의 깨달음을 얻는 것이다. 작가인 조셉 콘래드는 젊은 시절 말로처럼 콩고 강을 운항하는 기선의 선장으로 일했다. 콩고로 가기 전까지 자신은 머릿속에 아무 생각도 들어있지 않은 철저한 짐승에 불과했다고 그는 고백한다.

문명사회 안에서의 평온한 삶을 거부하고 목숨을 건 모험을 했기에 콘래드는 삶의 궁극적 의미를 찾을 수 있었다. 그런 점에서 《암흑의 핵심》은 콩고를 체험한 후 세상과 인생을 바라보는 눈이 완전히 달라진 작가 자신의 고백록이라고 할 수 있다.

사실 회사가 말로를 밀림 속으로 보낸 진짜 이유는 커츠가 아닌 그가 모아둔 상아를 가져오려는 것이었다. 커츠도 그것을 알고 있다. "이 많은 상아는 사실 내 것이지요. 회사는 그 값을 치르지 않았어요. 내가 신변의 큰 위험을 무릅쓰며 손수 이 상아를 모았습니다. 하지만 회사에서는 자기네 소유물인 것처럼 이 상아를 차지하려 들겠지요. 참 어렵게 되었습니다. 내가 어떻게 하는 것이 좋을까요? 항거라도 할까요? 내가 원하는 건 공정한 처사뿐인데 말입니다…."

주위를 둘러보자. 아니, 나 자신의 예전 모습을 돌아보자. 오로지 더 많은 상아를 얻기 위해 발버둥치며 온갖 끔찍한 일을 벌이는 커츠가 보이지 않는가? 커츠는 명성이 높아질수록 문명세계로부터는 점점 더 멀어지다가 마침내 밀림 속 어둠의 깊은 심연으로 사라져버렸다. 그는 외면적으로는 한없이 이기적이고 야비하며 무서운 인간이었지만 그 내면을 들여다 보면 참담할 정도로 겁이 많고 애처로울 정도로 단순했다. 나와 다를 바 없었던 것이다. 일견 열심히 살아가는 것처럼 보이는 유능한 '회사 인간'들이 실상은 커츠와 비슷하게 살아가고 있는 것은 아닌지?

그런데 말로의 장황한 이야기는 커츠의 죽음에서 끝나지 않는다. 말로는 1년이 지나 커츠의 유품을 전달하기 위해 약혼녀를 찾아가는데, 파리한 얼굴에 온통 검정색 옷차림으로 그

때까지도 상중喪中에 있는 그녀를 보고 깜짝 놀란다. 약혼녀는 커츠의 고귀한 희생과 모범만을 이야기한다. "그 분의 모든 위대함, 관대한 마음, 고귀한 감정 중에서 이제는 아무것도 남은 것이 없군요. 기억밖에 없어요." 그러면서 약혼녀는 "그 분이 남긴 마지막 말씀을 말해 달라"고 고집스럽게 요구한다.

말로는 '그 소리가 들리지 않느냐'고 소리칠 뻔하다가 마음을 가다듬고 말해준다. "당신의 이름이었습니다." 약혼녀는 희열의 눈물을 흘린다. "저는 그걸 알고 있었습니다. 그걸 확신하고 있었지요." 누구나 이렇게 자신이 믿고 싶은 것만을 믿는다. 사랑하는 사람을 향한 애틋한 소망이든 거창한 대의명분으로 포장한 이념이든 말이다.

다시 처음으로 돌아가보자. 말로가 넬리 호 선상에서 맨 처음 입을 열면서 들려준 이야기는 이것이었다. "이 땅도 한때는 이 지구의 어두운 구석 중 하나였겠지." 이천 년 전 로마인들이 정복지 영국 땅을 처음 밟았을 때 그들을 암흑 속에서 구원해준 것은 능률에 대한 헌신이었고, 약탈 행위를 정당화하는 이념에 대한 믿음이었다.

무슨 말인지 알겠는가? 로마인들은 포악한 힘으로 정복자가 됐지만, 정복이란 강한 자가 약한 자들을 상대로 한 약탈 행위에 불과하다. 이런 잔혹하고 불미스러운 행위를 정당화하고 속죄할 수 있게 해주는 것은 이념밖에 없다. 말로의 말을 직접 들어보자. "감상적인 구실이 아니라 이념이라야 해. 그리고 그 이념에 대한 사심 없는 믿음이 있어야지. 이 이념이야말로 우리가 설정해 놓고 그 앞에서 절을 하며 제물을 바칠 수 있는 무엇이거든…."

커츠 역시 그랬다. 그에게도 이념이 있었고 믿음이 있었다. 암흑의 땅에 발전과 진보를 가져다 주고 야만인들을 계몽하는 사자使者라는 믿음, 그래서 자신이 필생의 과업을 성취하고 귀국하는 날 제왕들이 그를 맞이하러 기차역까지 나오기를 바랐다. 그러나 그것은 그릇된 이념과 무지한 믿음에서 나온 환상이고 허영일 뿐이었다. 자기 성찰의 고통스러운 과정을 외면하는 인간에게 진실은 마지막 순간 무섭게 찾아온다. 끔찍할 정도로.

■ 달과 6펜스

The Moon and Sixpence / William Somerset Maugham

Life isn't long enough for love and art.

연애도 하고 예술도 할 만큼 인생이 길진 않소.

서머싯 몸(1874~1965) 산부인과 의사 출신으로 제1차 대전 중에는 영국 정보국 요원으로도 활동했다. 젊은 시절 파리로 건너가 몽파르나스에서 보헤미안 생활을 하기도 했고, 네 편의 희곡이 런던의 4대 극장에서 동시에 상연됐을 정도로 대중적인 인기를 끌기도 했다. 《인간의 굴레에서》를 비롯해 삶의 복잡 미묘한 측면을 재미있게 풀어낸 작품들을 남겼다.

정녕 하고 싶은 일 하며 살고 있나요

누구나 마음속으로는 몇 번씩 시도해봤을 것이다. 홀홀 다 털어버리고 훌쩍 떠나버리는 것 말이다. 그냥 혼자서 예전부터 꼭 하고 싶었던 일을 마음껏 해보는 것이다. 생각만해도 얼마나 가슴 설레는 일인가!

그런데 이미 나이가 마흔 줄에 접어들었고, 두 아이는 다 크려면 아직 멀었고, 아내는 직업 따위는 가져본 적 없는 평범한 전업주부라면, 선뜻 발이 떨어질까? 게다가 잘 나가는 안정된 직장까지 내팽개쳐야 하고 기약 없이 가난한 생활을 해야 한다면?

그래서 이런 일상의 굴레와 속박을 핑계거리 삼아 주저앉는 것이겠지만, 실은 매몰차게 남들 시선 무시할 정도의 용기가 없기 때문이다. 《달과 6펜스》의 주인공 찰스 스트릭랜드는 그렇지 않았다. 런던의 부유한 증권 중개인이던 그는 가족들이 휴가지에서 돌아오는 날 아내에게 짤막한 편지 한 통 남긴 채 한마디 설명이나 미안하다는 말도 없이 떠난다.

"에이미 보시오. 돌아오면 당신과 아이들 식사가 준비되어 있을 것이오. 하지만 나는 당신을 보지 못하오. 당신과 헤어지기로 마음먹었소. 내일 아침 파리로 떠날 작정이오. 이 편지는 그곳에 도착하는 대로 부치겠소. 다시 돌아가지는 않소. 결코 번복하진 않겠소."

이 문장을 읽으면서 나는 솔직히 대리만족을 느꼈다. 그를 사로잡았을 짜릿한 전율, 새로운 일을 시도할 때의 설레임과 경이로움이 내게도 전해지는 것 같았다. 틀림없이 고통스럽겠지만 보람 있는 순례길이 될 것이다. 그는 자신이 타고 온 전함을 불태워버린 것이다. 퇴각할 수 있다는 희망을 잘라내 버림으로써 필사적인 각오로 싸우기 위해.

사실 아내에게 아무런 언질도 주지 않고 사라졌다는 게 너무 매정한 것 같지만 실상을 보면 그렇지도 않다. 세상의 평판을 의식한 건 스트릭랜드가 아니라 오히려 아내였으니까. 얼마 뒤 스트릭랜드가 젊은 프랑스 댄서와 함께 떠났다는 근거 없는 소문이 퍼지는데, 소문의 근원지는 다름아닌 그의 아내다. 남편이 그 정도 되는 여성과 바람을 피워야 그나마 자존심이 덜 구겨지고, 남들 보기에도 그게 더 나을 것 같았기 때문이다. 자기와 별로 친하지도 않은 화자에게 남편 일을 알아봐 달라고 한 것도 비슷한 이유다. 자기 부부에 대해 잘 모르니 어떤 사실을 알아내더라도 자기 나름대로 해석할 수 있는 것이다.

아무튼 이런 아내의 부탁으로 그를 찾아간 화자에게 스트릭랜드가 쏟아내는 말들이 걸작이다. 뭘 하든 이 정도 배짱이 있어야 한다. 그러면 쾌도난마快刀亂麻 같은 그의 대답을 따라가보자. 배울 점이 참 많다.

혹시 부인이 무슨 잘못이라도 저질렀느냐는 물음에도, 부인한테 무슨 불만이라도 있었느냐는 물음에도 그의 대답은 한결같다. "없소." 그러자 화자가 다시 묻는다. "그렇다면 너무 심하지 않습니까? 17년이나 같이 살아온 사람을, 아무런 잘못이 없는데도 이런 식으로 버리다니 말입니다." 그도 동의한다. "심하지요."

선선히 인정하는 것도 모자라 한술 더 뜬다. 돈 한푼 안 남기고 아내를 버린다는 게 말이 되느냐는 화자의 다그침에는 이렇게 대답한다. "아니, 그래선 안 된다는 법이라도 있소?" 화자가 도리어 궁지에 몰린 형국이다. "부인께선 어떻게 살고요?" 스트릭랜드는 강력한 펀치 한 방을 날린다. "난 그 사람을 17년간 먹여 살려왔소. 그러니 이제 자기도 혼자 힘으로 살아볼 수 있잖나?"

화자는 더 이상 응수할 수가 없다. 화제를 돌려 그가 젊은 여자와 바람이 나서 도망쳤다는 소문을 들려준다. 그러자 그는 너털웃음을 터뜨린다. "그래, 당신은 내가 여자 때문에 이런 짓을 저질렀다고 생각하시오?" 대화는 이어진다. "그러면 도대체 무엇 때문에 부인을 버렸습니까?" "나는 그림을 그리고 싶소." "나이가 사십 아닙니까?" "그래서 이제 더 늦출 수가 없다고 생각했던 거요."

훌륭한 화가가 되려면 재능이 필요하고, 잘해야 삼류 이상은 되지 못할 수도 있는데, 그걸 위해 모든 것을 포기할 가치가 있느냐는 물음에 마침내 그의 열정이 폭발한다. "이런 맹추 같으니라고. 나는 그림을 그려야 한다지 않소. 그리지 않고서는 못 배기겠단 말이오. 물에 빠진 사람에게 헤엄을 잘 치고 못 치고가 문제겠소? 우선 헤어나오는 게 중요하지. 그렇지 않으면 빠져 죽어요."

화자는 그의 목소리에 진실한 열정이 담겨 있음을 느낀다. 마음속에서 들끓고 있는 어떤 격렬한 힘이 전해져 와 아무 저항도 할 수 없는 것이다. "정말이지 그는 악마에게라도 사로잡혀 있는 것 같았다." 그러니 파리에 온 뒤로 연애 같은 걸 해본 적이 있느냐는 질문에 이렇게 답을 할밖에. "그런 어리석은 짓을 할 시간이 어디 있소? 연애도 하고 예술도 할 만큼 인생이 길진 않소."

정말로 꼭 하고 싶은 일이 있다면 이 사람처럼 다른 것은 전부 희생할 수 있어야 한다. 아깝다는 생각, 혹시라도 돌아갈 수도 있다는 생각 따위는 깨끗이 접어야 한다. 어차피 인생은 한 번뿐이니까. 잠깐 한눈 파는 순간 인생은 그걸로 끝날지도 모른다.

스트릭랜드는 그렇게 굶주림과 병마에 시달리면서도 그림만 그린다. 물론 그림은 하나도 팔리지 않고 인정도 받지 못한다. 아예 그는 처음부터 그런 건 바라지도 않았다. 애써 그린 작품을 전람회에도 출품하고, 그래서 명성을 얻고 싶지 않느냐는 물음에 이런 멋진 대답을 내놓는 사람이니까. "명성은 누가 만드오? 비평가, 문인, 주식 중개인, 여자들 아니오? 난 신경 안 써요. 보이는 대로 그리고 싶을 뿐이지."

딱 한 사람 그의 천재성을 알아본 이가 있는데, 더크 스트로브라는 그저 그런 화가다. 이 친구는 스트릭랜드를 높이 사주는 정도가 아니라 우상처럼 떠받든다. 물심양면으로 지원할 뿐만 아니라 그를 죽음의 위기에서도 구해준다. 그러나 스트릭랜드는 고마움조차 느끼지 않는다. 심지어 그를 헌신적으로 병간호해주고, 남편까지 버리고 그의 곁으로 왔으며, 누드화의 모델까지 되어주었던 더크의 아내를 자살로 내몬다. 물론 그는 일말의 죄의식도 느끼지 않는다. 그러고는 마흔일곱 살에 타히티 섬으로 가 원주민과 결혼해 나병에 걸려 죽을 때까지 자신이 원하던 대로 그림을 그린다.

《달과 6펜스》는 프랑스의 인상파 화가 폴 고갱의 삶을 바탕으로 한 소설로 잘 알려져 있다. 고갱 역시 증권 중개인 출신이고, 뒤늦게 그림을 그리기 시작해 타히티에서 말년을 보내다 죽음을 맞았다.

그러나 서머싯 몸이 이 작품에서 말하고 싶었던 것은 제목에서 드러나듯 6펜스로 상징되는 속물의 세계를 거부하고 달을 향해 떠난 한 자유인의 삶이다. 달과 6펜스는 둘 다 둥글고 은빛으로 빛나지만 상반된 두 세계를 암시한다. 달이 영혼과 관능의 세계, 원시적 삶에 대한 지향을 의미한다면, 6펜스는 돈과 물질의 세계, 세속적 가치에 대한 욕망이다.

좀 어렵다면 내가 가장 좋아하는 대목을 보자. 화자의 의대 동창생 아브라함과 카마이클의 이야기다. 의대에서 발군의 실력을 보여준 아브라함은 명예와 부가 보장된 대학병원에서의 직책을 맡기 전 선의船醫가 되어 잠시 휴가를 떠난다. 그런데 그가 탄 화물선이 알렉산드리아에 정박한 순간 돌연 환희와 벅찬 자유의 느낌이 그의 가슴을 뒤흔든다.

그는 한순간만에 나머지 인생을 그곳에서 보내기로 결심한다. 현지 보건소에서 일하고 있는 그에게 후회해본 적은 없었느냐고 묻자 이렇게 답한다. "아니, 단 한 번도 없었네. 먹고 살 만큼은 버니까. 난 만족일세. 죽을 때까지 지금처럼만 살 수 있다면 더 이상 바라지 않겠어."

카마이클은 아브라함이 도중에 그만두는 바람에 운 좋게 대학병원 자리를 차지했고, 멋진 저택과 늘씬하고 예쁜 아내, 높은 연봉에 기사 작위까지 받았다. 그는 아브라함을 "그 가여운 친구"라고 부르며 이렇게 말한다. "들리는 말로는 지지리도 못나고 늙은 그리스 여자하고 살면서 병치레하는 애들을 대여섯이나 거느리고 있다더군. 사람이 그렇게 인생을 망쳐버린다면 어처구니없는 일 아닌가."

몸은 화자의 입을 빌어 이렇게 묻는다. "과연 아브라함이 인생을 망쳐놓고 말았을까? 자기가 바라는 일을 한다는 것, 자기가 좋아하는 조건에서 마음 편히 산다는 것, 그것이 인생을 망치는 일일까? 그리고 연봉 일만 파운드에 예쁜 아내를 얻은 저명한 외과의사가 되는 것이 성공인 것일까?"

다들 타인의 거울로 자기 인생을 비춰보고, 심지어는 다른 이의 삶까지 그런 잣대로 재단하고 판단한다. 시기와 질투로 괜히 마음이 불편해지는 것도 실은 자기 내면에 분명한 기준이 없기 때문이다. 외부의 기준, 그러니까 타인의 거울만 보고 있는 것이다. 그럴 때는 아브라함처럼, 스트릭랜드처럼 과감히 타인의 거울을 박살내야 한다. 어렵지 않다. 마음만 먹으면.

Robinson Crusoe / Daniel Defoe

How wonderfully we are delivered,
when we know nothing of it.

우리가 알지 못하는 사이에 우리는 얼마나 놀라울 정도로 구원을 받고 있는가.

대니얼 디포(1660~1731) 젊은 시절 의류잡화상으로 시작해 무역사업으로 큰 성공을 거두었으나 투자에 실패해 여러 차례 파산했다. 1704년에는 주간지 〈리뷰〉를 창간해 저널리즘 시대를 열었으며 정치적 사건에 연루돼 투옥되기도 했다. 1719년에 쓴 《로빈슨 크루소》는 영국 근대 산문소설의 출발점으로 꼽힌다.

살아가는 동안 만나는 은밀한 암시들

고전은 어떤 책이냐는 질문을 가끔 받는다. 나는 그냥 추억이 깃든 책이라고 답해준다. 어차피 중요한 것은 작가가 무엇을 어떻게 썼느냐 보다 내 기억 속에 그것이 어떤 식으로 남아있느냐니까.

아, 그때 이 대목을 읽으면서 가슴이 얼마나 먹먹해졌는지? 벼락처럼 내 머리통을 세게 내리쳤던 이 구절은! 접혀있는 책장冊張을 펼칠 때마다 기억이 새로워지는 밑줄 쳐진 문장들….

《로빈슨 크루소》의 줄거리는 읽어보지 않은 사람들도 대충 알고 있을 텐데, 무인도에서 실제로 4년 반을 살다가 구조된 알렉산더 셀커크라는 선원의 실제 경험을 소재로 한 것이다. 대니얼 디포는 그러나 셀커크의 감상적인 이야기 대신 크루소가 겪는 내면의 동요와 끔찍한 두려움, 자기 정체성에 대한 혼란과 종교적 성찰을 자세히 들려준다.

가령 처음에 배가 난파한 무인도에서 고생하던 크루소는 신을 향해 불평을 늘어놓는다. "어떻게 신께서는 스스로 만드신 존재를 이렇게 완전히 파멸시켜 불행하게 만들고, 아무런 도움도 받지 못하고 홀로 남게 함으로써 철저히 버리실 수가 있는가? 이런 삶에 감사를 드리는 건 말도 되지 않았다.”

이랬던 크루소가 갑자기 양심의 목소리를 듣는다. “철면피로다! 그대가 무슨 짓을 하였는지 묻는단 말인가! 끔찍하게 낭비한 인생을 뒤돌아보고 그대가 하지 않은 일은 무엇인지 되물어보라. 그대가 이미 오래 전에 죽지 않은 이유를 물어보라.” 그렇게 해서 크루소는 외로움과 고난을 이겨내고 마음의 평정과 생활의 안정을 찾아가는 것이다.

《로빈슨 크루소》는 내가 초등학생 시절 50권짜리 《소년소녀 세계문학전집》 가운데 제일 좋아했던 책이다. 무엇보다 주인공이 무인도에서 혼자 집 짓고 사냥하고, 스무 명이 넘는 식인종을 물리치고, 선상 반란을 일으킨 선원들을 멋지게 제압하고, 마침내 섬의 절대적인 지배자로 군림하다 고향으로 금의환향하는 모험담이 너무 재미있어서 세 번쯤은 읽었던 것 같다.

그때 보았던 그 책은 지금 어디론가 사라져버렸지만, 침을 꿀꺽 삼켜가며 밤새 읽었던 기억만은 고스란히 남아 있다. ‘절망의 섬’에서 28년하고도 두 달 19일을 보낸 크루소가 오래 전의 자기 모습을 떠올리는 이 장면처럼 말이다.

“내가 섬에 처음 와 주변을 둘러보기 시작하던 때가 생각났다. 얼마나 힘이 없었던가. 얼마나 주변을 미친 듯 둘러보았던가. 얼마나 끔찍한 불안에 떨었던가. 맹수에게 잡혀 먹힐지도 모른다는 생각에 나무 위에서 내려오지도 못하지 않았던가."

그러다 대학 1학년 때 토론 모임에서 읽은《로빈슨 크루소》는 서구 제국주의의 선전물이자 교과서로 변해 있었다. 크루소는 식민지를 사유화하고 지배하는 침략자의 상징으로, 그에게 충직한 노예 프라이데이는 스스로 굴종하며 살아가는 피지배 민족의 전형으로 비쳐졌다. 크루소의 오만 방자한 이 말을 들어보자.

"무엇보다 섬 전체가 내 소유였으니 통치권은 당연히 내가 가지고 있었다. 나는 절대적인 군주이자 법률을 세우는 이였다."

1980년대의 암울했던 시대 분위기 탓이었는지는 모르지만 자기 반성을 통해 신앙을 되찾아가는 크루소의 성장 과정이 온통 허위와 가식으로밖에는 읽혀지지 않았다. 하긴 스물 나이에는 때로 이렇게 한쪽 면만을 보기도 하는 것이다.

이로부터 20년 가까운 세월이 흘러 30대가 끝나가던 시절 다시 만난 크루소는 창조적 기업가 정신의 선구자였다. 자신에게 닥친 역경과 고난에 맞서 투쟁하며 자기만의 확실한 질서를 확립해나가는 용기와 도전, 아무리 암담한 상황 속에서도 감사해하는 주인공의 정신이 새삼 와 닿았다.

"불행이 닥쳐도 늘 다행스러운 면이 있게 마련이며, 더 끔찍한 상황에 처하지 않은 걸 다행이라 생각할 수 있는 법이다. 내가 잘 살아남을 수 있도록 얼마나 많은 조건이 갖추어져 있는가?"

크루소는 더 이상 신의 뜻에 의문을 던지지 않는다. 우리 인간들 모두가 토기장이의 손에 들린 진흙일 뿐인데, 그릇이 어찌 자기를 만든 이에게 왜 우리를 이렇게 만들었느냐고 물을 수 있겠느냐는 것이다. 이렇게 해서 크루소는 감사하는 마음과 긍정적으로 생각하는 법을 배우게 된다. 그러자 사는 게 훨씬 쉬워지고 몸도 편안해진다. 게다가 온갖 사물에 대한 생각들도 달라지고 욕심도 버리게 된다.

"세상의 모든 좋은 것들은 우리에게 소용이 있는 만큼만 좋은 것이었다. 내게는 돈이 금화와 은화를 합쳐 36파운드 정도 있었다. 그렇게 귀찮고 한심하고 쓸모 없는 물건이라니! 돈은 그저 서랍 속에 들어있었고, 우기雨期가 오면 곰팡이만 슬었다. 서랍이 다이아몬드로 가득 차 있었다 해도 별로 다를 건 없었다. 내게 아무런 소용이 없으니 전혀 가치가 없었다."

나이 쉰이 넘은 요즘 《로빈슨 크루소》를 다시 펼치면 유난히 구원이라는 단어가 눈에 자주 들어온다. 난파선에서 유일하게 살아남은 것 자체가 구원받은 것이지만 처음에는 깨닫지 못했다. 크루소는 순간순간 그의 운명을 인도하는 하늘의 섭리로부터 구원받았음을 뒤늦게 깨닫는다.

"우리는 알지 못하는 사이에 얼마나 놀라울 정도로 구원을 받고 있는가. 의심에 빠져 이리 가야 할지 저리 가야 할지 머뭇거리는 순간에 한쪽으로 가려는 우리를 잡아 이끄는 은밀한 암시는 또 어떤가."

잘 생각해보면 살아가는 동안 그런 은밀한 암시는 수없이 많았다. 덕분에 우리는 숱한 위험을 헤쳐나갈 수 있었고 어떤 이들은 성공을 향해 나아갈 수 있었다. 그런 암시야말로 우리보다 더 큰 힘과 정신, 영혼이 이 세상을 지배하고 있다는 증거일지 모른다. 우리는 무한한 세상을 눈앞에 두고도 아주 소금밖에는 보지 못한다. 마음을 열지 못하면 좁은 섬에 갇혀 살아야 하는 것이다. 구원은 우리가 생각하는 것보다 가까이 있다.

■ 노인과 바다

The Old Man and the Sea / Ernest Hemingway

A man can be destroyed but not defeated.

인간은 파괴되어 죽을 수는 있지만 패배할 수는 없는 거야.

어니스트 헤밍웨이(1899~1961) 대학에 진학하지 않고 젊은 시절부터 신문기자로 일하며 글 쓰는 생활을 시작했다. 파리 특파원을 하는 동안 유럽의 '잃어버린 세대 *lost generation*' 시대를 체험했다. 두 차례의 세계대전과 스페인 내전을 현장에서 지켜보며 자신이 경험한 것을 '죽음과의 대결'이라는 주제로 작품화했다. 특유의 간결하고 명쾌한 문장 속에 풍부한 상징과 날카로운 통찰을 담아냈다.

무엇을 이루었든 우리는 계속 살아가야 한다

작가에게 글이 써지지 않는 것만큼 고통스러운 일이 또 있을까? 써야 하는데, 작가니까, 그게 자신이 살아있음을 알리는 유일한 길인데, 안 되는 것이다. 이런 절망은 젊은 신예 작가뿐만 아니라 이름난 초일류 작가에게도 찾아온다. "단 하나의 진실한 문장만 쓰면 된다. 내가 알고 있는 가장 진실한 문장을 써야 한다." 어니스트 헤밍웨이가 한 말인데, 1952년 봄 무렵 그의 심정이 이랬을 것이다.

두 해 전 그는 《누구를 위하여 종은 울리나》 이후 10년 만에 《강 건너 숲 속으로》를 발표했으나 평론가로부터는 혹평을 받았고 독자들의 반응도 시원치 않았다. 남성적인 외모와는 달리 소심한 성격이었던 헤밍웨이는 끝 모를 고독 속에서 술과 낚시로 하루하루를 보내야 했다. 그러던 어느 날 13년 전 짤막하게 써두었던 이야기 하나를 끄집어냈을 것이다.

늙은 어부 산티아고를 주인공으로 한 《노인과 바다》는 이렇게 시작된다. "그는 멕시코 만류에서 작은 배를 타고 혼자 고기를 잡는 늙은이로 벌써 80일 하고도 4일째 한 마리도 잡지 못했다. 처음 40일은 한 소년이 그와 함께 있었다. 하지만 40일간이나 고기를 잡지 못하자 소년의 부모는 말하기를, 노인은 이제 더 이상 어쩔 수 없이 살라오의 상태에 이르렀다고 했다. 살라오란 스페인어로 이제 운이 다한 사람을 가리킨다."

사람들의 말처럼 노인의 운은 정말로 끝이 났는지도 모른다. 노인은 야위었고 꺼칠했으며 목덜미에는 주름이 깊게 잡혀있었고 두 볼에는 검버섯이 피어있었다. 그러나 그를 이루고 있는 모든 것이 다 낡았지만 그의 두 눈만은 여전히 지칠 줄 모르고 바다빛깔처럼 밝게 빛났다. 노인은 그래서 포기하지 않고 다시 바다로 나간다.

이번에는 다른 어부들이 가지 않는 더 먼 바다까지 나간다. 그리고 마침내 노인은 자기가 탄 배보다 더 큰 청새치를 낚아 이틀 밤낮 동안 사투를 벌인 끝에 뱃전에 묶고 돌아간다. 그러나 기쁨도 잠시, 피 냄새를 맡은 상어 떼가 공격해온다. 노인은 고독하게 싸우지만 새벽녘 항구로 들어온 그의 배에는 머리와 앙상한 뼈만 남은 물고기가 매달려 있다.

헤밍웨이는 이 작품을 8주만에 완성해 출판사로 넘겼는데, 당시 최대 발행부수를 자랑하던 〈라이프〉가 그해 9월 호에 전재全載했다. 이 잡지는 무려 531만8650부나 팔려나갔고, 곧이어 출간된 단행본 역시 베스트셀러가 됐다. 대성공은 여기서 그치지 않았다. 이듬해 그는 처음으로 퓰리처상을 받았고 1954년도 노벨문학상까지 수상했다.

《노인과 바다》의 매력은 무엇보다 거친 자연과 모진 운명을 바라보는 인간적인 시선이다. 노인은 바다를 떠올릴 때면 언제나 라마르*la mar*라는 여성형으로 생각한다. 스페인 사람들이 바다를 사랑하는 마음을 가졌을 때 쓰는 말이다. 그런데 젊은 어부들은 바다를 엘마르*el mar*라고 남성형으로 부르곤 한다. 바다를 경쟁 상대나 적수로 여기는 것이다. 하지만 노인에게 바다는 항상 여성이었다. 큰 혜택을 베풀 수도 있고 베풀기를 거부할 수도 있는 존재였다. 그녀가 광포하거나 마음씨 나쁜 일을 했을 때는 그럴 수밖에 없었던 것이라고 여겼다. 그러고는 꾸준히 노를 저어갔다.

비록 84일이나 물고기를 잡지 못했지만 그는 낚싯줄을 정확하게 드리울 줄 안다. "어쩌면 오늘은 걸릴지도 모르지. 매일매일이 새 날이니까. 운을 타는 쪽이 더 낫기는 하지만 난 정확하게 해나가겠어. 그럼 운이 왔을 때 운을 맞을 준비가 되어 있을 테니까."

거대한 청새치를 낚은 날 밤 노인은 자신이 잡은 물고기에 연민을 느낀다. 예전에 다랑어 한 쌍 중에서 암컷 한 마리를 잡았을 때를 떠올린다. 물고기들은 항상 암컷으로 하여금 먹이를 먼저 먹게 하는 습성이 있다. 낚시바늘을 삼킨 암컷은 공포에 질려 마구 날뛰다 곧 지쳐 버렸지만 수컷은 줄곧 암컷의 곁을 떠나지 않았고, 암컷을 배 위로 끌어올리는 동안에도 뱃전을 맴돌았다. 그러다 갑자기 공중으로 훌쩍 뛰어올랐는데, 암컷이 어디 있는지 보기 위해서였다. 가슴지느러미가 연한 보랏빛이었던 그 아름다운 수컷은 마지막까지 보트를 쫓아왔다. "그것이 내가 겪은 제일 슬픈 경험이었지. 우리는 용서를 빈 다음 곧바로 암컷을 죽여버렸어."

첫 번째 상어가 다가왔을 때 노인은 결의에 차 있었다. 희망은 없었으나 피로 범벅이 된 두 손으로 작살을 잡고서 온 힘을 다해 내리쳤다. 그렇게 처음 상어는 물리쳤지만 청새치는 40파운드나 뜯겨나갔고, 피 냄새를 맡은 상어 떼가 금세 다시 몰려올 것이었다. 노인은 생각한다. "그건 지속되기엔 너무 좋은 일이었어. 차라리 모두 꿈이었다면 좋겠는데. 저 물고기를 낚지 않았더라면 좋았을 걸. 그냥 혼자 침대 위에 신문지를 깔고 누워 있었더라면."

바다를 닮은 산티아고 노인은 패배를 각오하면서도 담담하게 다시금 도전을 결의한다. "하지만 인간은 패배하기 위해 태어나진 않았어. 인간은 파괴되어 죽을 수는 있지만 패배할 수는 없는 거야." 상어가 또 올 것이고 더 어려워질 것이다. 그런데 이제 작살마저도 없다. 노인은 계속 생각한다. "일이 닥치면 해결해보는 거야." 어차피 그게 인생이고 운명이다. 힘겨운 투쟁 끝에 무언가를 얻었다 해도 그 즐거움은 너무나 짧게 끝나고 곧 비애와 아픔이 찾아올 테니까.

우리네 삶이 어려운 이유는 무언가를 이루고 깨우친 다음에도 생은 계속 이어지기 때문이다. 계속해서 살아가야 하고 날마다 다시 각오를 새롭게 해야 한다. 이것이 어긋나면 예전에 이뤄냈던 것들과는 상관없이, 아니 앞서 더 높이 올라갔던 만큼 더욱 끔찍하게 추락해버리고 만다. 그래서 죽음이 아니라 삶이 곧 깨달음이라고 하는 것이다.

《노인과 바다》는 헤밍웨이 생전에 출간된 마지막 작품이다. 그는 대어를 낚았지만 우울증에 시달리며 폭음을 일삼았고 결국 자살로 삶을 마감했다. 비행기 사고로 부상을 입는 바람에 노벨문학상 수상식장에도 가지 못했는데, 스톡홀름으로 보낸 수락연설에 그는 이렇게 적었다. "글쓰기는 기껏 잘해야 고독한 삶입니다."

The Maltese Falcon / Dashiell Hammett

He felt like somebody had taken the lid off life and let him see the works.

누군가 인생의 어두운 문을 열고 그 안을 보여준 것 같았다.

대실 해밋(1894~1961) 젊은 시절 사설 탐정회사 핑커턴에서 일하다 그만둔 뒤 작품 활동을 시작했다. 범죄 세계에 대한 실제 지식과 간결한 문체를 특징으로 한 하드보일드 탐정 소설의 창시자로 평가 받는다. 그의 여러 소설은 영화로도 만들어졌는데 《몰타의 매》는 세 번이나 영화화됐다. 한때 미국에서 가장 많은 수입을 올리는 작가로 꼽혔지만 말년에는 수위실에서 생활하며 월 130달러의 연금 생활자로 생을 마쳤다.

문득 눈을 떠보니 세상이 전혀 달라 보일 때

영화《자전거 도둑》으로 유명한 비토리오 데 시카 감독은 세상 사람 모두가 '자기 자신'이라는 한 가지 역할만은 완벽하게 연기할 수 있다고 믿었다. 그는 그래서 전문 배우가 아닌 보통사람을 주연으로 기용하곤 했는데 그의 영화에 더 깊이 공감할 수 있는 것은 이런 이유 때문이다. 그러니까 데 시카 감독 식으로 말하자면 누구도 '나'를 대신할 수 없는 것이다.

이렇게 나를 만들어 나가는 것이 바로 하루하루의 일상이다. 그 삶은 누구도 대신 살아갈 수 없고, 소설 속 주인공들역시 마찬가지다. 그런데 이들 주인공의 행동에 공감하다가도 극적인 순간 멋쩍은 의문이 들기도 한다. 과연 나라면 그럴 수 있을까?

하드보일드 탐정 소설의 대표작으로 꼽히는 대실 해밋의《몰타의 매》에서 주인공 샘 스페이드가 자신에게 애원하며 매달리는 미모의 여인 브리지드 오쇼네시를 매정하게 거절하는 마지막 장면이 꼭 그렇다. 스페이드는 강인하고 남성적이지만 돈과 여자를 밝히는 속물 탐정이고, 브리지드는 몰타의 매를 손에 넣기 위해 살인까지 저질렀으나 거부할 수 없는 매력을 지닌 팜므파탈이다.

브리지드는 사랑에 호소하며 흐느낀다. "당신을 처음 본 순간부터 나는…." 스페이드는 부드럽게 속삭인다. "사랑스러운 아가씨! 운이 좋으면 20년 후에 샌퀜틴 감옥에서 풀려날 수 있을 겁니다. 그러면 그때 나한테 돌아와요." 그러고는 두 손으로 그녀의 목을 어루만지며 덧붙인다. "이 가녀린 목에 교수형 밧줄이 걸리지 않기를 간절히 바라겠습니다."

그녀는 눈물을 흘리며 다시 한번 애원한다. "나를 사랑하지 않았어요? 사랑하지 않아요?" 두 사람은 이미 깊은 관계를 맺은 사이다. 하지만 그는 나직한 목소리로 대답한다. "나는 당신을 넘길 생각이에요. 목숨은 부지할 수 있을 거에요. 그러니까 20년 뒤에는 나올 거라는 말입니다. 당신은 사랑스러운 여자에요. 나는 당신을 기다릴 겁니다. 만약 당신이 교수형을 당한다면 나는 영원히 당신을 기억하겠습니다."

그녀는 마지막으로 그의 입에 입술을 대고 끌어안지만, 그는 이를 악문 채 그 사이로 이렇게 말한다. "나는 당신 때문에 얼간이가 되지는 않을 겁니다."

이 작품은 탐정 소설을 정통 문학의 반열로 끌어올린 걸작으로 평가 받지만 사실 줄거리는 그리 중요하지 않다. 실타래처럼 얽힌 사건의 진상은 무엇이며 범인은 누구인지, 그런 것보다 더 중요한 게 따로 있다. 내가 이 소설에서 가장 좋아하는 장면인데, 마치 손을 펴니 주먹이 사라진 것처럼 홀연히 자취를 감춘 한 남자의 이야기다.

스페이드는 자신이 몇 해 전 시애틀의 탐정사무소에서 일할 때 한 여성으로부터 남편을 찾아달라는 의뢰를 받았다며, 그때 겪었던 일을 밑도 끝도 없이 들려준다.

경제적으로나 가정적으로 유복하고 행복한 나날을 보내던 찰스 플릿크래프트는 어느 날 점심을 먹으러 가다가 우연히 공사장 앞을 지나는데 10층 정도 높이에서 철제 빔이 떨어져 바로 앞의 보도가 박살이 난다. 깨진 보도 조각이 튀어올라 그의 뺨을 강타하는 바람에 상처를 입었지만 다행히 치명적인 것은 아니다.

"그는 당연히 머리가 쭈뼛 섰지만 경악했다기 보다는 충격을 받았다고 했어요. 누군가 인생의 어두운 문을 열고 그 안을 보여준 것 같았다고 하더군요."

그는 훌륭한 시민이자 좋은 남편이고 아버지였다. 자신이 아는 인생은 공평하고 정연하고 이성적이고 책임 있는 그런 것이었다. 그런데 공사장에서 떨어진 철제 빔이 그에게 인생은 본래 그런 것과 아무 상관이 없다는 사실을 보여준 것이다. 그가 아무리 모범적으로 살아도 어느 날 식당 가는 길에 공사장에서 떨어진 무언가에 맞아 즉사할 수 있다. 죽음이란 이처럼 마구잡이로 찾아오며, 사람은 눈먼 운명이 허락하는 한에서만 평범한 일상을 살아갈 수 있는 것이다.

그 순간 그는 깨닫는다. 지금까지 안락하고 확실해 보이는 인생을 살아왔는데, 그것이 실은 진짜 인생이 아니라 인생 본연의 길에서 벗어난 것이었음을 알게 된 것이다. 그는 인생을 바꾸겠다고 결심한다. 그리고 변화의 방법을 찾는다. 난데없는 철제 빔의 추락으로 자기 인생이 끝날 수도 있었으니 자기도 난데없이 살던 곳을 떠나기로 한 것이다.

그는 점심 식사를 마친 뒤 모든 것을 남겨둔 채 가족들에게 작별인사도 하지 않고 떠난다. 그러고는 두어 해 동안 정처 없이 떠돌다가 자기가 살던 곳 인근에 정착한다. 첫 부인과 비슷한 두 번째 부인을 얻어 가정을 꾸리고 골프도 다시 시작하고 친구도 새로 사귄다. 찰스라는 이름도 바꾸지 않고 성만 피어스로 바꾼다. 이처럼 예전과 똑같은 일상으로 돌아갔지만 자신이 두고 떠났던 똑같은 생활로 빠져들었다는 사실조차 모른다.

"그 사람은 철제 빔 사건 때문에 인생을 바꾸었습니다. 하지만 그 뒤로는 빔이 떨어지지 않았으니, 빔이 떨어지지 않는 생활에 인생을 맞춘 거죠."

작품 속에서 사건의 발단이 된 몰타의 매는 황금과 보석으로 만들어졌다는 전설 속의 보물이지만 결국 가짜로 판명 난다. 이것을 손에 넣기 위해 살인극까지 벌어지고 사랑과 배신, 탐욕이 물결쳤던 것이다.

문득 눈을 떠보니 세상이 전혀 달라 보일 때가 있다. 아, 인생이란 게 이런 거구나 하는 갑작스러운 깨달음. 지나온 삶이 주마등처럼 스쳐 지나간다. 불현듯 일탈에의 욕구가 불쑥 솟아오르지만 그렇다고 매일같이 영위하는 안락한 일상에서 벗어나지는 못한다. 설사 플릿크래프트처럼 모든 것을 버리고 떠난다 해도 결국 다시 일상으로 돌아와 하루하루의 삶을 살아가야 한다. 깨달음을 얻었다고 해서 삶이 끝나는 것은 아니다. 그 이후에도 계속해서 일상을 살아가야 하는 것이다.

한없이 소중하면서도 신기루처럼 불안정한 일상, 이 작품에서 언뜻 내비치는 우리 삶의 비밀은 바로 여기에 숨어있는 게 아닐까?

Dubliners / James Joyce

So she had had that romance in her life:
a man had died for her sake.

그래, 아내의 삶에도 그런 로맨스가 있었구나. 한 남자가 아내 때문에 죽었어.

....
제임스 조이스(1882~1941) 아일랜드 태생의 시인이자 소설가로 더블린의 유니버시티 칼리지에서 문학과 언어학을 전공했다. 시골처녀 노라와 사랑에 빠져 유럽으로 도피한 일화가 유명하다. 무명 작가 시설 초등학교 임시교사 등으로 생계를 이으며 창작에 몰두했다. 대표작으로는 '의식의 흐름'이라는 혁신적인 소설 기법과 '내면적 독백'이라는 실험적인 언어 구사로 유명한 《율리시즈》와 《피네건의 경야》가 있다.

삶이란 누군가와의 애틋한 추억을 쌓아가는 일

신문에 실린 인사동정 난에서 동창생의 이름을 발견하곤 혹시 내가 뒤처지고 있는 게 아닌가 하는 기분에 사로잡힌 적이 한두 번쯤 있었을 것이다. 나보다 능력이 한참 떨어지는 친구였는데, 그러면서 부질없이 자신의 불운을 탓해보기도 했을 것이다. 《더블린 사람들》에 나오는 챈들러처럼 말이다.

《더블린 사람들》은 제임스 조이스의 처녀작으로 20세기 초 더블린을 배경으로 한 열다섯 편의 이야기를 묶은 것인데, 챈들러는 여덟 번째 단편 〈작은 구름〉의 주인공이다. 서른두 살의 시인 지망생 챈들러는 8년 만에 옛 친구 갤러허를 만난다. 런던에서 기자로 성공한 갤러허는 겉만 번지르르한 속물이지만 챈들러는 그래도 친구가 부럽다.

"자신의 삶과 친구의 삶이 완전히 딴판이라는 사실을 뼈저리게 느끼면서 뭔가 불공평하다는 생각이 들었다. 갤러허의 가문이나 학력은 자기보다 못했다. 도대체 나의 길을 막고 있는 건 뭐란 말인가?"

그는 아내가 부탁한 커피를 사오는 것도 잊은 채 집으로 돌아온다. 할부로 구입한 가구 대금도 다 갚지 못한 처지, 갤러허처럼 대담하게 살아보기에는 너무 늦은 것 같다. 그래도 시집을 한 권 출판하면 길이 트일 것도 같다. 그는 바이런의 시를 읽으며 몇 시간 전 느꼈던 시상을 떠올린다. 그 순간 잠에서 깬 갓난아기가 울기 시작한다. 그는 도저히 시를 읽을 수가 없어 버럭 고함을 지른다. 아기는 자지러지면서 비명을 지르고 숨조차 제대로 쉬지 못한다. 아내가 아기를 겨우 진정시키자 그는 뉘우침의 눈물을 흘린다.

뭔가 느껴지지 않는가?《더블린 사람들》은 수록 순서에 따라 주인공들의 유년기와 청년기, 성년기를 보여주는 일종의 연작소설 구성인데, 여느 단편소설들처럼 극적인 반전이 있다거나 짜릿한 재미를 주는 건 아니지만 한 편 한 편마다 가슴 뭉클한 감동을 선사한다. 게다가 조이스 특유의 '의식의 흐름'을 읽을 수 있고, 단편소설이라 더 와 닿는 서정적이면서도 섬세한 감성을 느낄 수 있다.

조이스는 영국의 식민 지배 아래서 무기력하게 살아가는 더블린 사람들의 마비된 삶을 그렸다고 했지만, 굳이 식민지 상황을 전제하지 않더라도 이들의 적나라한 일상은 오늘을 살아가는 우리 이웃들의 모습과 별반 다를 바 없다.《더블린 사람들》은 그래서 벌써 100년도 더 지난 1914년에 발표된, 멀리 아일랜드를 무대로 한 소설임에도 불구하고 전혀 낯설지 않다.

짝사랑하는 이웃집 누나에게 줄 선물을 사러 동전 몇 푼 들고 바자회에 달려가는 소년, 가난에 찌든 삶을 벗어나려 하면서도 가족이라는 굴레 때문에 모처럼 찾아온 탈출의 기회를 끝내 붙잡지 못하는 처녀, 경제력이 있는 남자를 유혹해 결혼으로 옭아매려는 하숙집 모녀, 직장과 술집에서 참담한 수모를 겪고는 집으로 돌아와 어린 아들에게 화풀이하는 형편없는 가장.

조이스가 담아낸 일화들은 자신의 직접 체험 같기도 하고 담담하게 이웃을 관찰하고 탐구한 결과물인 것 같기도 하다. 등장하는 인물들 역시 대단한 사건이나 갈등의 주인공은 아니어도 그냥 꼭 껴안아주고 눈물을 닦아주고 싶은 그런 사람들이다. 완전히 속내를 보여주지 않는 이들의 미묘한 말 한마디 한마디와 내면과는 전혀 다르게 드러나는 행동 하나하나에는 작가가 감춰둔 동정심과 냉정함이 균형감 있게 버무려져 있다. 그래서 다 읽고 나면 나도 모르게 작은 탄식을 내뱉으며 소설이 주는 잔잔한 여운이라는 게 바로 이런 것이구나 하고 느끼게 되는 것이다.

그러면 열다섯 편의 이야기 가운데 가장 길고 여운도 제일 오래 남는 마지막 단편 〈죽은 자〉를 보자. 크리스마스 만찬에 참석한 뒤 호텔로 돌아온 가브리엘은 아내에게 육체적 욕구를 느끼지만 머뭇거리며 망설인다. 그런데 아내가 갑자기 그를 껴안으며 키스를 한다. 그는 행복감에 가슴이 터질 것 같다. 하지만 아내는 만찬에서 들었던 노래를 떠올리며 눈물을 흘린다. "아주 옛날에 그 노래를 부르던 사람이 생각나서요."

가브리엘은 아내의 옛 연인에 질투를 느끼며 분노한다. 그런데 그는 열일곱 나이에 죽었단다. 그것도 아내 때문에 죽은 것 같다고 한다. 워낙 병약했던 그는 아내가 수도원으로 떠나기 전날 밤 비를 맞으며 찾아왔다가 일주일만에 죽었다는 것이다. 가브리엘은 아내의 인생에서 남편인 자신이 얼마나 미미한 존재였는지 되돌아본다.

그러고는 자고 있는 아내의 모습을 물끄러미 쳐다보며 막 피어나던 처녀 시절 아내의 아리따운 모습은 어땠을까 하고 생각한다. 그러자 아내가 가엾어지면서 따뜻한 동정심이 우러난다. "그래, 아내의 삶에도 그런 로맨스가 있었구나. 한 남자가 아내 때문에 죽었어."

그 연인은 떠나는 아내에게 자기는 더 이상 살고 싶지 않다고 했다. 그리고 아내는 그의 마지막 눈길을 오랜 세월 마음속에 소중히 간직하고 있었다. 살아간다는 것은 이처럼 누군가와의 애틋한 추억들을 쌓아가는 것임을 가브리엘은 깨닫는다. "사람은 모두 하나씩 하나씩 그림자가 되어 사라지는 것이다. 그렇다면 늙어서 기력이 쇠해 쓸쓸히 사라지는 것보다는 한창

불타오르는 넘치는 정열을 안고 대담하게 저 세상으로 가버리는 것이 더 나을 것이리라."

창문 밖에는 눈이 내린다. 살아있는 모든 사람과 죽은 사람들 위로 소리 없이 눈이 쌓여간다. 《더블린 사람들》의 이야기들은 모두 이렇게 상징적인 장면과 함께 끝난다. 그래서 한 편을 다 읽고 나면 빛 바랜 흑백사진처럼 아련한 기억들이 떠오르는 것이다. 살아간다는 게 이런 거구나. 그래, 눈이 내리고 또 녹는 거겠지.

그리고 앞서가는 동창생들도 어느새 그저 담담하게 바라볼 수 있게 된다. 마치 내가 좋아하는 시인 이시카와 다쿠보쿠石川啄木처럼 스스로를 위안하게 되는 것이다. "친구들이 나보다 훌륭해 보이는 날은 꽃 사 들고 돌아와 아내와 즐겼노라."《나를 사랑하는 노래》 가운데)

■ **사일러스 마너**

Silas Marner / George Eliot

It's never too late to turn over a new leaf.

새로운 생활을 시작하기에 너무 늦은 경우란 없어요.

조지 엘리엇(1819~1880) 본명은 메리 앤 에반스*Mary Ann Evans*로 여류 작가에 대한 당대의 사회적 편견 때문에 남성 필명으로 작품 활동을 시작했다. 젊은 시절 런던 출판계에서 활동하며 유부남인 비평가 조지 헨리 루이스와 동거해 주변으로부터 따돌림을 받았으나, 루이스의 조언과 격려 덕분에 소설가의 길을 갈 수 있었다. 전원생활을 배경으로 한 자전적 소설을 많이 썼으며 인간의 심리묘사에 뛰어났다.

보이는가, 당신을 보고 있는 바로 곁의 보물

금, 원소기호 Au, 원자번호 79, 원자량 196.9665, 몇 가지 산업적 용도와 치과용으로 쓰이며, 오래 전부터 주화 재료로 인기 있었고, 장신구의 매력적인 재료가 된다.

하지만 이 노란색 금속 고체에 본질적인 가치는 하나도 없다. 필수품도 되지 못하고, 화폐가치에서도 항상 기준이 되는 것은 아니다. 금이 없어도 우리는 얼마든지 살아갈 수 있다. 그런데도 사람들은 금만 보면 황홀해하고 금을 모으는 데서 행복을 느끼기도 한다.

알렉산드르 푸슈킨은 희곡《인색한 기사》에서 금이 주는 정신적인 만족감을 극명하게 그려냈다. 말라버린 빵 껍질과 물만 먹으며 돈을 모으는 늙은 남작은 지하실 궤짝에 쌓아둔 황금을 바라볼 때마다 희열과 쾌감을 느낀다.

"나는 온종일 기다린다. 내 은밀한 지하실에 내려갈 순간을! 궤짝을 열 때면 언제나 흥분과 전율이 느껴진다. 알 수 없는 감정이 복받쳐 가슴을 죄어온다. 오, 여기 나의 지극한 행복이 있다! 오늘은 나만의 향연을 베풀리라. 궤짝마다 앞에 촛불을 켜고, 모든 궤짝을 열어젖히고, 그 안의 번쩍이는 덩어리를 바라보리라. 나는 황제다! 이 얼마나 매혹적인 광채인가!"

조지 엘리엇의 소설 《사일러스 마너》의 주인공 사일러스 마너 역시 이런 인물이었다. 성실한 아마포 직조공인 마너는 친구의 배신으로 도둑 누명을 쓰고 고향을 떠나 시골마을 래블로로 이주한다. 실 짜는 거미처럼 휴일도 없이 베틀에 앉아 일만 하는 그에게 유일한 낙이 있다면 옷감을 짜서 벌어들인 금화를 보며 향연을 즐기는 것이다.

"금화가 검은 가죽부대에서 쏟아져 나올 때면 얼마나 밝게 빛나던가! 그는 그 돈을 모두 사랑했다. 금화를 수북이 쌓아 놓고 그 속에 손을 담가보기도 하고, 하나씩 차곡차곡 쌓아 올리며 세어보기도 했다."

그렇게 15년간 이웃과의 교류도 없이 고립된 채 살아가던 그에게 큰 변화가 닥친다. 금화를 도난 당한 것이다. 그는 상실감 때문에 삶의 의욕을 잃고 절망에 빠진다. 하지만 덕분에 이웃들은 그를 따뜻하게 대한다. "마너 씨, 새로운 생활을 시작하기에 너무 늦은 경우란 없어요."

마너는 금화를 잃어버린 뒤 문을 열어둔 채 멍하니 바깥을 바라보곤 했는데, 섣달그믐날 저녁 자기도 모르는 새 뭔가가 들어온 것 같았다. 오싹한 기운을 느끼며 벽난로 쪽으로 돌아오니 마룻바닥에 금화가 놓여 있는 게 보였다. 금화다! 그는 심장이 뛰는 것을 느끼며 손을 뻗었다. 그런데 그의 손에는 차갑고 딱딱한 금화가 아니라 곱고 부드러운 금발머리가 닿았다. 난롯가에 두 살배기 여자아이가 잠들어 있는 것이었다.

아이의 반짝이는 금발 곱슬머리를 금화로 착각하고 순간적으로 들떴던 마너는 그 아이의 엄마가 눈보라 속에서 죽고 아버지도 없다는 사실을 알게 된다. "그렇습니다. 문이 열려 있었죠. 어딘지 알 수 없는 곳으로 돈이 가버렸고, 역시 알 수 없는 곳에서 이 아이가 왔답니다."

마너는 이 아이가 저 머나먼 날의 삶에서 그에게 보내진 메시지라고 생각한다. 그때부터 차가운 금화 대신 에피를 딸로 키우며 자기를 버렸던 세상에 마음의 문을 연다.

"자신에게 아무것도 요구하지 않던 금화, 그래서 꼭꼭 잠긴 고독 속에서 숭배했던 금화, 새소리도 듣지 않고 사람의 노래에도 아무 반응을 보이지 않던 금화와는 달리, 에피는 끊임없이 그를 불러내고 일깨워주었으며 햇빛과 소리, 살아있는 움직임을 찾아 다니며 기뻐했다."

삶이란 이런 것이다. 아무리 좋아도 잡을 수 없지만, 어느 날 문득 찾아오는 무언가와 조우하는 게 바로 우리 인생이다. 돈이 아니라 사랑에 눈 떠보라. 마너처럼 말이다.

이제 그는 애써 번 돈을 만져도 예전처럼 만족스러운 전율이 느껴지지 않았다. 돈 버는 일을 목표로 했을 때는 고립되고 의미 없는 삶을 살았다. 그런데 금더미가 없어지자 비로소 사랑을 발견하고 인간성을 회복한 것이다.

"옛날에는 천사가 나타나 사람들의 손을 잡고 파멸의 도시 밖으로 인도해주었다. 지금 세상에서 우리는 그런 천사를 볼 수 없다. 그러나 아직도 사람들은 파멸의 위험에서 구원을 받는다. 그 구원의 손길은 사람들을 밝고 조용한 땅으로 부드럽게 인도해준다. 그리고 그 손은 어린아이의 손일 수도 있다."

그 뒤의 스토리는 다소 진부한 것일 수 있다. 에피의 친아버지가 찾아오고, 그가 16년 전 부유한 지주 집안의 상속녀와 결혼하기 위해 동거녀와 에피를 버렸다는 사실을 고백하지만 에피는 마너의 곁을 떠나지 않는다. 마너는 에피의 손을 잡고 결혼식장에 들어간다. "자기에게 찾아온 복을 문간에서 걷어차면, 그 복은 기꺼이 받고자 하는 사람에게로 갑니다."

마너는 마지막으로 고향마을을 찾아간다. 그런데 다 사라지고 없다. 자신이 누명을 썼던 사건의 진상이 밝혀졌는지조차 알 수 없다. 그가 겪었던 숱한 고통들, 하지만 그것이 그른 것이었는지 옳은 것이었는지는 알 수 없다. 모든 일들의 진상은 다 알려지지 않은 채 남아 있고, 그것이 하늘의 뜻일지도 모른다. 엘리엇은 윈스럽 부인의 입을 빌어 꼭 하고 싶었던 말을 한다.

"마녀 씨, 당신은 한때 어려운 일을 당했지요. 당신은 절대 그 뜻을 모를 거에요. 하지만 그렇다고 해서, 당신과 제가 모른다고 해서 선이 존재하지 않는다고는 할 수 없죠."

그에게서 금화를 훔쳐갔던 범인이 뒤늦게 죽은 채 발견되고 마녀는 잃어버렸던 금화를 되찾지만 그에게 그것은 더 이상 보물이 아니다. 그런 것이다. 찾기 위해 고생하고 위험을 무릅쓸 필요를 전혀 느끼지 못하는 보물, 그것만이 진정한 보물이다. 당신은 아직도 눈부신 보물을 찾아 밤낮 헤매고 다니는가? 진짜 보물은 바로 옆에서 지금 당신을 바라보고 있다.

To Kill a Mockingbird / Harper Lee

The one thing that doesn't abide by majority rule is a person's conscience.

다수결 원칙에 따르지 않는 것이 한 가지 있다면 그건 바로 한 인간의 양심이야.

하퍼 리(1926~2016) 미국 남부 앨라배마 주 출신으로 대학에서 법률을 공부한 뒤 항공사에서 일하다 친구들이 1년치 급여를 지원해준 덕분에 글쓰기에 전념할 수 있었다. 처녀작 《앵무새 죽이기》로 일약 대중적인 성공과 함께 퓰리처상까지 거머쥐었으나 그 뒤 다른 작품은 쓰지 않고 평생 은둔에 가까운 생활을 한 것으로 유명하다.

누구나 다 멋진 아버지가 될 수 있다

로버트 풀검의 수필집 제목처럼 우리는 정말 알아야 할 모든 것을 유치원 시절에 다 배웠는지 모른다. 그런데 그것을 잘 떠올리지 못하고 때로는 일부러 망각하기도 하고 가끔은 아예 모르는 척 한다.

《앵무새 죽이기》의 주인공이자 화자인 스카웃은 초등학교에 등교한 첫날부터 담임선생님한테 벌을 받는다. 마침 그날이 메이콤에 부임한 첫날이었던 담임선생님이 마을 분위기를 전혀 몰라 벌어졌던 일인데, 스카웃은 벌을 받은 게 억울할 뿐이다. 그런 딸에게 아빠 애티커스는 사람들과 잘 지낼 수 있는 간단한 요령 하나를 가르쳐준다. "누군가를 정말로 이해하려고 한다면 그 사람 입장에서 생각을 해야 하는 거야. 말하자면 그 사람 몸 속으로 들어가 그 삶이 되어서 걸어 다니는 거지."

틀림없이 들은 적이 있을 것이다. 상대방 입장이 되어보지 않고서는 그 사람을 진정으로 이해할 수 없다고. 이처럼 알고는 있지만 막상 살아가다 보면 자꾸만 잊어버리고 외면해버리는 것들이 너무나 많다.

애티커스의 집에서 일하는 캘퍼니아 아줌마는 왜 흑인 말투를 쓰냐는 스카웃의 물음에 친절하게 답해준다. "사람들은 자기보다 똑똑한 사람이 옆에 있는 걸 좋아하지 않아. 화가 나는 거지. 말을 올바로 한다고 해서 어느 누구도 변화시킬 수 없어. 그들은 스스로 배워야 하거든. 그들이 배우고 싶지 않다면 입을 꼭 다물고 있거나 아니면 그들처럼 말하는 수밖에."

이웃집 모디 아줌마도 중요한 걸 알려준다. "세상에는 이런 부류의 사람들이 있어. 죽은 뒤의 세계를 지나치게 걱정하느라 지금 이 세상에서 사는 법을 제대로 배우지 못한 사람들 말이야. 길거리를 쳐다보려무나. 그 결과를 보게 될 테니까."

애티커스는 마을사람들로부터 존경 받는 변호사지만 학교를 다닌 적은 없다. 그가 혼자서 터득한 이 가르침은 신문기자였던 나에게 특히 와 닿는다. "형용사를 몽땅 빼버리고 나면 사실만 남게 된다."

《앵무새 죽이기》의 큰 줄거리는 대공황 시기 앨라배마 주의 한 마을에서 백인 여성을 성폭행한 혐의로 재판을 받고 있는 한 흑인을 애티커스가 변론하는 것이지만 법정 소설은 아니다. 오히려 작가의 분신인 스카웃이 정신적으로 성숙해가는 과정을 섬세하게 그려낸 성장 소설이라고 할 수 있다.

학교에서 아이들이 아빠를 깜둥이 애인*nigger-lover*이라고 놀려대자 스카웃은 아빠에게 왜 흑인을 변호하느냐고 묻는다. "가장 중요한 이유는, 내가 그 일을 하지 않는다면 고개를 들고 다닐 수 없고, 이 지역을 대표해서 주 의회에 나갈 수 없고, 너랑 오빠에게 어떤 일을 하라고 다시는 말할 수조차 없기 때문이야."

재판에서 이길 것 같으냐는 질문에 애티커스는 아니라고 대답한다. "하지만 수백 년 동안 졌다고 해서 시작도 해보지 않고 이기려는 노력조차 포기해버릴 까닭은 없어. 모든 변호사는 적어도 평생에 한 번은 자신에게 영향을 끼치는 사건을 맡게 마련이란다. 내겐 이 사건이 바로 그래. 이 사건, 톰 로빈슨 사건은 말이다. 아주 중요한 한 인간의 양심과 관계 있는 문제야. 스카웃, 내가 그 사람을 도와주지 않는다면, 난 교회에 가서 하나님을 섬길 수가 없어."

정말로 중요한 건 법도 아니고 남들의 의견도 아니고 바로 우리 자신의 양심이다. 애티커스는 스카웃과 오빠 젬에게 "앵무새를 죽이는 건 죄가 된다는 점을 기억하라"고 말한다. 앵무새는 인간들의 채소밭에서 무엇을 따먹지도 않고 옥수수 창고에 둥지를 틀지도 않고 그저 마음을 열어놓고 노래를 부를 뿐인데, 이런 앵무새를 죽여서는 안 되는 것이다. 그런데 흑인 문제 같은 인종적인 편견이 개입되면 이성을 가진 사람들마저 갑자기 미친 것처럼 날뛰고, 그래서 톰 로빈슨처럼 이 세상에 아무런 해도 끼치지 않은 죄 없는 사람들이 고의적으로 혹은 부주의하게 죽임을 당하는 것이다.

나는 이 작품을 소설보다 먼저 영화로 봤는데, 애티커스 역을 맡은 그레고리 펙(이 작품으로 아카데미 남우주연상을 받았다)의 굵은 목소리와 진지한 표정이 무척 인상적이었다. 어린 딸에게 어쩌면 이토록 솔직하게 이야기할 수 있을까? 스카웃이 다른 사람들은 다 자기네가 옳고 아빠가 틀렸다고 생각하는 것 같다고 얘기하는 이 장면처럼 말이다.

"그들에겐 분명히 그렇게 생각할 권리가 있고, 따라서 그들의 의견을 충분히 존중해줘야 돼. 하지만 나는 다른 사람들과 같이 살아가기 전에 나 자신과 같이 살아야만 해. 다수결 원칙에 따르지 않는 것이 한 가지 있다면 그건 바로 한 인간의 양심이야."

나는 애티커스의 이 말을 들으면서 '한 사람으로서의 다수 *majority of one*'를 떠올렸다. 헨리 데이비드 소로가 〈시민 불복종〉에서 말했던 삶의 원칙 말이다. "만약 그가 하느님을 자기편으로 두었다면 그것으로 충분하며, 누구든 그가 다른 사람보다 더 외롭다면 그는 이미 '한 사람으로서의 다수'가 되어 있는 것이다." 소로는 비인간적인 노예제도를 용인하는 정부는 인정할 수 없었고 세금도 내지 않았다. 그는 주장하기를, 단 한 명의 정직한 사람이라도 노예 소유하기를 그만두고 노예제도의 방조자 역할에서 물러날 때, 그로 인해 그 사람이 형무소에 갇히게 될 때 노예제도는 폐지될 것이라고 했다. 애티커스가 딸에게 해준 말도 실은 똑같은 것이다.

어느새 아홉 살이 된 스카웃은 문득 자신이 부쩍 나이가 든 것 같다고 느낀다. "집을 향해 걸어가는 동안 나는 오빠랑 내가 컸다는 생각이 들었다. 아마 수학을 빼놓고는 이제 우리가 배워야 할 것이 별로 많은 것 같지 않았다." 그런 딸에게 아빠는 마지막 가르침을 들려준다. "스카웃, 궁극적으로 잘만 보면 대부분의 사람들은 다 멋지단다."

이런 매력적인 아버지를 둔 딸은 금세 철이 들겠지만, 사실 누구나 다 이렇게 멋진 아버지가 될 수 있다. 유치원 시절 배웠던 것만 잊지 않는다면 말이다.

■ **죽음의 수용소에서**

Man's Search for Meaning / Viktor Frankl

It did not really matter what we expected from life, but rather what life expected from us.

정말로 중요한 것은 우리가 삶에 무엇을 기대하느냐가 아니라
삶이 우리에게 무엇을 기대하느냐는 것이다.

빅터 프랭클(1905~1997) 오스트리아 빈 대학에서 의학박사와 철학박사 학위를 받았으며, 빈 의과대학의 신경학 및 심리치료학 교수로 일했다. 그가 창시한 로고세라피*logotherapy* 이론은 현대의 새로운 실존분석학으로서, 프로이트의 정신분석과 아들러의 개인 심리학에 이은 '제3 빈 심리치료학파'로 불린다.

헤쳐나가야 할 고통이 얼마나 많은가

이 책을 처음 읽었던 순간을 나는 잊지 못한다. 어느 작가가 지적했듯이, 한 인간이 삶을 살아가는 동안에 얻는 위대한 계시란 매우 드문 것이어서 기껏해야 한두 번일 수 있다. 마치 그 계시처럼 이 책은 나를 찾아와 나의 머리통을 아주 세차게 내갈겼다. "살아가야 할 이유*why*가 있는 사람은 어떠한 방식*how*에도 견딜 수 있다."

빅터 프랭클의 《죽음의 수용소에서》는 심리학자이자 정신과 의사인 저자가 아우슈비츠를 비롯한 네 곳의 유태인 강제수용소에서 겪은 일을 적어놓은 것이다. 그렇다고 영화에서 본 것 같은 수용소의 끔찍한 참상을 고발하는 내용은 아니다. 오히려 굽힐 줄 모르는 낙관주의와 끊임없이 용솟음치는 삶의 의지를 읽을 수 있다. 이 책의 주제는 절망이 아니라 희망이다.

강제노역을 하던 어느날 한 수감자가 기막힌 일몰 광경을 바라보며 말한다. "세상은 이 얼마나 아름다울 수 있는가!" 이들은 하루 종일 숲 속에서 비밀 군수공장 짓는 일을 하느라 기진맥진해 있었다. 그런데 고개를 들어보니 불타오르는 구름들은 강철빛에서 핏빛으로 변해가고 있었고 하늘 전체가 살아있는 것 같았다. 프랭클은 이렇게 덧붙인다. "모든 것을 빼앗겼음에도 불구하고, 아니 어쩌면 바로 그 때문에 우리는 자연의 아름다움, 그토록 오랜 세월 깨닫지 못하고 지나쳤던 아름다움에 넋을 잃었던 것이다."

자연의 아름다움뿐만이 아니다. 수감자들은 감시병들로부터 '돼지새끼들'이라는 모욕을 듣지만 비로소 진정한 사랑이 무엇인가를 깨닫는다. 프랭클은 얼어붙은 땅에 곡괭이를 찍으며 아내를 생각한다. 손도 발도 머리도 추위로 전부 마비돼 있었지만 마음만은 여전히 아내와 함께 한다. 그는 아내가 살아있는지조차 알지 못하지만 사랑은 육신을 초월해서 존재함을 느낀다. 그 사람이 지금 실제로 존재하는가는 중요하지 않으니까. 사랑이란 내면으로 느끼는 것이며 영적인 것으로서만 깊은 의미를 갖는 것이니까.

다들 그런 경우 있었을 것이다. 정말로 힘들 때 지난날에 있었던 일들을 생각하며 추억에 잠기기도 하고 상상의 나래를 펼치기도 했던 경우 말이다. 한번 더 힘을 내서 이 고비를 무사히 넘기면, 그렇게 해서 다시 평온을 되찾으면, 하고 생각할 때 머릿속에 떠오르는 것은 대단한 사건들이 아니라 대개 소소한 일들이다. 아내와 함께 집 근처 공원을 산책했던 날, 언젠가 다시 그런 시간이 찾아오겠지, 그때는….

《죽음의 수용소에서》를 읽다가 몇 번씩이나 나도 모르게 책을 덮고 멀리 창 밖을 바라보아야 했던 대목을 보자. 잿빛 새벽이 감싸고 있던 어느 날의 광경이다. 하늘도 잿빛이고, 흩날리는 눈발도 잿빛이며, 그와 동료들이 걸치고 있는 누더기도 잿빛이고, 그들의 얼굴도 잿빛이었다. 그는 죽음이 눈앞에 닥쳐왔다는 절망감에 마지막으로 저항하다가 조용히 아내와 대화를 나눈다. 그러자 아내가 실제로 곁에 있는 것처럼 느껴진다. 손을 뻗으면 그녀의 손을 잡을 수 있을 것 같다. 그 느낌은 아주 강하게 와 닿는다.

그 순간 대지를 뒤덮고 있는 암울한 빛을 뚫고 무언가가 나오는 것을 깨닫는다. 그것은 그의 영혼이고 아내의 사랑이었다. 문득 새 한 마리가 소리 없이 날아오더니 그의 바로 앞, 그가 도랑을 파며 쌓아놓은 흙더미 위에 앉더니 그를 물끄러미 바라본다. 프랭클은 더 이상 이야기하지 않고 다음 장면으로 넘어가는데, 나중에야 그는 설명한다. 전쟁이 끝나고 나서야 알게 되었지만 이때는 이미 그의 아내가 세상을 떠난 다음이었다고.

《죽음의 수용소에서》는 이처럼 우리에게 위안을 주는 것들은 바깥이 아니라 우리 안에 있음을 알려준다. 프랭클은 훗날 새로운 심리치료 기법으로 로고세라피 이론을 창안했는데, 이를 한마디로 요약하면 환자가 자기 삶의 의미를 있는 그대로 바라보고, 그런 노력에서 살아가고자 하는 동기를 스스로 찾는 것이다. 가령 프랭클이 자기를 찾아온 환자에게 "왜 자살하지 않습니까?"라고 묻는 것도 그 대답 속에 치료 방법이 들어있기 때문이다.

어떤 환자는 자식들이 눈에 밟혀서, 어떤 환자는 꼭 해야만 할 일이 있는데 아직 끝마치지 못해서, 어떤 환자는 사랑하는 사람과의 약속 때문에 죽지 못한다고 말한다. 그러니까 아무리 힘들고 어려운 사람도 다 살아가야 할 이유가 있는 것이다. 살아가야 할 이유가 되는 이런 가느다란 실들이 꼬이고 엮여서 삶의 의미와 책임을 만들어내고, 우리는 그런 인생을 살아가는 자신을 발견하는 것이다.

아우슈비츠에 수용된 프랭클을 다시 만나보자. 그는 가족과 재산, 심지어 숨겨두었던 원고까지 빼앗긴 채 벌거숭이 몸뚱이만 남는다. 악과 고통과 죽음으로 둘러싸인 수용소 생활은 그를 절망 속으로 밀어넣지만, 그러나 그가 굶주림과 굴욕, 두려움과 분노에 치를 떨면서도 희망을 잃지 않을 수 있었던 것은 그의 내면에 남아있는 선과 고귀함과 삶에 대한 긍정 덕분이었다. 직접 들어보자.

"막사 앞을 지나가며 다른 사람들을 위로해주거나 자기에게 남은 마지막 빵 한 조각까지 다 주어버리던 사람들을 기억할 수 있다. 물론 그런 사람은 극소수였다. 그러나 그들은 만족할 만한 증거를 제시해준다. 한 인간에게서 모든 것을 다 빼앗을 수는 있으나 단 한 가지 빼앗을 수 없는 것이 있으니, 그것은 인간의 마지막 자유, 즉 어떠한 환경에 놓이더라도 자신의 태도를 선택하고 자기만의 방식을 선택할 수 있는 자유다."

몹시 춥고 매서운 바람이 후려치던 새벽, 그는 찢어진 신발 때문에 발이 너무 아파 울면서 작업장까지 몇 킬로미터를 절름거리며 걸어갔다. 그때 억지로라도 생각을 다른 데로 돌리기 위해 자신이 강의실 강단에 서있는 모습을 상상했고, 스피노자의 말을 떠올렸다. "고통이라는 감정은 분명하고 정확하게 그 실체를 파악하고 나면 더 이상 고통을 주지 못한다."

그는 인간이 고통과 불행을 겪으면 겪을수록 그것의 가치는 헛되지 않으며, 삶의 의미는 그만큼 더 깊어지는 것이라는 낙관적 믿음을 보여준다. "수용소에 있는 사람들 대부분이 자신의 삶에서 참된 기회들은 지나가 버렸다고 믿었다. 하지만 사실은 한 번의 기회와 한 번의 도전이 더 있었다. 그런 고난을 극복해냄으로써 자신의 삶을 내면의 승리로 변화시킬 수도 있었고, 아니면 수감자들 대다수가 그랬듯이 도전을 무시하고 그저 식물처럼 살아갈 수도 있었다."

그는 수도 없이 목격했다. 자신의 미래에 대한 믿음을 상실한 수감자는 파멸되어갔다. 미래에 대한 믿음을 잃어버리면서 정신력까지도 함께 잃어버렸던 것이다. "슬프게도 자신의 삶에서 더 이상 어떤 의미도 찾을 수 없는 사람은 목표도, 목적도 없었다. 그러니 계속 살아봐야 아무 소용이 없었다. 그런 사람은 곧 죽었다."

프랭클은 진정으로 필요한 것은 삶에 대한 우리의 태도를 근본적으로 변화시키는 것이라고 말한다. "정말로 중요한 것은 우리가 삶에 무엇을 기대하느냐가 아니라 삶이 우리에게 무엇을 기대하느냐는 것이다. 우리는 이것을 배워야 했고, 절망에 빠진 사람들에게 가르쳐주어야 했다. 우리는 삶의 의미에 대해 질문하기를 멈추고, 대신 자신이 삶으로부터 끊임없이 질문을 받는다고 생각할 필요가 있었다. 우리의 대답은 말과 사고가 아니라 올바른 행동과 처신이어야 했다."

그렇지 않은가. 삶이란 우리가 살아가는 행위이자 어떤 상황에서도 포기할 수 없는, 선택할 수 있는 자유라고 할 수 있다. 삶의 의미란 고통 받고 죽어가는 모든 것들을 두 팔 벌려 껴안는 것이다. "헤쳐나가야 할 고통이 얼마나 많은가!" 산다는 것은 고통스럽기 마련이며, 살아남는다는 것은 고통 속에서 그 의미를 발견해야 하는 것이다. 아무도 그것이 무엇인지 말해줄 수 없다. 각자가 스스로 찾아내야 한다.

고통에 등을 돌리지 않고 그것을 나에게 주어진 하나의 과업으로 받아들이면, 그 속에 성취할 기회가 숨겨져 있음을 깨닫게 된다. 이제 자신이 존재해야 할 '이유'를 알게 됐으니 어떠한 '방식'에도 참고 견딜 수 있는 것이다. 이것이 바로 내가 성장하는 길이고, 성공이나 행복 같은 것들은 그 뒤에 부수적으로 따라오는 것이다.

《죽음의 수용소에서》가 처음 출판됐을 때 표지에는 프랭클의 이름이 없었다. 그는 의사로서 수십 권의 책을 썼지만, 이 책은 저자로서의 명성과 관계없이 익명으로 출판하려고 했다. 그런데 가장 유명한 그의 저서가 된 것이다. 그는 말한다. "성공을 목표로 삼지 말라. 성공이란 행복과 마찬가지로 추구해서 얻어지는 것이 아니다. 그것은 훌륭하고 보람 있는 일에 헌신함으로써, 혹은 자기보다는 다른 사람에게 자신을 내어줌으로써 얻어지는 의도되지 않은 부산물일 뿐이다."

잡을 수 없는 것의 아름다움

■ 위대한 개츠비

The Great Gatsby / F. Scott Fitzgerald

At his lips' touch she blossomed for him
like a flower and the incarnation was complete.

그의 입술에 닿자 그녀는 한 송이 꽃처럼 피어났고, 그는 새로이 태어났다.

F. 스콧 피츠제럴드(1896~1940) 프린스턴 대학교를 중퇴한 뒤 작품 활동을 시작해 24세 때 발표한 소설 《밤은 부드러워》가 큰 성공을 거두면서 일찌감치 유명 작가의 반열에 올랐다. 그러나 두 번째 작품 《아름다운 저주받은 사람들》과 세 번째 작품 《위대한 개츠비》가 비평가들의 호평에도 불구하고 상업적으로 실패하면서 잊혀진 작가로 죽음을 맞았다. 미완성 유작 《마지막 대군》을 비롯한 다섯 편의 장편소설과 178편의 단편소설을 남겼다.

꿈과 희망까지 버릴 순 없는 인생이기에

실패한 자만이 성공의 진정한 의미를 이해할 수 있다. 그런 점에서 실패만큼 사람을 성숙하게 만드는 것도 없다. 사랑도 그렇다. 실연失戀의 아픔을 겪어본 사람만이 사랑의 진정한 의미를 이해할 수 있고, 이루지 못한 사랑만큼 아름다운 것도 없다.

　프랜시스 스콧 피츠제럴드는 일반적인 성공의 기준을 따르자면 실패한 작가로 삶을 마쳤다. 살아있는 동안 자신이 쓴 작품들 대부분이 대중의 무관심 속에 절판되는 것을 지켜봐야 했고, 지금은 미국에서만 한 해 30만 부 이상 팔리는 《위대한 개츠비》조차 출간 첫 해 평론가들로부터 반짝 주목을 받았을 뿐 그 뒤로는 거의 팔리지 않았다. 죽기 직전 그가 출판사로부터 마지막으로 받은 인세는 13달러에 불과했다. 그는 아내 젤다에게 보낸 편지에서 절망적인 심정으로 이렇게 썼다. "이제 나는 완전히 잊혀졌소."

　대개의 작가들이 그렇듯 피츠제럴드 역시 자기가 겪은 체험을 소재로 한 작품을 주로 썼는데, 그러다 보니 부잣집 딸과 희망 없는 사랑에 빠진 가난한 청년의 이야기가 제일 많다. 그의 말을 직접 들어보자. "개츠비의 주제는 가난한 청년은 돈 많은 집안의 여성과 결혼할 수 없다는 통념에 대한 고발이다. 이러한 주제는 앞으로도 계속될 것이다. 왜냐하면 바로 내가 그런 삶을 살았기 때문이다."

피츠제럴드의 말처럼 《위대한 개츠비》뿐만 아니라 그의 처녀작 《낙원의 이쪽》과 단편소설 〈겨울꿈〉을 읽어보면 자신의 이야기를 토대로 쓴 작품이라는 점을 한눈에 알 수 있다. 아름답고 도도한 여자 주인공은 돈 때문에 결혼하는 속물이지만 그렇다고 무조건 미워할 수만은 없는 인물로 그려진다. 가난 때문에 실연의 아픔을 겪어야 하는 남자 주인공 역시 한순간도 상대를 비난하거나 원망하지 않는다.

〈겨울꿈〉의 여주인공 주디를 보자. 그녀는 눈물을 흘리며 말한다. "난 누구보다 아름다워요. 그런데 왜 행복할 수 없나요?" 그녀의 윗입술에는 눈물 두 방울이 떨어져 맺혀 있다. "황금 천을 입혀놓은 에나멜 인형 같은" 그녀는 주인공 덱스터에게 미美의 이상이요 자부심이었지만 끝내 깊은 상처만 남기고 떠나가버린다. 그러나 작품의 마지막 장면에서 덱스터는 그녀를 원망하거나 미워하는 대신 이제는 더 이상 이 세상에 없을 그녀의 우수에 젖은 서글픈 두 눈과 목덜미에 난 부드러운 황금빛 솜털을 떠올리며 눈물을 흘린다.

《위대한 개츠비》의 여주인공 데이지는 주디처럼 순진하지도 않고 오히려 훨씬 더 가식적이다. 하지만 어딘지 백치미가 물씬 풍겨날 만큼 매력적이다. 그녀는 개츠비가 던져주는 고급 와이셔츠에 머리를 파묻고는 왈칵 울음을 터뜨린다. "너무나 아름다운 셔츠들이에요." 그런가 하면 '돈으로 가득한 목소리'로 개츠비에게 이렇게 속삭인다. "저것 좀 보세요. 저 핑크빛 구름 하나를 가져와 그 위에 당신을 태우고 이리저리 밀고 싶어요." 아무리 세상물정 모르는 철부지에다 돈밖에 모르는 속물이라 해도 이런 여인을 어떻게 미워할 수 있겠는가?

피츠제럴드의 첫사랑은 시카고의 쟁쟁한 명문가 출신인 지네브러 킹이었다. 그녀의 아버지 찰스 킹은 성공한 은행가로 손꼽히는 갑부였고, 지네브러는 미모와 총명함으로 이름을 날렸다. 하지만 가난한 피츠제럴드는 "지네브러와 함께 연극을 본 뒤 그녀를 전차로 바래다주어야" 했다. 지네브러는 결국 피츠제럴드를 "헌신짝처럼 차버리고" 돈 많은 남자를 택했다. 마치 데이지가 개츠비를 버리고 부잣집 자제인 톰 뷰캐넌과 결혼하듯이 말이다.

《위대한 개츠비》의 서두에서 작중 화자인 닉은 아버지로부터 들은 충고를 소개한다. "남을 비판하고 싶을 때는 늘 이 점을 명심해라. 이 세상 사람들이 다 너처럼 유리한 조건을 가진

게 아니라는 것을 말이다." 닉은 그래서 개츠비를 도덕적으로 판단하지 않는다. 개츠비를 회상하는 첫 장면에서 "그는 내가 드러내놓고 경멸해마지 않는 모든 것을 대변하는 인물"이었다고 소개하지만 곧바로 "삶의 가능성에 예민한 감수성을 지니고" 있었으며 결국 개츠비가 옳았다고 말한다.

개츠비가 밀주업과 도박, 불법 채권거래로 돈을 벌었지만 닉은 그를 비난하지 않는다. 개츠비에게 부는 어디까지나 수단에 불과했고, 그의 진짜 목적은 잃어버린 사랑을 되찾는 것이었기 때문이다. 개츠비의 꿈은 타락할 수 없는 것이었고, 정작 비난 받아야 할 대상은 개츠비를 희생물로 이용한 사람들이었다. 그래서 개츠비를 마지막으로 만나던 날 아침에는 그를 향해 이렇게 소리친다. "그 인간들은 썩어빠진 족속이오. 당신 한 사람이 그들을 모두 합쳐놓은 것만큼이나 훌륭합니다."

개츠비가 원한 것은 데이지가 남편 톰에게 "난 결코 당신을 사랑한 적이 없어요"라고 말하는 것이었다. 그 말 한 마디면 시간을 5년 전으로 되돌려 데이지를 다시 찾을 수 있다. 그러면 두 사람은 루이빌에 있는 그녀의 집으로 가서 결혼식을 올릴 수도 있을 것이다. 개츠비는 순진할 정도로 맹목적이다. 그러니 과거를 반복할 수는 없다는 닉의 말에 이처럼 단호하게 항변할밖에.

"과거를 반복할 수 없다고요? 아니죠, 그럴 수 있고 말고요!

전 모든 것을 옛날과 똑같이 돌려놓을 생각입니다." 개츠비는 이 말을 하면서 지나간 세월이 마치 자기 앞의 꽃밭 구석 어딘가에 숨겨져 있기라도 하다는 듯 주위를 두리번거린다.

하지만 막상 현실로 돌아오면 데이지는 우리가 상상하는, 아름답고 고상하고 우아한 여인과는 거리가 멀어도 한참 멀다. 외모만 매력적일 뿐 내면은 천박하다고 할 만한 여자다. 한마디로 개츠비가 그렇게 애써 되찾고자 할 만한 가치도 없는 여자라는 말이다.

그녀는 남편 톰의 불륜을 알면서도 지금 누리고 있는 안락을 버리려 하지 않는다. 딸을 출산하고는 눈물을 흘리며 혼자서 위안했을 정도다. "이 아이가 커서 바보가 되었으면 좋겠어." 그녀는 그렇게 중얼거렸다. 왜냐하면 계집애한테는 아름답고 귀여운 바보가 제일 낫다고 생각했으니까.

그녀는 스스로 아주 닳고닳은 여자라고 말할 뿐만 아니라 육촌오빠쯤 되는 닉이 보기에도 근본적으로 진실하지 못한 여자다. 상대방으로부터 자신에게 유리한 감정을 이끌어내기 위해 늘 귀여운 표정에 능글맞은 미소를 띠고 있다. 그녀의 남편 톰은 재벌 2세에 근육질의 건장한 체격이지만 안하무인의 성격에 함부로 폭력을 휘두르는 인종주의자다.

개츠비는 결국 이런 데이지와 톰 부부의 잘못된 행동 때문에 엉뚱한 죽음을 맞는다. 비극적이라고 하기에도 뭔가 아쉽고 안타깝고 허망한 죽음이다. 그런데 이처럼 허망하게 삶을 마치는 개츠비에게 '위대한'이라는 수식어를 붙여준 까닭은 무엇일까? 그것은 아마도 그가 품었던 꿈과 희망 때문이 아닐까?

너무나도 절실해 이루어질 수 없지만 그는 끝까지 포기하지 않고 데이지의 초록색 불빛을 향해 두 팔을 뻗는다. 톰과 데이지가 남태평양으로 신혼여행을 떠나있는 사이 개츠비는 군대에서 받은 마지막 봉급으로 그녀가 살던 곳을 찾는다. 그는 루이빌에 일주일 동안 머물면서 11월의 어느 날 밤 둘이서 거닐었던 거리를 서성거렸고, 그녀의 흰 색 자동차로 드라이브했던 호젓한 장소들을 다시 돌아보았다.

데이지가 살던 집은 여전히 신비롭고 즐거워 보였고, 비록 그녀는 떠나버리고 없었지만 루이빌 역시 우울한 아름다움으로 가득 차 있었다. 개츠비는 마침내 기차를 타고 그곳을 떠나면서 어쩐지 그녀를 뒤에 두고 떠나는 듯한 느낌이 들었다. 그리고는 좀더 애를 쓴다면 그녀를 찾아낼 수 있을 것이라는 생각을 한다. 그는 객차의 연결복도로 나가 접는 의자를 펴고 앉는다. 정거장을 벗어나자 노란색 전차 한 대가 멀리 시내 들판을 달려간다. 개츠비는 생각한다. 전차에 탄 사람들은 거리를 지나다 데이지의 하얗고 매력적인 얼굴을 한 번쯤은 보았을지 모른다. 개츠비의 이 절실함을 피츠제럴드는 마치 한 폭의 수채화를 그리듯 표현한다.

"철로가 꺾이면서 기차는 이제 태양에서 서서히 멀어져 가고 있었다. 태양은 점점 낮게 가라앉으며 그녀가 숨을 쉬던, 멀어져 가는 도시 위에 마치 축복이라도 내리는 것처럼 펼쳐지는 듯했다. 그는 마치 한 줌의 바람이라도 잡으려는 듯, 그녀가 있어 아름다웠던 그곳의 한 조각이라도 간직하려는 듯 필사적으로 손을 뻗었다. 그러나 이제 눈물로 흐려진 그의 눈으로 바라보기에는 도시가 너무나 빨리 지나가 버렸고, 그는 그 도시에서 가장 새롭고 가장 아름다운 것을 영원히 놓쳐 버렸다는 사실을 깨달았다."

닉이 개츠비를 처음 보았을 때도 그는 두 팔을 어두운 바다를 향해 뻗었는데, 만灣 건너편에는 데이지가 살았고 그곳의 부두 끝에는 항상 초록빛 불이 켜져 있었다. 개츠비가 마침내 데이지와 재회한 순간 불빛이 지니고 있던 의미도 달라진다. "그를 데이지와 갈라놓았던 머나먼 거리와 비교해보면 그 불빛은 그녀와 아주 가까이, 거의 손으로 만질 수 있을 정도로 가까이 있는 것 같았다."

닉은 고향으로 돌아가기 전 몰락한 개츠비의 저택을 찾아 그가 초록색 불빛을 처음 찾아냈을 때 느꼈을 경이감을 생각해본다. "개츠비는 그 초록색 불빛을, 해마다 우리 눈앞에서 뒤쪽으로 물러가고 있는 절정의 미래를 믿었던 것이다. 그것은 우리를 피해갔지만 문제될 것은 없다. 내일 우리는 더 빨리 달릴 것이고 더 멀리 팔을 뻗을 것이다…. 그리하여 우리는 조류를 거스르는 배처럼 끊임없이 과거로 떠밀려가면서도 앞으로 계속 나아가는 것이다."

《위대한 개츠비》의 배경은 재즈 시대*Jazz Age*로 불리는 1920년대다. 제1차 세계대전이 끝나고 호경기로 흥청거리던 시대 분위기가 작품 전반에 깔려있고, 물질적 풍요의 이면에 도사리고 있는 근심 없는 방종과 겉으로는 화려하고 고상하게 보이지만 한 꺼풀만 벗기면 탐욕과 이기심으로 가득한, 도덕적으로 마비돼버린 공허한 인간 군상들을 만날 수 있다.

정직하지 못한 프로골퍼 조던과 메이저리그 승부를 조작해전 국민을 속인 폭력배 울프심이 나오는가 하면, 궁전 같은 대저택에 살면서도 인간미라고는 전혀 찾아볼 수 없는 톰과 데이지 같은 부자들이 있고, 개츠비의 파티에 참석하는 불나방 같은 사람들은 금주법 시대인데도 늘 술에 취해 비틀거린다. 톰의 정부로 등장하는 머틀은 톰에게 맞아 코뼈가 부러지면서도 상류층 생활에 대한 환상을 버리지 못하고, 머틀의 남편 윌슨은 아내의 불륜과 죽음의 책임을 엉뚱한 사람에게 지워 개츠비를 죽이고 자신도 자살한다.

하지만 이 모든 것을 지켜보는 눈이 있으니 다름아닌 '재의 골짜기'에 서있는 T.J. 에클버그 박사의 거대한 두 눈이다. 어느 안과의사가 오래 전 세워놓은 광고판은 이제 버려진 채 색이 바랬지만 여전히 바라보고 있다. 윌슨은 이 거대한 두 눈을 쳐다보며 아내에게 외친다. "하나님은 당신이 한 짓을 전부 알고 있어. 하나도 빼놓지 않고 모두. 당신은 날 속일 수는 있어도 하나님은 못 속여!" 더 이상 하나님의 존재를 의식하지 않는 타락한 시대가 됐어도 하나님이 사라진 것은 아니라는 말이다.

사실 이 작품의 매력은 줄거리보다는 한 문장 한 문장의 시적인 표현과 은유에 있다. 개츠비가 데이지와 처음으로 입맞춤하는 장면을 보라. "그의 입술에 닿자 그녀는 한 송이 꽃처럼 피어났고, 그는 새로이 태어났다." 개츠비가 다시 찾으려 했던 과거는 바로 이 입맞춤의 순간이었을 것이다.

피츠제럴드가 《위대한 개츠비》를 발표했을 때의 나이는 스물아홉이었다. 그런데 닉은 작품 속에서 서른 번째 생일을 맞는다. "서른 살, 고독 속의 십 년을 약속하는 나이, 미혼인 친구가 점점 줄어드는 나이, 열정의 서류가방도 점점 얄팍해지는 나이, 머리숱도 점점 적어지는 나이다." 김광석의 노래 〈서른 즈음에〉서처럼 그렇게 점점 더 멀어져 가는 게 인생이지만 그렇다고 꿈과 희망까지 버릴 수는 없는 것이다.

■ 댈러웨이 부인

Mrs. Dalloway / Virginia Woolf

The clock was striking.
The leaden circles dissolved in the air.
시계가 종을 쳤다. 납처럼 둔중한 원이 공중으로 퍼져 나갔다.

버지니아 울프(1882~1941) 제임스 조이스와 함께 '의식의 흐름'이라는 실험적인 소설 기법을 개척했다는 평가를 받는다. 화가인 언니 바네사와 함께 케임브리지 대학 출신의 지식인, 예술가들과 블룸즈버리 그룹을 만들어 활동하기도 했으며 페미니즘 비평의 선구자로 꼽힌다. 어머니의 죽음과 함께 발병한 정신질환으로 고통받았으나 남편의 헌신적인 뒷받침 덕분에 창작에 대한 집념을 이어갈 수 있었다.

산다는 건 얼마나 좋은 일인가

상쾌한 6월의 아침, 창을 열면 마치 대기 속으로 뛰어드는 것만 같다. 댈러웨이 부인은 신선한 아침 공기를 맞으며 문득 열여덟 소녀시절을 떠올린다. 첫사랑 피터 월시는 그날 이렇게 말했던가? 30년도 더 지나, 그의 눈과 그의 미소, 그밖에 온갖 것들이 다 사라져버렸는데도 몇 마디 말은 또렷이 남아있다. "이상하기도 하지!"

《댈러웨이 부인》은 1923년 6월의 어느 날 여주인공 클라리사가 파티를 위해 꽃을 사러 가는 데서 시작해 그날 밤 파티를 마무리하는 데서 끝을 맺는다. 이 작품에는 늘 의식의 흐름이니 내적 독백이니 하는 문학적 수식이 따라붙는데, 이런 선입관을 갖고 읽으면 난해하기 짝이 없다. 그냥 평범한 여성의 하루도 얼마든지 소설 한 편으로 녹여낼 만큼 풍부할 수 있구나 하고 생각하면 쉽게 공감할 수 있다. 천천히 따라가보자.

클라리사가 빅토리아 스트리트를 건너려는 순간, 어떤 특별한 정적 내지는 엄숙함을 느낀다. 뭐라 형용할 수 없는 정지의 순간이다. 웨스트민스터 궁의 빅벤이 시종時鐘을 치기 직전의 조마조마함에 이어 오전 11시를 알리는 빅벤의 종소리가 퍼져 나간다. 묵직한 원을 그리며 공중으로 흩어져 가는, 돌이킬 수 없는 시간의 종소리 속에 "그녀가 사랑하는 것들이, 삶이, 런던이, 유월의 이 순간이" 들어있다. 경찰관이 손을 들어올리고 그녀는 인도로 올라선다. "오, 다시 한 번 살 수 있다면 얼마나 좋을까! 전혀 다른 모습이 될 수 있다면!"

올해 쉰둘이 되는 그녀는 여전히 날씬하고 우아하고 매력적이지만 전혀 아무것도 아닌 존재가 된 느낌이다. "보이지도 않고 알려지지도 않은 존재. 더는 결혼을 할 것도 아니고, 아이를 낳을 것도 아니고, 단지 사람들과 더불어 거리를 걸어가는, 이 놀랍고도 다분히 엄숙한 행진에 동참하고 있을 뿐이야. 클라리사조차도 더는 아니고, 그저 미세스 댈러웨이, 리처드 댈러웨이의 부인으로서."

집으로 돌아와 바느질을 하고 있는데 뜻밖에도 피터가 찾아온다. 그녀는 그를 바라보며 그 모든 시간과 그 모든 감정을 떠올리지만, 마치 새가 나뭇가지를 건드리고는 파드득 날아가 버리듯 곧 스스럼없이 눈물을 닦는다. "순간 그런 생각이 들었다. 만일 내가 이 사람과 결혼했더라면 이 명랑함이 온종일 내 것이 되었을 텐데! 그녀에게는 이미 끝난 일이었다."

그녀는 아직도 피터와 결혼하지 않은 것이 올바른 선택이었는지 자문하곤 한다. 피터는 그녀와 헤어진 뒤 결혼에 실패했고 아직도 방황하고 있다. 그 순간 피터가 그녀의 어깨를 감싸 쥐며 묻는다. "클라리사, 당신은 행복해요?" 그때 그녀의 딸 엘리자베스가 들어오고 피터는 황급히 떠나는데, 11시 반을 알리는 시계 소리가 겹겹이 육중한 원을 그리며 공중에 번져간다.

어떤가? 이 작품은 이 정도로 느리다. 처음부터 4분의 1이 넘게 읽었는데도 이제 겨우 30분이 흐른 것이다. 사실 30분도 무척 긴 시간이고 소설 한 편을 쓰기에 충분하다. 어차피 우리는 순간들을 살아가는 거니까. 그래서 셰익스피어가 오셀로에게 불어넣었던 그 강렬한 사랑의 느낌을 그녀는 두 번씩이나 읊조리는 것이다. "만일 내가 지금 죽더라도, 지금이야말로 가장 행복한 때이리."

사람들은 그녀가 파티를 여는 이유가 명사들을 주위에 불러 모으기를 좋아해서라고 말한다. 한마디로 속물이라고. 하지만 그녀는 단지 삶을 사랑할 뿐이다. "난 바로 그 때문에 파티를 여는 거야." 그 파티들이 무슨 의미가 있느냐는 질문에는 "그것은 하나의 봉헌奉獻"이라고 대답한다. 파티는 그녀에게 존재의 확인과도 같은 것이다.

"하루가 지나면 또 하루가 올 것이다. 수요일, 목요일, 금요일, 토요일. 아침에 일어나 하늘을 보고 공원을 산책하고, 그러다 난데없이 피터가 찾아오고, 장미꽃을 받고, 그것으로 족하다. 그 후에는, 죽음이란 얼마나 믿어지지 않는지! 죽음이 끝이라는 것은. 이 세상 그 누구도 알지 못할 것이다. 그녀가 그 모든 것을, 모든 순간을 얼마나 사랑했는지…"

파티는 성공적으로 끝나간다. 하원의원인 남편 리처드는 성의껏 손님들을 챙겼고, 총리까지 얼굴을 비쳤다. 막바지에 셉티머스라는, 그녀도 알지 못하는 청년의 자살 소식이 전해지고, 그 소식은 그녀로 하여금 자신의 삶을 좀더 깊이 응시하도록 해준다.

"젊은이는 자살을 했지만, 불쌍하다는 생각은 들지 않았다. 시계가 시간을 알린다. 한 점, 두 점, 석 점. 이 모든 것은 여전히 계속되는 것이다. 그러자 그 말이 떠올랐다. 태양의 열기를 더는 두려워 말라. 손님들에게 돌아가야 했다. 하지만 얼마나 특별한 밤인가! 그녀는 왠지 자살을 한 청년과 아주 비슷하게 느껴졌다. 그가 그렇게 한 것이, 모든 것을 내던져 버린 것이 기뻤다. 시계가 종을 쳤다. 납처럼 둔중한 원이 공중으로 퍼져 나갔다."

이런 무언의 장면들 때문에 이 작품을 좋아하는 것인지도 모른다. 투신하기 직전 따뜻한 시선으로 아내를 바라보는 셉티머스, 그는 마지막 순간까지도 죽고 싶어하지 않았다. 산다는 건 좋은 일이라고, 다만 인간들이 그를 몰아세울 뿐이라고 생각했다.

버지니아 울프도 우울증에 시달리다 자살로 생을 마쳤다. 아직 추위가 가시지 않은 3월의 이른 아침 차가운 우즈 강에 뛰어든 그녀는 실종된 지 3주 만에 발견됐다. 그녀가 오랫동안 강물 위로 떠오르지 않은 것은 코트 주머니에 가득 들어있던 돌멩이들 때문이었다.

마지막 순간 이슬이 맺힌 우즈 강가 초원을 걸으며 돌멩이를 하나씩 주워 담으면서 그녀는 무슨 생각을 했을까? 그녀 역시 댈러웨이 부인만큼이나 다시는 돌아올 수 없는 삶의 순간순간들을 사랑했을 것이다. 그리고 한 걸음 한 걸음씩 더 깊은 곳으로 발걸음을 옮기며 강물처럼 흘러가는 시간들을, 아름다웠던 세월들을 돌아보았을 것이다. "모든 것이 좀더 천천히 지나갔으면, 좀더 오래 지속되었으면."

Vios kai politeia tou Alexe Zormpa / Nikos Kazantxakis

When everything goes wrong,
what a joy to test your soul and see
if it has endurance and courage!

모든 것이 어긋났을 때, 자신의 영혼을 시험대 위에 올려놓고
그 인내와 용기를 시험해보는 것은 얼마나 즐거운 일인가!

....

니코스 카잔차키스(1883~1957) 현대 그리스를 대표하는 작가로 아테네 대학에서 법학을 공부하고 박사학위를 받은 뒤 파리로 유학을 떠나 앙리 베르그송 밑에서 철학을 배웠다. 현실 정치에 참여해 소수당인 사회당 당수와 내무장관을 지냈으며, 유네스코에서 고전번역부장으로 일하기도 했다. 《최후의 유혹》《오디세이아》《성자 프란체스코》등의 작품이 있다.

인생은 한 순간, 무서워하면 끝장이다

니코스 카잔차키스는 생전에 묘비명을 준비해두었다. "나는 아무것도 바라지 않는다. 나는 아무것도 두려워하지 않는다. 나는 자유이므로."

그런 카잔차키스도 죽기 전 신에게 시간을 조금만 더 달라고 했다. 자신이 하고 싶은 일을 다 할 수 있도록 말이다. 그는 길모퉁이에 나가 손을 내밀고 지나가는 사람들에게 구걸하려고 했다. "적선하시오! 한 사람이 나에게 15분씩만 나눠주시오."

《그리스인 조르바》는 젊은 시절 저자가 실존 인물 조르바를 만나 크레타에서 여섯 달 동안 함께 생활한 체험담이다. 카잔차키스는 《영혼의 자서전》에서 "내 영혼에 가장 깊은 자취를 남긴 사람들의 이름을 대라면 호메로스와 붓다, 니체, 베르그송, 조르바를 꼽겠다"고 했다. 그러고는 이들 가운데 삶의 길잡이(구루)를 선택해야 한다면 틀림없이 조르바를 택할 것이라고 덧붙였다. 그에게 삶을 사랑하고 죽음을 두려워하지 말라고 가르친 인물, 조르바는 누구인가?

작품 속 화자인 '나'는 그리스 남부의 항구도시 피라에우스에서 키가 크고 몸이 가는 60대 광부 조르바를 처음 만난다. "조르바는 내가 오랫동안 찾아 다녔으나 만날 수 없었던 바로 그 사람이었다. 그는 살아있는 가슴과 푸짐한 언어를 쏟아내는 입과 위대한 야성의 영혼을 가진 사나이, 아직 모태인 대지에서 탯줄이 떨어지지 않은 사나이였다."

우선 거침없는 조르바의 입담을 들어보자. 크레타로 가는 배안에서 화자는 조르바의 왼손 집게손가락이 반 이상 잘려나간 걸 발견하고는, 어떻게 된 거냐고 묻는다. "아무것도 아니오. 항아리를 만드는데 자꾸 걸리적거리며 신경을 돋우길래 손도끼로 잘라버렸지요."

결혼은 했느냐고 묻자 미친 듯이 머리를 긁는다. "딴 놈들처럼 나도 일생일대의 실수를 하고 말았지요. 결혼했던 거지요. 몇 번 했느냐고요? 정직하게 말하면 한 번, 반쯤 정직하게 말하면 두 번, 비양심적으로 치자면 삼천 번쯤 될 거요. 몇 번 했는지 그걸 다 어떻게 셉니까? 수탉이 장부를 갖고 다니며 한답니까?"

조르바의 인생 철학은 살아서 펄펄 뛴다. "나는 어제 일어난 일은 생각 안 합니다. 내일 일어날 일을 자문지도 않아요. 내게 중요한 것은 오늘, 이 순간에 일어나는 일입니다. 나는 자신에게 묻지요. '조르바, 지금 자네 뭐하는가?' '여자에게 키스하고 있네.' '조르바, 잘해보게. 키스할 동안 딴 일은 잊어버리게. 이 세상에는 아무것도 없네. 자네와 그 여자밖에는. 키스나 실컷 하게.'"

조르바에게는 먹는 일 역시 숭고한 의식이다. "먹은 음식으로 뭘 하는가를 가르쳐주면 당신이 어떤 사람인지 말해줄 수 있어요. 혹자는 먹은 음식으로 비계와 똥을 만들고, 혹자는 일과 좋은 유머에 쓰고, 혹자는 하느님께 돌린다고 합디다."

알렉시스 할아버지의 이야기는 차라리 가슴 뭉클하다. 할아버지는 백 살 되던 해에도 문 앞에 앉아 물 길러 가는 처녀아이들에게 추파를 던지곤 했다. 눈이 잘 안 보이는 할아버지는 처녀아이를 불러 얼굴을 쓰다듬었다. 그럴라치면 두 눈에서 눈물이 주르르 흘러내렸는데, 하루는 왜 우느냐고 물어봤다. "얘야, 저렇게 많은 계집아이들을 남겨놓고 죽어가는데 울지 않게 생겼니?"

더 재미있는 것은 이 할아버지의 옛 친구인 염소도둑 이야기다. 난봉꾼이었던 할아버지가 성지를 순례하고 돌아오자 염소도둑 친구가 성스러운 십자가 한 조각이라도 얻을까 해서 술과 고기를 싸들고서 찾아왔다. 그러자 할아버지는 벌레 먹은 문설주에서 나무를 조금 떼어내 보드라운 천 조각에 싼 다음 기름 몇 방울을 떨어뜨리고는 친구에게 주었다. 그러자 이 친구가 싹 달라진 것이다.

갑자기 산으로 들어가 파르티잔이 되어 총탄의 소나기 속을 누빈 것이다. 한 치의 두려움도 없이 말이다. 무서워할 까닭이 없었던 것이, 친구가 성지에서 가져온 거룩한 십자가 조각을 자기 목에 걸고 있으니 총알인들 자신을 다치게 할 수 없으리라는 믿음 덕분이었다. 조르바는 껄껄 웃으며 마무리한다.

"만사는 마음먹기 나름입니다. 믿음이 있습니까? 그러면 낡은 문설주에서 떼어낸 나무조각도 거룩한 성물聖物이 될 수 있습니다. 믿음이 없나요? 그러면 거룩한 십자가도 그런 사람에겐 문설주나 다름 없습니다."

주목해서 읽어야 할 것은 조르바의 입담만이 아니다. 화자가 들려주는 '나비의 번데기' 이야기도 사뭇 교훈적이다. 그는 새해 첫날 아침 바닷가로 나가다 언젠가 보았던, 나무 등걸에 붙어 있던 나비의 번데기를 떠올린다. 나비는 번데기에다 구멍을 뚫고 나올 준비를 하고 있었다. 그는 잠시 기다렸지만 오래 걸릴 것 같아 견딜 수 없었다. 그래서 자신의 입김으로 번데기를 데워주었는데, 기적은 생각보다 빠른 속도로 바로 눈앞에서 일어났다. 번데기 집이 열리면서 나비가 천천히 기어나오기 시작한 것이다. 그러나 나비의 날개는 나오자마자 뒤로 접히며 구겨졌다.

그는 이렇게 회상한다. "가엾은 나비는 날개를 펴려고 파르르 몸을 떨었다. 번데기에서 나와 날개를 펴는 것은 태양 아래서 천천히 진행되어야 했다. 내 입김은 때가 되기도 전에 나비를 날개가 쭈그러진 채 집을 나서게 한 것이었다. 나비는 필사적으로 몸을 떨었으나 몇 초 뒤 내 손바닥 위에서 죽어갔다. 나는 자연의 법칙을 거스르는 행위가 얼마나 무서운 죄악인가를 깨닫는다. 서둘지 말고 안달을 부리지도 말고 이 영원한 리듬에 충실하게 따라야 한다는 것을 안다."

그런데 이 불쌍한 나비가 그에게 갈 길을 알려주었다. 전날 밤 그는 새해를 앞두고 그저 허망한 기분이었다. 지나온 반생을 돌아보니 미적지근하고 모순과 주저로 점철된 몽롱한 세월이었다. 여전히 돈과 여자, 종교 문제로 머리가 복잡한 가운데 바닷가로 나오면서 그 나비를 떠올린 것이다. 그러자 한겨울에 꽃을 피운 편도나무가 눈에 들어왔다. "나무에는 잎이 돋지 않았는데도 꽃망울은 부풀어 터지고 있었다. 망울망울마다 잎새와 꽃과 열매가 되려는 의지가 전해져 왔다. 한겨울 내내 봄의 위대한 기적은 밤이나 낮이나 마른 등걸 속에서 은밀히 싹터가고 있었다." 그는 환성을 지른다. 시간의 비밀을 알아낸 것이다.

그런가 하면 아나그노스티 노인의 말에는 오랜 연륜이 배어있다. 과부의 사랑을 얻지 못해 스스로 목숨을 끊은 청년 파블리를 가리키며 이 노인은 "이제야 구원을 받았다"고 말한다. 이해하지 못하는 화자의 물음에 노인은 이렇게 말해준다. "살아보아야 뭘 하겠소? 과부와 결혼해봐야 좀 살다 보면 부부싸움질이나 하다 얼굴에 똥칠이나 하지. 그렇다고 과부와 결혼하지 못하면 평생이 불행이고. 죽자니 청춘이오, 살자니 고생이라!"

그러면서 자신은 참으로 복 받은 사람이라고 말한다. 한데 부족한 게 하나도 없지만 그래봐야 별 수 없다며 이렇게 덧붙인다. "그러나 이놈의 인생을 또 한 번 살아야 한다면 파블리처럼 목에다 돌을 꼭 매달고 물에 빠져 죽고 말겠소. 인생살이는 힘드는 것이오. 암, 힘들고 말고…. 팔자가 늘어져봐야 별 수가 없어요. 저주받아 마땅하지."

《그리스인 조르바》의 주제는 자유를 향한 갈망이다. 카잔차키스의 묘비명처럼 집착하지도 않고 두려워하지도 않을 때 비로소 자유로울 수 있다. 조르바는 말한다. "인간의 머리란 식료품 상점과 같은 거에요. 계속 계산합니다. 얼마를 지불했고 얼마를 벌었다. 머리란 좀스러운 가게주인이지요."

화자는 모든 것을 잃고 나서야 비로소 자유가 무엇인지 깨닫는다. "그렇다. 내가 뜻밖의 해방감을 맛본 것은 정확하게 모든 것이 끝난 순간이었다. 엄청나게 복잡한 필연의 미궁에 들어있다가 자유가 구석에서 놀고 있는 걸 발견한 것이었다. 나는 자유의 여신과 함께 놀았다. 모든 것이 어긋났을 때, 자신의 영혼을 시험대 위에 올려놓고 그 인내와 용기를 시험해보는 것은 얼마나 즐거운 일인가!"

하루하루를 살아간다는 것, 그 자체가 축복이다. 인생이란 얼마나 놀라운 기적인가. 우리는 매일같이 새로운 세상을 창조해나간다. 카잔차키스의 집 대문 위에는 이런 문구가 새겨져 있었다고 한다. "무엇이든 과도하게." 자유의 비밀은 여기에 있다. 무서워하면 끝장이다. 북극의 에스키모가 끝없이 펼쳐진 눈 덮인 동토를 달려갈 수 있는 것은 무서움을 극복하기 위해 고도의 술수를 터득했기 때문이다. 그들은 스스로 상상력을 통제하고 아예 두려움의 존재를 믿지 않는다.

징벌의 신조차 두려워해서는 안 된다. 인생은 한순간이다. 때로는 눈이 멀어버리는 한이 있더라도 세이렌의 노랫소리에 귀 기울일 필요가 있다. 무조건 눈 감고 귀 닫는 것이 답일 수는 없다. 과감히 부딪혀볼 필요가 있는 것이다. 용기를 내지 못하고 머뭇거릴 때면 나는 속으로 묻는다. "조르바라면 뭐라고 할까?"

Les Misérables / Victor Hugo

It is nothing to die. It is horrible not to live.

죽는 건 아무것도 아니야. 무서운 건 진정으로 살지 못한 것이지.

빅토르 위고(1802~1885) 나폴레옹 휘하의 장군이었던 아버지는 군인이 되기를 바랐으나, 제2의 샤토브리앙을 꿈꾸며 문학의 길로 들어섰다. 나폴레옹 3세의 쿠데타에 반대했다가 국외로 추방당해 20년간 영국 해협에 있는 저지 섬과 건지 섬에서 지냈다. 망명 기간 중에도 강렬한 휴머니즘과 인도주의적 세계관을 담은 작품들을 꾸준히 발표했다. 프랑스 낭만주의 문학을 대표하는 거장으로 손꼽힌다.

인생 최고의 행복은 사랑 받고 있다는 확신

다시 읽어도 여전히 가슴이 먹먹해진다. 그때도 그랬다. 마지막 장을 덮고 나서 잠자는 아이 옆에 누우니 젖내가 확 풍겨왔다. 아, 그것은 내 인생을 스쳐간 천사의 미소였다.

청소년판이나 축약본이 아닌 원전을 그대로 번역한 《레미제라블》을 처음 읽은 것은 작은아이가 태어나던 해 겨울이었다. 작은아이는 '순둥이'로 불릴 정도로 잘 먹고 잘 잤다. 깨어있는 시간보다 잠자는 시간이 훨씬 많았지만 귀여운 짓은 큰아이보다 더 많이 했던 것 같다. 그 무렵 신문사에서 조금 한가한 부서로 발령받게 됐다. 덕분에 한참 전에 사놓고도 "한번 손에 잡으면 놓지 못할 텐데" 하는 걱정에 엄두가 나지 않아 그냥 서가에 꽂아두기만 했던 두툼한 책을 꺼내 들 수 있었다.

예상했던 대로 세 권을 합쳐 1600쪽이 넘는 만만치 않은 분량을 다 읽느라 며칠밤을 꼬박 새워야 했다. 그런데도 머릿속은 이상할 정도로 맑아졌다. 미리엘 주교를 소개하는 첫 대목부터 내 정수리를 아주 세게 내리쳤으니까.

"세상에는 황금을 파내기 위해 일하는 사람들이 있다. 주교는 연민을 끌어내기 위해 일하고 있었다. 온 세계의 비참은 그의 광산이었다. 가는 곳곳에 고뇌가 있다는 것은, 항상 선의를 베풀 기회가 있다는 말이었다. '서로 사랑하라.' 그는 이 말을 완전무결한 것으로 알고, 그 이상의 것은 아무것도 바라지 않았다."

사랑? 참, 오랜만에 듣는 단어였다. 그 무렵의 화두는 온통 세계화와 국가 경쟁력이었고, 나 역시 30대로 접어들면서 오로지 앞만 바라보고 달리고 있었다. 개인의 미래는 자기 스스로 개척해야지, 그렇고 말고, 동물의 세계에서도 그렇지 않은가, 스스로의 힘으로 살아남을 수 없다면 도태되는 게 당연한 것 아닌가. 내 생각은 딱 여기까지였다. 그때는 그것이 전부라고 여겼다. 그런데 마들렌느 시장이 된 장발장이 이런 내 생각에 비수를 꽂았다.

"약간의 노력만 기울이면 쐐기풀은 유용하게 쓰이지만, 내버려두면 해로운 것이 되오. 그래서 사람들은 그냥 뽑아서 말려 죽여버리는 거요. 인간도 이렇게 쐐기풀같이 되는 사람이 많소! 명심하시오. 이 세상에는 나쁜 풀도 없고 나쁜 인간도 없소. 가꾸는 방법을 모르는 인간이 있을 뿐이오."

세상에, 나는 정말 한심스러운 인간이었구나, 소설 한 편을 읽으면서 이렇게 나 자신을 돌아보고 가슴 저미게 반성해본 것은 처음이었다. "세상에 작은 것이라곤 아무것도 없다. 모든 것은 모든 것에 작용하고 있는 것이다. 한 마리의 진드기도 소중한 것이다. 작은 것도 큰 것이고, 큰 것도 작은 것이다. 모든 것은 필연 속에서 어울리고 있다. 태양에서 작은 벌레에 이르기까지 그 무수한 전체 속에는 하나도 소홀히 할 것은 없다. 망원경의 도달점이 현미경의 출발점이다. 하나의 곰팡이는 많은 꽃들이 모인 별자리다."

《레미제라블》을 읽다 보면 이처럼 우리 인생과 세상에 대한 깊은 통찰에서 우러나온 문장들이 도처에서 우리를 불러 세운다. 알다시피 이 소설은 빵 한 조각 훔친 죄로 19년간 감옥살이를 한 장발장의 파란만장한 인생이 큰 줄거리다.

빅토르 위고는 1845년 집필을 시작하면서 이 작품은 어느 성자聖者의 이야기, 어느 사나이의 이야기, 어느 여인의 이야기, 어느 인형의 이야기로 할 것이라고 적어두었다. 그러니까 주인공은 미리엘 주교와 장발장, 팡틴, 코제트인 셈이다. 여기에 철저한 원리원칙주의자로 장발장을 집요하게 뒤쫓는 형사 자베르, 사랑과 우정에 온몸을 바치는 열혈청년 마리우스, 돈만을 추구하는 잔인한 악당 테나르디외 부부 같은 온갖 인간 군상들이 프랑스 혁명을 시대적 배경으로 해서 등장한다.

다음은 언제 읽어도 명징하게 와 닿는 몇 구절이다. "내 형제인 장발장이여, 나는 당신을 위해 당신의 영혼을 산 것이오."

"인생 최고의 행복은 자신이 사랑을 받고 있다는 확신이다."
"동굴 속을 잘 모르는 인간이 진정 산을 잘 안다고 할 수 있
을 것인가?" "양심의 각성, 그것은 영혼의 위대함을 나타내는
것이다." "사랑은 사랑 이외의 것을 잊게 만드는 맹렬한 불길이
다." "진보란 무엇인가? 민중의 영원한 생명이다." "소음은 술
취한 사람을 깨어나게 하지 않지만 정적은 그를 눈뜨게 한다."
"만사가 뜻대로 되지 않는다고 해서 신에 대해 부당한 마음을
가져서는 안 되오."

다들 기억에 생생하게 각인되어 있을 IMF 금융위기, 나
는 그 와중에 책을 한 권 쓰고 있었는데, 《아시아 경제위기
1997~1998》이라는 제목으로 출간된 나의 첫 번째 책이었다.
제목에서도 알 수 있듯이 이 책은 경제 분야, 그것도 절체절
명의 금융위기 상황을 다룬 것이라 내가 직접 단 각 장의 제
목들도 왠지 싸늘한 느낌의 문장들이었다. "무서운 계절, 겨
울은 허공의 수분과 인간의 마음을 돌로 만든다." "의혹은 얼
굴에 생기는 주름과 같은 것." "새는 걸어 다녀도 날개가 있음
을 안다." "흐르는 맥주는 거품이 일지 않는다." "포식은 포식
하는 자를 해친다."

이런 것들이었는데, 책을 읽어본 동료들은 본문 내용보다 오
히려 각 장의 제목이 더 멋지다고들 했다. 나는 그때 아무 말
도 해주지 않았고, 아무도 그것들의 출처를 알지 못했다. 이미

눈치챘겠지만 그때 나는 빅토르 위고에게 신세지기로 마음먹고 《레미제라블》에서 여러 문장들을 차용했다. 《레미제라블》이 출간된 지 100년도 넘게 지나, 멀리 한국 땅에서 벌어진 금융위기에 관한 책을 쓰는 데 자기 글이 인용되리라고는 저자도 미처 생각하지 못했을 것이다.

아무튼 위고는 집필을 시작한 지 16년만인 1861년 6월 30일 《레미제라블》을 완성하고는 친구에게 편지를 썼다. "창문 너머로 비쳐 드는 아침 햇살을 받으며 마침내 끝냈다네. 이제 죽어도 좋아." 그러나 교정과 퇴고작업에 1년이 더 걸려 출간은 다음해에 이뤄졌다. 분량이 엄청난 만큼 줄거리와 관련 없는 내용도 꽤 있지만 전혀 지루하지 않다.

가령 워털루 대회전을 자세하게 묘사한 부분에서는 나폴레옹이 자신의 운명을 향해 외치는 독백이 나온다. "네 마음대로는 되지 않을 걸." 그리고 위고 특유의 역사에 대한 인식이 나온다. 그날 나폴레옹의 작전 계획은 탁월한 것이었고 충분히 승리할 수 있었다. 병력 숫자도 많았고 화력도 훨씬 강했다. 웰링턴은 159문의 화포밖에 갖고 있지 못했지만 나폴레옹은 240문을 갖고 있었다. 그러니 나폴레옹의 당초 작전 계획처럼 새벽부터 전투가 시작되었다면 정오 무렵에는 싸움이 끝났을 것이다. 그랬다면 오후 늦게 지원병으로 당도한 프러시아군에 의해 전세가 뒤집히는 일도 없었을 것이다.

그런데 운명이라는 신비스러운 힘이 있었던 것이다. 워털루에는 그날 새벽까지 많은 비가 쏟아졌고 땅은 진흙투성이였다. 포병이 움직일 수 없었고, 나폴레옹의 계획처럼 속전속결로 전투를 끝낼 수도 없었다. 비록 역사책은 아니지만 위고는 《레미제라블》에서 1815년 6월 18일, 그날 만약 땅이 말라있었다면 유럽의 역사는 달라졌을 것이라고 말한다.

그런가 하면 장발장이 코제트를 데리고 숨어들어간 수도원에서는 백 살 먹은 여인이 포도주를 따른 네 개의 은잔 이야기를 들려준다. 첫 잔에는 원숭이의 포도주, 둘째 잔에는 사자의 포도주, 셋째 잔에는 양의 포도주, 넷째 잔에는 돼지의 포도주라고 쓰여 있는데, 각각의 동물은 취기가 도는 네 단계를 상징한다. 첫 잔은 마음을 유쾌하게 만들고, 둘째 잔은 감정을 돋우고, 셋째 잔은 감각을 둔화시키고, 넷째 잔은 머리를 마비시킨다.

어느덧 마지막 장에 이르러 장발장이 눈 감는 대목에서는 또 한번 감정이 벅차 오른다. 노인은 코제트에게 한없는 사랑을 베풀고는 청년 마리우스의 곁에 남겨둔 채 사라져간다. 그것이 인생이니까. "죽는 건 아무것도 아니야. 무서운 건 진정으로 살지 못한 것이지." 여기서 산다는 것은 사랑한다는 말과 같은 의미일 것이다.

《레미제라블》을 읽고 난 느낌은 늘 그대로인데, 어느새 아이는 훌쩍 커버렸다. 이제 아이 방에서는 젖내 대신 대학 성적표 냄새를 맡을 수 있다. 나 역시 예전에 잠자는 아이 곁에서 했던 다짐은 다 잊은 채 자꾸만 욕심을 부리려 한다. 무조건 사랑해야지, 그렇게 다짐했었는데 말이다. 실은 무조건적인 사랑을 보여준 것은 그 아이였다. 어렸을 적이었지만 그 아이는 내 직업, 내 지식, 내 재산과 관계없이 단지 내가 아버지라서 좋아했고 나를 따랐다. 밖에 나갔다가 혹시라도 내가 안 보이면 울먹거렸다. 나는 그때 무조건적인 사랑이 무엇인지 그 아이한테서 더 배웠어야 했는지도 모른다. 아, 그 시절로 다시 돌아갈 수 있을까? 그때 아이가 그랬던 것처럼 나도 아이에게 아무것도 바라지 않을 수 있을까? 그때 다짐했듯이, 그저 내가 얼마나 많은 사랑을 줄 수 있을까만 생각하며 살아갈 수 있을까?

The Picture of Dorian Gray / Oscar Wilde

Ah! realize your youth while you have it. Don't squander the gold of your days, listening to the tedious.

아! 젊은 시절에 그 젊음을 만끽하시오.
따분한 것들에 귀 기울이느라 황금 같은 시절을 허비하지 말아요.

....

오스카 와일드(1854~1900) 아일랜드 더블린에서 태어나 트리니티 칼리지와 옥스퍼드 대학에서 수학했다. 아름다움을 최고의 가치로 보고 '예술을 위한 예술'을 추구한 유미주의唯美主義 사조를 선도했다. 자신의 아이들을 위해 동화《행복한 왕자》를 쓰기도 했으나 1895년 소돔죄(남색죄)로 고소당해 2년간 옥고를 치렀다. 출옥 후 이름까지 개명하고 숨어 지내다 감옥에서 얻은 병 때문에 세상을 떠났다.

당신에게 주어진 멋진 삶을 살라

오스카 와일드만큼 많은 일화를 남긴 작가도 드물다. 스물일곱 살 되던 해 자신을 모델로 한 뮤지컬의 미국 공연 홍보 차 뉴욕에 도착하자 세관직원이 물었다. "신고할 것 없습니까?" 그는 이렇게 답했다. "나의 천재적인 재능 외에는 신고할 것이 없소."

그의 아버지는 고고학자이자 저명한 의사였고 어머니는 시인이었다. 어려서부터 놀라운 기억력과 넘치는 재기, 거침없는 행동으로 주위를 놀라게 했고, 옥스퍼드 대학 시절에는 작가로 데뷔하기 전부터 소문난 멋쟁이와 기인으로 통했다. 몇 편의 소설과 시집에 이어 1891년 희곡 《살로메》를 발표하고는 일약 세계적인 작가 반열에 올라섰다. 냉소와 역설로 가득한 그의 강연은 청중들로 넘쳐났고, 런던의 살롱에서는 정곡을 찌르는 그의 경구警句를 돌려가며 읽었다.

그러나 그의 인생은 비극으로 끝난다. 마치 그리스 신화의 이카로스처럼 하늘 높이 비상한 순간 허망하게 곤두박질치고 말았다. 살아가다 보면 많은 사람이 추락을 경험하지만 그처럼 철저히 망가져버린 경우도 드물 것이다.

오스카 와일드는 1895년 불과 몇 개월 사이 영국 최고의 인기 작가에서 대중들에게 지탄받는 동성애자로 전락한다. 아내조차 그의 이름을 버렸고, 그는 2년간의 중노동형을 선고받고 레딩 교도소의 독방에서 단 하루의 감형도 없이 수감생활을 해야 했다. 그러고는 전재산을 몰수당하고 국적마저 박탈당한 채 파리의 허름한 호텔방에서 가난하게 3년 반을 살다 죽었다. 치과 갈 돈조차 없이 구걸해가며 근근이 연명하던 시절 거리에서 아는 여가수를 만나자 그는 길을 가로막고 이렇게 말했다고 전해진다. "지금부터 지독히도 끔찍한 이야기를 할 테니 잘 들으시오. 돈 좀 주시오."

말년은 이렇게 처량했지만 사후에 화려하게 부활해 파리의 페르 라셰즈에 있는 그의 우아하게 꾸며진 묘지는 지금까지도 여성들의 발길이 끊이지 않는다. 광적인 키스세례로 인해 급기야 묘비석 주위에 유리벽을 둘렀을 정도다. 그의 삶은 그가 남긴 경구만큼이나 극적이었다. "최악의 결과는 항상 최선의 의도로 시작된다." "하나의 인생 이상을 살았던 사람은 죽음도 두 번 맞아야 한다."

오스카 와일드를 이해하려면 그의 유일한 장편소설이자 대표작인 《도리언 그레이의 초상》을 읽어야 한다. 기이하고 비현실적인 소재에 다소 기괴한 줄거리지만 작가가 전하고자 한 메시지는 매우 현실적이다. 그가 살던 시기, 그러니까 빅토리아 시대가 끝나갈 무렵 상류층 사이에 널리 퍼져 있던 이중성의 본질을 적나라하게 드러내는 것이다.

남들이 보는 데서는 자신의 평판과 체면을 신경 쓰며 도덕군자처럼 살아가지만 보이지 않는 은밀한 곳에서는 사회규범이나 품위 따위는 깡그리 무시한 채 제멋대로 행동하는 지식인들, 오스카 와일드는 이들 '가짜 교양인'을 고발한 것이다. 이 작품이 처음 잡지에 소개됐을 때 예상했던 대로 격렬한 논란이 일었고, 오스카 와일드는 1년 넘게 작품을 손질해야 했다. 책으로 출간하면서 이 작품의 서문에 이런 말까지 써두었다. "도덕적이거나 비도덕적인 책이란 존재하지 않는다. 책은 잘 썼든지, 잘못 썼든지 둘 중 하나다. 단지 그뿐이다." 그러면 줄거리를 따라가 보자.

주인공 도리언 그레이는 수려한 용모의 스무 살 청년으로 더없이 아름다운 자신의 초상화에 매료된다. "내가 언제나 젊고 이 그림이 대신 나이를 먹을 수 있다면! 그럴 수만 있다면 난 뭐든지 바칠 텐데! 내 영혼이라도 기꺼이 내줄 거야!"

그의 소원은 이루어진다. 도리언은 젊음을 무기로 온갖 방탕한 짓을 다하며 돌아다니지만 주름살 하나 늘지 않고 청춘을 그대로 유지한다. 그의 초상화만이 흉측하게 늙어간다. 추악하게 변해가는 자신의 초상화와 그 모든 타락에도 불구하고 한결같이 순수한 아름다움을 간직한 거울 속의 얼굴을 번갈아 보며 도리언은 자신의 이중적인 삶에 끔찍한 쾌감을 느낀다. 그렇게 20년이 지난 뒤에야 비로소 도리언은 자기 스스로 자신의 내면을 더럽혔으며 자신의 마음을 부패로 가득 채웠다는 사실을 깨닫는다.

"아! 어쩌다가 초상화가 인생의 짐을 대신 짊어지고, 자신은 영원한 청춘의 때묻지 않은 광채를 계속 간직하게 해달라며 기도하는, 그 오만하고 격정적인 소름끼치는 순간을 맞게 되었던가! 모든 실패는 거기서 비롯되었다. 인생에서 죄를 범할 때마다 확실하고 즉각적인 처벌을 받았더라면 좋았을 것이다. 처벌은 정화가 뒤따르기 마련이다. 의로운 신에 대한 인간의 기도는 '우리 죄를 용서하시고'가 아니라, '우리의 불의를 벌하여 주시옵고'라야 했다."

도리언은 자신의 모습을 비춰주는 거울을 산산조각 내버린다. 그의 아름다움은 그를 파멸시켰는데, 그는 아름다움과 젊음을 위해 기도했었다. 그 둘만 아니었다면 그의 인생은 더럽혀지지 않았을지도 몰랐다. 그의 아름다움은 가면에 불과했고, 그의 젊음은 조롱과도 같은 것이었다. 도리언은 마침내 그림을 칼로 찌른다. 그런데 여기서 놀라운 반전이 일어난다. 하인들이 방에 들어왔을 때 초상화는 경이로운 젊음과 아름다움을 간직한 채 그대로 걸려 있고, 바닥에는 야위고 주름진 역겨운 모습의 도리언이 쓰러져 있는 것이었다.

작품 속에서 도리언에게 결정적인 영향을 주는 탐미주의자 헨리 워튼 경의 말처럼, 노년의 비극이란 사람이 늙어서 생기는 것이 아니라, 여전히 젊어서 생기는 것이다. "아! 젊은 시절에 그 젊음을 만끽하시오. 따분한 것들에 귀 기울이느라 황금 같은 시절을 허비하지 말아요. 당신의 인생을 어리석고 흔해 빠진 저속한 것들에 내줘서는 안 되오. 삶을 살아가시오. 당신에게 주어진 멋진 삶을 살아요!"

이제 우리 각자의 초상을 들여다보자. 부를 위해 혹은 출세를 위해 언젠가 자신의 영혼을 팔지는 않았는지. 그래서 교활한 두 눈에 입술은 탐욕으로 일그러진 그 초상화처럼 우리 양심도 썩어가고 있는 것은 아닌지.

Le Rouge et le Noir / Stendhal

Let's be happy in the handful of days left in this short life.

이 짧은 생의 얼마 안 되는 나날이라도 행복하게 지냅시다.

....

스탕달(1783~1842) 본명은 앙리 벨*Henri Beyle*. 학창 시절 "위선을 용납하지 않는 유일한 학문"이라며 수학 공부에 열중하기도 했다. 나폴레옹 집권 시기에는 군인, 관료, 외교관으로 활동했으며, 많은 여인과 염문을 뿌렸으나 평생 독신으로 살았다. 몽마르트에 있는 무덤에는 자신이 직접 선택한 "살았다, 썼다, 사랑했다" 라는 유명한 구절이 새겨져 있다.

그때 몹시 행복할 수 있었는데

지나간 날들이 아름다운 이유는 그 속에 기쁨과 슬픔, 열광과 회한이 배어있기 때문이다. 눈을 감으면 그 기억들은 무한대로 뻗어나간다. 이제 그것은 지상의 시간이 아니라 영원의 시간이다.

《적과 흑》에서 주인공 쥘리엥 소렐이 드 레날 부인의 손을 처음 잡는 장면을 보자. "10시를 알리는 마지막 종소리가 아직 울려 퍼지고 있을 때 마침내 그는 손을 내밀어 드 레날 부인의 손을 잡았다. 부인은 즉시 손을 뺐다. 쥘리엥은 자기가 무엇을 하는지도 모른 채 다시 그 손을 잡았다."

더 천천히 음미해보자. 이 가슴 떨리는 순간은 결코 하나의 덩어리가 아닌 미분법처럼 무한히 쪼개질 수 있는 작은 시간들이다. "그는 발작적인 힘을 기울여 그 손을 꼭 쥐었다. 부인은 손을 빼내려고 마지막 안간힘을 썼으나 마침내 그 손은 쥘리엥의 손에 머물러 있게 되었다. 그의 마음은 행복으로 넘쳐흘렀다. 드 레날 부인을 사랑해서가 아니라 끔찍한 고통이 끝났기 때문이었다."

《적과 흑》은 1830년대를 배경으로 계급의 벽을 뛰어넘어 비상하려는 청년 쥘리엥의 파란만장한 삶을 그린 소설이다. 제목의 두 가지 색깔은 군인(적)과 성직자(흑)를 상징하는데, 당시 하층계급에게 출세의 길은 이 둘밖에 없었다. 가난한 제재소집 셋째 아들 쥘리엥은 이렇게 다짐한다. "출세하지 못할 바에는 차라리 죽고야 말겠다."

신약성서를 라틴어로 암송할 정도로 총명한 쥘리엥은 특권계층에 대한 증오심을 숨긴 채 레날 시장의 집에 가정교사로 들어간다. 그러고는 자신에게 친절하게 대해주는 부인을 유혹해 마침내 그녀의 침실에서 하룻밤을 보낸다. "아아! 행복하다는 것, 사랑 받는다는 것이 결국 이런 것에 불과한가? 오래 갈망하던 것을 막 획득하고 난 다음에 으레 그렇듯이 그의 마음은 놀라움과 불안한 동요의 상태에 빠져 들었다."

언뜻 보면 연애소설에 불과한 것 같은 이 작품이 아직껏 고전으로 손꼽히는 이유는 탁월한 심리묘사를 통해 우리 삶의 본질을 이루는 사랑과 고뇌, 행복을 이야기해주기 때문이다. 드 레날 부인과의 염문이 알려지면서 어쩔 수 없이 고향 베리에르를 떠나게 된 쥘리엥, 그가 마지막으로 드 레날 부인과 밀회를 가진 뒤 새벽에 출발하는 모습을 스탕달은 이렇게 묘사한다. "그의 심정은 비통했다. 산을 넘어서기 전, 베리에르 교회의 종루가 보이는 동안 그는 자주 뒤를 돌아보았다." 이 정도다. 야심 가득한 청년 쥘리엥은 쉽사리 감상에 젖지 않는다.

그렇게 수도원에 들어간 쥘리엥은 유력 정치인인 드 라 몰후작의 비서가 된다. 후작의 딸 마틸드의 사랑을 얻는 데도 성공한다. 그런데 마침내 부와 명예를 막 움켜쥐려는 찰나 스스로 모든 것을 무너뜨린다. 드 레날 부인을 오해한 쥘리엥이 자제력을 잃고 그만 그녀에게 총상을 입힌 것이다. 그리고 감옥에서 비로소 자신의 위선과 거부할 수 없는 운명을 깨닫는다.

"하루살이는 한여름날 아침 9시에 태어나 저녁 5시면 죽는다. 그 하루살이가 어찌 밤이란 말을 이해할 것인가? 그것에게 다섯 시간만 생명을 더 준다면 그것은 밤이 어떤 것인지를 보고 이해할 것이다. 이처럼 나도 스물세 살에 죽는 것이다. 드 레날 부인과 함께 살기 위해 5년만 더 생명이 주어진다면…"

주변의 요청과 만류에도 불구하고 쥘리엥은 항소를 포기하고 사형을 기다린다. 드 레날 부인은 감옥까지 찾아와 그를 애인이라고 떳떳이 고백하고 국왕에게 탄원하겠다고 설득하지만, 쥘리엥은 고개를 흔든다.

"전에 우리가 베르지의 숲 속을 함께 거닐고 있었을 때 저는 몹시 행복할 수 있었는데, 격심한 야심에 끌려 제 마음은 공상의 나라를 헤맸지요. 이 아름다운 팔이 바로 제 입술 곁에 있었는데도, 저는 제 가슴에 이 팔을 꼭 껴안을 생각은 않고 미래에 마음을 빼앗기고 있었지요. 저는 거대한 행운을 쌓아 올리기 위해 지탱해야 할 수많은 마음의 갈등에 사로잡혀 있었어요. 이 짧은 생의 얼마 안 되는 나날이라도 행복하게 지냅시다. 우리들의 존재를 숨기도록 해요."

찬란한 햇빛이 만물에 즐겁게 내리쬐던 날 쥘리엥에게 사형 집행이 통고된다. 그는 오랫동안 바다에 나가 있던 사람이 육지를 산책하는 것처럼 상쾌한 기분으로 단두대를 향해 걸어나간다. "잘려나가려는 그 순간만큼 그 머리가 그렇게 시詩적인 적은 일찍이 없었다. 한때 베르지의 숲 속에서 지냈던 가장 감미로운 순간들이 한꺼번에 그의 머릿속에 강렬하게 되살아나는 것이었다. 모든 것이 단순하고 자연스럽게 끝났으며 쥘리엥은 아무런 가식 없이 최후를 마쳤다."

스탕달은 당대의 비평가와 독자들에게 철저하게 외면당한 작가였다. 두 세대가 흐른 후에야 그의 작품은 재평가되었는데, 니체는 이렇게 말했다. 대부분의 문학작품들이 《적과 흑》에 비해 작품성이 떨어진다면 그것은 그 작품의 작가들이 천재성을 결여해서가 아니라 작품을 창작하는 데 따르는 고통이 얼마나 큰 것인지를 잘 모르기 때문이라고.

타고난 재능이 부족하더라도 훌륭한 업적을 남긴 인물은 얼마든지 있다. 마흔이 넘어서야 소설을 쓰기 시작한 스탕달은 자신의 부족한 기억력을 보충하기 위해 모든 것을 메모하고 기록했다. 그렇게 자신의 기억들을 다듬고 개선해서 쥘리엥이라는 매혹적인 인물을 그려낼 수 있었던 것이다.

쥘리엥은 사실 스탕달이 되고 싶었던 인물이다. 작가가 늘 꿈꿔왔던 상상 속의 분신과도 같은 주인공인 셈이다. 여성을 사로잡는 마력, 더없이 예민한 감수성, 탁월한 임기응변 능력, 사심 없는 사랑에 감동할 줄 아는 마음, 그런데 왜 이처럼 완벽한 인물이 마지막 순간 자제력을 잃었던 것일까? 그로 인해 그동안 힘들게 쌓아왔던 모든 것을 날려버릴 것이라는 사실을 알고 있었으면서도 말이다.

나는 그래서 《적과 흑》을 다 읽고 나면 책을 덮으며 한숨만 내쉬곤 했다. 쥘리엥의 그 어처구니없는 행동을 이해할 수 없었기 때문이다. 하지만 한편으로는 그게 운명이라면 어쩔 수 없는 법이라는 생각도 들었다. 기껏해야 피조물인 인간인데 운명에 휘둘릴 수밖에 없는 것 아닌가 하고 말이다. 쥘리엥이 죽음을 눈앞에 두고 감옥에서 중얼거린, "오, 한심한 19세기여!"로 시작되는 이 이야기도 똑같은 맥락이다. 사냥꾼이 숲 속에서 총을 쏘고, 총에 맞은 사냥감을 쫓는 장면이다. 잘 읽어보면 그의 심정을 십분 이해할 수 있는 대목이다.

"사냥꾼의 발길이 2피트 높이의 개미집에 부딪혀 개미집을 부수고 개미들과 그 알들을 멀리 흩뿌린다…. 제아무리 철학자 개미라도 그 사냥꾼의 장화를, 그 거대하고 무시무시한 검은 물체를 결코 이해할 수 없을 것이다. 그 알 수 없는 물체는 붉은 불길을 내뿜으며 무시무시한 소리에 뒤이어 도저히 믿을 수 없는 빠른 속도로 별안간 그들의 거처에 뚫고 들어온 것이다…. 죽음이니 삶이니 영원이니 하는 것도 이와 마찬가지로, 그런 것들을 이해하기에 충분히 큰 기관을 가진 존재에게는 아주 간단한 일일 것이다…."

그런데《적과 흑》을 다시 읽고 또 읽을수록 어쩌면 그게 아닐 수도 있다는 생각이 든다. 스탕달이 상상 속의 분신과도 같은 주인공을 죽인 이유는, 정말로 쥘리엥처럼 되고 싶었기 때문일지도 모른다. 살아있는 동안 드 레날 부인의 진실된 사랑을 한껏 받았으면서, 죽은 다음에까지 마띨드의 열정적인 사랑을 받았으니, 스탕달도 이런 사랑을 받아보고 싶었던 것이 아닐까? 그러면 마지막 장면을 보자.

마띨드는 잘려나간 쥘리엥의 머리를 작은 대리석 탁자 위에 올려놓고 그 이마에 키스를 한다. 그리고는 아무도 모르게 포장을 친 마차 안에 혼자 앉아 자기가 그렇게도 사랑했던 그 남자의 머리를 두 무릎 위에 얼싸안고 장례식이 열릴 산 정상의 동굴까지 따라간다. 장례식이 끝나자 마띨드는 기다란 상복을 입고 나타나 산골마을 주민들에게 5프랑짜리 금화를 수천 닢이나 뿌려주고, 이탈리아에서 조각한 화려한 대리석으로 쥘리엥이 묻힌 동굴을 장식한다. 스탕달은 드 레날 부인도 잊지 않는다. 《적과 흑》은 이렇게 끝난다. "드 레날 부인은 쥘리엥 과의 약속을 충실히 지켰다. 부인은 조금도 자신의 생명을 해 치려 하지는 않았던 것이다. 그러나 쥘리엥이 떠난 지 사흘 후 드 레날 부인은 자기 아이들을 포옹하면서 죽었다."

계절이 또 바뀌었다. 지나간 날들이 미분의 대상이라면 남 아있는 날들은 적분의 대상이다. 짧은 인생이라고 하지만 과 거를 떠올리듯 미래를 바라보면 아직도 무수한 시간들이 우 리를 기다리고 있다. 그 시간들을 행복했던 기억으로 만들어 가면 되는 것이다.

■ 젊은 베르테르의 슬픔

Die Leiden des jungen Werthers / Johann Wolfgang von Goethe

If I could only once but once,
press her to my heart,
this dreadful void would be filled.

한 번만, 단 한 번만이라도 그녀를 내 품에 꼭 껴안을 수 있다면
이 끔찍한 공허는 완전히 메워질 수 있을 것을.

요한 볼프강 폰 괴테(1749~1832) 독일을 대표하는 시인이자 소설가, 극작가로 24세 때 집필을 시작해 타계하기 1년 전 완성한 《파우스트》(1,2부)를 비롯해 《빌헬름 마이스터》(수업시대, 편력시대) 《서동시집》 《이탈리아 기행》 등의 작품이 있다. 《젊은 베르테르의 슬픔》으로 단번에 유명해졌지만 그 뒤로도 자신의 '베르테르 체험' 을 녹여낸 희곡과 소설을 여러 편 발표했다

사랑하는 그녀를 한 번만 꼭 껴안을 수 있다면

남자라면 누구나 이런 사랑을 해보고 싶었을 것이다. 여자라면 누구나 이런 사랑을 받아보고 싶었을 것이다.

"내가 그녀의 남편이라면! 아아 신이여, 저를 만들어내신 당신이 그런 기쁨을 내게 마련해 주셨다면 저는 평생 쉬지 않고 기도를 올렸을 것입니다. 그녀가 나의 아내라면! 이 세상에서 가장 사랑하는 그녀를 내 품에 꼭 껴안을 수 있다면…"

《젊은 베르테르의 슬픔》은 240년 전 유럽 독자들의 감정을 송두리째 뒤흔들어 놓았다. 책만 베스트셀러가 된 게 아니라 베르테르 향수가 시장에 나왔고 로테의 실루엣 그림이 팔렸다. 급기야 주인공의 비극적인 최후까지 따라 하려는 청년들이 베르테르처럼 푸른색 연미복에 노란색 조끼 차림으로 권총 자살하기도 했다. 요즘 유명 연예인이 자살하면 그 인물과 자신을 동일시해서 모방 자살을 시도하는 현상을 가리키는 베르테르 효과*Werther Effect*란 말도 여기서 나온 것이다.

뭔 연애소설 한 편에 그리 난리법석을 피웠나 하고 의아해할 수도 있겠지만 그게 아니다. 이 작품은 주인공 베르테르의 이루어질 수 없는 사랑 이야기기도 하지만 시민계급에 속한 한 청년 지식인의 좌절과 반항을 그려낸 최초의 소설이기도 하다. 그러니까 18세기판 비트 세대 소설이나 히피 문학쯤이었던 셈이다.

나폴레옹도 젊은 시절 이 작품을 일곱 번이나 읽었다고 하는데, 나는 처음 그 말을 들었을 때 지어낸 이야기라고 여겼다. 그런데 지금은 정말로 그랬을 거라고 생각한다. 나폴레옹은 틀림없이 눈물도 흘렸을 것이다. 베르테르의 가련한 사랑과 자살이 슬퍼서가 아니라 시민계급의 당당한 지식인이면서도 귀족들의 파티장에서 쫓겨나고 그 일로 인해 사람들한테서 받아야 했던 모욕에 공분을 느꼈기 때문이었을 것이다. 이 장면을 보자.

베르테르가 C백작의 만찬 초대를 받았는데, 마침 그 자리에는 상류계급의 오만한 신사숙녀들이 모여든다. 다들 거만스러운 눈짓과 벌렁거리는 콧구멍을 보여주며 그의 앞으로 지나가지만 그는 귀족들이 주는 눈치를 전혀 알아차리지 못한 채 그냥 앉아 있는다. 결국 그를 초대했던 백작이 마지막으로 다가오더니 그를 창문 옆으로 데리고 간다. "당신도 이미 알고 있겠지만 우리 모임의 관습은 참 이상해서 당신이 여기 있는 게 모두들 불만인 것 같아요."

베르테르는 조용히 물러난다. 그는 언덕 위에 올라 서산에 해가 지는 광경을 바라보며 호메로스의 책을 기분 좋게 읽는다. 다름아닌 오디세우스가 고상한 돼지 목동들의 대접을 받는 구절이었다. 참, 얼마나 통쾌한가! 그런데 세상일이 이렇게 내 뜻대로 되지 않는 법이다. 다음날 동네에는 백작이 그를 쫓아냈다는 소문이 파다하게 퍼지고, 가는 곳마다 사람들은 그에 관한 험담을 해댄다. 그는 미칠 것만 같다. "차라리 누구든지 대담하게 맞대놓고 비난한다면 그자의 가슴에다 칼이라도 꽂아줄 텐데."

《젊은 베르테르의 슬픔》은 실제 사건을 소재로 한 것이다. 괴테는 법무실습을 하던 중 법관 부프의 딸 샤로테를 사랑하게 되는데, 이미 외교관 케스트너와 약혼한 상태인 그녀의 마음을 얻지 못하자 상심한 채 그들 곁을 떠난다. 그런데 얼마 뒤 친구 예루살렘이 유부녀를 짝사랑하다 귀족사회에서 축출당하고 마침내 케스트너에게 권총을 빌려 자살했다는 소식을 듣는다.

괴테는 자신의 실연을 1부로, 예루살렘이 자살하기까지의 과정을 2부로 엮어 서간체 소설을 썼는데, 자신이 직접 겪은 실화를 바탕으로 하다 보니 더욱 절절하게 느껴지는 것이다. "아아, 이 공허! 내 가슴속에서 뼈저리게 느끼는 이 무서운 공허! 한 번만, 단 한 번만이라도 그녀를 내 품에 꼭 껴안을 수 있다면 이 끔찍한 공허는 완전히 메워질 수 있을 것을.”

베르테르는 자살할 권총을 로테의 남편 알베르트에게서 빌리는데, 전날 밤 그가 미친 듯 키스를 퍼부었던 로테가 총을 꺼내 하인에게 건네준다. 그 말을 듣자 베르테르는 오히려 기뻐한다. “권총은 당신의 손을 거쳐서 왔습니다. 당신이 먼지를 털어주었다고요. 당신이 손을 대고 만졌던 권총이기에 나는 천 번이나 그것에다 키스를 했답니다. 로테! 당신이 내게 무기를 내주었습니다. 나는 당신 손에서 죽음을 받는 게 소원이었는데, 아아 이제 그렇게 되었습니다.”

지금 다시 읽어봐도 정말 어처구니없는 자살 같고, 당장이라도 이 청년을 붙잡고 인생이란 그런 게 아니라고, 청춘의 사랑이 전부가 아니라고 좀 알려주고 싶은데, 괴테는 이렇게 끝내버렸다. 안타깝지만 그래서 더 와 닿는 것인지 모른다. 사실 이 작품은 괴테가 스물다섯 나이에 질풍노도의 문학적 분위기에 휩쓸려 4주만에 완성한 것이다. 요한 페터 에커만이 쓴 《괴테와의 대화》를 보면 말년의 괴테는 이 소설이 소이탄 같다며 출간된 후 단 한 번만 읽었다고 얘기한다.

“그것은 펠리칸처럼 나 자신의 심장의 피로 먹이를 주어 만든 것이라네. 거기에는 나의 가슴속에서 나온 내면적인 것이라든지 감정과 상상이 너무도 많이 들어있어. 나는 그것을 보기만 해도 무서워져. 그것을 낳게 한 병적인 상태를 다시 느끼게 될까 봐 두려워하는 거야."

평생 아홉 번이나 열렬한 사랑을 했던 괴테는 마지막으로 일흔넷의 나이에 19세 소녀 울리케에게 청혼한다. 그는 거절당하지만 이 일을 계기로 《마리엔바트의 비가》를 쓴다. 그는 베르테르가 그랬던 것처럼 진지하게 삶을 살았고 사랑했고 많은 고통을 받은 것이다. 괴테는 이렇게 말한다.

"누구든 이 작품이 오직 자신만을 위해 쓰인 것이라고 생각되는 그런 시기가 있을 걸세. 만일 그런 시기가 자신의 생애에 단 한 번도 없다면 불행한 일이겠지." 지금도 누군가는 베르테르처럼 그렇게 열렬히 누군가를 사랑하고 있을 것이다. 비록 그것이 비극으로 끝난다 할지라도.

■ 지옥

L'enfer / Henri Barbusse

There is no hell, no inferno except the frenzy of living.

지옥도 없고 다만 살려고 발버둥치는 생의 열광이 있을 뿐이다.

앙리 바르뷔스(1873~1935) 파리 교외의 아니에르에서 태어나 고교 시절부터 시적 재능을 높이 평가 받았다. 공무원으로 일하다 저널리스트로 활동하기도 했으며, 말년에는 세계평화와 평등에 대한 열정으로 반전 운동에 힘을 쏟았다. 주로 인간 내면의 진실을 탐구한 작품들을 발표해 실존주의 문학의 개척자로 꼽힌다.

가질 수 없는 것을 탐하는 비참함

에드워드 호퍼의 「호텔방」은 내가 아는 한 가장 외로운 그림이다. 속옷 차림의 여성이 여행용 가방도 풀지 않은 채 침대 가장자리에 앉아 있다. 무릎 위에는 두꺼운 책 한 권이 펼쳐져 있지만 상념에 잠겨 그저 바라만 보고 있다. 사랑하는 연인으로부터 버림받은 것일까? 그늘진 표정에는 어떤 슬픔 같은 게 배어있다.

몇 해 전 마드리드에 갔을 때 티센보르네미사 미술관에 걸려 있는 이 그림 앞에서 한 시간 넘게 멈춰서 있었던 것은 이 슬픔 때문이었다. 모든 것이 사라져버리고 철저히 혼자로 남게 됐을 때의 절망 같은 게 느껴졌다. 나 역시 여행 중이라 그랬는지 그 외로움에 더 공감했던 것 같다. 그런데 문득 화가의 시선이 궁금해졌다. 호텔방에는 여인 혼자 있는데 호퍼는 어디서 바라보았던 것일까? 살짝 엿보기라도 했던 것일까?

앙리 바르뷔스의 소설 《지옥》은 이렇게 누군가의 인생을 살짝 들여다 본 작품이다. 시골에서 파리로 올라와 은행에 취직한 주인공은 낡은 호텔방에서 하숙을 하는데, 벽에 난 작은 구멍을 통해 옆방을 몰래 볼 수 있다는 것을 발견한다. 그의 눈에 처음 들어온 사람은 하녀였다. 혼자 방에 들어와 편지를 읽고 거기에 입을 맞추는 하녀의 모습에서 그는 이 세상 누구도 엿볼 수 없는 그녀의 사랑을 목격한다.

"들여다본다…. 보인다…. 옆방은 내게 발가벗겨진 채로 그 모습을 드러내 보이고 있다. 그 방이 내 앞에 펼쳐진다. 내 소유도 아닌 그 방이…. 나는 떨면서 저 방을 지배하며 소유하고 있다. 언제든 그 방을 눈으로 들여다볼 수 있다. 나는 거기에 있다. 그 방에 들어올 사람들은 까맣게 모른 채 나와 함께 그 방에 들어갈 것이다. 마치 방문이 활짝 열려있는 것처럼 나는 그들을 볼 수 있을 것이고, 그들의 말을 들을 것이며, 그들의 일거수일투족을 빠짐없이 다 목격하리라."

그는 매일같이 벽에 붙어 옆방을 훔쳐본다. 매력적인 여성이 혼자 들어와 옷을 벗고, 어린 오누이가 서로 사랑을 고백하고, 두 여인이 금지된 동성간의 사랑에 몸을 떤다. 그런가 하면 서로에게 원하는 것은 다르지만 육체의 욕망만으로 맺어진 불륜의 관계가 있고, 아내의 불륜을 알게 된 남편의 냉랭한 시선도 있다.

"나는 그들의 이름도 모르고 자세한 내막도 모른다. 인류가 내게 자기의 내장을 보여주고 있다. 나는 인생의 심층을 판독하고 있다. 그러나 나는 세상의 표면에서 길을 잃은 느낌이다."
어느 날 거리로 나온 그는 한없는 혼란에 빠진다. 그리고 이
작품에서 제일 유명한, 콜린 윌슨이 《아웃사이더》에서 인용한
문장이 나온다. "나는 너무 깊게, 그러면서도 너무 많이 본다."

《지옥》의 주인공은 이처럼 깨어나서 혼돈을 들여다 보았다
는 점에서 아웃사이더다. "나는 안다. 우리가 우리의 외부에
있다고 생각하는 많은 것들이 우리의 내부에 있으며, 그리고
바로 그 점이 비밀이라는 것을 말이다. 일단 베일이 벗겨지면
사물이란 단순해 보이며 지극히 단순한 것이다!"

그리고는 빗방울이 떨어지는 벤치에 앉아 문득 깨닫는다.
고독하면서도 항상 자기가 갖지 못하는 것을 탐하는 비참함
이 바로 인생의 단순하고도 끔찍한 비밀이라는 사실을 말이
다. "나의 아픔은, 내가 견딜 수 있는 것보다 더욱 크고 더욱
강렬한 꿈을 가졌기 때문이다. 소유하지 못하는 것을 생각하
는 사람들은 불행하다!"

인간의 너무나도 적나라한 비밀 속으로 비집고 들어간 그
는 이제 순교자로서의 의무를 완수하기 위해 방으로 돌아간
다. 계속 들여다봐야 하는 것이다. 그의 눈 앞에는 다시 허망
한 인간들이 나타난다. 살 날이 며칠 남지 않은 노인, 이 노인
과 결혼하는 젊은 여인, 피투성이가 되어 갓난아이를 낳는 산
모…. 그는 죽음을 생각한다. 죽어서 땅속에 묻히면 여덟 가지

종류의 곤충들이 차례로 몰려온다. 그렇게 3년쯤 지나면 인간의 육체는 흙으로 돌아간다. 생명의 최후 표식이라고 할 수 있는 썩은 냄새마저 사라지면 이제 비탄조차 남지 않는다. 얼마 전 노인과 결혼했던 젊은 여인은 상복 차림으로 한 남자를 만난다. 두 사람의 입에서는 "드디어!"라는 말이 동시에 나오고, 여자는 눈물을 흘린다. "그래요, 기뻐서 울었어요."

다니던 은행마저 그만둘 정도로 열심히 벽에 난 구멍을 들여다보았던 그는 결국 방을 해약한다. 이제 들여다보는 것을 끝내고 다음날 떠나기로 한 것이다. 그는 누운 채로 옆방에서 들려오는 단조로운 목소리를 듣는다. 그가 들여다보았던 방으로 또 수많은 헛된 욕망들이 지나쳐 갈 것이다. 얽혀진 육체에서 위안을 얻고 이별과 배신에 아파하겠지만 그래도 그들은 생을 사랑하고 죽음을 두려워할 것이다.

그는 신들에게서 불을 훔쳐낸 대가로 독수리에게 끊임없이 내장을 쪼이는 벌을 받아야 했던 프로메테우스를 생각한다. "우리들 모든 인간도 욕망 때문에 똑같은 고통을 느낀다. 그렇지만 독수리나 신이 있는 게 아니다. 낙원이란 실재하지 않으며 교회의 큰 묘지로 우리를 데려가는 죽음이 있을 뿐이다. 지옥도 없고 다만 살려고 발버둥치는 생의 열광이 있을 뿐이다." 죽음을 눈앞에 두고도 찰나의 쾌락을 꿈꾸는 인간, 그렇게 우리는 최후의 순간까지 욕망하며 살아가는 것이다.

호퍼가 엿본 「호텔방」의 여인도 외롭지만 계속 살아갈 것이다. 괴로워하면서도 행복해지기를 바라는 많은 사람들처럼. 하지만 행복은 인생의 목표가 아니다. 빛과 어둠을 구별할 수 없듯이 행복과 고통도 분리할 수 없다. 이 둘을 분리해 순수한 행복만을 가지려 하는 것은 꿈같은 얘기다. 인간의 삶에서 슬픔과 고통을 전부 제거해버린다면 남는 것은 무엇일까?

낙원은 천국이 아니다. 낙원에서도 삶은 이어지고, 욕망을 가진 인간은 그곳에서도 불행을 느낄 테니 말이다.

■ 유토피아

Utopia / Thomas More

The Utopians wonder how any man should be so much taken with the glaring doubtful lustre of a stone, that can look up to a star himself.

유토피아 인들은 밤하늘에 바라다볼 아름다운 별들이 무수히 많은데도 누군가 작은 돌덩어리의 흐릿한 빛깔에 매료되는 것을 보면 의아해 합니다.

토머스 모어(1478~1535) 14세에 옥스퍼드 대학에 진학해 22세에 변호사가 됐으며, 대학 재학 중 르네상스 사조에 영향을 받아 인문주의자 에라스무스와 친교를 맺었다. 탁월한 수완과 식견으로 하원의원과 하원의장을 거쳐 영국 역사상 최초의 평민 출신 대법관이 됐다. 그러나 영국 국교회 수장으로서의 국왕의 권한을 부정한 죄로 런던탑에 투옥되었고 결국 반역죄로 참수형에 처해졌다.

유토피아에 살면 과연 행복할까

꿈이란 참 모순된 것이다. 눈을 감고 있을 때는 생생하게 보였던 것이 눈을 뜨면 연기처럼 사라져버린다. 다시 한 번만 하면서 눈을 감고 싶은 달콤한 꿈일 때도 있지만 온 몸이 땀에 젖어 몸서리치며 깨어나는 악몽일 때도 있다. 하지만 어떤 꿈을 꿀지는 아무도 모른다. 잠이 들 때까지, 아니 잠에서 깨어날 때까지는 말이다.

토머스 모어의 《유토피아》는 이런 꿈만큼이나 모순된 책이다. 제목부터가 라틴어로 "어디에도 존재하지 않는 곳"이란 의미다. 모어는 이 책에 실명으로 등장해 라파엘 히슬로다이우스라는 가상의 인물과 대화를 나눈다. 히슬로다이우스라는 이름도 라틴어로 무의미(넌센스)라는 뜻이다. 그러니까 《유토피아》는 아무데도 없는 곳에 관해 아무 의미도 없는 사람과 이야기한 책이다.

그렇다고 얼토당토않은 허튼 내용은 아니다. 아니 시작부터 자못 심각한 주제를 다룬다. 이 나라에는 왜 이렇게 도둑이 많은가? 어떤 날에는 스무 명의 도둑이 한꺼번에 교수대에 오르기도 한다. 선원이자 철학자인 라파엘은 이렇게 단언한다. 도둑질이 먹을 것을 얻는 유일한 방법이라면 그 어떤 형벌로도 도둑질을 막을 수 없다고 말이다. "사유재산이 존재하고 모든 것이 돈이라는 관점에서 판단되는 한, 저는 진정한 정의나 진정한 부를 어떻게 얻을 수 있을지 알지 못합니다."

라파엘의 이런 공산주의 사상에 모어는 질문을 던진다. 더 많이 소유하고자 하는 의욕이 사라지면 누구도 열심히 일하려 들지 않을 것이다. 그러면 사람들은 게을러지고 사회 전체가 빈곤에 빠질 우려가 있다. 모두가 평등하다면 통치자의 권위도 사라지고 그들을 존중하지도 않게 돼 사회 질서가 흔들릴 수 있다. 논리적인 의문이다. 그러자 라파엘은 유토피아에서의 경험을 말해준다.

"돈과 돈에 대한 욕심이 사라져버린 유토피아에서 얼마나 많은 사회문제들이 해결되었고, 얼마나 많은 범죄들이 근절되었습니까! 돈이 사라지는 순간, 우리는 두려움과 근심걱정, 과도한 업무와 불면의 밤들과도 작별을 고할 수 있습니다. 돈이 더 이상 존재하지 않게 된다면 늘 그 해결을 위해 돈을 필요로 하는 것처럼 보였던 문제, 즉 가난이라는 문제도 즉시 사라져버릴 것입니다."

얼마나 명쾌한가! 하지만 조금 딱딱하다. 모어는 원래 풍자

와 유머가 넘쳐났던 인물이다. 《유토피아》 역시 모어 특유의
해학이 가득 차있다. 내가 가장 좋아하는 대목을 보자.

금이나 은보다 쇠가 더 유용한데도 사람들은 금이나 은을
더 좋아한다. 이건 희소성 때문인데, 유토피아에서는 이런 생
각을 바로 잡기 위해 금으로 만든 요강에 오줌을 누고, 죄수
들에게 금 족쇄를 채우고 금관을 씌워준다. 그러다 보니 유토
피아 사람들은 금이나 은을 경멸의 대상으로 알고, 다이아몬
드 같은 보석조차 하찮게 여긴다.

"유토피아 인들은 밤하늘에 바라다볼 아름다운 별들이 무
수히 많은데도 누군가 작은 돌덩어리의 흐릿한 빛깔에 매료되
는 것을 보면 의아해 합니다. 또 자기 옷이 다른 사람 옷보다
더 좋은 양모로 지어졌다는 이유로 자신이 더 훌륭하다고 생
각하는 사람이 어떻게 있을 수 있는지 이해하지 못합니다. 유
토피아 인들은 금처럼 아무짝에도 소용없는 물질이 왜 지금
전 세계적으로 사람보다 더 소중하게 여겨지고 있는지도 이해
할 수 없습니다."

결혼 관습을 설명하는 부분은 더 재미있다. 결혼을 하고자
하는 처녀 총각은 상대방 앞에서 홀딱 발가벗고 선을 보여야
한다. 말 한 마리를 살 때도 꼼꼼히 관찰하고 확인하는데, 좋
건 싫건 평생을 함께 살아야 할 사람을 고르면서 얼굴만 보고
판단할 수는 없기 때문이다.

유토피아 인들은 공평하게 하루 여섯 시간씩 일하고, 남는 시간에는 정신적이고 지적인 쾌락을 추구한다. 지속적으로 건강을 유지하면서 진리에 대한 명상과 뜻있게 보낸 인생에 대한 추억, 앞으로 다가올 좋은 일들에 대한 확신에 찬 기대감을 갖는 것이다. 라파엘은 이것이 바로 유토피아 인들이 누리는 진정한 행복이라고 말한다.

그런데 정말로 그럴까? 그것이 과연 행복일까? 유토피아 인들은 최소한의 노동을 하는 대신 최소한의 상품에 만족해야 한다. 모두가 똑같은 모양과 색깔의 옷을 1년에 한 벌씩만 공급받는다. 각 가정에서의 식사는 금지돼 있고, 마을회관 같은 공공 장소에서 공동으로 식사해야 한다. 특별허가를 받지 못하면 마음대로 여행도 못한다. 혼전에 성관계를 가졌다가는 평생 독신으로 살아야 하고, 간통죄를 저지르면 처음에는 강제 노역형에, 두 번째는 사형에 처해진다. 심지어 여가 시간도 반드시 유용하게 사용해야 한다. 유토피아는 이처럼 모순적이다. 그래서 유토피아는 세상 어디에도 존재할 수 없는 곳인지도 모른다.

모어는 평생 세속적인 권력과 부를 향유했지만 결코 그것에 도취되지는 않았다. 그가 죽는 날까지 딸 마거릿만 알고 있도록 한 비밀이 있었다. 그는 평소에 좋은 관복을 걸치고 있었지만 그 안에는 늘 거친 모직셔츠와 말총으로 만든 속옷을 입었다. 그래서 피가 날 정도였는데, 그는 이렇게 함으로써 하느님의 뜻을 잊지 않고 세속의 단맛에 빠져들지 않도록 스스로 경계했던 것이다. 그러나 이렇게 철저하게 자기 관리를 했던 모어 역시 자신을 총애했던 헨리 8세의 이혼에 반대했다는 이유로 모든 안락을 포기해야만 했다. 그것도 대법관 자리에 있던 인생 최고의 절정기에 말이다. 하지만 그는 마지막까지 여유를 잃지 않았다.

모어가 단두대에 올라서자 사형 집행관이 그에게 용서를 빌었다. 모어는 사형 집행관을 끌어안고 오히려 격려해주었다. "힘을 내게. 자네 일을 하는 데 두려워하지 말게. 그리고 내 목은 매우 짧으니 조심해서 자르게." 죽음의 공포마저 유쾌한 해학으로 넘어서는 순간, 모순으로만 보였던 유토피아는 구현되는 것이다.

■ 예브게니 오네긴

Evgenii Onegin / Aleksandr Sergeevich Pushkin

Bliss was so near, so altogether attainable!

아, 행복은 손에 잡힐 듯 그토록 가까이 있었건만!

알렉산드르 세르게예비치 푸슈킨(1799~1837) 러시아 사람들이 가장 사랑하는 작가로 시, 소설, 희곡 등 다양한 문학장르에서 인간의 본성과 삶에 대한 긍정을 작품화했다. 모스크바의 명문 귀족 가문 출신으로, 혈통에 아프리카의 피가 섞여있었다고 한다. 러시아 정신의 원천으로 불리는 그의 서거 100주년을 기념해 소비에트 정부는 그가 어린 시절 공부했던 도시를 푸슈킨 시로 명명하기도 했다.

그대, 어떤 운명을 부러워하나요

"삶이 그대를 속일지라도 슬퍼하거나 노하지 말라! 우울한 날들을 견디면 기쁨의 날이 오리니." 젊은 시절 앞이 잘 안 보이고 마지막 희망조차 사라진 것 같았을 때 한번쯤 암송하면서 위안 받았을 이 유명한 시는 알렉산드르 푸슈킨이 두 번째 유형지에서 쓴 것이다. "마음은 미래에 살고 현재는 늘 슬픈 것. 모든 것은 순간적이고 지나가는 것이니, 그리고 지나가는 것은 훗날 소중하게 되리니."

그는 절망하지 않고 보석 같은 서사시들을 써나갔다. 그렇게 해서 새로운 형식의 운문소설 《예브게니 오네긴》을 7년만에 완성했다. 이 작품은 콜레라가 창궐하는 바람에 어쩔 수 없이 석 달간 머물러야 했던 여행지 볼지노에서 마침표를 찍었는데, 푸슈킨이 미래에 대한 불안과 전염병의 위협 속에서 그 어느 때보다 치열하게 창작열을 불태웠던 이 시기를 후대 작가들은 '놀라운 볼지노의 가을'이라고 이름 붙였다.

차이코프스키의 오페라로도 잘 알려진 《예브게니 오네긴》

의 줄거리는 일견 단순하지만 꽤 극적이다. 사교계의 방탕한 생활에 젖어있던 주인공 예브게니 오네긴은 죽은 아저씨의 유산을 상속받아 시골영지로 간다. "한 이틀 동안은 모든 게 새로웠다. 한적한 들판이며 황량한 참나무 숲의 서늘한 그늘이며 조용히 흘러가는 시냇물의 노랫소리며. 하나 사흘째부터는 수풀도 언덕도 들판도 더 이상 눈에 안 들어오고 마냥 졸음만 쏟아졌다."

아무리 예쁜 꽃도 오래 들여다 보면 싫증이 나고 더없이 달콤한 것만 같았던 휴식도 며칠만 지나면 따분해지는 법이다. 무료함과 권태, 그것이 세상살이의 이치고, 그래서 우리는 늘 새로운 것을 찾아 어딘가로 가야 하는지 모른다. 오네긴도 그랬다.

다행히 그가 시골에서 찾아낸 즐거움이 한 가지 있었으니 이웃에 사는 젊은 시인이자 지주인 렌스키와 함께 시간을 보내는 것이다. 세속에 물들지 않은 순수한 영혼의 소유자 렌스키는 올가와 약혼한 사이인데, 올가의 언니 타치아나는 오네긴에게 반해 진심어린 연모의 편지를 보낸다. "높으신 분의 섭리⋯ 하늘의 뜻으로 결정된 일, 저는 그대의 것입니다. 이제까지 제 인생은 그대와 어김없이 만나기 위한 저당이었어요. 그대를 기다립니다. 단 한 번의 눈길만으로 제 가슴의 희망을 소생시켜 주세요."

많은 유산과 믿음직한 친구, 여인의 사랑까지, 지금 오네긴은 이미 가진 것만으로도 얼마든지 행복할 수 있다. 그런데 오네긴은 냉정하게 거절한다. "우리가 여성을 사랑하지 않을수록 우리는 더욱 쉽게 그들의 사랑을 받고 유혹의 그물에 걸린 그들을 더욱 확실하게 파멸시킨다." 오만하기 짝이 없고 참으로 한심스럽고 바보 같은 독백이지만 실은 많은 사람들이 이렇게 살아간다.

오네긴은 이것도 모자라 파티에서 올가에게 추파를 던지고 이를 보다 못한 렌스키와 결투를 벌여 그를 죽게 만든다. 이 충격으로 오네긴은 고향을 떠나고, 그를 애타게 기다리던 타치아나도 가족의 권유로 모스크바로 간다. "이 정답고 평화로운 세상을 떠나 화려한 번잡의 소음 속으로 가노라. 너도 잘 있거라, 나의 자유여! 어디로 무엇 때문에 나는 달려가는가? 운명은 내게 무엇을 약속해주는가?"

몇 년 뒤 수도 페테르부르크로 돌아온 오네긴은 사교계의 여왕으로 변모한 타치아나 공작 부인을 만난다. 그는 뒤늦게 자신의 열렬한 사랑을 담은 편지를 보내지만 그녀는 냉담하기만 하다. 오네긴은 미칠 지경이 되어 잠도 못 이루다 송장 같은 모습으로 그녀 앞에 무릎을 꿇는다. 타치아나도 눈물을 흘린다.

"오네긴 님, 저에게 이 화려함, 허위에 찬 이 역겨운 삶, 사교계의 회오리바람 속에서 제가 거둔 성공, 멋진 저택과 야회가 무슨 소용이 있겠습니까? 지금이라도 당장 제 초라한 고향 집으로, 당신을 처음 보았던 그곳으로 가고 싶어요. 아, 행복은 손에 잡힐 듯 그토록 가까이 있었건만! 제 운명은 이미 정해졌습니다. 저는 당신을 사랑합니다. 그러나 저는 다른 사람과 결혼한 몸, 영원히 그이에게 성실할 겁니다."

타치아나는 나가고 오네긴은 벼락을 맞은 듯 멍하니 있는데, 그녀의 남편이 모습을 나타낸다. 《예브게니 오네긴》은 이렇게 끝나지만, 푸슈킨은 마지막으로 독자들에게 작별 인사를 건넨다. "운명은 너무도 많은 것을 앗아갔다! 포도주 가득 찬 술잔을 다 비우지도 않고 인생의 향연을 일찌감치 떠나버린 자, 인생의 소설을 다 읽지도 않고 별안간 책장을 덮을 수 있는 자는 행복하도다."

세상에 제 뜻대로 되는 인생이 어디 있으랴마는 참으로 알 수 없는 게 인간의 운명이다. 그런데 작품 속 주인공 오네긴보다 오히려 푸슈킨의 삶을 들여다보면 이 사실이 더욱 절실히 와 닿는다.

푸슈킨은 명문 귀족 가문에서 태어나 황제가 세운 일류 학교를 졸업하고 열여덟 나이에 외무관리가 됐다. 일찌감치 작가로서 주목을 받은 뒤 문예지 〈동시대인〉을 발행했고, 서른두 살 때는 '모스크바의 꽃'이라고 불리던 열네 살 연하의 나탈리아와 결혼해 네 자녀를 두었다.

언뜻 보면 남부러울 것 없는 성공적인 삶을 산 것 같지만 주변의 시기와 질투로 인해 숱한 좌절을 겪어야 했다. 특히 빼어난 미모의 아내가 결정적이었다. 황제까지 그녀를 탐하는 바람에 푸슈킨은 졸지에 10대 소년이나 하는 시종보라는 굴욕적인 직책에 임명돼 환멸과 절망 속에서 말년을 보내야 했고, 결국 아내의 연적과 결투를 벌이다 치명적인 상처를 입고 서른여덟 나이로 눈을 감았다.

죽기 얼마 전 그는 아내에게 시 한 편을 보냈다. "때가 왔다, 친구여, 때가 왔다! 마음이 평온을 구한다. 이 세상에 행복은 없다, 평온과 자유가 있을 뿐. 오래 전부터 나는 부러운 운명을 꿈꿔왔다. 오래 전부터, 지친 노예인 나는 도피를 계획했다. 일과 순수한 기쁨만이 있는 그 먼 곳으로." 누구나 조금씩은 이런 꿈을 꾸고 있는 것은 아닌지.

■ 모비딕

Moby-Dick / Herman Melville

Old man of oceans!
Of all this fiery life of thine, what will at length remain but one little heap of ashes!

바다의 노인이여!
당신의 이 불 같은 인생도 끝내는 한 줌의 재 외에 무엇을 남기겠는가!

허먼 멜빌(1819~1891) 부유한 무역상 집안에서 태어났으나 13세 때 아버지가 죽으면서 집안 사정이 어려워져 학업을 포기했다. 은행과 상점의 심부름꾼, 농장일꾼 등을 전전하다 20세 때부터 포경선, 상선, 군함을 타고 세계를 돌아다녔고, 뉴욕 세관 검사관으로 19년간 근무하기도 했다. 선원 생활의 경험을 토대로 인생에 대한 비극적 통찰을 담아낸 작품들을 썼다.

실패할 줄 알지만 포기할 수 없어라

저녁노을처럼 화려하게 세상을 물들였던 나뭇잎의 빛깔이 땅거미 지듯 조금씩 바래어가는 늦가을 이 맘 때면 《모비딕》의 첫 구절이 떠오른다.

"내 이름은 이슈마엘이라 부른다. 내 입가에 우울한 빛이 떠돌 때, 촉촉하게 11월의 가랑비가 내릴 때, 나 자신도 모르게 관을 쌓아두는 창고 앞에 멈춰서고 장례 행렬 뒤를 번번이 뒤따를 때, 그런 때는 되도록 빨리 바다로 떠나야 한다는 생각이 든다. 내게는 이것이 권총과 총알 대신이다."

이렇게 시작되는 《모비딕》은 허먼 멜빌 자신의 고래잡이 체험담이자 지적 편력기다. 멜빌은 이슈마엘의 입을 빌어 "포경선이 나의 예일 대학이자 하버드였다"며 자신의 백과사전 같은 지식을 마음껏 풀어놓는다. 어원과 발췌록에 이은 135개 장의 장황한 서술과 에필로그까지, 중간에 나오는 고래학 개론은 그 자체로 책 한 권 분량이다. 멜빌은 게다가 겸손하게도 한마디 덧붙인다. "나는 고래를 모른다. 영원히 알 수 없을 것이다."

서머싯 몸이 이 작품을 세계 10대 소설 중 하나로 꼽으면서 했던 말처럼, 《모비딕》은 비상한 의지력으로 작심하고 읽어야 겨우 자신을 허용하는 소설이다. 그러면 먼저 줄거리를 따라가보자.

자살 충동을 느끼며 바다로 향한 이슈마엘에게 운명은 포경선 피쿼드 호를 타도록 한다. 이 배의 선장은 흰고래白鯨 모비딕을 향한 증오로 불타오르는 에이허브인데, 그는 자신의 한쪽 다리를 집어삼킨 모비딕을 쫓아 "한도 끝도 없는 이 지구를 열 바퀴라도 돌아, 아니 이 지구를 일직선으로 뚫고 들어가서라도 그 놈을 꼭 잡아죽이고야 말겠다"고 다짐한다. 짐승을 상대로 한 맹목적인 복수는 미친 짓이라며 말리는 일등 항해사 스타벅에게 그는 말한다.

"눈에 보이는 것은 모두 판지로 만든 가면이야. 그러나 그 가면 뒤에서 무언가 알 수 없는 의도된 힘이 고개를 쳐드는 법이지. 죄수가 벽을 때려 부수지 않고서야 어떻게 자유로워질 수 있겠나. 내게는 저 흰고래가 바로 그 벽이네. 그 놈이 바닥을 알 수 없는 악으로 뭉쳐서 사나운 힘으로 덤벼들고 있어. 나는 견딜 수가 없네. 모욕을 당하면 태양에라도 덤벼드는 나일세. 진실은 아무에게도 잡히지 않아."

그러고는 작살 구멍에 술을 부은 뒤 외친다. "모비딕의 최후를 위해 축배를 들자. 만약 우리들이 모비딕을 쫓아가 쳐죽이지 않으면 신께서 우리 전부를 죽이소서."

에이허브의 카리스마적 권위와 자기 확신, 극단적이면서도 일관된 집념이 잘 드러나는 대목이다. 젊은 시절 《모비딕》을 읽으면서 나도 모르게 에이허브의 이런 매력에 푹 빠져들었던 것 같다. 그러나 맹목적인 집착은 어디서나 위험한 법, 그것도 자기뿐만 아니라 주변의 전혀 의도하지 않았던 사람들까지 사지로 내몬다는 점에서 특히 경계해야 한다.

그래서 스타벅 같은 인물이 필요한 것이다. 에이허브가 붙잡을 수 없는 것을 끝까지 좇는 불굴의 화신이자 광기에 사로잡힌 영웅이라면, 스타벅은 냉정한 이성으로 사물을 바라보는 현실적 존재다. 스타벅은 이등 항해사 스텁에게 이야기한다.

"막 피운 석탄불 앞에 서서 그것이 생명의 몸부림 같은 불꽃으로 발갛게 타오르는 것을 본 적이 있어. 그러나 끝내는 힘이 약해져 가라앉고 소리 없는 먼지로 돌아가 버리지. 바다의 노인이여! 당신의 이 불 같은 인생도 끝내는 한 줌의 재 외에 무엇을 남기겠는가!"

(사족을 붙이자면, '스타벅'은 우리에게도 친숙한 이름인 스타벅스와 연관이 깊다. 스타벅은 《모비딕》에서 가장 이성적이고 합리적인 인물이다. 커피 전문점 스타벅스가 상호로 쓰기에 적당해 보인다. 스타벅스의 로고 역시 꼬리가 두 개 달린 인어 사이렌이니 궁합도 잘 맞는 것 같다. 그런데 엄

밀히 말해 스타벅스는 사람 이름이 아니다. 스타벅스라는 이름은 원래 시애틀 인근 레이니어 광산 지역에 있던 갱도의 이름 '스타보'에서 따온 것이다. 좀더 사연을 들어보면, 스타벅스의 파트너들이 맨 처음 떠올린 후보작은 《모비딕》의 고래잡이 배 '피쿼드'였으나 영어 어감상 '피~'는 오줌을, '쿼드'는 교도소를 연상시킨다는 지적 때문에 이를 제외시켜야 했다고 한다. 그런데 스타보가 후보작으로 떠오르자 이를 스타벅으로 살짝 바꾸고 복수형 어미도 붙인 것이다.)

에이허브에게 맡겨놓으면 배가 파멸하리라는 것을 알고 있는 스타벅은 잠자는 선장을 향해 총을 겨눈다. 이 장면은 《모비딕》에서 가장 인간적인 부분이지만, 이성은 역시 타협에 익숙하다는 사실을 새삼 확인시켜준다. "지금 이 손가락을 움직이기만 하면 스타벅은 살아서 다시 아내와 아이들을 안을 수 있다. 그러나 노인이 죽지 않으면 다음주쯤 스타벅의 몸은 다른 사람들과 함께 깊은 바다 속에 가라앉아 있을지 모른다. 신이시여, 어디에 계십니까? 할까? 해버릴까?"

내가 스타벅의 입장이라면 어떻게 할까? 이미 고래는 충분히 잡았다. 고향 항구로 돌아가기만 하면 배당금도 넉넉히 받을 수 있다. 사실 흰고래면 어떻고 검은고래면 어떤가. 어차피 선주하고 약속한 것은 고래기름 아닌가. 목숨까지 걸고 괴물 같은 흰고래를 굳이 쫓아다닐 이유는 없다. 그런데 문제는 이런 논리가 아니다. 세상에는 꼭 이렇게 논리나 이성, 합리성만 갖고는 풀 수 없는 문제가 있다.

그러니 이렇게 망설이게 되는 것이다. 나는 과연 방아쇠를 당길 수 있을까? 편집증에 사로잡힌 늙은 노인 한 명을 죽이고, 그 대신 선량한 선원들 수십 명을 가족들 품에 보내주는 게 옳은 일 아닐까? 아니, 더 이상 생각할 필요 없이 당장 실행할 수 있을까? 멜빌의 소설은 늘 이렇게 나 자신을 돌아보게 한다. 그것도 내면 저 깊숙한 곳까지. 스타벅은 끝내 쏘지 못한다. "너무 잘 자고 있어, 스텁. 자네가 내려가 깨워주게나."

곧 이어 3일간의 대추적이 시작되고, 셋째 날 에이허브가 모비딕의 옆구리에 작살을 꽂자 흰고래는 맹렬한 기세로 솟구치며 피쿼드 호를 침몰시킨다. 마지막 남은 보트에서 이 절망적인 상황을 지켜보던 에이허브는 최후의 작살을 던진다. "오오, 고독한 인생 끝에 고독한 죽음! 최고의 위대함은 최고의 슬픔 속에 있다. 나는 네놈에게 붙들린 채 네 놈을 추적하고 갈가리 찢어놓겠다. 자, 이 창을 받아라!" 작살은 명중하지만 에이허브는 팽팽한 밧줄에 목이 감겨 물속 깊이 사라져버리고, 이슈마엘을 제외한 모든 선원이 수장된다.

소설은 이렇게 끝나지만 나는 다시 한 번 묻게 된다. 에이허브의 무모한 도전과 집착은 결국 허망한 패배로 귀결되는 것 아닌가? 그렇다면 에이허브가 틀렸던 것일까? 비록 멜빌은 명확한 답은 주지 않지만 한 가지 단서는 얻을 수 있다. 번역본으로 1000쪽에 가까운 《모비딕》에서 겨우 1쪽이 약간 넘는, 가장 짧은 장 가운데 하나인 제23장 〈바람 부는 해안〉은 4년 간의 항해를 막 끝내자마자 다시 피쿼드 호에 오른 벌킹턴이 란 선원에 대한 이야기인데, 그가 왜 바다로 떠나야 하는지 이 렇게 설명한다.

"그러나 가장 숭고한 진리, 신처럼 가없고 무한한 진리는 육 지가 없는 망망대해에만 존재한다. 바람이 불어가는 곳이 안 전하다 할지라도 수치스럽게 거기에 내던져지기보다는 사납게 몸부림치는 넓고 넓은 바다에서 죽는 게 더 낫지 않은가? 어 느 누가 벌레처럼 육지에 기어오르려 하겠는가? 이 무시무시 한 공포, 이 모든 고통이 헛된 것인가? 기운을 내라, 벌킹턴! 굳세게 견디어내라, 반신반인半神半人이여! 그대가 죽어갈 바다 의 물거품, 거기에서 그대는 신이 되어 솟아오르리라!"

배는 돛을 모두 펴고 전력을 다해 먼바다로 나가야 한다. 육 지는 평화롭고 안전해 보이지만 배에게는 그렇지 않다. 사나 운 바람이라도 불면 육지처럼 위태로운 곳도 없다. 그러니 거 친 파도가 배를 집어삼키려 하고 폭풍우가 거세게 몰아친다 해도 망망대해를 향해 위험한 항해를 해나갈 수밖에 없는 것 이다. 그것이 운명인데 어찌하겠는가?

《모비딕》을 다 읽고 난 뒤에도 처음부터 어둡게 드리웠던 음 울한 분위기와 독백조의 대사들이 뇌리를 맴돌고, 여전히 무언가가 짙은 잔상처럼 남아있다. 그런 와중에도 이처럼 멋진 문장이 떠오르는 것은 역시 멜빌만이 갖고 있는 독특한 매력이다. "에이허브는 무의식 중에 바시 군도에서 불어오는 사향처럼 달콤한 향기를 한쪽 콧구멍으로 들이마시고 있었고, 다른 콧구멍으로는 새로 발견한 바다, 증오하는 흰고래가 헤엄쳐 다니고 있을 그 바다의 소금기 머금은 바람을 의식적으로 빨아들이고 있었다."

양쪽 콧구멍으로 서로 다른 냄새를 동시에 맡는 에이허브의 이 놀라운 솜씨에 감탄하며, 그보다 그것을 이토록 아무렇지도 않게 그러면서도 더욱 실감나게 표현해내는 멜빌의 탁월한 솜씨에 새삼 경이로움을 느끼며 과연 모비딕이 무엇을 상징하는지 추측해본다. 엄청난 힘을 지닌 악의 화신? 우주의 거대한 신비? 어차피 풀 수 없는 수수께끼지만 나는 그저 우리의 운명이 아닐까 하고 생각한다. 어떻게 살아가야 하는지 알지는 못하지만 그래도 넓고 넓은 바다로 나와 위험을 무릅쓰고 살아가야 하는 우리 인생의 비밀 말이다.

지나간 세월, 돌아보는 쓸쓸함

Long Day's Journey into Night / Eugene O'Neill

My good bad luck made me find the big money-maker.

행운의 탈을 쓴 불행이 엄청난 돈벌이 기회를 가져다 준 거야.

유진 오닐(1888~1953) 뉴욕의 한 호텔에서 연극배우였던 제임스 오닐의 셋째 아들로 태어났다. 프린스턴 대학에 입학했으나 1년만에 자퇴하고 6년간 남미 등지를 떠돌며 선원으로 일하기도 했다. 결핵에 걸려 요양원에 들어갔다가 스웨덴의 극작가 스트린드베리를 접하면서 희곡을 쓰기 시작했다. 20세기 초까지 통속극에 머물러 있던 미국 연극을 예술의 경지로 끌어올린 극작가로 손꼽힌다.

인생의 정점은 순간이다

많은 사람이 얘기한다. 대박 한번 터뜨릴 거라고. 인천에 배만 들어오면 인생역전에 팔자 뒤집어질 거라고. 예전엔 누가 이런 이야기하면 나도 슬며시 거들어주었다. 누구나 우산도 없이 폭풍우 속을 걸어갈 때 온몸이 어쩔 수 없이 젖어버리듯 그렇게 돈벼락을 피할 수 없는 시기가 반드시 한 번은 올 거라고 말이다.

그런데 지금은 아니라고 고개를 흔든다. 그리고는 이렇게 말해준다. 아직 돈벼락을 못 맞았다고? 그거 더 잘 된 거야. 돈이란 말이지, 행운의 탈을 쓴 불행이거든. 이어지는 내 말은 《밤으로의 긴 여로》에서 제임스 티론이 탄식하듯 읊조리는 대사 한 줄이다.

"거저 얻다시피 한 그 빌어먹을 작품이 흥행에 엄청나게 성공하는 바람에, 그걸로 쉽게 돈을 벌 수 있겠다는 생각이 들자 내 손으로 무덤을 파고 말았지. 다른 작품은 하고 싶지도 않았어. 나중에 정신을 차리고 내가 그놈의 것의 노예가 된

걸 깨달은 뒤 다른 작품들을 시도해봤지만 너무 늦었지. 그 배역의 이미지가 너무 굳어져서 다른 역할이 먹히질 않는 거야. 당연하지. 몇 년 동안 편하게 한 역만 하면서 다른 역은 해보지도 않고 노력도 안 했으니 예전의 그 뛰어난 재능을 다 잃어버린 거지."

제임스 티론, 연극배우로 제법 성공했고 돈도 꽤 모았지만 가족으로부터는 지독한 노랭이 영감 소리를 듣는 그가 운명을 향해 성난 목소리로 항변하는 것이다. 도대체 그에게는 무슨 일이 벌어졌던 것일까?

《밤으로의 긴 여로》는 1912년 8월의 어느 날 아침부터 자정까지 티론과 그의 아내 메리, 두 아들 제이미와 에드먼드가 지나간 과거를 하나씩 풀어놓는 4막 5장의 희곡이다. 가난한 아일랜드 이민 출신으로 돈에 대한 집착을 버리지 못하는 아버지, 마약 중독자로 과거의 환상에 매달리는 어머니, 술과 여자에 빠져 무기력하게 살아가는 형, 폐병 환자로 자살까지 기도했던 시인 동생, 이들은 하나같이 자신의 불행한 운명을 탓하며 서로를 사랑하면서도 증오하고 잠깐 이해하지만 끝내 화해하지는 못한다.

메리는 이렇게 말한다. "사람은 운명을 거역할 수 없어. 운명은 우리가 미처 깨닫지 못하는 사이에 손을 써서 우리가 진정으로 원하는 것과는 거리가 먼 일들을 하게 만들지. 그래서 우리는 영원히 진정한 자신을 잃고 마는 거야."

유진 오닐이 아내에게 바친 헌사에서 "내 묵은 슬픔을 눈물로, 피로 쓴" 극이라고 밝혔듯이 이 작품 속에는 그의 절절한 심정이 배어있다. 오죽했으면 자신의 사후 25년 동안은 발표하지 말고 그 이후에도 절대 무대에 올려서는 안 된다고 했을까. 그만큼 이 작품은 그의 가슴 아픈 가족사를 그대로 담아낸 것이다.

그의 아버지 제임스 오닐처럼 티론 역시 학교도 못 다니고 공장 일을 하면서 독학으로 연기 공부를 한 끝에 그토록 꿈꾸었던 셰익스피어 전문 배우로 인정을 받는다. 티론은 돌이켜보면 젊은 시절 셰익스피어 극의 주인공 역을 번갈아 맡아 무대에 섰을 때가 배우 인생의 정점이었다고 회고한다.

"난 셰익스피어를 사랑했어. 그의 작품이라면 돈을 못 받아도 하고 싶어했지. 그의 위대한 시 속에서 사는 기쁨만으로도 족했으니까. 그리고 난 그의 작품을 할 때 연기를 잘했어. 당대의, 아니 불후의 명배우 에드윈 부스가 극장 지배인한테 뭐랬는 줄 아니. '저 젊은 친구는 나보다 오셀로 역을 더 잘하는군!' 그때 내 나이 겨우 스물일곱이었어! 그날 밤이 내 배우 인생의 정점이었어. 원하는 곳에 서 있었으니까!"

한동안 그렇게 높은 야망을 품고 전진하던 그가 우연한 기회에 연극 《몬테크리스토 백작》의 주인공 역을 맡는다. 그리고 부와 명성을 거머쥐게 되자 흥행 배우로 주저앉는다. 한 시즌에 당시로서는 거금인 4만 달러를 벌었으니 도저히 유혹을 뿌리칠 수 없었던 것이다. 그는 25년간 미국 전역을 돌며 6000회 이상의 순회공연을 한다.

"행운의 탈을 쓴 불행이 엄청난 돈벌이 기회를 가져다 준 거야. 처음엔 그렇게 될 줄 몰랐어. 운명의 장난이 시작됐던 거지. 도대체 그 돈으로 뭘 사고 싶어서 그랬는지. 하기야, 이제 와서 무슨 상관이겠어. 후회해도 때는 늦었지. 훌륭한 배우로 성공했더라면, 그래서 그 추억에 젖어 살 수만 있다면 땅 한 떼기 없어도 좋고 은행에 저금 한 푼 없어도 좋아. 그래, 어쩌면 인생의 교훈이 너무 지나쳐서, 그래서 돈의 가치를 너무 크게 생각하는 바람에 결국 배우 인생을 망치게 된 건지도 모르지."

오닐은 노벨문학상을 수상했고, 퓰리처상은 사후에 이 작품으로 받은 것까지 네 번이나 수상하는 영예를 누렸다. 그러나 그의 삶은 고달팠다. 말년에는 소뇌 퇴행성 질환으로 인해 파킨슨병과 증상이 비슷한 마비증세와 우울증에 시달렸고, 아내와의 불화, 장남의 자살, 딸과의 의절이 이어졌다. 보스턴의 한 호텔에서 쓸쓸히 죽음을 맞이한 그의 마지막 말은 "빌어먹을, 호텔 방에서 태어나 호텔 방에서 죽는군!"이었다.

작품 속에서 오닐의 분신이기도 한 에드먼드는 아버지의 진실한 고백을 듣고는 자기 인생에서의 정점을 아쉬움 가득한 목소리로 이야기한다. 아메리카 정기선에서 돛대 위 망대에 올라가 새벽 당직을 설 때였는데, 하늘과 바다 위로 여명이 퍼져나가는 순간이었다. "보이지 않는 손이 만물의 베일을 벗기는 순간이라고 할까요. 한순간 우리는 만물의 신비를 보고, 그러면서 자신도 신비가 되는 거죠. 순간적으로 의미가 생기는 거예요! 그러다 그 손이 도로 베일을 덮으면 다시 혼자 안개 속에서 길을 잃고 목적지도, 그럴듯한 이유도 없이 비틀거리며 헤매는 거죠!"

그렇다. 인생의 정점은 순간이다. 잠시 신비를 보는 것이다. 그리고는 다시 안개 속을 헤매는 것, 그것이 인생이다.

■ 남아있는 나날

The Remains of the Day / Kazuo Ishiguro

You've got to enjoy yourself.
The evening's the best part of the day.

즐기며 살아야 합니다. 저녁은 하루 중에 가장 좋은 때니까요.

....
가즈오 이시구로(1954~) 일본 나가사키에서 태어나 다섯 살 때 영국으로 이주했다. 대학에서는 철학과 문예창작을 공부했다. 1989년에 발표한 세 번째 소설 《남아 있는 나날》이 부커상을 받으며 세계적인 작가로 주목 받기 시작했다. 복제인간의 슬픈 운명을 담아낸 《나를 보내지 마》를 비롯해 인간과 문명의 문제를 비판적으로 그려낸 작품들을 써내고 있다.

얼마든지 내 삶을 살아갈 수 있었는데

가슴 저미게 아플 때 위안이 되는 것은 누구의 조언도 위로도 아니다. 나와 똑같은 아픔을 가진 또 다른 사람을 만나는 것이다.

"이런저런 순간에 다르게 했더라면 어떻게 되었을까 상상하고 앉아있어 본들 무슨 의미가 있겠는가? 마음만 심란하게 만드는 건지도 모른다. 내가 그런 순간들을 제대로 파악할 수 있는 것은 이렇게 돌이켜 볼 때뿐이다. 오늘 그런 상황들을 되돌아보면 내 인생에서 정말 중요하고 소중한 순간들로 다가온다. 그러나 그 당시에는 물론 그런 생각들을 하지 못했다."

영국의 저명한 저택 달링턴 홀의 집사로 평생을 보낸 스티븐스, 그 역시 뒤늦게 깨달았다. 젊은 날 말없이 떠나 보내야 했던 여인, 그녀와 사소한 오해가 있었지만 그런 것들을 바로잡을 기회는 얼마든지 있을 것이라고 생각했다. "켄턴 양과의 관계에서 엉뚱한 것들을 솎아낼 수 있는 날이, 달이, 해가, 끝없이 남아있는 줄만 알았다."

《남아있는 나날》은 스티븐스가 생애 첫 여행을 떠나는 장면으로 시작한다. 달링턴 홀의 전성기 시절, 그의 밑에서 총무로 일했던 켄턴 양이 편지를 보내온 것이 여행을 떠난 계기가 됐다. 그가 보기에는 그녀의 결혼 생활이 순탄치 않고 달링턴 홀로 돌아오고 싶어하는 것 같다. 그는 그녀에게서 받은 편지를 읽고 또 읽는다.

마침내 여행 마지막 날 이제는 벤 부인이 된 그녀를 만난다. 20년 만의 재회, 그는 여전히 자신의 감정을 털어놓지 못하지만 그녀는 딸의 결혼 소식부터 전한다. 그리고 솔직하게 말한다. 처음에는 아니었지만 지금은 남편을 사랑한다고. 그 옛날 달링턴 홀을 떠나올 때는 단지 그를 약 올리기 위한 책략쯤으로만 생각했는데, 한 해 두 해 세월이 가고 딸이 커가자 어느 날 문득 남편을 사랑한다는 걸 깨달았다고.

"물론 이따금 한없이 처량해지는 순간들이 있었어요. 내가 얼마나 끔찍한 실수를 저질렀던가 하고 자책하는 순간들 말입니다. 그럴 때면 누구나 지금과 다른 삶, 어쩌면 내 것이 되었을지도 모른 더 나은 삶을 생각하게 되지요. 이를테면 당신과 함께했을 수도 있는 삶을 상상하곤 한답니다. 하지만 그럴 때마다 곧 깨닫게 되지요. 내가 있어야 할 자리는 남편 곁이라는 사실을. 이제 와서 시간을 거꾸로 돌릴 방법도 없으니까요."

가슴은 갈기갈기 찢기는데 그는 미소를 지으며 말한다. "말씀하신 대로 시간을 돌리기엔 너무 늦었습니다."(이 작품은 앤서니 홉킨스와 엠마 톰슨 주연의 영화로도 유명한데, 특히 이 장면에서 아무 감정도 없는 것 같은 그의 표정과 슬픈 듯하면서도 담담한 그녀의 목소리가 애잔한 여운을 남긴다.)

달링턴 홀을 세상의 전부로 여기고 살아온 스티븐스, 그는 '위대한 집사란 무엇인가'에 대해 이렇게 결론지으며 자기 인생의 정당성을 찾는다. "진정으로 저명한 가문과의 연계야말로 위대함의 필요조건이다. 자신이 봉사해온 세월을 돌아보며, 나는 위대한 신사에게 내 재능을 바쳤노라고, 그래서 그 신사를 통해 인류에 봉사했노라고 말할 수 있는 사람, 그런 사람만이 위대한 집사가 될 수 있다."

그럴듯하게 들리지만 이 얼마나 어처구니없는 삶인가. 자기 인생을 살지 못하고 남의 인생 뒤치다꺼리 하느라 귀중한 삶의 나날들을 허비하는 것이니 말이다. 하지만 주변을 둘러보면 이렇게 살아가는 사람들 참 많다. 한번 스티븐스가 되뇌었던 물음과 답 가운데 집사는 월급쟁이로, 가문은 재벌기업으로, 신사는 오너로 바꿔보라. 참, 기가 막히지 않는가? 그런데도 다들 대학만 졸업하면 '위대한 월급쟁이'가 되겠다고 발버둥친다.

실은 달링턴 홀에서 총무로 일하던 시절 켄턴 양도 마찬가지였다. 한번은 리사라는 젊은 하녀가 다른 하인과 사랑에 빠져 야반도주한 일이 있었다. 그러자 켄턴 양이 스티븐스에게 한숨을 쉬며 이렇게 말한다. "참으로 어리석은 애예요. 장차 제대로 된 경력을 쌓을 수도 있었을 텐데. 그에겐 능력이 있었어요. 비단 리사뿐 아니라 그런 식으로 기회를 팽개쳐 버리는 젊은 처녀들이 한둘이 아니지요. 대체 뭘 위해 그러는지 모르겠어요."

스티븐스는 당연히 그녀의 말에 수긍한다. 그러자 켄턴 양은 이렇게 덧붙인다. "엄청나게 어리석은 짓이기도 하죠. 이제 그 처녀는 금방 실망하게 될 거예요. 인내하고 견뎠더라면 훌륭한 인생이 펼쳐졌을 텐데. 1~2년 지나면 어디 작은 저택에 총무 자리라도 알아봐 줄까 했었는데…. 그런데 지금 와서 그걸 송두리째 내던졌어요. 그 모든 걸 아무 소득 없이."

무엇이 경력이고, 무엇이 능력이고, 무엇이 기회인지? 누가 정말로 어리석은 것이고, 누가 실망하게 될 것인지? 두 사람은 눈이 있어도 제대로 보지 못하고 있다. 스스로 의미를 부여한 위대한 집사라는 헛된 자부심 탓에 정상적인 상황 판단 능력을 상실해버린 것이다.

아무튼 스티븐스는 아버지의 임종도 지키지 못하고, 일생에 딱 한 번 찾아온 사랑마저 포기한 채 오로지 헌신과 충직함으로 달링턴 경을 섬겼다. '위대한 집사'답게 그 자신이 자발적으로 선택한 일이었다. 그런데 그렇게 절대적인 믿음으로 모셨던 주인은 선량하기만 했을 뿐 현실을 보는 눈이 어두웠다. 그래서 제2차 세계대전을 앞두고 전쟁을 막기 위해 동분서주했지만 히틀러에게 이용만 당하고 나치 협력자라는 불명예와 함께 비참한 최후를 맞았던 것이다.

스티븐스는 이 과정을 똑똑히 지켜보았다. 나치가 달링턴 경을 꼭두각시처럼 조종하고 있다는 것을 알 수 있었다. 그런데도 그는 실상을 볼 생각을 전혀 하지 않았다. 그에게도 깨어날 기회가 있었지만 스스로 눈을 감아버렸던 것이다. 달링턴 경의 대자代子이기도 한 젊은 카디널이 스티븐스에게 몇 번씩이나 이야기한다. "어르신은 신사 중의 신사요. 그게 바로 문제의 근원이지. 오늘날의 세계는 훌륭하고 숭고한 도리가 들어설 자리가 없는 추악한 곳이 되어버렸소. 훌륭하고 숭고한 것을 저들이 어떤 식으로 이용하는지, 당신 눈으로 똑똑히 보지 않았소, 스티븐스?" 안타깝게도 스티븐스의 대답은 한결같다. "죄송하지만 딱히 그렇다고는 말씀드릴 수 없군요."

결국 달링턴 경은 몰락하고 달링턴 홀도 미국인 사업가에게 넘어간다. 스티븐스는 달링턴 경에게 그가 줄 수 있는 최고의 것을 전부 다 주었는데, 이제 저택과 함께 일괄 거래의 한 품목으로 새로운 미국인 주인에게 팔리는 신세가 된 것이다. 자기 인생의 주인으로 살지 못하고 스스로 노예가 되어 사는 인생, 그런 삶은 언제든 이렇게 처량해질 수 있다.

평생을 일해온 직장이었는데 어느 날 갑자기 구조조정을 명분으로 내세워 정리해고를 하거나 명예퇴직을 강요할 때, 그 심정은 당해본 사람만이 안다. 아무리 자신이 훌륭한 직장인이었고, 자신이 몸바쳐 일해온 회사가 위대한 기업이었다고 강변해본들 알아주는 사람 하나 없다. 그저 이제는 쓸모 없어진 낡은 부품의 자기 합리화에 지나지 않는다. 스티븐스가 인생의 황혼녘에 떠나온 여행길에서 '위대한 집사'라는 말을 끄집어 낸 것도 실은 지나온 자기 삶을 정당화하기 위한 구실에 불과했다.

스티븐스는 벤 부인을 버스 정류장까지 배웅해주고 바닷가를 찾는다. 어둠이 내리고 선창에 불이 들어오자 사람들은 환호성을 지른다. 그는 그곳에서 자기처럼 집사로 일하다 3년 전에 퇴직한 노인을 만나 얘기한다.

"달링턴 나리는 생을 마감하면서 당신께서 실수했다고 말할 수 있는 특권이라도 있었지요. 나는 그런 말조차 할 수가 없어요. 나는 믿었어요. 나리의 지혜를. 긴 세월 그분을 모셔오면서 내가 뭔가 가치 있는 일을 하고 있다고 믿었지요. 나는 실수를 저질렀다는 말조차 할 수 없습니다."

그러자 노인이 말한다. "그래요, 이제 당신은 예전만큼 일을 해낼 수 없어요. 하지만 그건 다 마찬가지 아니겠어요? 사람은 때가 되면 쉬어야 하는 법이오. 즐기며 살아야 합니다. 저녁은 하루 중에 가장 좋은 때니까요. 당신은 하루의 일을 끝냈어요. 이제는 다리를 죽 뻗고 즐길 수 있어요."

그는 고개를 끄덕인다. 그러고는 자기에게 유머러스한 이야기를 하는 재주가 없다는 점을 상기한다. 그는 앞으로 농담을 배우는 데 자신의 모든 역량을 바치겠다고 다짐한다. 새 주인 나리를 즐겁게 해드릴 수 있도록 말이다. 안타까운 스티븐스의 마지막 모습을 보며 나는 깊은 한숨을 내쉰다.

젊은 날의 사랑도 가고, 맹목적인 믿음의 허망함도 깨달았건만, 아쉬운 미련이 또 그를 붙잡은 것이다. 아, 정말! 남아있는 시간은 많지 않은데.

Une Vie / Guy de Maupassant

Life is never so jolly or so miserable as people seem to think.

인생은 사람들이 생각하는 것만큼 그렇게 좋지도, 그렇다고 나쁘지도 않지요

기 드 모파상(1850~1893) 프랑스 노르망디에서 태어나 외삼촌의 친구였던 귀스타브 플로베르로부터 문학 지도를 받았다. 온전히 창작에 전념한 기간은 10년에 불과하지만 300편 이상의 단편소설과 6편의 장편소설, 시집과 기행문까지 남겼다. 다소 염세적인 분위기를 풍기는 간결하고 강건한 문체가 돋보인다. 정신착란 증세로 자살을 기도해 정신병원에 수용된 뒤 이듬해 세상을 떠났다.

사랑하지 않고서는 살 수 없는 영혼

나는 요즘도 가끔 모파상의 단편소설을 읽곤 하는데 그럴 때마다 역시 모파상은 완벽한 이야기꾼이라는 생각이 든다. 학창시절 다들 읽어봤을 〈비계덩어리〉나 〈목걸이〉도 그렇지만 내가 제일 좋아하는 〈고인〉은 열 쪽도 채 안 되는데도 읽다 보면 가슴이 뜨끔해지기도 하고 다 읽고 나서는 나도 모르게 '후우' 하고 가벼운 한숨을 내뱉게 된다.

서머싯 몸의 말처럼 소설은 무엇보다 재미가 있어야 한다고 하자면 모파상은 단연 최고의 작가 중 한 명일 것이다. 구성의 치밀함과 극적인 반전은 물론이고 인간 본성을 꿰뚫어보는 냉정한 시선은 또 얼마나 대단한가! 분량은 짧지만 남는 여운은 무척 길다.

그래도 역시 소설은 장편이라야 읽을 맛이 난다. 때로는 끼니도 거른 채 밤을 새워가며 읽으려면 두툼한 책 한 권 분량은 돼야 하는 것이다. 이것을 모를 리 없었던 모파상이 처음 써낸 장편소설이 《여자의 일생》이다. 아마도 이 소설을 읽고 펑펑 눈물을 흘린 독자들도 꽤 있었을 텐데, 어쩌면 모파상이 주인공 잔의 불행한 삶을 냉혹하리만큼 객관적으로 묘사했기 때문에 더 그랬을 것이다.

마지막 장에 나오는 이 장면을 보자. 그 많던 재산을 다 잃고 하나뿐인 아들로부터도 버림받은 잔은 입버릇처럼 되풀이한다. "난 참 운이 없는 사람이야." 그러자 유모의 딸이자 하녀인 로잘리가 그녀에게 외친다. "그럼 만약 마님이 빵을 얻기 위해 일해야 한다면, 하루의 품팔이를 위해 매일 아침 여섯 시에 일어나야 한다면 뭐라고 하시겠습니까? 어쩔 수 없이 이렇게 하는 사람들은 많이 있습니다. 그리고 나이가 들면 그들은 비참하게 죽습니다."

모파상은 이 가슴 아픈 운명의 여인에게 일말의 동정심도 보여주지 않는다. 그게 바로 우리 삶의 진짜 모습이고 살아가는 현실이니까. 사실 이 작품은 모파상이 자신의 스승이라고 할 수 있는 귀스타브 플로베르의 대표작 《보바리 부인》을 살짝 뒤집어버린 것이다. 그래서 두 여주인공 엠마 보바리와 잔이 자주 비교되는데, 엠마가 불나방처럼 스스로 불행을 향해 뛰어들었다면 잔은 불행이 마치 폭풍처럼 들이닥치는데도 속수무책으로 있다는 점이 다르다.

엠마의 경우 비록 철없이 방종하면서도 어쨌든 자신의 삶을 적극적으로 찾아 나선 반면 잔은 자기 인생의 주인이 되고자 하는 의지조차 갖지 않은 대책 없이 수동적인 여성이다. 아, 그런데도 둘 다 똑같이 가혹한 운명에 농락당하게 되니, 살아간다는 것은 그런 점에서 참으로 잔인한 것인지도 모른다. 그러면 처음으로 돌아가보자.

《여자의 일생》은 열일곱 살 소녀 잔이 행복을 꿈꾸며 수도원에서 나오는 것으로 시작된다. 부유한 남작인 아버지는 그녀를 위해 노르망디 바닷가 마을 레 푀플에 별장을 마련해준다. 곧이어 사랑하는 남자도 나타난다. 그녀는 이 젊고 매력적인 자작 줄리앙과 결혼하지만 그녀에게는 행복이 아니라 불행과 시련이 닥친다. 남편의 배신과 죽음, 유산과 조산, 아들의 타락과 방탕, 의지했던 부모의 죽음, 늙어서야 맛보게 된 가난.

그렇게 나이 들어 버린 잔은 어느 날 아침 다락에 올라갔다가 우연히 해묵은 달력이 가득 든 상자를 연다. 그녀는 마치 잃어버렸던 세월을 다시 찾아낸 듯한 감동에 사로잡힌다. "수도원을 떠나던 날 아침 자신이 지운 날짜들이 있는 그 달력을 오랫동안 바라보았다. 그리고 그녀는 울었다. 늙은 여인의 가엾고도 애절한 느린 울음이었다. 그녀는 자신이 지내온 날을 하루하루 돌이켜 다시 찾아보고 싶었다."

잔은 노랗게 변색한 달력을 테이블 위에 펼쳐놓고는 이렇게 중얼거리며 몇 시간을 보낸다. "이 달에는 무슨 일이 일어났었지?" 머나먼 추억들, 눈깜짝할 사이에 흘러가 버린 인생, 이제 그녀 앞에는 우울하고 고독한 몇 해밖에 남지 않았다.

그녀는 예전에 자신이 살았던, 하지만 지금은 다른 사람이 주인이 된 레 뢰플의 별장을 마지막으로 둘러본다. 한쪽 벽에는 옛날 어린 아들의 키를 재며 아버지와 이모 그리고 자신이 표시했던 눈금이 남아있다. 아들은 그때 벽에 작은 이마를 바싹 갖다 댄 채 그녀 앞에 서 있었고, 남작은 이렇게 외쳤다. "잔아, 얘가 여섯 주일 동안 1센티미터나 자랐구나."

새집으로 돌아오니 오랫동안 연락이 끊겼던 아들한테서 편지가 와 있다. 얼굴도 모르는 며느리가 딸을 낳다 죽었다는 소식이었다. 로잘리가 갓난아이를 데리러 파리로 가고, 사흘 뒤 잔은 역으로 나가 그들을 맞는다. 로잘리가 천에 싸여 보이지 않는 갓난아이를 내밀자 그녀는 기계적으로 품에 안는다.

"갑자기 부드러운 온기가, 살아있는 체온이 그녀의 옷을 뚫고 다리를 통해 살까지 스며들었다. 그것은 그녀의 무릎 위에서 잠들어 있는 갓난애의 체온이었다. 그러자 끝없는 감동이 넘쳐흘렀다. 그녀는 갑자기 아직까지 보지 못한 아이의 얼굴을 보았다. 내 자식의 딸이다."

갓난아이가 강한 빛을 받아 입을 오물거리며 파란 눈을 뜨자 잔은 아이를 두 팔로 들어올려 미친 듯이 입을 맞춘다. 홍수 같은 키스를 퍼붓는 그녀에게 로잘리는 그러다간 애를 울리겠다면서도 흡족한 목소리로 덧붙인다. "그래요, 인생은 사람들이 생각하는 것만큼 그렇게 좋지도, 그렇다고 나쁘지도 않지요."

소설은 여기서 끝난다. 잔은 또 이 갓난아이에게 남은 인생을 바칠 것이다. 그러나 그런다고 그것이 그녀에게 무슨 위안이 될까? 꿈 많던 소녀는 사라지고 이제 초라하게 늙어버린 보잘것없는 여인만 남았는데. 게다가 방탕하기만 한 아들처럼 어쩌면 이 어린 손녀가 그녀에게 마지막 환멸을 가져다줄지도 모르는데. 그게 알 수 없는 인간의 운명이고 우리 삶의 허망함이다.

하지만 그렇다고 해서 아무런 희망도 없는 건 아니다. 그녀는 끊임없이 상처받으면서도 사랑을 포기하지 않았다. 무엇인가를 사랑하지 않고는 살 수 없는 영혼, 그녀는 이것으로 충분했던 것인지도 모른다. 그것이 여자의 일생이니까.

■ 오늘을 잡아라

Seize the Day / Saul Bellow

People forget how sensational the things are that they do.

사람들은 자기가 하는 일이 얼마나 센세이셔널한지 잊고 있지.

....

솔 벨로(1915~2005) 유태계 러시아 이민자의 아들로 캐나다에서 태어나 어려서 미국으로 이주했다. 당대의 지식인으로 활동하며 뉴욕 대학교, 시카고 대학교 등에서 교수직을 맡아 강의하기도 했다. 주로 현대를 살아가는 개인들의 소외를 작품화했는데 《오기 마치의 모험》《허조그》 등이 대표작으로 손꼽힌다. 1976년 노벨문학상을 받았다.

오늘은 또 어떤 기억의 집을 지을까

큰아이가 대학교 들어가던 해 봄 아내와 함께 본 영화《건축학 개론》에서 가장 인상적이었던 캐릭터는 남자 주인공(승민)의 친구 납득이였다. "납득이 안 돼! 납득이!"를 연발하며 대학생 승민이의 연애 고민을 들어주던 재수생 납득이, 내가 납득이를 좋아한 것은 친구의 실연에 공감하며 함께 눈물을 흘릴 줄 알았기 때문이다. 납득은 안 돼도 이해는 했던 것이다.

사실 납득하는 것과 이해하는 것은 다르다. 납득은 일종의 승낙으로 이해를 전제로 한다. 반면 이해는 마음속으로 받아들이겠다는 것인데 공감을 전제로 한다. 납득은 상대가 중요하지만 이해는 전적으로 나 혼자의 문제다. 우리가 가끔 납득이 안 되는 행동을 저지르는 것은 제대로 이해하지 못했기 때문이고, 어느날 문득 갑작스러운 깨달음을 얻는 것은 자신의 내부에서 뭔가를 진정으로 이해했기 때문이다.

솔 벨로의 대표작《오늘을 잡아라》에서 주인공 토미 윌헬름은 본인도 도저히 납득이 안 되는 행동들을 수없이 반복하는 인물이다. 그러다 어느 순간 깨달음의 눈물을 흘린다. 갑자기 나를 둘러싼 모든 것들을 진심으로 이해하게 될 때 우리는 복받치는 슬픔에 큰 소리를 내며 우는 것이다. 이 작품에서 토미는 엉뚱한 착각 탓에 전혀 모르는 사람의 장례식에 참석하게 되는데, 깨달음은 늘 그렇게 의도하지 않은 순간 찾아온다.

"그의 체내 깊은 곳에 있는 모든 눈물보가 갑자기 터져서 뜨거운 눈물을 펑펑 쏟아내게 하고, 몸에 경련을 일으키게 하고, 고개를 떨구게 하고, 얼굴을 일그러뜨리게 하고, 손수건을 들고 있던 손을 마비시켰다. 목구멍에 맺혔던 커다란 비탄의 응어리가 부풀어 올라와 그는 완전한 포기 상태에서 두 손에 얼굴을 묻고 울었다. 그는 마음껏 울었다."

이 소설은 드물게도 상품시장과 선물 거래를 소재로 하고 있는데 처음으로 돌아가보자. 토미는 계속되는 불운과 실수로 직장을 잃고 가족으로부터도 버림받은 채 뉴욕 브로드웨이에 있는 한 호텔에 투숙해있다. 같은 호텔에 있는 아버지는 은퇴한 노의사로 상당한 재력가지만 고단한 아들의 처지를 동정하기는커녕 밀린 방값조차 내주려 하지 않는다. 별거 중인 아내 역시 오로지 그에게서 돈을 뺏어갈 궁리만 한다.

좋은 추억이라고는 하나도 없는 그에게 유일한 위안거리는 일찍 돌아가신 어머니의 산소를 찾아가는 것이다. 그런데 얼마 전 가보니 동네 불량배들이 주위를 엉망으로 만들어버렸다. 이렇듯 과거의 실패와 미래에 대한 불안감으로 좌절해 있는 그에게 같은 호텔에 묵고 있는 탬킨 박사가 함께 투자하자고 속삭인다.

"자네가 증권시장 돌아가는 상황을 모르기 때문에 월스트리트 사람들이 부자가 되는 거야. 하지만 그건 알 수 없는 수수께끼가 아니야. 돈을 조금 넣어두고 관찰로 알아낸 원리를 적용하면 돈을 손에 쥐기 시작할 거야. 그러려면 위험을 무릅쓰고 투자해봐야 해. 그래야 투자의 진행과정, 돈의 흐름, 복잡한 전체 구조를 피부로 느끼지. 우리는 단기간에 100% 이익을 남길 거야."

자칭 정신과 의사인 탬킨 박사의 이야기는 거짓이면서도 진실 같고 억지스러우면서도 자연스럽게 넘어간다. 게다가 최면을 걸 듯 폐부를 찌르곤 한다. "사람들은 자기가 하는 일이 얼마나 센세이셔널한지 잊고 있지. 자신에게서는 그걸 잘 느끼지 못해. 왜냐하면 일상생활의 배경 속에 녹아 들어있기 때문이지." 그러고는 '바로 지금' 철학을 들려준다.

"사람들을 '바로 지금'으로 데려와야 해. 현실 세계로. 현재 이 순간으로 말이야. 과거는 우리에게 아무 소용이 없어. 미래는 불안으로 가득 차 있지. 오직 현재만이 실재하는 거야. '바로 지금'. 오늘을 잡아야 해."

영화《죽은 시인의 사회》에서 키팅 선생이 학생들의 귀에다 대고 속삭이는, 라틴어 카르페 디엠*Carpe diem*이 바로 이 작품의 제목으로 쓰인 "오늘을 잡아라"라는 말이다. 그런데 문제는 오늘을 산다는 게 말처럼 쉽지가 않다는 점이다. 특히나 토미처럼 우유부단하고 심지가 굳지 못한 사람은 오늘을 산다는 게 어떤 것인지 알려고도 하지 않는다.

이런 사람은 행동을 취하기 전까지 많이 생각하고 망설이고 한번 더 숙고하지만, 정작 어떤 식으로든 행동해야 할 시기가 닥치면 절대로 하지 않겠다고 마음먹었던 바로 그 길을 선택하고 만다. 토미는 지금까지 살아오면서 열 번이나 이런 결정을 내렸다. 이번에도 그랬다. 결국 토미는 탬킨 박사의 말대로 가지고 있던 전 재산 700달러를 투자해 라드(요리용 돼지기름) 선물을 사지만 닷새 만에 빈털터리가 되고, 탬킨 박사는 사라진다. 뒤늦게 차근차근 따져보니 탬킨 박사는 처음에 자기도 함께 투자한다고 해놓고 실은 토미의 돈만 투자했던 것 같다. 그러고 보니 탬킨 박사는 정확한 이름이나 직업조차 알려지지 않은 정체 불명의 인물인 게 분명했다.

토미는 탬킨 박사를 찾으러 거리로 나왔다가 우연히 장례 행렬에 떠밀려 교회로 들어간다. 그런데 관 속에 누워있는 죽은 사람을 바라보는 순간 뭔가 풍요로운 느낌을 받는다. "장차 나는 어찌할 것인가? 완전히 발가벗겨져 쫓겨났으니…" 그는 복받치는 슬픔에 큰 소리를 내며 운다. 교회 안에서 우는 사람은 혼자뿐이고, 그는 눈물이 가져다 주는 위대하고 행복한 망각으로 빠져든다.

영화 《건축학 개론》은 제주도에 새 집을 짓는 것으로 끝난다. 너무나 아름다운 집이다. 하지만 이보다 더 아름다웠던 것은 남녀 주인공의 하루하루였다. 처음으로 그녀를 만난 날 승민은 일기장에 이렇게 적었을 것이다. "오늘 나는 건축학 개론 첫 수업을 들었다. 거기 한 소녀가 있었다." 이런 날도 있었을 것이다. "오늘 나는 그녀와 시골 간이역을 다녀왔다." 우리는 이런 식으로 기억의 집을 매일같이 새로 짓는다. 오늘을 재료로 해서 말이다. 오늘 내가 하는 일은 또 얼마나 센세이셔널할까?

■ 싯다르타

Siddhartha / Hermann Hesse

The world is not imperfect,
or on a slow path toward perfection.
No, it is perfect in every moment.

이 세계는 불완전한 것도 아니고, 완성을 향해 서서히 나아가는 것도 아니네.
아니고 말고, 이 세계는 매 순간순간 완성된 상태에 있는 것이지.

헤르만 헤세(1877~1962) 독일 남부의 작은 도시 칼브에서 선교사의 아들로 태어났다. 신학교에 다니다 도망치고 자살을 감행하는 등 질풍노도의 청소년기를 보낸 뒤 《페터 카멘친트》를 쓰면서 작품 활동을 시작했다. 제1차 세계대전이 발발하자 전쟁의 비인간성을 고발하는 글들을 발표했으며 1946년에는 노벨문학상을 수상했다.

흐르는 강물처럼 인생도 쉼 없이 흐른다

"새는 알에서 나오려고 투쟁한다. 알은 세계다. 태어나려는 자는 하나의 세계를 깨뜨려야 한다. 새는 신에게로 날아간다. 신의 이름은 압락사스." 사춘기 시절 누구나 한 번쯤 노트 어딘가에 써두었을 구절, 《데미안》은 그래서 늘 풋풋한 기억과 함께 떠오르는 소설이다. 주인공 에밀 싱클레어는 아직 젊고 고뇌하는 청춘이지만 이런 깊은 통찰도 보여준다. "모든 사람의 인생은 자기에 이르는 길이다."

헤르만 헤세의 소설들을 관통하는 주제는 깨어남이다. 작품 속 주인공들은 인생을 어떻게 살아갈 것인가 하는 물음과 치열하게 대면한다. 처음부터 끝까지 아주 진지하게 고민하고 방황하고 아파한다. 그렇게 해서 힘겹게 찾아낸 해결책, 어떤 인생이 진정한 삶인가에 대한 해답은 책을 덮을 무렵 부쩍 성장한 주인공의 모습에서 읽을 수 있다.

그런 점에서 깨달음을 얻기 위해 끊임없이 고뇌하고 투쟁하는 주인공의 일생을 그려낸 《싯다르타》는 첫 장부터 뭔가 기대를 품게 한다. 헤세는 이 작품에 '한 인도의 시'라는 부제를 붙였는데, 《데미안》을 쓰고 난 뒤 창작 위기를 겪으며 우울증 치료까지 받았던 그는 1년 반 동안 인도에서 자기 체험 기간을 거친 뒤에야 소설을 완성했다.

유복한 바라문 가문의 아들 싯다르타는 깨달음을 얻기 위해 아버지의 만류를 뿌리치고 친구 고빈다와 함께 출가한다. 명상을 하고 굶주림과 갈증을 견뎌내며 자기 초탈의 길을 간다. 그러나 이런 수행으로도 인생의 고통과 무의미함에서 벗어날 수는 없다. 부처 고타마를 찾아가지만 세상의 모든 번뇌를 극복하고 윤회의 수레바퀴를 정지시킨 각성자라 할지라도 깨달음의 순간에 체험한 것을 말로 가르칠 수는 없다는 사실을 깨닫는다.

친구와 헤어져 다시 방랑의 길로 접어든 싯다르타는 기생 카말라에게서 사랑의 기술을 배우고 부유한 상인의 수하에서 큰 재산도 모은다. 그렇게 나이 사십이 되고 보니 세속에 찌든 자기 모습이 실망스러울 뿐이다. 그는 모든 것을 버리고 예전에 자신이 건넜던 강가로 간다.

"이제 나는 다시금 옛날 내가 어린아이였던 시절과 마찬가지로 백지 상태로 태양 아래 서있는 것이다. 아무것도 나의 것이라고는 없으며, 나는 아무것도 할 수 없으며, 아무런 힘도 없으며, 아무것도 배우지 못한 상태다. 이 얼마나 기가 막힐 노룻인가! 내가 이제 더 이상 어리지 않은 지금, 머리카락이 벌써 반백이 다 된 지금, 그 온갖 힘들이 다 약해져 버린 지금, 다시 원점으로 되돌아가 어린아이 상태에서 다시 새로 시작해야 하다니!"

싯다르타는 자신의 기구한 운명을 돌아본다. 다시 빈손에 벌거숭이에다 어리석은 상태다. 그의 운명은 내리막길을 걷고 있다. 그렇게 혼잣말을 하며 강물을 바라보다 문득 깨닫는다. 강물 역시 아래로 내려가고 있는 것이다. 언제나 밑으로 흘러가면서도 마치 노래 부르듯 흥겨운 소리를 내는 강물을 보고 그는 다정한 미소를 짓는다. 강에는 현재만이 있을 뿐, 과거라는 그림자도, 미래라는 그림자도 없는 것이다.

"시간이란 존재하지 않는다는 그 비밀을 강으로부터 배웠을 때 나는 내 인생을 다시 보게 되었습니다. 그러자 나의 인생도 한 줄기 강물이었습니다." 그는 뱃사공 바주데바와 함께 살면서 강물소리에 귀 기울인다.

싯다르타의 깨달음은 노자老子를 떠올리게 한다. 노자는 《도덕경道德經》에서 "물은 만물을 이롭게 할 뿐 다투지 않고 만인이 싫어하는 곳에 거처한다"고 했다. 물은 늘 낮은 곳을 향하고 만물의 뿌리를 적셔준다. 나무는 물이 있기에 싹을 틔우고 열매를 맺을 수 있고, 사람은 물론이거니와 곤충과 짐승들도 물로 목을 축이고 생명을 이어갈 수 있다. 물은 아무 말없이 밤낮으로 흐르면서 만물을 이롭게 해주고는 바다로 흘러가 버린다. 물은 또한 자기 앞에 바위가 있어도 바위에 부딪치는 일 없이 그 주위를 부드럽게 돌아서 흘러간다. 어떤 장애가 가로막아도 다투지 말고 유연하게 헤쳐나가라는 게 아마도 강물이 전해주는 가르침일 것이다. 상선약수上善若水, 최고의 선은 물과 같다.

　이걸로 끝인가? 아니다. 카말라가 죽음을 앞두고 그를 찾아오고, 싯다르타는 자신에게 아들이 있음을 알게 된다. 그는 정성을 다해 아들을 키운다. 하지만 처음부터 부잣집에서 태어나 자란 아들은 고집이 세고 변덕이 심했다. 아들은 결국 버릇없이 굴다 얼마 안 되는 돈까지 훔쳐 달아난다. 그는 다시 한번 인생의 비참함을 맛본다. 그래도 핏줄기에 대한 애정은 지워지지 않는 법, 싯다르타는 그리움에 사무쳐 아들을 찾으러 나선다. 그러다 문득 강물에 비친 아버지의 모습을 발견한다. 자신의 아버지 또한 자기 때문에, 자기가 지금 아들 때문에 겪고 있는 것과 똑같은 고통을 겪었던 것이다.

　"아버지는 당신의 아들을 다시는 보지도 못한 채 이미 오래 전에 홀로 외롭게 돌아가시지는 않았을까? 이것은, 이러한 반복은, 이처럼 숙명적인 순환의 테두리 속에서 다람쥐 쳇바퀴 돌 듯 도는 것은 한바탕의 희극, 기이하고 어리석은 일이 아닐까?"

뱃사공으로 늙어버린 싯다르타를 어느덧 노승老僧이 된 고빈다가 찾아온다. 가르침을 청하는 친구에게 싯다르타는 지식은 전달할 수 있지만 지혜는 전달할 수 없는 법이라고 말한다. 그러고는 이렇게 덧붙인다. "이 세계는 불완전한 것도 아니고, 완성을 향해 서서히 나아가는 것도 아니네. 아니고 말고, 이 세계는 매 순간순간 완성된 상태에 있는 것이지."

미소 짓는 싯다르타의 이마에 고빈다가 조용히 입을 맞춘다. 강물은 계속해서 흐르고 인생 역시 멈추지 않고 흘러간다. 모든 사람의 인생은 이처럼 아래로 아래로 흘러 마침내 자기에 이르는 강물을 만들어가는 것이다. 젊은 시절의 싯다르타가 중년의 싯다르타와 노년의 싯다르타로 흘러가버리는 것처럼 말이다.

Tonio Kröger / Thomas Mann

I stand between two worlds.
I am at home in neither.

저는 두 세계 사이에 서 있습니다. 그 어느 쪽에도 들어갈 수 없습니다.

토마스 만(1875~1955) 독일 뤼베크의 큰 상인 가문에서 태어났으나 16세 때 아버지가 죽으며 사업체는 해체되었다. 이 같은 자기 집안의 족보를 작품화한 《부덴브로크 가의 사람들》을 1901년 발표해 주목을 받았고, 1924년에는 죽음과 삶의 문제를 다룬 대표작 《마의 산》을 출간했다. '20세기 괴테'로 불리며 독일 소설을 한 차원 끌어올렸다는 평가를 받았다. 1929년 노벨문학상을 수상했다.

다시 시작하자, 남들 시선은 무시하고

무소의 뿔처럼 씩씩하게 내가 가고 싶은 길을 갔다고 생각했는데, 막상 돌아보니 영 아니다. 대학 시절 끔찍이도 듣기 싫어했던 그 '소시민적'이라는 말, 그런데 어느새 그런 모습으로 살아가고 있는 것 같다. 나만 그런 건 아닐 것이다. 도전 정신이니 진취성이니 하는 말은 이미 망각한 지 오래 전이고, 자꾸만 그 자리에 주저앉으려 하는 자신의 모습에 다들 한번쯤 스스로를 심하게 질책해봤을 것이다.

어차피 그런다고 크게 달라지지는 않겠지만 때로는 어떤 풍경들이 아련한 옛 추억을 불러일으키기도 한다. 그래, 지금 그 사람이 나와 함께 있다면 무슨 말을 할까? 아니, 멀리 어디에선가 나를 지켜보고 있다면 과연 무슨 표정을 지을까? 아, 그때 포기하지 말고 좀더 용기를 내서 도전했더라면? 가지 않은 길에 대한 아쉬움, 고개를 들어 먼 하늘 바라보다 책 한 권을 집어 든다.

그렇게 해서 20년 전 《토니오 크뢰거》를 처음 읽었다. 그때

내 나이 30대 초반, 주인공의 작품 속 나이와 얼추 비슷해서인지 나는 소설을 읽는 내내 토니오 크뢰거를 바로 눈앞에서 만나고 있는 것 같았다. 이게 혹시 내 얘기를 하고 있는 것이 아닌가 하는 착각마저 들었을 정도로 여운이 오래갔던 기억이 생생하다.

오래 전에 봤던 책을 다시 펼쳐보니 밑줄에 별표까지 친 문장에다 동그라미 표시를 한 단어들, 그리고 여백에 적어둔 두서 없는 감상들이 빼곡하다. 그 중에서도 이 장면, 주인공 토니오 크뢰거의 현재 모습을 그의 여자친구가 명쾌하게 규정짓는 대목에는 별표를 세 개나 해두었다. 이 문장이 그야말로 내 가슴에 비수처럼 날아와 꽂혔던 모양이다.

"당신은 길을 잘못 든 세속인입니다. 길을 잃고 방황하는 세속인인 셈이지요." 여기서 세속인은 소명 의식을 갖고 고뇌하며 살아가는 예술가와는 달리 현실 속에 안주하며 살아가는 평범한 생활인이다. 독일어로는 뷔르거*Bürger*, 불어의 부르주아와 같은 뜻인데, 국내 번역본에서는 그냥 시민으로 옮기기도 한다.

어쨌든《토니오 크뢰거》에 숨은 묘미는 바로 이 '세속인'이라는 말에 담긴 의미를 추적하는 데 있다. 그러면 길지 않은 중편소설로, 작가 토마스 만의 젊은 시절 자화상이라고도 하는 이 작품을 처음부터 따라가보자.

크뢰거 영사의 아들인 토니오는 소년 시절 동급생 한스 한 젠을 좋아하고 파란 눈에 금발인 잉에보르크 홀름을 짝사랑하지만, 이들은 습작노트를 갖고 다니며 시나 쓰는 그에게 별로 관심이 없다. 실망한 토니오는 둘을 부러운 눈초리로 바라보지만 경멸의 감정도 품는다. 그는 고독한 예술가의 길을 걷기로 결심하고 고향을 떠난다. 그런데 서른이 넘어 소설가로서의 자기 사명을 성공적으로 수행해가고 있다고 자신하던 그에게 여자친구이자 화가인 리자베타가 정곡을 찌른 것이다.

"당신 자신이 다름아닌 세속인 가운데 하나일 뿐이에요."
토니오는 "제가요?"라고 반문하면서도 마음을 정리하고 여행에 나선다. 13년만에 고향을 다시 찾은 그는 아련한 그리움에 젖는다. 하지만 이것도 잠시, 신분증도 없이 원고 교정지만 들고 있던 그는 수배자로 몰려 경찰에 체포당할 뻔하는 수모를 겪는다.

토니오는 발트해를 건너 덴마크의 올스고르에 있는 해변가 호텔에 도착하는데, 축제가 벌어지던 날 그 옛날의 한스와 잉에를 만난다. 순수함과 명랑함, 찌들지 않은 삶을 상징하는 두 사람을 바라보다가 그는 가슴을 울리는 날카로운 향수鄕愁의 고통을 느낀다.

"내가 너희들을 잊은 적이 있었던가? 결코 없다. 너 한스도, 그리고 너 금발의 잉에도! 내가 소설을 쓴 것은 너희들 때문이었다. 그래서 내가 박수 갈채를 받을 때마다 혹시 너희들이 근처에 있는가 하고 남몰래 살펴보았던 것이다."

토니오는 잉에와 한스처럼 자기도 지식의 저주와 창조의 고뇌에서 해방돼 행복한 일상 속에서 사랑하며 살아가고 싶다. 다시 한번 시작하고픈 것이다. 그러나 소용없다는 것을 안다. "왜냐하면 어떤 사람들은 어쩔 수 없이 길을 잃고 말기 때문이다. 그런 사람들에게는 올바른 길이라는 게 이 세상에 없다."

음악이 들려오고 두 사람은 춤을 춘다. 불현듯 시 한 구절이 떠오른다. '나는 잠을 자고 싶은데, 그대는 춤을 추자고 한다.' 여기서 잠을 잔다는 것은 소박하게 사는 것이다. 하지만 춤을 춰야 한다. 그것도 난해하고 위험하기 짝이 없는 예술이라는 칼춤을 끝까지 춰야만 하는 것이다. 그는 극단적인 두 세계 사이에서 어쩔 줄 몰라 하는 자신을 발견한다. 길을 잃고 방황하며 고통 받는 자기를 본 것이다. 그는 회한에 젖어 리자베타에게 편지를 쓴다.

"저는 두 세계 사이에 서 있습니다. 그 어느 쪽에도 들어갈 수 없습니다. 그래서 견디기가 좀 힘듭니다. 당신들 예술가는 저를 세속인이라 부르고, 세속인은 세속인대로 저를 체포하려고 합니다."

그는 비로소 진정한 예술가의 모습이 무엇인지 깨닫는다. 그것은 미의 오솔길 위에서 모험을 일삼으며 인간을 경멸하는 오만하고 냉정한 예술가가 아니라 "인간적인 것, 생동하는 것, 일상적인 것에 대한 세속적인 애정"을 간직한 예술가다. 그가 본 한스와 잉에의 모습은 다름아닌 그의 마음속 깊숙이 자리 잡은 세속인에 대한 열망이었던 것이다.

"리자베타, 나는 더 나은 것을 만들어보겠습니다. 이것은 약속입니다. 저의 가장 깊고 은밀한 애정은 금발과 파란 눈, 아름답고 활발한 사람, 행복하고 사랑스럽고 평범한 사람들에 대한 것입니다. 그것은 선량한 것이고 결실을 가져오는 것입니다. 그 속에는 동경과 우울한 선망, 그리고 아주 약간의 경멸과 완전하고도 순결한 행복감이 들어 있습니다."

어차피 한 번 사는 인생이다. 아직 늦지 않았다. 다시 시작할 수 있다. 남들 눈치보지 말고 살아가면 된다. 그것이 아무리 평범하고 소시민적인 것이라 하더라도 내 삶이야말로 나의 가장 훌륭한 예술작품이다. 내 인생을 조각하는 아티스트가 된다는 것, 그래서 죽는 날까지 내 삶을 완벽하게 조각해내고자 노력하는 것이야말로 진정한 예술이 아니고 무엇이겠는가.

■ **변신**

Die Verwandlung / Franz Kafka

As Gregor Samsa woke one morning from uneasy dreams, he found himself transformed into some kind of monstrous vermin.

그레고르 잠자는 어느 날 아침 불안한 꿈에서 깨어났을 때,
자신이 흉측한 벌레로 변해있음을 발견했다.

....

프란츠 카프카(1883~1924) 체코의 수도 프라하에서 자수성가한 유태인 상인의 아들로 태어나 독일계 학교를 다녔다. 원래 문학을 하고 싶어했으나 아버지의 강요로 법학을 공부했다. 법학박사 학위를 받은 뒤 준準국영 보험회사에서 법률고문관으로 일하며 근로자들의 산재産災 보상 업무를 담당했다. 인간 실존의 허무와 절대 고독을 주제로 한 작품들을 주로 썼다.

음악이 그를 이토록 사로잡는데

알베르 카뮈는 "카프카 예술의 요체는 독자로 하여금 다시 한 번 읽지 않을 수 없게 만드는 데 있다"고 썼다. 그런데 문제는 그렇게 해서 더 잘 이해할 수 있느냐 하면 그게 아니라는 것이다. 오히려 더 혼란스러워지고 이해가 불가능하다는 사실을 발견하곤 한다.

프란츠 카프카의 작품은 첫 문장부터 황당하다. 고독의 3부작이라고 하는 《소송》《성》《아메리카》를 차례대로 보자.

"누군가 요제프 K를 중상모략한 게 분명했다. 아무런 나쁜 짓도 하지 않았는데 이날 아침 느닷없이 그가 체포되었기 때문이다." 은행 부장인 요제프 K는 서른 번째 생일날 이렇게 체포돼 원인 불명의 소송 때문에 1년 내내 고뇌하며 동분서주하다 서른한 번째 생일 전날 밤 "개 같군!"이란 한 마디 말을 남기고 처형된다.

"K는 밤늦은 시각에 도착했다. 마을은 깊이 눈 속에 파묻혀 있었다. 성이 있는 산은 안개와 어둠에 둘러싸여 있어서 전혀 보이지 않았고, 커다란 성이 있음을 알려주는 아주 희미한 불빛조차도 눈에 띄지 않았다." 측량기사 K는 소설이 끝날 때까지 성에 들어가지도 못하고 마을에서도 받아들여지지 않은 채 안개 속만 헤맨다.

"열일곱 살의 카알 로스만은 하녀의 유혹에 빠져 그녀에게 아이를 갖게 했다. 이 때문에 가난한 양친은 그를 미국으로 보냈다." 로스만은 부단히 노력하지만 가는 곳마다 계속해서 교묘하게 추방당하고, 끝내 실종되어버리고 마는 존재가 된다.

이건 도대체가 납득이 안 된다. 그래도 《변신》의 첫 문장에 비해서는 나은 편이다. "그레고르 잠자는 어느날 아침 불안한 꿈에서 깨어났을 때, 자신이 흉측한 벌레로 변해있음을 발견했다." 등은 장갑차처럼 딱딱하고, 배는 활 모양의 각질로 나뉘어져 불룩하고, 여러 개의 다리는 형편없이 가늘어져 허위적거린다. 그런데도 그럴듯한 설명이나 아무런 이유도 없이 그냥 거기서 시작한다.

사실 이 자체로도 엄청난 충격이지만, 더 큰 충격은 그레고르가 전혀 충격을 느끼지 않는다는 것이다. 단지 불편할 뿐이다. 기껏해야 좋지 않은 자세로 자는 바람에 일어나보니 목이 결리고 팔이 저리는 정도로 느낀다. 출근이 늦어지자 집까지 찾아온 지배인에게 자신의 모습을 보여주면 어떤 반응을 보일지 궁금해하기도 한다. "그들이 놀란다 해도 그것은 그레고르 자신의 책임은 아닌 만큼 태연할 수 있을 것이다."

그에게는 흉측한 벌레로 변해버린 것보다 출근하지 못한 것의 책임이 자신에게 있지 않다는 것이 더 중요한 것이다. 왜냐하면 처음부터 그레고르가 걱정하는 것은 따로 있기 때문이다. 벌레로 변하는 바람에 직장을 나가지 못해 돈을 못 버는 것이다. 또 일자리를 잃으면 사장이 빚 독촉을 할 텐데, 뭐 이런 걱정이다.

5년 전 아버지의 가게가 파산한 뒤로 그레고르는 가족의 생계를 책임지는 역할을 해왔다. 갚아야 할 빚도 아직 남아있다. 그래서 출장 외판사원으로 열심히 일해온 것이다. 늘 일과 시간에 쫓겨야 하고 식사시간도 불규칙했으며 지속적인 인간관계도 맺을 수 없는 직업이었다. 하지만 그는 가족들을 위해 기꺼이 일 벌레로 살았고, 또 돈 버는 기계가 된 것이다.

가족들도 처음에는 그가 벌어오는 돈을 보고 놀라워했고 기쁜 마음으로 그를 대했다. 그레고르는 그때가 좋은 시절이었다고 회상한다. 그 이후에는 가족들의 낭비를 감당하느라 돈을 더 많이 벌어와도 그런 빛을 보여주지 않았다. 사람들은 이처럼 금방 익숙해져 버리지만 그레고르는 여전히 힘들게 일하며 직장에서 자신을 소모해야 했던 것이다.

사실 많은 직장인들이 이렇게 살아가고 있을 것이다. 고단한 하루 일과를 마치고 집에 돌아오면 벌써 꿈나라로 가버린

아내와 아이들을 보며 이런 생각을 하게 된다. "이 얼마나 고요한 생활을 식구들은 영위하고 있는가." 그레고르도 벌레가 된 첫 날 저녁 문틈으로 가스등이 켜져 있는 거실을 바라보며 그렇게 생각했다. 그러면서 자신이 부모와 누이에게 그런 삶을 마련해줄 수 있었다는 데 대해 커다란 자부심을 느꼈다. "그런데 이 모든 고요, 모든 유복함, 모든 만족이 졸지에 충격으로 끝나버린다면 어떨까?"

그레고르는 걱정이다. 5년 동안 살만 쪄서 뒤뚱거릴 지경인 아버지, 천식으로 호흡이 가빠져 집안을 돌아다니는 것도 힘들어 하는 어머니, 바이올린이나 켜는 것이 고작인 누이동생이 어떻게 돈을 번다는 말인가? 흉측한 벌레가 된 처지지만 자기 걱정을 할 겨를이 없다.

그런데 가족들은 의외로 현실에 빨리 적응한다. 아버지는 은행 경비원으로 나가고, 어머니는 바느질을 하고, 여동생은 점원 일을 한다. 이제 그레고르 없이도 가족들은 살아갈 수 있는 것이다. 사실 그동안 자부심마저 느끼며 치러왔던 그레고르의 희생은 무의미한 것이 돼버렸다. 게다가 더 이상 가족들을 위해 일을 할 수 없는 그레고르는 그들에게 가족의 일원이 아니라 '괴물'일 뿐이다.

그가 그토록 사랑했던, 아무리 돈이 많이 들더라도 음악학교에 보낼 계획까지 세워두었던 누이동생은 마침내 저 괴물과는 함께 살 수 없다고 선언한다. "내보내야 해요. 그게 유일한 방법이에요. 아버지, 이게 오빠라는 생각을 버리셔야 해요. 우리가 이렇게 오래 믿었다는 것, 그것이야말로 우리의 진짜 불행이에요. 도대체 이게 어떻게 오빠일 수 있지요? 만약 이게 오빠였더라면, 사람이 이런 동물과 함께 살 수는 없다는 것을 진작 알아차리고 자기 발로 떠났을 테지요."

그레고르는 결국 아버지가 던진 사과가 등에 박힌 채로 온통 먼지로 뒤덮이고 굶어서 비쩍 마른 시체가 되어 발견된다. 가족들은 그의 주검 앞에서 신께 감사드리고 오랜만에 전차를 타고 교외로 나간다. 그레고르가 불안한 꿈에서 깨어나며 시작된 《변신》은 가족들이 새로운 꿈을 꾸는 것으로 끝난다.

"잠자 씨와 잠자 부인은 점차 생기를 띠어가는 딸을 보고 거의 동시에 딸이, 이즈음 들어 워낙 고달프다 보니 두 뺨이 창백해지기는 했지만 아름답고 풍염한 소녀로 꽃피었다는 생각이 들었다. (…) 목적지에 이르러 딸이 제일 먼저 일어서며 그녀의 젊은 몸을 쭉 뻗었을 때 그들에게는 그것이 그들의 새로운 꿈과 좋은 계획의 확증처럼 비쳤다."

카프카가 이 작품에 《변신》이라는 제목을 붙인 것은 흉측한 벌레로 변해버린 그레고르 때문만은 아니었을 것이다. 차라리 그것은 그레고르를 일 벌레로, 돈 버는 기계로만 바라봤던 가족들이 어느 날 냉혹하게 변신해버리는 것을 가리키는 제목일지도 모른다.

《변신》에 대한 대체적인 해석은 자본주의 사회에서 인간이 겪는 소외를 상징적으로 보여준다는 것이다. 가족을 부양하기 위해 끊임없이 돈을 벌어야 하는 개인의 불안과 압박감, 이것에 짓눌리다 마침내 한 마리 해충으로 변신하면 가족들로부터도 외면당한 채 괴물 취급을 받으며 고독하게 죽어가야 한다. 그래서 갑자기 실직한 가장이나 치매에 걸린 노인을 그레고르에게 비유하기도 한다. 나도 언젠가 신문에서 구조조정으로 해고된 '기러기 아빠'가 혼자 살던 오피스텔에서 자살했다는 기사를 읽고는 그레고르를 떠올렸으니까.

슬픈 얘기다. 하긴 카프카적*kafkaesk*이라는 단어도 그런 의미다. 이 말은 비인간화된 악몽 같은 세계 속에서 인간이 느끼는 공포와 소외, 당황, 그리고 불확실한 운명에 어쩔 수 없이 내맡겨진 상태를 나타낸다.

"목표는 있다. 그러나 길은 없다. 우리가 길이라고 하는 것은 망설임뿐이다." 카프카의 노트에 적힌 문구처럼 그의 삶도 무척 어두웠다. 체코에 살면서 독일어를 쓰고, 유태인이면서 시온주의를 반대해 어느 공동체에도 들어가지 못했다. 결핵으로 젊어서부터 병약했고, 약혼과 파혼을 반복하면서 결혼에 실패했다.

그는 법학박사 학위를 받고 법관수습까지 마쳤지만 법관이

나 변호사가 될 생각은 없었고, 준국영 보험회사에 법률고문관으로 취직해 죽기 2년 전까지 근무했다. 글을 쓸 시간을 내기 위해 아주 엄격하게 생활했는데, 오전 8시부터 오후 2시까지 회사 일을 마치고 귀가하면 7시30분까지 잠을 잔 뒤 산책과 저녁식사 후 밤 11시부터 새벽 2~3시까지 글을 썼다.

서두에 인용한 카뮈의 글은 《시지프의 신화》에 나오는 것이다. 카뮈는 카프카가 내리는 판결은 "두더지들까지 희망을 가지려고 덤비는 추악하고 어지러운 이 세계를 끝내 무죄 방면하는 것"이라고 했다. 그럴 것이다. 희망은 무죄다.

《변신》에서 내가 가장 좋아하는 대목은 그레고르가 여동생의 바이올린 연주를 듣는 부분이다. "음악이 그를 이토록 사로잡는데 그가 한 마리 짐승이란 말인가? 마치 그리워하던, 미지의 양식에 이르는 길이 그에게 나타난 것만 같았다." 카프카가 밤늦게까지 글을 썼던 것도 어디선가 들려오는 희망의 선율이 있었기 때문이 아닐까.

Cyrano de Bergerac / Edmond Rostand

But who fights ever hoping for success!

하지만 늘 성공할 거라는 희망으로 싸우는 건 아냐!

에드몽 로스탕(1868~1918) 프랑스 마르세유의 부유한 상인 집안에서 태어나 파리 대학에서 법률을 공부했다. 시인인 로즈몽 제라르와 결혼한 뒤 작가로 길로 들어 섰다. 일찌감치 극작가로 성공해 서른셋이란 젊은 나이에 프랑스 아카데미 회원 이 됐지만 몸이 허약해 시골에서 요양생활을 하다 파리에서 생을 마쳤다.

제대로 보려면 마음으로 보아야 하는 법

며칠 전 기차를 타고 가면서 내다본 창 밖 풍경은 그야말로 봄의 향연이었다. 괜히 가슴이 설레었다. 그래서였을까? 문득 앙트완 드 생텍쥐페리의 《야간비행》에 나오는 한 구절이 떠올랐다. "자네는 살면서 사랑을 많이 해봤나?"

원칙주의자로 일만 알고 살아온 항공 책임자 리비에르가 나이든 정비감독 르루에게 뜬금없이 툭 던지는 말이다. 그는 상대의 대답도 다 듣지 않는다. "자네도 나랑 같군. 시간이 없었단 말이지." 그리고는 다시 일을 하기 위해 비행기 격납고 쪽으로 발걸음을 옮긴다. 이 작품에서 리비에르의 나이가 50대 중반, 딱 지금 내 나이쯤이다.

그래, 그도 나처럼 즐겁고 달콤한 것들을 언젠가 시간이 날 때로 조금씩 미뤄왔을 것이다. 그러나 나이가 들어 삶의 끄트머리에 이른 뒤에야 그런 여유를 얻는다면 그때는 사랑할 수 있을까? 이런 사랑도 있는데.

"당신이 날 사랑해야 한다면 다른 아무것도 아닌 오직 사랑만을 위해 사랑해주세요. 이렇게 말하지 마세요. '그녀의 미소와 외모와 부드러운 말씨 때문에 그녀를 사랑해.' 그저 오직 사랑만을 위해 사랑해주세요. 사랑의 영원함으로 언제까지나 사랑할 수 있도록."

이 시는 시한부 삶을 살던 마흔 살의 엘리자베스 배럿이 자신보다 여섯 살이나 어린 젊은 시인 로버트 브라우닝의 청혼을 받아들이며 쓴 것이다. 두 사람은 가족의 반대로 로버트의 친구 한 명과 엘리자베스의 하녀만 참석한 가운데 비밀 결혼식을 올려야 했다. 하지만 위대한 사랑의 힘은 새로운 생명력을 불어넣어 엘리자베스는 아들까지 낳고 15년을 더 살다 로버트의 곁에서 눈을 감았다.

사랑은 꼭 이렇게 해피엔드로 끝나지 않더라도 아름답다. 《시라노》는 주인공 시라노 드 베르주라크의 비극적인 사랑을 기둥 줄거리로 한 5막짜리 운문 희곡인데, 사랑은 화려한 외모가 아니라 마음에 담긴 진실에서 온다는 당연한 메시지를 전해준다.

당대 최고의 시인이자 무적의 검술가인 시라노는 매력적이고 재기 넘치는 여인 록산을 마음속 깊이 사랑한다. 하지만 흉물스런 코를 가진 추남이라는 생각에 선뜻 자신의 감정을 고백하지 못한다. 반면 록산은 그저 잘생겼을 뿐인 크리스티앙에게 반한다. 시라노는 크리스티앙을 대신해 열정적인 연애 편지를 써주고, 그의 영혼을 담아낸 편지덕분에 두 사람은 결혼한다. 그러나 크리스티앙은 곧 전쟁터에 나가 죽고, 록산은 수녀원으로 들어간다.

시라노는 그 후 14년간 매주 록산을 찾아가 위로해준다. 괴한의 습격을 받아 큰 부상을 입은 날도 머리에 붕대를 감고 모자를 눌러쓴 채 록산을 만난다. 그리고 그녀가 가슴 깊이 간직해두었던 크리스티앙의 마지막 편지를 읽어준다. "록산, 부디 안녕히, 난 곧 죽을 것이오! 내 마음은 단 한순간도 떠나지 않을 것이오. 지금도, 저 세상에 가서도 당신을 한없이 사랑했던 사람으로, 당신을…."

어느새 황혼의 어둠이 짙게 깔리지만 시라노는 계속해서 편지를 읽어나간다. 록산은 시라노가 지켜왔던 숭고한 침묵의 진실을 깨닫는다. "어떻게 그 편지를 읽을 수 있죠, 이렇게 어두운데? 아! 너무나 많은 것들이 죽고…태어나는군요! 왜 지난 14년 동안 입을 다무셨나요? 이 편지에 남은 이 눈물은 당신이 흘린 것이었나요?"

처음부터 록산이 사랑했던 것은 크리스티앙의 외모가 아니라 고귀한 사랑의 마음이었다. 물론 그것은 시라노가 대신 써준 편지에 담긴 것이었다. "그 작은 종이들 한 장 한 장은 훨훨 나부끼는 당신 영혼의 꽃잎들 같았어요. 불꽃 같은 당신 편지의 단어 하나하나에서 강렬하고 진실한 사랑을 느낄 수 있었어요. 이제 내가 사랑하는 건 오로지 당신의 영혼뿐이에요! 처음에 내 마음을 설레게 했던 당신의 아름다운 외모는 내가 더 잘 볼 수 있게 된 지금, 더는 보이지 않아요!"

그러나 이런 깨달음은 항상 너무 늦게 온다. 부상이 심한 시라노는 칼을 치켜든 채 죽음의 여신을 향해 마지막 대사를 외친다. "그래 봤자 소용없다고? 그건 나도 알아! 하지만 늘 성공할 거라는 희망으로 싸우는 건 아냐! 나는 지금까지 헛된 명분을 위해 의미 없는 싸움을 해왔으니까!"

《시라노》는 1897년 초연 이후 500회 연속 공연됐을 정도로 인기를 끌었다. 에드몽 로스탕은 17세기 프랑스의 실존 인물인 이 주인공에게 기형적으로 거대한 코라는 외적 장애를 준 대신 더욱 헌신적인 사랑을 구현토록 했다. 게다가 세상과 쉽사리 타협하지 않는 당당한 정신은 시라노를 더욱 멋진 인물로 만들어준다. 유력자에게 조금만 고개를 숙이면 부와 영광이 올 것이니 제발 적을 만들지 말고 편하게 살라는 친구의 말에 시라노는 이렇게 대답한다.

"아니, 난 싫네. 남을 짓밟고 올라가 출세하고 패거리를 만들어 우물 안 우두머리가 되어야 하나? 나는 떳떳하게 행동하고, 스스로에게 부끄러운 것이 없도록 할 걸세. 참나무나 떡갈나무는 못 되더라도 빌붙어 사는 덩굴이 되진 않을 걸세. 아주 높이 오르진 못해도 혼자 힘으로 올라갈 걸세!"

동서양 어디서나 이런 지조와 용기를 가진 인물에게서는 대쪽 같은 선비 정신을 발견할 수 있는 법인데, 이들은 최후의 순간까지도 굳은 결의를 버리지 않는다. 시라노가 죽음을 앞두고 허공에다 칼을 휘두르며 외치는 장면은 그래서 더욱 감동적이다. "받아라, 받아! 내 오래된 적들! 타협들, 편견들, 비열함들! 어리석음! 그래, 너희들이 내게서 앗아가는구나, 월계관과 장미를! 앗아가라! 너희들이 아무리 그래도 나에겐 가져갈 뭔가가 있으니. 그것은…."

　자신의 이마에 마지막으로 입을 맞추며 "그것은?"이라고 묻는 록산에게 시라노는 웃으면서 말해준다. "나의 장식 깃털." 《시라노》는 이 한 마디와 함께 끝난다. 혹시 시라노의 이 마지막 대사가 궁금하다면 《어린 왕자》의 그 유명한 구절을 떠올려보라. 어린 왕자와 헤어지면서 여우가 선물로 가르쳐준 비밀 말이다. "제대로 보려면 마음으로 봐야 해. 정말로 중요한 것은 눈에는 보이지 않거든."

The Scarlet Letter / Nathaniel Hawthorne

He has violated, in cold blood,
the sanctity of a human heart.

냉혹하게도 그 사람은 마음의 성역을 범했소.

너새니얼 호손(1804~1864) 대학 졸업 후 작가의 길을 모색했으나 생활고를 못 이겨 고향인 매사추세츠 주 세일럼에서 세관 검사관으로 일했다. 1849년 해고당한 뒤 본격적으로 작품활동을 시작해 이듬해 첫 장편소설 《주홍글자》를 발표해 명성을 얻었다. 영국 영사로 임명돼 리버풀에서 4년간 근무하기도 했다. 허먼 멜빌이 그의 천재성을 기려 《모비딕》을 헌정했다.

굴레가 고마울 때도 있더라

나는 원래 공상과학(SF) 영화를 좋아하지 않는 터라 몇 해 전 개봉돼 화제가 됐던 《그래비티》에 큰 기대를 하지 않았다. 아내와 함께 극장 문을 들어설 때까지도 그랬다. 그런데 영화가 시작되자마자 우주 공간의 광활함과 공포감에 빨려 들어갈 수밖에 없었다.

그 중에서도 압권은 롱테이크*long take* 기법으로 촬영한 장면이었다. 아주 멀리 지구 전경이 들어오는 넓은 앵글에서 시작해 정면을 바라보는 산드라 블록의 얼굴을 클로즈업한 뒤 점점 다가가다 마침내 헬멧 안으로까지 들어가 거꾸로 그녀의 눈에 비치는 우주를 포착해 다시 보여주는 컷이었다.

소설에서는 이런 롱테이크 식 묘사를 자주 발견할 수 있는데, 《주홍글자》는 특히 두드러진다. 17세기 식민지 뉴잉글랜드의 감옥이 멀리 보이기 시작하는 첫 장면부터 인상적이다.

음산하고 침울한 감옥 건물이 고색창연하게 서 있고 무성한 잡초들이 자라고 있다. 그 한쪽으로는 6월을 맞아 보석처럼 빛나는 아름다운 들장미 덤불이 나타난다. 감옥 앞 풀밭의 처형대 주변에는 군중이 모여있고, 이들의 웅성거림 속에 감옥 문이 활짝 열리더니 한 사내가 젊은 여인을 끌고 나온다.

　태어난 지 세 달밖에 되지 않는 젖먹이를 안고 있는 그녀의 웃옷에는 화려한 주홍빛 헝겊에 금실로 꼼꼼하게 수를 놓은 알파벳 A자가 보인다. 간통죄*Adultery*를 범한 헤스터 프린이다. 그녀를 응시하는 수많은 시선이 그녀의 가슴 한가운데로 무자비하게 쏠리는 가운데 그녀의 시야에는 희미한 이미지들이 어른거린다. 영국의 고향마을, 아버지와 어머니의 모습, 나이 많은 전 남편의 얼굴….

　형틀이 놓여 있는 처형대는 그녀에게 행복했던 소녀시절부터 지금까지 걸어온 인생 여정을 남김없이 보여주는 조망대가 되고, 기억의 회랑은 계속 이어지다 다시 추상 같은 눈초리로 그녀를 쏘아보고 있는 청교도 식민지 사람들의 투박스러운 시장 터로 돌아온다.

　《주홍글자》의 롱테이크 장면은 이처럼 광대한 우주가 아닌 미로와 같은 인간의 마음을 비춰준다. 호손의 작품을 읽다 보면 장황한 문장이 이어지면서 다소 지루하게 느껴질 때도 있는데, 실은 그것이 호손만의 매력이기도 하다. 깊이를 알 수 없는 끝없는 심연, 그것이 인간의 마음이고, 호손은 어떤 작가보다 그것을 자세히 들여다 보기 때문이다.

헤스터는 아이의 아버지를 밝히라는 온갖 압력과 회유에도 불구하고 가슴에 주홍글자를 단 채 딸 펄과 함께 묵묵히 살아간다. 그녀의 간통 상대는 마을사람들로부터 존경 받는 젊은 목사 아서 딤스데일인데, 자신의 죄를 차마 세상에 드러내지 못하고 죄의식으로 인해 나날이 쇠약해져 가지만 역설적이게도 그럴수록 더욱 감동적이고 호소력 있는 설교를 한다.

뒤늦게 미국으로 온 헤스터의 남편 로저 칠링워스 노인은 신분을 숨긴 채 의사로서 병약한 목사의 곁을 지키며 복수의 기회를 엿본다. 그러던 어느 날 딤스데일이 책을 읽다 깊은 잠에 빠지고, 칠링워스는 목사의 앞가슴을 풀어헤친다. 그 순간 노인의 표정에서는 무시무시한 광채가 뿜어져 나온다. 모진 고행으로 인해 조금씩 죽음에 다가서는 딤스데일을 보다 못한 헤스터가 마침내 칠링워스가 자신의 남편이라는 사실을 털어놓자 딤스데일은 말한다.

"우리가 이 세상에서 가장 나쁜 죄인은 아니오. 타락한 목사보다 더 흉악한 죄인이 있소. 그 사람의 복수야말로 내 죄보다 더 무서운 죄요. 냉혹하게도 그 사람은 마음의 성역을 범했소."

《주홍글자》에서 가장 극적인 대목은 딤스데일이 7년 전 헤스터가 섰던 그 처형대 위로 올라가 자신의 죄를 고백하는 장면이다. 새로운 총독의 취임을 경축하는 날, 목사로서 축하 설교를 하는 영광의 절정에 오른 바로 그 순간, 그는 계속 침묵하고 싶은 유혹을 떨쳐버린 것이다.

"헤스터가 달고 있는 주홍글자를 보십시오. 여러분은 그것을 보고 몸서리를 쳤습니다. 그 낙인은 그에게도 있습니다. 신의 눈이 그것을 보았지요! 그러나 그는 간교하게도 그것을 사람들에게 숨기고 이 죄악의 세계에서 자신은 너무 순결하여 쓸쓸한 것처럼 여러분 사이를 걸어 다녔지요. 지금 그는 여러분 앞에 섰습니다. 이 무서운 증거를 보십시오!"

딤스데일은 목사복의 앞가슴 띠를 떼어버리고는 쓰러진다. 그리고 헤스터와 펄의 곁에서 숨을 거둔다. 그런데 호손은 끝까지 딤스데일의 앞가슴에 정확히 무엇이 있는지 알려주지 않는다. 그 낙인이 칼로 그은 상처인지 아니면 불로 달군 상처인지도 알 수 없다. 호손은 왜 그 낙인을 정확히 묘사하지 않았을까? 아마도 우리 모두의 가슴에 그것이 있으니까, 그러니 누구나 보려고만 하면 분명하게 목격할 수 있으니까, 굳이 설명할 필요가 없었던 게 아닐까?

아무튼 딤스데일이 숨을 거두자 복수할 대상이 사라져버린 칠링워스도 1년 뒤 죽는다. 노인은 전 재산을 펄에게 남기고, 펄은 헤스터와 함께 유럽으로 건너가 행복한 가정을 꾸린다. 그런데 헤스터는 다시 뉴잉글랜드로 돌아온다.

"이곳에 그녀가 지은 죄가 있었다. 이곳에 그녀의 슬픔이 있었고, 이곳에 그녀의 더 많은 참회가 있을 것이었다. 그러므로 그녀는 돌아와서 우리로 하여금 그토록 우울한 이야기를 하게 했던 그 상징을 자발적으로 다시 달았다."

상처받고 불행한 사람들이 무거운 마음의 짐을 부둥켜안은 채 헤스터의 오두막을 찾아왔고, 그녀는 힘닿는 데까지 이들을 도왔다. 그녀에게는 이것이 진정한 삶이었던 것이다. 그녀의 가슴 위에 달려 있던 주홍글자는 이제 유능한*Able*을 뜻하는 A자로 읽혀진다.

영화 《그래비티》의 마지막 장면에서 산드라 블록은 지구로 귀환해 지면에 발을 디디면서 기뻐한다. 나는 그 모습을 보면서 중력이 인간에게 제약이 아니라 자유와 기쁨의 원천이 될 수 있음을 새삼 느꼈다. 헤스터에게 주홍글자가 고통과 죄악의 낙인이 아니라 함께 슬퍼하고 위로하는 상징이 된 것처럼 말이다.

■ 고리오 영감

Le Père Goriot / Honoré de Balzac

I have given them all my life:
they will not give me one hour today!

나는 딸들에게 내 삶을 전부 다 주었지만,
그 애들은 오늘 나에게 단 한 시간도 안 주는군!

오노레 드 발자크(1799~1850) 소르본 대학에서 법학을 공부한 뒤 문학의 길로 들어서 프랑스 사실주의 문학의 새 지평을 열었다는 평가를 받는다. 젊은 시절 나폴레옹 초상화 밑에 "그가 칼로 이루지 못한 일을 나는 펜으로 이루리라"고 적어두고 초인적인 능력으로 작품을 써나갔다고 한다. 18년간 사랑했던 한스카 부인과 결혼한 지 5개월 만에 눈을 감았다. 소설 속의 고리오 영감처럼 페르 라셰즈에 매장됐다.

고단한 인생, 매일 새롭게 각오를 다지지 않는다면

연어는 산란 후에 갑자기 늙어버린다. 대양을 질주해온 힘차고 민첩했던 연어가 처참한 몰골로 변해버리는 것이다.

그 곱던 은빛은 다 사라지고 검버섯처럼 군데군데 반점이 피어난다. 몸에서 기름기가 빠져나가고 단단했던 등 근육은 물렁물렁해진다. 다홍색 속살도 허옇게 변하고 푸석푸석해진 몸뚱이는 물살에 떠밀려간다. 연어의 이런 변신은 수컷에게서 더 뚜렷하게 나타나는데, 씨를 남겨야 하는 숙명에서는 부성父性이 더 절실하기 때문인지 모른다.

집착에 가까운 지독한 부성애, 고리오 영감이 딱 이랬다. 오노레 드 발자크는《고리오 영감》의 창작노트에 이렇게 적었다. '선량한 사나이, 하숙집, 600프랑의 연금, 5만 프랑의 연금을 가진 딸들을 위해 스스로 빈털터리가 된 남자, 개 같은 죽음.'

프랑스 대혁명 시기에 제분업으로 큰돈을 번 고리오 영감은 두 딸을 거액의 지참금과 함께 시집 보낸다. 큰딸은 대귀족 가문의 백작부인으로, 작은딸은 은행가를 남편으로 둔 남작부인으로 만든다. "나는 40년 동안 일했어. 등에 짐 지고 다니며 땀을 소나기처럼 흘렸지. 천사 같은 너희들을 위해 나는 일생 동안 궁핍했고 아무리 벅찬 일과 무거운 짐조차도 가볍게 생각했어. 돈이 바로 인생이야. 돈이면 무엇이든 할 수 있어."

정말 그런가? 그렇다고 믿는다면 그럴지도 모른다. 하지만 돈의 무서운 진실은, 그렇다고 믿는 사람의 삶을 끝까지 따라다닌다는 것이다. 그에게 돈이 있을 때는 물론이고, 돈이 하나도 없을 때도. 아니 그런 절박한 상황이 되면 더욱 철저하고 야박하게 물어뜯고 짓밟아버린다.

고리오 영감도 결국 이런 꼴이 되어 얼마 안 되는 연금에 의지해 허름한 하숙집으로 들어간다. 그나마 그에게 유일한 즐거움이 남아 있다면 두 딸을 만나는 것이다. 그러나 신분 차이로 인해 사위가 있을 때는 딸네 집에 갈 수도 없다. 게다가 허영과 사치에 물든 딸들의 빚을 갚아주느라 자신의 연금까지 저당 잡히지만, 큰딸은 또 10만 프랑을 달라고 찾아온다.

"도둑질하지 않고서는 그 돈을 만들 수 없다. 그러나 도둑질이라도 할 테다. 너희들의 고통을 내가 대신 받아서 아팠으면 좋으련만. 아! 어렸을 때 너희들은 참 행복했는데." 결국 고리오 영감은 자신의 장례 치를 돈조차 없이 죽어가고, 두 딸은 아버지의 임종을 지키기는커녕 장례식에도 참석하지 않는다.

고리오 영감은 마지막 순간 자신을 간호해주는 하숙집 학생

라스티냐크에게 절규하듯 말한다. "나는 항의하네! 아버지가 짓밟히면 나라가 망하는 거야. 이 사회는 부성애를 기초로 해서 굴러가는 법이지. 자식들이 아비를 사랑하지 않는다면 모든 건 무너지고 말 거야. 아비가 딸들을 보려고 숨어있다니! 나는 그 애들에게 내 생명을 다 주었지만, 딸애들은 오늘 나에게 단 한 시간도 안 주는군!"

그러고는 결혼도 하지 말고 자식도 낳지 말라고 외친다. "자넨 자식들에게 생명을 주지만, 그 애들은 자네에게 죽음을 줄 거야." 라스티냐크는 자신의 돈으로 고리오 영감의 장례식을 치른 뒤 그의 무덤에 청춘의 마지막 눈물을 묻는다. "이제부터 파리와 나와의 대결이다."

이 작품은 고리오 영감의 죽음과 함께 끝나지만, 사실 진짜 주인공은 라스티냐크다. 그의 관찰을 통해 고리오 영감의 부성애가 드러나고, 고리오 영감의 실상을 알게 되면서 비로소 사회를 바라보는 그의 시각도 완성되기 때문이다. 라스티냐크는 당연히 발자크의 분신이고, 그의 야심은 발자크의 속내이기도 하다.

파리로 압축되는 이 세상은 돈과 쾌락을 추구하는 허위와 허영으로 가득한 세계며, 강자가 약자를 짓밟고 화려하게 치장한 악덕이 성공이라 불리는 곳이다. 같은 하숙집에 사는 보트랭은 하루빨리 성공하고 싶어하는 라스티냐크를 꿰뚫어보고는 이렇게 말해준다. 이 사회는 세상의 추악한 법칙을 이용해 성공하는 강자와 그 법칙을 몰라서 실패하는 약자로 이루어져 있다고. 그러니 "야심을 좇기 위해서는 꺼림칙한 일도 해치울 수 있어야 한다"고 말이다.

발자크는 자신의 작품 전부를 《인간희극》이라는 제목 아래 하나로 통합하려는 생각을 품었다. 그는 누이에게 보낸 편지에 이렇게 썼다. "프랑스 사회가 역사가가 되고 나는 단지 한 사람의 서기가 되는 거야. 악덕과 미덕의 총목록을 짠 다음, 인간의 열정 가운데 주된 것들을 모아 인물들에게 색깔을 입히고 주요 사건들을 추려 여러 인간 유형들을 연결시키면, 그 숱한 역사가들로부터 외면당해온 역사, 이를테면 풍속의 역사를 써낼 수 있어."

매일 40잔의 커피를 마시며 죽기 전 20년 동안 하루에 많을 때는 18시간, 평균적으로 12시간씩 글을 써나갔던 발자크는 《인간희극》으로 91편의 장단편 소설을 남겼는데 《고리오 영감》도 그 중 하나다. 《인간희극》에는 무려 2000명이 넘는 인물이 나오고 이 가운데 460명이 재등장한다. 이들 중에서 가장 궁금한 건 역시 라스티냐크의 그 뒤 운명이다.

그는 입신 출세를 꿈꾸는 청년의 전형답게 선이든 악이든 유연하게 타협하면서 성공의 사다리를 타고 오른다. 덕분에 그는 고리오 영감의 작은딸인 남작부인의 도움을 받아 출세 가도를 달리며 법무장관직에까지 오르고, 남작부인의 딸과 결혼해 엄청난 재산을 모은다. 적어도 그가 품었던 야심대로라면 성공한 셈이다.

그러나 하숙생 시절의 순수했던 열정은 사라지고 욕망으로 가득 찬 늙고 황량한 모습만 남아 살롱을 헤맨다. 겉은 화려해졌지만 아무것도 얻지 못한 것이다. 그렇다면 그는 왜 악덕이 소용돌이치는 이 세상과 싸움을 벌였던 것일까? 연어가 그랬던 것처럼 그 역시 다 쏟아 붓고 나서야 비로소 깨달은 것 아닐까. 고단한 인생, 하루하루 새롭게 각오를 다지지 않는다면 결국 아무것도 남지 않는다는 사실을 말이다.

Briefe an einen jungen Dichter / Rainer Maria Rilke

That something is difficult must be a reason the more for us to do it.

무언가가 어렵다는 것, 그것이 바로 우리가 그 일을 하는 이유가 되어야 합니다.

라이너 마리아 릴케(1875~1926) 체코 프라하에서 태어나 '고독과 방랑의 시인'으로 불렸다. 장교로 복무했던 아버지의 바람에 따라 열한 살 때 육군유년학교에 들어갔고 육군사관학교에 진학했으나 16세 때 자퇴했다. 조각가 로댕의 집에서 그의 비서로 일하면서 살기도 했으며, 장미 가시에 찔린 게 화근이 돼 백혈병으로 죽었다는 전설을 남겼다.

어려워도 해야 하는 두 가지, 고독과 사랑

"주여, 때가 왔습니다. 지난 여름은 참으로 위대했습니다." 나뭇잎이 붉게 물들기 시작할 때면 떠오르는 라이너 마리아 릴케의 시 〈가을날〉은 이렇게 시작한다. 젊은 시절 누구나 한번쯤 읊조려봤을 그의 시에서는 한없는 그리움과 외로움이 묻어난다. "지금 집이 없는 사람은 이제 집을 짓지 않습니다. 지금 혼자인 사람은 그렇게 오래 남아 깨어서 책을 읽고 긴 편지를 쓸 것이며, 낙엽이 흩날리는 날에는 가로수들 사이로 이리저리 불안스레 헤맬 것입니다."

릴케는 장미가시에 손가락을 찔린 게 화근이 돼 백혈병으로 죽게 됐다는 거짓말 같은 전설을 남긴 시인으로도 잘 알려져 있는데, 그의 묘비에는 자작시에서 가져온 문구가 새겨져 있다. "오 장미, 순수한 모순의 꽃이여, 꽃잎과 꽃잎이 몇 겹으로 겹쳐져 눈꺼풀과 같구나. 이제는 누구의 꿈도 아닌 굳은 잠을 꼭 끌어안고 있다. 그 가련함이여."

릴케의 시는 이처럼 아름답기 그지 없지만 쉽게 읽히지는 않는다. 산문도 마찬가지다. 그의 대표작 《말테의 수기》는 아주 느리고 어렵게, 생각하고 또 생각하면서 읽어야 한다. 여기에는 이런 대목이 나온다. "시를 쓰기 위해서는 때가 오기까지 기다려야 하고 한평생, 되도록이면 오랫동안, 의미意味와 감미甘味를 모아야 한다. 그러면 아주 마지막에 열 줄의 성공한 시행을 쓸 수 있을 거다. 시란 사람들이 주장하는 것처럼 감정이 아니라 경험이기 때문이다."

시 한 줄을 쓰기 위해 이토록 고민하고 괴로워했던 시인 릴케에게 육군사관학교 생도인 한 문학 지망생이 인생과 시에 대한 자신의 고민을 물어왔다. 자신도 군사학교를 다니며 참담한 청소년기를 보내야 했던 릴케가 자기처럼 예술을 향한 열정과 답답한 현실 사이에서 방황하고 있는 후배에게 진심을 담아 답을 해준 열 통의 편지를 묶은 것이 《젊은 시인에게 보내는 편지》다.

편지가 쓰여진 1903~08년 사이 릴케는 주로 프랑스 파리에서 생활하며 이탈리아와 독일, 덴마크, 벨기에, 스웨덴 등지를 여행했고, 그래서 때로 몇 달씩이나 답신을 미루곤 했는데, 편지를 쓰기 위해서는 무언가가 꼭 필요했기 때문이다. "그것은 바로 약간의 정적과 고독, 그리고 너무 낯설지 않은 시간입니다."

이 시기는 또 그가 조각가 로댕으로부터 보는 법을 배운 시간이기도 했다. 사물을 제대로 보기 위해서는 끈기 있게 내면을 오래도록 응시하면서 무겁게 닫혀있는 사물의 내부로 경건하게 들어가야 한다는 것을 로댕의 작품은 그에게 깨우쳐주었다. 그가 첫 번째 편지부터 젊은 시인에게 고독 속으로 침잠하라고 서릿발처럼 엄하게 꾸짖는 이유도 여기에 있다.

"당신은 당신의 눈길을 외부로만 향하고 있는데 무엇보다 그것을 그만두어야 합니다. 이 세상의 어느 누구도 당신에게 충고하고 당신을 도울 수 없습니다. 그 누구도 할 수 없습니다. 당신에겐 단 한 가지 길밖에 없습니다. 당신의 마음 깊은 곳으로 들어가십시오. 가서 당신에게 글을 쓰도록 명하는 그 근거를 캐보십시오."

스쳐 지나가는 생각의 편린들, 그리고 일상의 풍요로움을 말로 불러내는 내면으로의 전향轉向으로부터 시가 흘러나와야 한다는 것이다. "사방이 벽으로 둘러싸여 당신의 귀에 아무런 소리도 들리지 않는 감방에 갇혀 있다 할지라도, 당신은 당신의 어린 시절을, 왕이나 가질 수 있는 그 소중한 재산을, 그 기억의 보물창고를 갖고 있지 않습니까?"

릴케는 자기처럼 군사학교에서 고민하고 있을 젊은 시인에게 억지로 위안이나 위로의 말을 건네려 하지 않는다. 영감을 불어넣기 위해 혹은 신념을 고취시키기 위해 일부러 지어낸 교훈적인 이야기를 들려주지도 않는다. 좌절하지 말고 끝까지 노력하면 성공한다는 식의 뻔한 신화 대신에 자신이 그 동안 시를 쓰면서 느끼고 겪어왔던 일들을 진실되게 전해준다.

시를 쓰는 요령이나 그만이 갖고 있는 노하우 따위는 아예 언급하지도 않는다. 오로지 시인이라면 마땅히 감수해야 할 고통과 어려움을 각오하라고, 그리고 자신만의 꿈을 잃지 말라고 당부한다. 릴케는 자신이 어디를 가나 반드시 지니고 다니는 책 두 권을 소개한 뒤 젊은 시인에게도 이 책들을 꼭 읽으라면서 이렇게 이야기한다.

"하나의 세계가 당신에게로 다가올 것입니다. 그 세계의 행복과 풍요로움과 이루 말할 수 없는 위대함이 말입니다. 잠시 동안 이 책들 속에 파묻혀서 살아보십시오. 그러면서 거기서 배울 만한 가치가 있다고 여겨지는 것들을 습득하십시오. 그러나 무엇보다 그 책들을 사랑하십시오. 당신의 사랑은 수천 배의 보답을 받을 것입니다."

세 번째 편지에서는 "예술작품이란 한없이 고독한 존재"라며 비평의 글은 되도록 읽지 말고, 늘 자기 자신과 자신의 느낌이 옳다고 생각하라고 말해준다. 예술가는 그렇게 나무처럼 성장해가는데, 그 무엇에 의해 강요되거나 재촉 당해서는 안된다는 것이다. 오로지 깊은 겸손과 인내심을 갖고 새로운 명료함이 탄생하는 시간을 기다리는 것이 바로 젊은 시인이 해야 할 일이라는 말이다.

"당신의 생각이 주위로부터 아무런 방해도 받지 않은 채 조용히 제 스스로 자라나도록 두십시오. 그와 같은 성장은, 모든 진보가 그렇듯이 내면 깊은 곳으로부터 뻗쳐 나와야 하며 그 무엇에 의해서도 강요되거나 재촉 당해서는 안 됩니다. 모든 것은 산産달이 되도록 가슴속에 잉태하였다가 분만하는 것입니다."

바로 이것이다. 눈을 돌려 자신의 내면을 응시할 때 비로소 보인다. 기다리고 인내하며 꾸준한 자기 성찰을 해온 시인만이 마음에서 우러난 글을 쓸 수 있다. 어떤 식으로든 남들에게 보여주기 위해 혹은 이름을 알리기 위해 미사여구 가득한 글을 쓴다면 그건 돈벌이용 상품 생산에 지나지 않는다. 릴케는 이 점을 경계하며 절대 서두르지 말라고 당부하고 있는 것이다.

한 통씩 편지가 이어질수록 젊은 시인을 향한 릴케의 애정은 깊어가고, 일곱 번째 편지에서 절정을 이룬다. "고독하다는 것은 훌륭한 것입니다. 왜냐하면 고독은 어렵기 때문입니다. 무언가가 어렵다는 것, 그것이 바로 우리가 그 일을 하는 이유가 되어야 합니다. 사랑하는 것 역시 훌륭한 일입니다. 왜냐하면 사랑은 어려우니까요. 사람과 사람 사이의 사랑, 그것은 우리에게 부과된 과제 중에서 가장 힘든 과제인지도 모릅니다. 그것은 우리가 해야 할 최후의 과제이며 궁극적인 시험이자 시련입니다."

여덟 번째 편지에서는 큰 슬픔을 겪은 젊은 시인에게 슬픔이란 무언가 새로운 것, 무언가 미지의 것이 우리 가슴속으로 들어오는 순간이라고 위로한다. "슬픔의 소리를 듣지 않기 위해 사람들이 슬픔을 시끌벅적한 곳으로 들고 갈 때 오히려 그 슬픔은 위험스럽고 나쁜 것이 되는 것입니다."

릴케는 그래서 많은 사람들이 잘 깨닫지 못하고 있지만 운명이란 바깥에서 우리 안으로 들어오는 것이 아니라 우리 자신으로부터 생겨나는 것이라고 말한다. "우리가 슬픔에 젖어있을 때 더 조용해지고, 더 인내심을 갖고, 더 마음을 열수록 새로운 것은 그만큼 더 깊고 더 확실하게 우리의 가슴속으로 들어옵니다. 그만큼 더 훌륭하게 우리는 그것을 우리 것으로 만들고, 그만큼 더 많이 그것은 우리의 운명이 됩니다."

이 얼마나 속 깊은 통찰인가. 그러면서도 시인의 따뜻한 애정이 느껴진다. "당신을 위로하려 애쓰는 이 사람이 당신에게 가끔 위안이 되는 소박하고 조용한 말이나 하면서 아무런 어려움 없이 살고 있다고는 생각하지 마십시오. 나의 인생 역시 많은 어려움과 슬픔을 지니고 있으며 당신의 인생보다 훨씬 뒤처져 있습니다. 그렇지 않다면 어떻게 이 사람이 그러한 말을 할 수 있겠습니까."

참 얼마나 솔직하고 겸손한 인물인가. 릴케의 한 마디 한 마디에는 진심이 배어있다. 자신과 같은 길을 가려는 문학 지망생에게 어떻게든 단단한 결의와 올바른 가치관을 심어주려는 애정이 담겨 있는 것이다. 비록 짧은 기간이었지만 이런 스승으로부터 진실된 가르침을 받았던 젊은 시인 프란츠 크사버 카푸스는 어떻게 됐을까? 그는 결국 인기 작가로 성공했고, 통속소설을 써서 돈과 명성을 얻었다. 하지만 릴케가 그토록 당부했던 고독과 사랑은 지켜내지 못했다. 너무 어려웠기 때문일까?

살아가면서 힘들고 위험해 보이는 일들을 만난다면 마땅히 그것들을 사랑해야 한다는 릴케의 말을 떠올리며 내가 지나왔던 길을 잠시 되돌아본다. 인생의 고비 때마다 늘 어려운 길보다는 쉬운 길을 택하려 하지 않았는지. 그렇게 해서 과연 지금 얼마나 쉽게 살고 있는지.

죽음으로 다가가는 또 다른 방식

■ 페스트

La peste / Albert Camus

But there may be shame in being happy
all by oneself.

하지만 혼자만 행복하다는 것은 부끄러운 일이지요.

알베르 카뮈(1913~1960) 프랑스계 이민자로 알제리에서 태어났다. 아버지가 제1차 세계대전 중 사망하자 청각장애가 있는 어머니와 어렵게 생활하며 자랐다. 고학 으로 알제 대학에서 철학을 공부했지만 결핵에 걸려 교수가 되는 것을 포기하고 신문기자로 일했다. 파시즘과 전체주의에 반대했고 레지스탕스 활동에 참여하기 도 했다. 44세의 나이에 노벨 문학상을 받았으나 대작 《최초의 인간》 집필 중 교 통사고로 사망했다.

죽음에 맞서 싸우는 유일한 방법은 성실성

골키퍼는 참으로 고독한 존재다. 골을 넣었을 때의 벅찬 감격과 환희는 맛보지 못하면서도 골을 먹었을 때의 온갖 비난과 야유는 혼자 다 뒤집어쓴다. 그래도 이런 고통과 분노를 담담히 받아들여야 한다. 그것이 골키퍼의 숙명이니까.

알제 대학 시절 축구선수로 뛰었던 알베르 카뮈의 포지션이 골키퍼였다. 그는 골키퍼를 하며 많은 교훈을 얻었다고 말한다. "공이 이리로 와줬으면 하고 바라는 그쪽으로는 절대로 오지 않는다는 것을 배웠다. 이 사실은 내 삶에 많은 도움을 주었다. 특히 사람들이 정의롭지 못할 때가 많은 대도시에서 살아가는 데 도움이 됐다."

에두아르노 갈레아노가 쓴 《축구, 그 빛과 그림자》에서 이 대목을 읽는 순간 《페스트》의 한 장면이 떠올랐다. 그리고 한 문장이 퍼뜩 뇌리를 스쳐갔다. 책을 들춰보니 모두 5부로 된 이 작품의 2부 마지막에 나오는 대사였다.

알다시피 《페스트》는 전염병으로 인해 도시 전체가 외부와 차단된 오랑을 무대로 하는데, 주인공이자 화자인 의사 리외는 오랑을 빠져나가려는 신문기자 랑베르에게 페스트에 맞서 싸우는 유일한 방법은 성실성이라고 말한다. "이 모든 일은 영웅주의와는 관계가 없습니다. 그것은 단지 성실성의 문제입니다. 아마 비웃음을 자아낼 만한 생각일지도 모르나, 페스트와 싸우는 유일한 방법은 성실성입니다." 리외가 말하는 성실성이란 자신의 성과를 남이 알아주든 말든 자기가 맡은 직분을 완수하는 것이다. 마치 골키퍼처럼. 그래, 카뮈도 이런 생각으로 골문을 지켰을 것이다.

랑베르는 결국 떠나지 않는다. 사랑하는 연인을 만난다 해도 부끄러운 마음이 들 것이라는 게 그 이유다. 행복을 택하는 것이 부끄러울 게 뭐냐는 리외의 말에 그는 이렇게 대답한다. "그렇지요. 하지만 혼자만 행복하다는 것은 부끄러운 일이지요."

리외는 의용대까지 조직해 페스트에 맞서 싸운다. 하지만 어린아이의 죽음 앞에서 인간은 무력할 뿐이다. 파늘루 신부는 이 모든 것이 하느님이 내린 벌이라고 설교한다. 비록 그것이 이해할 수 없는 것일지라도, 신의 성스러운 의지에 자신을 내맡길 줄 알아야 한다는 것이다. 신이 원하기 때문에 받아들여야 한다는 말이다. "우리에게 닥쳐온 받아들일 수 없는 것의 핵심을 향해, 바로 우리의 선택을 하기 위해 뛰어들어야만 한다. 어린애들이 겪는 고통은 우리에게 쓴 빵과 같다. 그러나 그 빵 없이는 우리의 영혼은 정신적인 굶주림으로 죽고 말 것이다."

반항심밖에 느끼지 못한다는 리외에게는 이렇게 말해준다. "정말 우리 힘에는 도가 넘치는 일이니 반항심도 생길 만합니다. 그렇지만 아마도 우리는 우리가 이해할 수 없는 것을 사랑해야 할지도 모릅니다." 이런 파늘루 신부를 향해 리외는 고개를 흔들며 격렬하게 외친다. "이 애는 적어도 아무 죄가 없었습니다. 당신도 그것은 알고 계실 거예요! 어린애들마저도 주리를 틀도록 창조해놓은 세상이라면 나는 죽어도 거부하겠습니다."

다행히 고난과 시련은 무한히 지속되지 않는다. 페스트도 물러간다. 하지만 마지막 순간까지도 비극은 이어진다. 헌신적으로 의용대를 이끌었던 동료 타루가 죽던 날, 리외는 과연 무엇이 남았는지 생각해본다.

"단지 페스트를 겪었고, 그리고 그것에 대한 추억을 가진다는 것, 우정을 알게 되었으며 그것에 대한 추억을 가진다는 것, 애정을 알게 되었으며 언젠가는 그것에 대한 추억을 갖게 되리라는 것, 그것만이 오로지 그가 얻은 점이었다. 인간이 페스트나 인생의 노름에서 얻을 수 있는 것이라고는 그것에 관한 인식과 추억뿐이다."

마침내 폐쇄됐던 항구에서 축하의 불꽃이 솟아오른다. 그러나 사람들은 어느새 잊어가기 시작한다. 리외는 희생자들에게 가해졌던 불의와 폭력에 대한 추억만이라도 남겨놓기 위해, 재앙의 소용돌이에서 배운 "인간에게는 경멸해야 할 것보다는 찬양해야 할 것이 더 많다는 사실"만이라도 말해두기 위해 글을 쓴다.

"이 기록은 다만 공포와 그 공포가 가지고 있는 악착 같은 무기에 대항해 수행해나가야 했던 것, 그리고 성자가 될 수도 없고 재앙을 용납할 수도 없기에 그 대신 의사가 되겠다고 노력하는 모든 사람들이 그들의 개인적인 고통에도 불구하고 수행해나가야 할 것에 대한 증언일 뿐이다."

리외가 천식을 치료해주던 노인은 타루가 죽었다는 소식을 듣자 "언제나 제일 좋은 사람들이 가버리는군요"라며 안타까워한다. 세상을 오래 산 노인은 알고 있다. 지금 사람들이 페스트를 이겨냈다고 기뻐하며 희생자 추모비를 세운다고 법석을 떨지만 곧바로 아무 일도 없었다는 듯 과거와 똑같은 일상으로 돌아갈 것이다. "그러나 페스트가 대체 무엇입니까? 그게 바로 인생이에요. 그뿐이죠."

우리 인생이 페스트라니? 살아간다는 게 그토록 힘든 것인가? 이겨내는 것은 물론 싸워내기조차 버거운 것인가? 카뮈는 수용소에 갇혀 있던 '잊혀진 사람들'에 대해 적어둔 타루의 기록에서 이렇게 말한다. 음미해볼 만한 구절이다. "비록 불행의 막바지에 이른 경우라 할지라도 어떤 사람을 정말로 생각한다는 것은 불가능하다는 것을 알게 되었다. 왜냐하면 어떤 사람을 정말로 생각한다는 것, 그것은 어느 순간에도 결코 다른 것에 마음을 빼앗기지 않고, 살림걱정도 안하고, 날아다니는 파리도 안 보이고, 밥도 안 먹고, 가려움도 안 느끼는 것이기 때문이다. 그러나 파리라든가 가려움이라든가 하는 것은 언제나 존재한다. 그래서 인생은 살기가 어려운 것이다."

《페스트》는 리외가 기쁨에 들떠있는 군중들의 외침소리를 들으며 이들의 환희가 항상 위협받고 있음을 상기시키는 것으로 끝난다. "페스트균은 결코 죽거나 소멸하지 않으며, 그 균은 수십 년간 가구나 옷가지들 속에서 잠자고 있을 수 있고, 방이나 지하실이나 트렁크나 손수건이나 낡은 서류 같은 것들 속에서 꾸준히 살아남아 있다가 아마 언젠가는 인간들에게 불행과 교훈을 가져다 주기 위해 또다시 저 쥐들을 흔들어 깨워가지고 어느 행복한 도시로 그것들을 몰아넣어 거기서 죽게 할 날이 온다는 것을 알고 있었기 때문이다."

굳이 《페스트》의 주인공을 꼽자면 참으로 용감하면서도 겸손한 의사인 리외일 텐데, 이런 의사가 있기에 인간은 페스트와 맞서 싸울 수 있는 것이다. 나는 이 작품을 읽으면서 리외와, 아니 카뮈와 얘기를 나누고 싶었다. 어떻게 그런 성실성을 가질 수 있었는가에 대해서 말이다. 그리고 여러 번 읽은 끝에 작은 단서를 하나 찾아냈는데, 리외가 왜 의사가 되었는지를 털어놓는 장면에서였다.

신을 믿느냐는 물음에 그는 아니라고 대답한다. 그런데 왜 그렇게 헌신적이냐는 다음 물음에는 "이미 창조되어 있는 그대로의 세계를 거부하며 투쟁함으로써 진리의 길을 걸어가고 있다고 생각한다"고 말한다. 그가 의사가 된 이유는 영웅주의적인 이상에 고무된 것이 아니라 젊은 시절 좀 괜찮은 직업이 필요했고, 노동자의 자식으로서 한번 해볼 만한 아주 어려운 직업이라고 생각했기 때문이다. 그런데 환자들의 죽음을 접하면서 그것에 익숙해질 수 없다는 사실을 깨닫고 겸허해졌다. "죽기를 거부하는 사람이 있는 것을 아시나요? 어떤 여자가 죽는 순간에 '안 돼!'하고 외치는 것을 들은 일이 있나요? 나는 있어요. 그때 나는 절대로 그런 것에 익숙해질 수 없다는 것을 깨달았지요."

그러니까 리외는 경험을 통해 인간이라는 존재의 부조리함을 배웠던 것이다. 인간은 태어나는 순간부터 죽을 운명이지만 그럼에도 불구하고 살려고 발버둥친다. 그러니 죽음과 싸워야 하는 것이 그에게 주어진 운명이고, 죽음과의 싸움이 일시적인 승리만 주어질 뿐 결국은 끝없는 패배라는 사실을 알면서도 그는 죽음에 쉽게 굴복할 생각이 없는 것이다. 그리고 그는 이 모든 것을 누가 가르쳐주었느냐는 마지막 질문에 즉각적으로 답한다. "가난입니다."

카뮈는 작품 속에서 축구 얘기를 가끔 하는데, 사실 그가 어린 시절 골키퍼를 보게 된 것은 신발 밑창이 가장 적게 닳는 포지션이었기 때문이다. 그의 집은 운동장을 뛰어다니는 것조차 사치스러울 정도로 가난했다. 매일 밤 할머니는 그의 신발 밑창을 검사했고, 신발이 많이 닳은 날에는 혼이 나곤 했다. 하지만 그는 《안과 겉》 서문에서 이렇게 썼다.

"가난이 나에게 불행이었던 적은 한 번도 없었다. 빛이 그 부富를 그 위에 뿌려주는 것이었다. 아무것도 부러워하지 않는다는 것, 그것은 나의 권리다." 그래, 유난히 추운 올 겨울에도 이 아름다운 햇볕은 얼마나 풍성한가.

Cien Años de Soledad / Gabriel García Márquez

The secret of a good old age is simply an honorable pact with solitude.

훌륭한 노년의 비결은 간단하다. 고독을 존중하면서 살아가는 것이다.

가브리엘 가르시아 마르케스(1927~2014) 콜롬비아의 작은 도시에서 태어나 대학에서 법률과 저널리즘을 전공하고 기자로 활동하며 쿠바와 미국, 유럽에서 특파원으로 일하기도 했다. 독재 정권의 부패와 탄압을 비판한 칼럼 때문에 해외를 떠돌며 망명생활을 해야 했다. 중남미 작가 특유의 마술적 리얼리즘으로 유명하다. 1982년 노벨문학상을 수상했다.

인생이란 고독한 기억만 남기는 것

가브리엘 가르시아 마르케스가 파리 공항에서 우연히 만난 그녀는 "내 평생 본 여자 중에 가장 멋진 여인"이었다. 그런데 이 여인이 비행기의 자기 옆자리에 앉는다. 그는 숨도 제대로 쉬지 못하는데, 그녀는 은은한 향기를 풍기며 곧바로 잠든다.

그는 스무 살 전으로 보이는 그녀를 자세히 뜯어보며, 가와바타 야스나리川端康成의 《잠자는 미녀의 집》을 떠올린다. 남성을 잃은 노인들이 마지막 사랑을 즐기는 곳, 그 집에는 처녀가 알몸으로 누워있지만 잠자는 처녀를 깨울 수는 없다. 노인들은 대신 오랜 기억 속에서 가장 순수한 형태로 사랑을 만끽한다.

가르시아 마르케스는 자신의 자서전 《이야기하기 위해 살다》의 헌사에 이렇게 썼다. "삶이란 한 사람이 살았던 것 그 자체가 아니라 현재 그 사람이 기억하고 있는 것이다."

그의 대표작 《백년의 고독》도 기억으로 시작된다. "많은 세월이 지난 뒤, 총살형 집행 대원들 앞에 선 아우렐리아노 부엔디아 대령은 아버지에 이끌려 얼음 구경을 갔던 먼 옛날 오후를 떠올려야 했다."

오래 전 추억만이 아니라 일상의 자잘한 기억도 소중하다. 우르술라는 나이 백 살이 넘어 아무것도 볼 수 없게 되자 기억을 이용해 남들보다 훨씬 잘 보고, 심지어 다른 사람이 잃어버린 물건까지 찾아준다.

《백년의 고독》은 부엔디아 가문의 7대에 걸친 흥망성쇠가 줄거리다. 사촌지간인 호세 아르까디오 부엔디아와 우르술라 부부는 근친상간으로 인해 돼지꼬리가 달린 자식을 낳을 것이라는 예언 때문에 고향을 떠나 마꼰도 마을을 세운다. 너무나 평화로워 공동묘지조차 없던 마을에 정부 관리가 등장하고, 바나나 생산업체가 들어오고, 철도가 부설되고, 마을 사람들은 전쟁에 휩쓸리고, 파업 사태로 수많은 노동자들이 학살당한다. 4년간의 폭우와 10년의 가뭄이 이어진 뒤 마꼰도는 다시 폐허가 되고 부엔디아 가문은 가뭇없이 사라진다.

이 작품에는 수많은 상징과 은유, 환상과 신비가 숨어있지만 굳이 그런 것 생각하지 않고 읽어도 아주 재미나고 감동적이다. 그래서 마술적 리얼리즘의 극치라고 하는데, 호세 아르까디오의 죽음을 묘사한 장면을 보자. "한 줄기 피가 문 밑으로 새어나와, 거실을 가로질러 거리로 나가, 울퉁불퉁한 보도를 통해 똑바로 가서, 계단을 내려가고 난간으로 올라가, 터키

인들의 거리를 통해 뻗어나가다 (…) 아마란따의 의자 밑을 들키지 않고 지나, 곡식 창고 안으로 들어갔다가 우르술라가 빵을 만들려고 달걀 서른여섯 개를 깨뜨릴 준비를 하고 있던 부엌에 나타났다."

《백년의 고독》이 가진 또 하나의 매력, 아니 읽기 시작하면 쉽게 책을 놓지 못하게 만드는 마력은 이처럼 숨 넘어갈 듯 이어지는 만연체 문장이다. 오랜 장마로 식량이 떨어지자 페르난다가 남편에게 잔소리하는 장면은 한 문장이 무려 4쪽이 넘는다.(민음사판 제2권 175~179쪽)

한 쪽 정도는 거뜬히 이어지는 이런 긴 문장은 작가의 뛰어난 글재주를 과시하려는 것이 아니다. 그것은 우리가 살아가는 이 세상이 얼마나 복잡하고 변화무쌍하며 예측 불가능한지를 알려주려는 영감 넘치는 장치다. 무조건 문장이 짧아야 독자들의 이해력을 높여준다는 이유로 단문이 선호되는 풍토에서 가르시아 마르케스는 오히려 만연체 문장으로 우리를 끌어들이는 것이다. 긴 문장도 얼마든지 매혹적일 수 있다.

소설 속에서 가장 고독한 인물은 아우렐리아노 부엔디아 대령이다. 그는 전장에서 친구에게 묻는다. "자넨 왜 전쟁을 하고 있는가?" 친구가 대답하기를 "위대한 자유당을 위해서"라고 하자, 그는 말한다. "그걸 알다니 행복한 사람이군. 난 말이야, 자존심 때문에 싸우고 있다는 걸 이제야 겨우 깨달았네."

그는 반군 총사령관이 된 날 밤, 겁에 질린 채 잠에서 깨어나 춥다며 모포를 찾는다. 권력에 대한 도취감은 사라지고 불안감이 찾아 든 것이다. 그는 무한한 권력의 고독 속에서 길을 잃고 헤매다 집으로 돌아온다. 그리고 은세공 작업실에서 작은 황금 물고기를 만들면서 비로소 행복을 느낀다.

"40년 세월을 보내고 난 다음에야 소박하게 산다는 것이 얼마나 중요한가를 깨달았는데, 그러기 위해 서른두 차례의 전쟁을 벌여야 했고, 모든 협정을 죽음을 걸고 위반해야 했으며, 승리의 영광이라는 수렁에 빠져 돼지처럼 허우적거려야 했다."

그는 사업이 아니라 일 자체에 빠져들었다. 비늘을 이어 맞추고, 아가미에 광택을 내고, 지느러미를 붙이는 정밀한 수작업은 엄청난 주의력을 요구했다. 구부린 자세 때문에 척추가 굽었으며, 세밀한 작업 때문에 시력은 감퇴됐지만, 완전한 정신 집중으로 영혼의 평화를 얻을 수 있었다. 그에게 훌륭한 노년을 보내는 비결은 간단했다. 고독과 명예로운 조약을 맺는 것이었다. 그는 문 앞에 앉아 거리를 바라보곤 했는데, 지나가는 사람들이 뭐 하느냐고 물으면 이렇게 답했다. "여기서 내 장례 행렬이 지나가는 걸 기다리고 있소."

소설의 결말은 묵시록을 연상케 한다. 오래 전에 죽은 집시 멜키아데스가 양피지에 적어놓았던 일들이 부엔디아 가문에게 그대로 일어났던 것이다. "정해진 것은 일어날 것이다." 시간은 직선으로 흘러가지 않는다. 세월이란 원을 그리며 되풀이 되는 것이다. 다만 이 지상에서 두 번째 기회는 가질 수 없다.

가르시아 마르께스가 죽기 얼마 전 노인성 치매로 인해 기억을 잃어가고 있다는 외신을 접했다. 세상에 이런 이야기꾼이 기억을 잃는다니! 그리고 새삼 궁금해졌다. 참, 그때 그가 비행기에서 만났던 여인은?

그녀는 비행기가 뉴욕에 도착하자 스스로 잠에서 깨어나 내렸고, 그는 그녀가 꿈을 꾸던 좌석 옆에서 맨 처음 느꼈던 그녀의 아름다움을 회상하며 여행을 계속했다. 그리고 한 달 뒤 노벨문학상을 받았다. 그때 스무 살이 채 안 돼 보였던 그 여인은 이제 쉰 고개를 넘어섰겠지만 가르시아 마르케스의 기억 속에서는 여전히 "잠자는 미녀"일 것이다. 세월은 그렇게 흐르고 고독한 기억만 남는 게 우리 인생이다.

■ 고도를 기다리며

En attendant Godot / Samuel Beckett

Yes, in this immense confusion one thing alone is clear. We are waiting for Godot to come.

이 모든 혼돈 속에서도 단 하나 확실한 게 있지.
그건 고도가 오기를 기다리고 있다는 거야.

사뮈엘 베케트(1906~1989) 아일랜드 태생의 극작가로 불어와 영어, 두 가지 언어로 작품을 썼다. 젊은 시절 프랑스에 체류하는 동안 제임스 조이스의 제자가 되었고, 영어교사로 일하며 시와 평론을 썼다. 제2차 세계대전이 발발하자 파리로 돌아가 레지스탕스 활동을 벌였다. 세상의 부조리를 응시하는 형이상학적인 작품을 잇달아 발표하며 1969년 노벨문학상을 수상했으나 수상식 참석을 비롯해 일체의 행사를 거부했다.

너도 나처럼 세월에 잡아 먹히고 말겠지만

새까만 어둠 속에서 거대한 몸집의 사투르누스가 입을 크게 벌리고 아이를 잡아먹고 있다. 아이의 머리와 한쪽 팔은 이미 사라지고 없고, 붉은 피가 줄줄 흐른다. 프란시스코 고야가 그린 「제 자식을 잡아먹는 사투르누스」는 이렇게 몸서리칠 만큼 잔인하고 끔찍하다.

오죽했으면 《고야 평전》을 쓴 일본 작가 홋타 요시에가 이 그림을 설명하기에 앞서 "이제 우리는 정말로 음산하고 무시무시한 작품에 직면하지 않으면 안 된다"고 했을까. 바로 이 그림의 주인공, 사투르누스는 시간의 신이다. 아무런 저항도 하지 못한 채 무기력하게 잡아 먹히는 아이는 다름아닌 우리 인간들이다. 시간은 가차없이 모든 생명을 집어삼키는 것이다.

그런데 이처럼 무시무시한 시간이 역설적으로 한없이 지루하고 따분해질 수 있다. 오지 않는 그 무엇을 기다릴 때, 아니 자신이 지금 하고 있는 일이 무슨 의미인지조차 모를 때 우리는 얼마나 초조해하고 지겨움을 느끼는가. 《고도를 기다리며》

의 두 주인공, 블라디미르와 에스트라공은 시작부터 이런 무료함을 토로한다.

둘은 앙상한 나무 한 그루만 서있는 한적한 시골길에서 고도라는 인물이 나타나기만을 기다리고 있는데, 그들의 기다림은 어제 오늘 시작된 것이 아닌 아주 오래 전부터 이어져온 것이다. 고도만 오면 기다림이 끝날 것이라는 막연한 희망을 갖고 있지만 그야말로 아득할 뿐이다. "오늘 밤엔 그자의 집에서 자게 될지도 모르잖아. 배불리 먹고 습기 없는 따뜻한 짚을 깔고 말이야. 그러니까 기다려볼 만하지. 안 그래?"

하지만 고도라는 인물이 누구인지도 모르고, 기다림의 장소가 어딘지조차 불분명하다. 오늘이 무슨 요일인지도 모른다. 모든 게 모호할 뿐이다. 그래도 이제는 습관처럼 돼버린 지루한 기다림의 시간을 죽이기 위해 두 사람은 온갖 짓을 다해본다. 의미 없는 말을 주고 받기도 하고, 서로 욕도 하고, 심지어 목을 매달아 볼 생각까지 해본다. 권태와 무료함을 이겨내기 위해 끝없이 뭔가를 해야만 하는 이들의 안타까운 몸짓은 답답할 정도로 반복된다. 두 사람에게 확실한 것은 한 가지뿐이다.

"문제는 지금 이 자리에서 우리가 뭘 해야 하는가를 따져보는 거란 말이다. 우린 다행히도 그걸 알고 있거든. 이 모든 혼돈 속에서도 단 하나 확실한 게 있지. 그건 고도가 오기를 기다리고 있다는 거야."

　그러나 하루가 다 끝나갈 무렵 이들 앞에 나타난 것은 고
도가 아니라 고도의 전갈을 알리러 온 소년이다. 고도는 오늘
밤에는 오지 못하고 내일은 꼭 오겠다는 전갈을 알려온다. 두
사람은 화도 내지 못하고 소년을 돌려보내지만 다음날도 상황
은 똑같이 되풀이된다.

　2막짜리 희곡 《고도를 기다리며》는 이렇게 특별한 줄거리도
없이 좀 황당한 대사와 무의미한 행동으로 시종일관한다. 제
목 그대로 관객들 역시 꼼짝없이 기다림을 견뎌내야 한다. 굳
이 극적인 사건을 꼽자면 뜬금없이 등장하는 포조와 럭키라
는 더 괴상한 인물이다.

　목에 끈을 매단 채 모래가 잔뜩 들어있는 무거운 트렁크를
들고 다니는 럭키는 1막에서는 알 수 없는 장광설을 늘어놓
더니 2막에서는 벙어리가 되고, 1막에서는 채찍을 흔들며 럭
키를 사납게 몰아세우던 포조가 2막에서는 장님으로 등장하
지만 아무것도 기억하지 못한다. "난 어제 누구를 만난 기억
이 없소. 내일이 되면 또 오늘 누구를 만났다는 게 생각 안
날 거요."

　럭키가 언제부터 벙어리가 됐느냐는 물음에 포조는 버럭 화
를 낸다. "그놈의 시간 얘기를 자꾸 꺼내서 사람을 괴롭히지
좀 말아요! 말끝마다 언제 언제 하고 물어대다니! 당신, 정신

나간 사람 아니야? 그냥 어느 날이라고만 하면 됐지. 여느 날과 같은 어느 날 저놈은 벙어리가 되고 난 장님이 된 거요. 그리고 어느 날엔가는 귀머거리가 될 테고."

그리고는 아주 인상적인 대사를 쏟아낸다. "어느 날 우리는 태어났고, 어느 날 우리는 죽을 거요. 어느 같은 날 어느 같은 순간에 말이오. 그만하면 된 것 아니냔 말이오. 여자들은 무덤 위에 걸터앉아 아이를 낳는 거지. 해가 잠깐 비추다간 곧다시 밤이 오는 거요."

정말 그렇지 않은가. 영화 필름을 수백만 배속으로 화면에 투사하듯 우리 인생의 시계바늘을 그렇게 빨리 돌려버린다면 다들 태어나는 순간 곧바로 무덤으로 가버릴 것이다. 하지만 사람들은 습관처럼 귀를 막아버린 채 서서히 늙어간다. 차라리 목을 매달겠다고 말하다가도 다시 어제랑 똑같이 살아간다. 왜? 고도를 기다려야 하니까.

이 작품은 불어로 쓰여져 1953년 1월 5일 파리에서 초연됐는데, 사뮈엘 베케트는 고도가 누구며 무엇을 의미하느냐는 질문에 "그것을 알았더라면 작품 속에 썼을 것"이라는 묘한 대답을 남겼다. 아무리 기다려도 오지 않는 그것이 무엇인지는 각자가 스스로 생각해야 한다는 말일 것이다. 고도는 신일 수도 있고, 구원일 수도 있고, 자유 혹은 행복일 수도 있다.

고도가 누구인지 무엇인지는 관객과 독자들 각자가 생각해야 한다. 어차피 기다림은 인간의 숙명이고 인류를 지금까지 존속시켜 온 힘이며 인간의 존재 조건이다. 아니, 기다린다는 것 자체가 바로 인생일지도 모른다.

일흔넷의 나이에 큰 병을 앓은 뒤 '귀머거리의 집'에 은둔한 채 「검은 그림」 연작에 몰두했던 고야는 사투르누스 그림 맞은편에 말년의 연인 「레오카디아」를 그렸다. 우수에 잠겨있지만 여전히 생기발랄한 하얀 육체를 가지고 있는 서른두 살의 이 젊고 아름다운 여인에게 고야는 무엇을 보여주고 싶었던 것일까?

나처럼 너도 곧 이렇게 세월에 잡아 먹히고 말 것이라는 사실을, 한번 지나가버리면 아무리 기다려도 다시는 돌아오지 않는 그 무엇이 있다는 사실을 말해주고 싶었던 게 아닐까? 그러고 보니 또 한 해가 다 지나가버렸다.

■ 참을 수 없는 존재의 가벼움

L'insoutenable légèreté de l'être / Milan Kundera

Chance and chance alone has a message for us.

오로지 우연만이 우리에게 어떤 계시로 보여진다.

밀란 쿤데라(1929~) 체코 태생으로 아버지가 음대 교수였다. 그 자신도 대학에서 음악과 철학, 영화를 공부했으며, 대학에서 세계문학을 가르쳤다. 1975년 국외로 추방돼 프랑스로 이주한 뒤 파리에 거주하면서 작품 활동을 해오고 있다. 초현실주의를 연상케 하는 실험적인 소설 기법으로 삶의 본질적인 질문들을 다루고 있다.

인생의 첫 번째 리허설이 인생 그 자체라면

당장 때려치워야지! 출근할 때마다 수백 번도 더 그렇게 외쳐 댔던 직장을 막상 그만두고 난 다음날 불현듯 이런 생각이 든 다. "아, 이제는 사표 낼 회사도 없어졌구나." 회사를 그만둔 것이 옳은 선택이었을까? 계속 더 다니며 한 우물을 파는 게 더 나은 선택이었을까? 그러나 어떤 결론도 내릴 수 없다. 어차피 인생은 한 번뿐이고 다시 돌아갈 수 없다. 그동안 두 어깨를 짓눌러왔던 무거운 짐이 갑자기 막막한 가벼움으로 바뀌어버리는 것이다.

엘리베이터 거울에 비친 얼굴이 낯설어 보인다. 코 옆의 팔 자주름은 언제 이렇게 깊어졌지? 그러다 문득 생각해본다. "코는 어차피 산소 공급장치의 말단부에 불과하고, 얼굴이란 시각, 청각, 후각 기관이 모여있는 계기판일 뿐이야." 몸뚱어리 야 노쇠해질 수 있지만 정신만 젊고 건강하게 유지하면 되는 것 아닌가? 그렇다면 육체는 가볍고 영혼은 무겁다는 말인가? 《참을 수 없는 존재의 가벼움》은 시종일관 이런 물음을 던진다. 그래서 좀 어렵고 사색을 요구한다. 하지만 밀란 쿤데라식 철학적 놀이공원은 읽는 것 자체가 하나의 모험이다. 즐기면 된다. 주제는 무거워도 문장은 가벼우니까.

가령 처음에 나오는 장면을 보자. 토마스와 테레사의 극적인 만남은 여섯 개의 우연이 연속적으로 존재한 덕분에 이루어진 것이다.

테레사가 사는 시골마을에 우연히 치료하기 힘든 편도선 환자가 생겼고, 토마스가 일하는 병원 과장이 급히 호출됐지만, 우연히 과장이 좌골 신경통에 걸리는 바람에 그가 대신 가게 됐다. 마을에는 호텔이 다섯 개 있었는데 토마스는 우연히 테레사가 일하는 호텔에 투숙했고, 돌아오는 날 우연히 열차 출발 시각까지 시간이 남아 식당에 들렀다. 그런데 우연히 그 시간에 테레사가 토마스의 테이블을 담당하는 당번이었고, 그가 코냑 한 잔을 주문했을 때 우연히 라디오에서 그녀가 좋아하는 베토벤의 현악 4중주가 흘러나왔다.

테레사는 그 순간 이 낯선 남자가 그녀에게 미래의 운명임을 알아챘다. 우연은 뭔가 마술적인 힘을 갖고 있다. "오로지 우연만이 우리에게 어떤 계시로 보여진다. 필연에 의해 발생하는 것, 기다려왔던 것, 매일 반복되는 것은 아무런 말도 하지 않는다. 우연만이 웅변적이다. 하나의 사랑이 잊혀지지 않기 위해서는 성 프란체스코의 어깨에 새들이 모여 앉듯 여러 우연이 합쳐져야 한다."

쿤데라는 많은 여자를 추구하는 남자를 두 개의 범주로 나눈다. 낭만적 집착형과 바람둥이 집착형이다. 전자는 모든 여자에게서 자신의 고유한 꿈과 주관적인 개념을 찾고, 후자는 객관적인 여성 세계가 지닌 무한한 다양성을 수중에 넣고자 한다. 이런 말이다. 낭만적 집착형은 맨날 늘씬하고 예쁜 여자만 좇는다. 늘 애인을 자랑하고 스캔들을 일으킨다. 반면 바람둥이 집착형은 기이한 것을 수집하듯 다양한 여성을 좇고, 쉽게 애인을 보여주지도 않는다.

토마스가 바로 바람둥이 집착형인데, 그는 에로틱한 우정을 내세우며 애인들에게 상대의 인생과 자유를 독점하지 말라고 한다. 그에게는 3자 법칙이라는 게 있다. "짧은 간격을 두고 한 여자를 만날 수도 있지만 3번 이상은 안 된다. 혹은 수년 동안 한 여자를 만날 수 있지만 이때는 3주 이상의 간격을 두어야 한다." 덕분에 토마스는 고정적인 애인과 결별하지 않으면서도 수많은 하루살이 애인들을 동시에 만날 수 있었다.

그랬던 토마스가 순전히 테레사를 책임지기 위해 프라하로 돌아가는 장면을 보자. 취리히에 있는 의사의 주선으로 테레사와 함께 극적으로 체코를 탈출했던 그였다. 스위스에 그냥 남아있었더라면 의사로 안락한 삶이 보장됐겠지만 소련군이 점령한 체코에서는 위험 인물로 낙인 찍혀 유리창 청소부에

트럭 운전사로 힘들게 살아간다. 하지만 어느 길이 더 나은 것인지는 알 수 없다.

"모든 것이 일순간, 난생 처음으로, 준비도 없이 닥친 것이다. 마치 한 번도 리허설을 하지 않고 무대에 오른 배우처럼. 그런데 인생의 첫 번째 리허설이 인생 그 자체라면 인생이란 과연 무슨 의미가 있을까? 그렇기에 삶은 항상 초벌그림 같은 것이다. 그런데 '초벌그림'이란 용어도 정확하지 않은 것이, 초벌그림은 무엇인가에 대한 밑그림, 한 작품의 준비작업인데 비해, 인생이란 초벌그림은 완성작 없는 밑그림, 무용한 초벌그림이다."

《참을 수 없는 존재의 가벼움》은 영화로도 만들어졌지만(우리나라에서는 무슨 이유에서인지 《프라하의 봄》이라는 엉뚱한 제목으로 상영됐다) 극적인 줄거리나 드라마틱한 반전 따위는 눈을 씻고 찾아봐도 볼 수 없는 작품이다. 하지만 이 책을 읽는 중간중간 무거운 사색의 시간을 요구하는 대목이 나온다. 가령 토마스가 그의 글에 쓴 오이디푸스의 이야기가 그렇다. 알다시피 오이디푸스는 자신이 아버지를 죽였고 어머니와 동침했는데, 자신은 그런 사실을 전혀 몰랐지만 사태의 진상을 알자 죄인이 되어 스스로를 처벌했다. "자신의 무지가 저지른 불행의 참상을 견딜 수 없어 그는 눈을 뽑고 장님이 되어 테베를 떠났던 것이다."

그런데 공산당 치하에서 이런 일이 있었다. 비밀경찰에 의해 사건이 조작돼 무고한 사람이 체포됐다. 검사는 그에게 사형을 구형하고 판사는 사형 판결을 내렸다. 그렇다면 이제 그 사람이 결백하다는 것이 다 밝혀진 지금, 그 검사와 판사는 자신의 무지를 내세워 용서받을 수 있을까? "난 몰랐어! 난 그렇다고 믿었어. 그러니 나는 떳떳해. 내 양심에는 한 점 부끄러움도 없어."

　토마스는 자기 영혼의 순수함을 변호하는 체코 공산주의자들의 악쓰는 소리를 들으며 이렇게 생각한다. "당신의 무지 탓에 이 나라는 자유를 상실했는데 자신이 결백하다고 소리칠 수 있나요? 자, 당신 주위를 돌아보셨나요? 참담함을 느끼지 않았나요? 당신에겐 그것을 돌아볼 눈이 없는지도 모르죠! 아직도 눈이 남아 있다면 그것을 뽑아버리고 테베를 떠나시오!" 우리도 군사독재 정권 시절 이런 일이 얼마나 많이 벌어졌는가?

　《참을 수 없는 존재의 가벼움》을 읽는 묘미는 무엇보다 가벼움과 무거움을 상징하는 인물들이 결국 어떤 길을 걷게 되는지 따라가며 비교해보는 것이다. 토마스는 이 책의 제목에도 있는 '가벼움'의 전형이다. 반면 토마스와 함께 살면서도 그의 바람둥이 기질을 참아내지 못하고 자꾸만 운명과 필연에 기대려 하는 테레사는 '무거움'의 전형이라고 할 수 있다. 그런데 가벼운 토마스는 무거운 테레사에 이끌려 조금씩 변화해가고, 무겁기만 했던 테레사도 가볍기만 한 토마스의 삶을 조금씩 이해해간다. 그러니까 이 둘은 서로에게 점점 더 가까이 다가가 마침내 수렴해가는 것이다.

그런가 하면 토마스의 연인 사비나, 그리고 그녀와 정식으로 함께 살기 위해 가정까지 버린 프란츠를 보자. 화가인 사비나는 체코를 떠나 제네바에 잠시 정착했다가 프란츠와 사랑을 나누는데, 프란츠의 무거운 태도를 보자 말없이 사라져버린다. 그리고는 파리에서, 또 캘리포니아에서 아무일 없이 무엇에도 구애 받지 않고 살아간다.

사비나는 가벼움의 극단적인 전형인데, 그 반대편 무거움의 극단에는 프란츠가 있다. 평생 '의무'를 의식하며 살아온 프란츠는 사비나가 떠나간 뒤에도 끊임없이 그녀의 시선을 느낀다. 혹시 그녀가 지금의 나를 본다면 비웃지 않을까? 그는 결국 캄보디아까지 갔다가 허망하게 죽음을 맞는다. 무거움의 종말이다.

가벼움의 극단, 사비나 역시 부모와 남편, 사랑, 조국까지 버렸지만 종국에는 더 이상 배반할 것조차 남아있지 않다. 이제 그녀를 짓누르는 것은 존재의 참을 수 없는 가벼움일 뿐이다. 자신을 둘러싼 공허를 느끼던 그녀에게 마지막 순간 토마스와 테레사가 교통사고로 죽었다는 소식이 전해진다. 그녀를 과거와 연결해주었던 마지막 끈마저 끊어진 것이다. 가벼움도 그렇게 쓸쓸하게 끝난다.

폴란드의 여류시인 쉼보르스카가 〈두 번은 없다〉에서 읊었듯이, 우리는 아무런 연습 없이 태어나 아무런 단련 없이 죽는다. 한 번밖에 살지 못하니 전생과 현생을 비교할 수도 없고 현생과 비교해 다음 생을 수정할 수도 없다. 그렇다면 한없이 가벼워도 되는 것인가?

《참을 수 없는 존재의 가벼움》은 1968년 프라하의 봄을 배경으로 하고 있는데, 쿤데라는 역사도 개인의 삶과 마찬가지라고 말한다. 토마스가 쓴 오이디푸스의 이야기처럼 체코인들에게 역사는 한 번뿐이다. 다시 수정될 기회도 없고 두 가지 결과를 비교해볼 기회도 없이 어느 날 완료되고 마는 것이다. 그래서 가벼움은 무거움보다 더 무서운 것이다.

Zen & the Art of Motorcycle Maintenance / Robert Pirsig

It's the sides of the mountain which sustain life, not the top.

삶을 지탱하고 있는 것은 산비탈들이지 산꼭대기가 아니다.

....

로버트 피어시그(1928~) 열다섯 살에 대학에 입학해 생화학을 공부하던 중 우울증에 빠져 학업을 중단했고, 시카고 대학에서 철학을 공부하다 정신이상으로 입원 치료를 받았다. 군 복무 당시 한국에서 근무하기도 했는데, 이때 본 한국의 성벽에서 선禪의 개념을 발견했다. 1967년부터 쓰기 시작한 《선과 모터사이클 관리술》은 121개 출판사로부터 거절당한 뒤 1974년 출간됐다.

미래의 목적만을 위해 사는 삶이란

미래는 우리 등 뒤쪽에서 다가오고 과거는 우리 눈앞에서 멀어져 간다고 한 것은 고대 그리스인들이었다. 언젠가부터 해가 바뀔 때마다 나는 어김없이 이 말을 새 다이어리의 첫 장에다 써놓으며 새삼 고개를 끄덕이곤 했다. 맞는 말이다. 누구도 미래를 정면으로 바라볼 수는 없으니까. 하지만 지나간 세월을 반추해볼 수는 있다. 잊혀질 듯 희미해져 버린 과거를 향해 시간 여행을 떠나볼 수 있는 것이다.

《선과 모터사이클 관리술》은 바로 이런 시간 여행기인데, 700쪽이 넘는 만만치 않은 분량에 '가치에 대한 탐구'라는 부제까지 달고 있는, 거창한 제목만큼이나 특이한 작가의 자전적 소설이다.

작품의 기둥 줄거리는 주인공이 모터사이클 뒷좌석에 아들을 태우고 친구 부부와 함께 미국 중서부에서 태평양 해안까지 17일간 여행하는 것이다. 그런 점에서 여행자 소설이라고 할 수 있지만 그는 어디에 도착하기 보다는 여행 자체를 즐기기 위해 일부러 계획도 짜놓지 않고, 고속도로를 피해 시골길을 달린다. 쭉 뻗은 대로보다 꾸불꾸불한 샛길이 좋은 이유는 거기서는 생각의 속도를 늦출 수 있기 때문이다.

그의 눈에는 많은 사람들이 경직된 가치관에 묶여 인생이 무엇인지 생각할 겨를조차 없이 바쁘게 살아가는 것으로 보인다. 잠시 생각의 속도를 늦추기만 하면 되는데 이런 사실을 깨닫지 못하는 것이다. "진리가 문을 두드리고 있는데 '꺼져, 나는 지금 진리를 찾고 있어'라고 말하자 진리가 가버리는 꼴이다."

작가가 말하려는 것은 여행 도중 만난 사람이나 멋진 경치에 대한 감상이 아니라 주인공이 거쳐온 지적 갈등의 여정이다. 그는 여행 중에 '야외 강연'이라는 것을 해나간다. 이를 통해 '파이드로스'라고 이름 붙인 과거의 자신과 함께 "질質이란 무엇인가"를 탐색해가는데, 이런 식이다.

"무언가는 다른 무언가보다 낫다. 즉, 질을 더 함유하고 있는 것이 있다. 하지만 질을 함유하고 있는 대상과 분리해서 질이 무엇인가를 말하고자 하면 질은 거품처럼 꺼져버리고 만다. 이야기할 것이 아무것도 없다. 하지만 질이 무엇인지 말할 수 없다면 그것이 무엇인지를 어떻게 알 수 있겠는가. 분명히 무언가는 다른 무언가보다 낫다. 하지만 '낫다'라는 말이 의미하는 바는 무엇인가."

이 책을 읽는 동안 많은 독자들이 수없이 물었을 것이다. 도대체 질이 무엇인지를 알아서 뭘 어쩌겠다는 것인가? 나도 그랬다. 하지만 질이 무엇인지를 아는 게 중요한 게 아니다. 질이 무엇인지를 캐물을수록 헛돌고 또 헛돌 수밖에 없을지 모른다. 하지만 그렇다고 해서 물음을 멈춰서는 안 된다. 파이드로스가 찾아냈듯이 '질'이라는 것 자체가 탁월함을 향한 부단한 노력이라면, 우리는 더더욱 질에 대한 탐구를 멈출 수 없는 것이다.

피어시그의 분신이기도 한 주인공은 대학에서 철학을 공부하던 중 과학적 방법이라는 변증법의 권위에 도전하다 정신이상으로 병원에 입원한 적이 있고, 결국 전기충격 요법을 동원한 치료를 받아 현재는 정상인으로 돌아왔다고 생각하지만 예전 기억을 거의 상실한 상태다. 아들 크리스는 열한 살 나이에 정신이상 초기라는 진단을 받았고, 주인공이 과거를 향한 시간 여행에 몰입할수록 부자간의 관계는 더 서먹해진다.

어느 날 야영을 위해 산비탈을 오르다 그는 아들의 발걸음이 너무 빠른 걸 발견한다. "너무 빨리 가다 보면 숨이 차게 되고, 숨이 차게 되면 현기증이 날 거야, 그렇게 되면 사기도 떨어지고, 산을 더 오를 수 없다고 생각할 수도 있지. 그러니 잠시 걸음의 속도를 늦추도록 해라."

갈 길은 멀고 서두를 것은 없는 것이다. 앞으로의 여정에 대해 더 이상 미리 생각하지 않게 되었을 때, 발걸음 하나하나는 목적을 위한 수단이기를 멈추고 그 자체로서 독자적인 의미를 지니게 된다. 나뭇잎 하나하나, 크고 작은 바위들, 계곡 멀리에서 들려오는 물소리에 저마다 주목하지 않을 수 없게 되는 것이다.

"무언가 미래의 목적만을 위해 사는 삶이란 피상적인 삶일 수밖에 없다. 삶을 지탱하고 있는 것은 산비탈이지 산꼭대기가 아니다. 바로 여기가 만물이 성장하는 곳이다."

그는 문득 깨닫는다. "갑작스러운 섬광에 모든 것이 환하게 그 모습을 드러낸다!" 우리가 과학적 방법으로 세상을 이해하고 지배할 힘을 얻은 순간 무언가를 잃은 것이다. 자연을 마음대로 이용하고 부에 대한 꿈을 실현한 순간, 인간은 자연의 적이 아니라 그 일부가 되는 것이 어떤 것인가에 대한 이해력을 상실한 것이다.

그렇게 해서 우리는 얼마나 많은 것을 잃어버렸는가. 게다가 자신이 자연의 주인이라는 터무니없는 자만과 오만을 얻었으니! 헨리 데이비드 소로의 말처럼, 우리는 무언가를 얻게 되면 반드시 무언가를 잃게 된다.

주인공은 비로소 잃어버린 자신의 가치를 되찾는다. 그가 그토록 찾으려 애썼던 질이라는 것은 다름아닌 우리가 잃어버린 소중한 가치들이었던 것이다. 그는 아들과도 화해하는데,

늘 그렇듯 극적인 순간은 갈등이 최고조에 달했을 때 찾아온다. 이 책에서 가장 아름다운 장면으로, 지금 다시 읽어도 여전히 가슴 뭉클해진다. 천천히 따라가보자.

친구 부부와 헤어져 두 부자만이 힘들게 태평양 연안에 닿는다. 식당 안으로 들어갔더니 갑자기 크리스가 눈물을 흘린다. 지겹다는 것이다. 아버지는 부드럽게 대해주려 하지만 아들의 눈빛에는 분노와 증오가 서려있다. 그는 아들을 돌려보내기로 한다. 그런데 그 순간 크리스의 눈길에서 파이드로스의 모습을 발견한다. 그리고 아들이 바로 자신의 분신임을 알게 되는 것이다. 아들도 비로소 아버지를 이해한다. "아빠, 정말로 정신이상이었어요?" 그는 무엇 때문에 이런 물음을 던지는 것일지 궁금해하면서도 대답해준다. "아니!" 그러자 아들의 얼굴에 놀라워하는 표정이 스치더니 눈을 반짝 빛내며 말한다. "아닌 줄 알았어요." 아들은 모터사이클 뒷자리에 올라타고 두 사람은 다시 길을 떠난다.

그는 자꾸만 아들의 말을 떠올린다. "아닌 줄 알았어요." 그러자 지금까지 자신이 생각했던 것만큼 자신의 문제가 그리 엄청난 것이 아님을 알게 된다. 그는 정신병원에 있는 동안 크리스 때문에라도 하루빨리 병원에서 나와야 한다고 생각했는데, 그래서 크리스가 늘 짐이라고 생각했는데, 실은 그게 아니었다. 바로 자신이 크리스의 짐이었던 것이다.

나무와 꽃들이 발산하는 짙고 묘한 향기가 두 사람을 감싸고, 크리스가 "오!" 그리고는 "아!"하며 감탄사를 연발한다. 무엇 때문에 그러느냐는 그의 물음에 크리스가 "너무도 달라 보여서요"라고 답한다. 아들은 그동안 한 번도 아버지의 어깨 너머로 앞을 볼 수 없었던 것이다. 그는 이 사실을 전혀 의식하지 못했다. 아들이 지금까지 내내 자신의 등만을 응시하고 있었다니. 아들은 자기도 크면 모터사이클을 하나 가져도 되겠느냐고 묻는다. 아버지는 말해준다. "관리만 잘할 수 있다면." 아버지와 아들은 계속 앞으로 나아가고, 미국 대륙의 절반을 가로질러온 모터사이클 엔진은 계속해서 윙윙 소리를 낸다.

　"물론 시련은 결코 여기서 끝나지 않을 것이다. 불행과 불운은 사람들이 삶을 살아가는 동안 계속 이어지게 마련이다. 하지만 전에는 여기에 없었고, 또 겉으로는 어디에서도 확인되지 않지만, 그럼에도 불구하고 깊숙이 침투해 있는 어떤 느낌이 이제 느껴진다. 말하자면 우리가 이긴 것이다. 이제 사정이 더 나아질 것이다."

　작품은 여기서 끝난다. 그런데 후기가 있다. 책이 출간되고 5년이 지난 1979년 어느 일요일, 그러니까 여행을 다녀오고 11년 후 샌프란시스코의 선禪 수련원에 있던 크리스가 친구 집을 가다 노상강도를 만나 살해당한 것이다. 당시 피어시그는 영국에서 만난 새 아내와 요트에서 생활하던 중이었는데, 장례식을 치르고 나자 아들이 죽기 직전 그에게 보낸 편지가 뒤늦게 도착한다.

"저는 제가 스물세 번째 생일까지 이 세상에 살아있게 되리라고는 생각하지 못했어요." 크리스는 2주만 지나면 스물세 번째 생일이었는데, 죽던 날 아침 영국행 비행기표를 사두었다. 피어시그는 묻는다. "그는 어디로 간 것일까?"

몇 달 후 새 아내가 아이를 임신한다. 이미 나이 쉰을 넘긴 그는 더 이상 아이를 갖지 않기로 결정했었지만, 이상하게도 이 결정을 번복해야 한다는 강한 느낌을 받는다. 그렇게 해서 넬이 태어나고, 그는 어린 딸을 바라보면서 깨닫는다. 이름이 바뀌고 몸이 바뀌더라도 뭔가 우리 모두를 하나로 묶어주는 거대한 패턴은 계속 유지된다는 사실을.

■ **이반 일리치의 죽음**

Smert' Ivana Ilyicha / Lev Nikolayevich Tolstoi

In place of death there was light.

죽음이 있던 자리에 빛이 있었다.

레프 니콜라예비치 톨스토이(1828~1910) 명문 백작가에서 태어나 어린 시절 부모를 여의고 친척들 손에 자랐다. 젊은 시절 잠시 방탕한 생활을 하기도 했으나 24세 때 《유년시절》을 발표해 주목 받기 시작했고, 《전쟁과 평화》《안나 카레니나》《부활》 같은 불후의 명작을 남겼다. 50세 이후 삶과 죽음의 문제에 천착하며 지주 생활을 청산하고 민중의 삶에 동화하려고 노력했다.

죽음보다 어려운 것이 삶이다

한 사내가 동굴 옆 나무에 간신히 매달려 있다. 밑에서는 굶주린 맹수들이 으르렁거리고, 위에서는 무시무시한 새떼가 먹이를 찾아 날아다닌다. 잠시라도 긴장을 늦춰 미끄러지거나 새의 발톱에 걸려드는 날이면 그걸로 끝이다. 게다가 저 아래서는 쥐들이 나무 밑동을 갉아대고 있다. 오래지 않아 지금 매달려 있는 나무는 쓰러지고 말 것이다. 그런데 나뭇가지 위 벌집에서 꿀이 한 방울씩 똑똑 떨어진다. 이 사내는 어쩌다가 떨어지는 달콤한 꿀을 핥아먹으며 그 단맛에 즐거워한다.

레프 톨스토이는 이것이 인간의 진정한 모습이라고 했다. 가혹한 사고사와 피할 수 없는 자연사의 가능성에 끼여 있으면서도 한 순간의 욕망을 채우느라 정신이 없다. 그렇게 먹고 마시고 웃고 떠들며 하루하루를 흘려 보내는 게 우리 인생이라는 말이다. 다 지나고 나서야 겨우 알아차리지만 이미 늦다.

《이반 일리치의 죽음》은 톨스토이가 대작 《안나 카레니나》를 완성하고 심각한 정신적 위기를 겪고 난 뒤 9년 만에 발표한 것인데, 마치 작가 자신이 죽음을 눈앞에 두고 쓴 게 아닌가 할 정도로 실감나는 작품이다. 길지 않은 중편 분량의 이 소설은 나이 마흔다섯의 중견 판사 이반 일리치의 사망 소식을 전해주면서 시작한다.

그런데 그와 친했던 동료 법조인들이 가장 먼저 떠올린 생각은 이 죽음이 자신의 승진이나 자리 이동에 어떤 영향을 미칠 것인가 하는 것이다. 그리고는 자기가 아니라 그가 죽은 데 대해 안도하면서 추도미사에 참석해 미망인을 위로해주어야 할 것이고, 또 지겹기 짝이 없는 인사치레도 해야 할 것이라고 생각한다. 냉정하지만 할 수 없다. 그의 아내마저도 똑같으니까.

그녀는 집사와 협의해 적당한 가격의 묘자리 문제를 마무리하고는, 곧바로 추도미사에 참석한 고인의 법학교 동창에게 연금을 비롯해 국가로부터 받아낼 수 있는 지원금을 꼬치꼬치 캐묻는다. 그러나 동창이 들어보니 그녀는 이미 남편이 사망했을 경우 자신이 받을 수 있는 연금에 대해 소상한 사항까지 죄다 알고 있었다. 그런데도 혹시나 국가로부터 더 뜯어낼 수 있는 돈이 없는지, 짐짓 모르는 척하고 물어온 것이다. 이반 일리치의 죽음을 애도하고 진심으로 슬퍼하는 사람은 아무도 없다. 톨스토이는 곧이어 주인공의 지나온 삶을 이야기한다.

이반 일리치는 명문가의 둘째 아들로 태어나 순조롭게 법조인이 되어 평생 안락하고 편안한 길을 추구해왔다. 그런데 새 집으로 이사해 벽을 꾸미던 중 옆구리를 다치고 그 다음부터 자꾸만 이상한 통증을 느낀다. 하지만 의사들은 맹장이니 신장이니 하면서 진통제만 줄 뿐이다. 또 다시 견딜 수 없는 통증이 찾아온 어느 날 갑자기 문제가 전혀 달리 보이기 시작한다.

"맹장 문제도 신장 문제도 아니야. 삶, 그리고 죽음의 문제야. 그래 삶이 있었는데 지금은 떠나가고 있는 거야. 떠나는 중이라고. 근데 나는 그걸 붙들 수 없어. 그래 문제는 몇 주일 후냐, 며칠 후냐, 아니면 지금 당장이냐. 한때 빛이 있던 자리를 지금은 어둠이 차지하고 있어. 나 또한 이곳에 있었지만 지금은 저곳으로 가야 해!"

병세가 악화돼 결국 직장도 나가지 못하고 집안에서 고통과 씨름하면서 그는 자신의 인생을 돌이켜본다. 그동안 기쁨이라고 여겼던 것들이 모두 부질없고 추한 것이었음을 알게 된다. 상류층에 진입하면 뭔가 좋은 게 있을 줄 알았지만 막상 들어가보니 즐거움은 점점 더 줄어들었다. 결혼도 마찬가지였다.

"결혼, 뜻하지 않게 찾아왔고 이어진 실망, 아내의 입 냄새, 애욕, 위선! 그리고 이 생명 없는 직무, 돈 걱정, 그렇게 보낸 일 년, 이 년, 그리고 십 년, 이십 년, 항상 똑같았던 삶. 산에 오른다고 상상했었지. 그런데 사실은 일정한 속도로 산을 내려오고 있었어. 그래 그랬던 거야. 사회적인 관점에서 볼 때 나는 산에 오르고 있었어. 근데 사실은 정확히 내 발 아래서 삶은 멀어져 가고 있었던 거야."

마침내 그는 자신이 추구해왔던 쉽고 편안한 삶이 실은 위선으로 가득한 삶이었음을, 물질적인 행복을 정신적인 행복으로 착각한 삶이었음을 깨닫는다. 동료 판사와 의사들은 물론 아내와 딸까지도 자신을 거추장스러운 존재로 여기고 거짓으로 대하고 있다는 사실에 환멸을 느끼지만, 마지막 순간 그는 살아있는 주변 사람들이 더 이상 힘들어하지 않도록 삶에 대한 집착을 버린다.

그 묘한 전환점은 어린 아들이 만들어주었는데, 처절하게 울부짖으며 휘젓던 그의 손을 아들이 붙잡아 입술에 갖다 대고는 울음을 터뜨린 것이다. 그는 아들이 가여워졌다. "저들이 불쌍해, 저들이 힘들어하지 않도록 해주어야 해. 저들을 해방시켜주고 나도 이 고통으로부터 해방돼야 해."

그러자 죽음은 더 이상 두려움이 대상이 되지 않았다. "바로 이거야! 이렇게 좋을 수가! 죽음은 끝났어. 더 이상 존재하지 않아." 톨스토이는 이렇게 마무리한다. "죽음이 있던 자리에 빛이 있었다. 그는 숨을 한차례 들이마셨고, 절반쯤 마시다 숨을 멈추고 긴장을 푼 후 숨을 거두었다."

톨스토이의 작품은 가을의 예술이라고 한다. 그의 작품에서는 늘 가을이 느껴진다. 그래, 곧 겨울이 닥치겠구나, 죽음도 그렇게 우리를 찾아오겠지. 이건 거역할 수 없는 냉엄한 진실이다. 그런데 더 중요한 게 남아 있다. 메멘토 모리*memento mori*, 죽음을 기억하라는 의미의 이 라틴어는 사실 죽음을 강조하는 말이 아니라 삶에 초점을 맞춘 것이다.

《이반 일리치의 죽음》이 우리에게 전해주는 메시지 역시 죽음이 아니라 삶이다. 누구나 죽는다. 그러나 누구나 '사는' 것은 아니다. 이반 일리치가 죽음을 눈앞에 두고서야 깨달은 것은 자신이 제대로 살지 못했다는 것이다. 죽음보다 어려운 것이 삶이다. 그러니 죽을 때 후회하지 않으려면 다시 한번 "어떻게 살아야 할 것인가"를 떠올려봐야 하는 것이다.

■ 세일즈맨의 죽음

Death of a Salesman / Arthur Miller

Why am I trying to become
what I don't want to be?

왜 원하지도 않는 존재가 되려고 이 난리를 치고 있는 거지?

아서 밀러(1915~2005) 뉴욕에서 유태계 이민자의 아들로 태어났다. 대공황의 여파로 집안이 몰락하는 바람에 트럭운전사 등을 하면서 미시간 대학을 졸업했고, 그 뒤에도 힘든 노동일을 하면서 드라마와 영화 시나리오를 썼다. 비정한 사회 현실에 희생되는 개인의 비극을 많이 다뤘으며, 마릴린 먼로와 결혼해 화제를 뿌리기도 했다. 유진 오닐, 테네시 윌리엄스와 함께 미국을 대표하는 극작가로 손꼽힌다.

결국 그렇게 죽을 걸…왜 그렇게 살았나요

혹시 구로사와 아키라黑澤明 감독의 작품 《이키루生きる》를 본 적이 있는지? 주인공 와타나베 간지는 시청 공무원으로 30년 간 근무했지만 이렇다 하게 이뤄놓은 것 없는 그저 그런 시민과장이다. 그는 자신이 암으로 죽어가고 있다는 사실을 알고는 술집에 들어간다. 평소 술은 입에도 대지 않았던 그였지만 이날은 값비싼 술을 들이키며 말한다. "이 술은 지금까지 살아온 내 인생에 대한 항의 표시요." 직장에서 그의 별명이 '미라'였다는 말을 듣고는 "자식놈을 위해 미라가 됐지만 아들놈은 전혀 고마워하지 않는다"고 얘기한다.

아서 밀러의 희곡 《세일즈맨의 죽음》에 등장하는 주인공 윌리 로먼 역시 이와 비슷한 모습이다. 나이 예순셋의 윌리는 평생 세일즈맨으로서의 자부심을 갖고 회사에 헌신하며 새로운 시장을 개척해왔다. 그런데 이제 늙고 지쳐서 본사 근무를 청하러 사장을 찾아간다. 친구였던 전임 회장의 아들로 자신이 이름까지 지어준 젊은 사장은 그러나 그 자리에서 그를 해고해버린다. 그는 항변한다.

"저는 이 회사에서 34년을 봉직했는데 지금은 보험금조차 낼 수 없는 형편입니다! 오렌지 속만 까먹고 껍데기는 내다버리실 참입니까. 사람은 과일 나부랭이가 아니지 않습니까!"

작품 속에서 윌리는 소시민에 속물로 비쳐진다. 자식 자랑을 위해서는 거짓말도 예사로 하고, 출세와 성공에는 무엇보다 인맥이 중요하다고 강조한다. 거래처 여비서의 환심을 사기 위해 값비싼 스타킹을 선물하는가 하면, 봉급을 받지 못하자 친구에게 매주 50달러씩 빌려 집에 갖다 주기도 한다. 윌리가 이렇듯 보잘것없는 삶을 살아온 것은 가족에 대한 꿈과 기대가 있었기 때문이다.

한데 현실은 그의 바람대로 되지 않는다. 일류 미식축구 선수가 될 것으로 믿었던 큰 아들 비프는 대학 진학도 못한 채 낙오자가 되어 서부지역 목장을 떠돌다 도둑질로 영창 신세까지 진 뒤 집으로 돌아온다. 둘째 아들 해피는 바람둥이로 하루하루 의미 없이 살아갈 뿐이다. 이런 자식들 앞에서 린다는 남편을 변호한다.

"아버지가 훌륭한 분이라고는 하지 않겠다. 엄청나게 돈을 번 적도 없고, 신문에 이름이 실린 적도 없지. 세상에서 가장 훌륭한 인품을 가진 것도 아니야. 그렇지만 그이는 한 인간이야. 늙은 개처럼 무덤 속으로 굴러 떨어지는 일이 있어서는 안

돼. 이런 사람에게도 관심이, 관심이 필요하다고."

비프는 동생과 함께 할 사업 자금을 마련하겠다며 예전에 근무했던 회사의 사장을 만나러 가지만, 사장은 그를 알아보지도 못하고 그는 또 다시 만년필을 훔쳐 달아난다. 그리고 도망치듯 계단을 내려오다 문득 현실을 깨닫는다.

"그 건물 한복판에 멈춰 서서 하늘을 봤어요. 제가 세상에서 가장 사랑하는 것들을 봤어요. 그러고 나서 만년필을 보며 스스로에게 말했죠. 뭐 하려고 이 빌어먹을 놈의 물건을 쥐고 있는 거야? 왜 원하지도 않는 존재가 되려고 이 난리를 치고 있는 거지? 왜 여기 사무실에서 무시당하고 애걸해가며 비웃음거리가 되고 있는 거냐고? 내가 원하는 건 저 밖으로 나가 내가 누군지 알게 되는 그때를 기다리는 건데!"

비프는 아버지에게 눈물을 흘리며 애원한다. 제발 자신을 좀 놓아달라고. 거짓된 기대를 태워 없애버려 달라고. 그러나 윌리는 마지막 희망을 버릴 수 없다. 그는 보험금으로 아들의 사업 자금을 대주기 위해 자동차를 과속으로 몰아간다. 그는 앞서 친구에게 자신의 자살을 암시하듯 이렇게 말한다.

"우습지 않아? 고속도로 여행, 기차 여행, 수많은 약속, 오랜 세월, 그런 것들 다 거쳐서 결국엔 사는 것보다 죽는 게 더 가치 있는 인생이 되었으니 말이야."

35년만에 처음으로 빚을 다 갚고 완전히 자유로워진 날, 그의 장례식이 치러진다. 가족들은 비로소 행복했던 그 시절을 떠올린다. "좋은 시절이 참 많았어요. 출장에서 돌아오셨을 때, 일요일에 현관 계단 만들 때, 지하실을 완성할 때, 새 현관 만들 때, 욕실을 하나 더 만들 때, 그리고 차고 만들어 넣을 때. 아버지는 그 모든 세일즈 일보다 현관 계단 만드는 데 더 정성을 쏟았어요." 큰아들 비프의 말에 친구 찰리가 덧붙인다. "그래, 시멘트 한 포대만 있으면 더할 나위 없이 행복한 사람이었지."

아내는 남편이 왜 자살했는지 이해할 수가 없다. 장례식이 다 끝나도 린다는 자리를 뜨지 못한다. "여보, 난 울 수가 없어. 당신이 그냥 출장 간 것 같기만 해요. 계속 기다리겠죠. 여보, 눈물이 나오지 않아요. 왜 그랬어요? 여보, 오늘 주택 할부금을 다 갚았어요. 오늘 말이에요. 그런데 집에는 아무도 없어요. 이제 우리는 빚진 것도 없이 자유로운데. 자유롭다고요. 자유…."

《이키루》의 와타나베는 죽기 전에 단 하나라도 가치 있는 일을 하기로 마음먹고, 빈민가의 물웅덩이를 어린이공원으로 만들어 놓는다. 장례식에 참석한 동료 공무원들은 그가 마지막 순간 왜 그렇게 열심히 살았는지 떠올려본다. 바로 여기에 해답이 있다. 《이키루》의 주제는 죽음이 아니라 제목 그대로 삶인 것이다.

《세일즈맨의 죽음》에서 작가가 던지는 질문 역시 윌리가 왜 그렇게 죽었는지가 아니라 왜 그렇게 살았는지다. 윌리는 30년 넘게 세일즈맨으로 일해오다가 느닷없이 해고되지만 실은 자기 자신을 조금씩 떼어 팔다가 소멸해버린 것이나 마찬가지다. 그가 팔아왔던 것은 회사의 상품이 아니라 바로 자신의 일부였던 셈이다. 그러니 마지막 순간 기대를 저버린 두 아들과 회사로부터 배신당한 데서 오는 괴로움, 그리고 잃어버린 인생에 대한 절망감으로 인해 극단적인 선택을 하게 되는 것이다.

와타나베는 시한부 판정을 받고 슬픔과 절망 속에서도 마지막 순간 뭔가 의미 있는 일을 하는 데 남은 시간을 바쳤다. 반면 윌리는 이제 비로소 자유로워졌는데 그 순간 삶을 포기해버렸다. 전혀 다른 선택을 한 두 사람, 과연 이들이 우리에게 전해주는 교훈은 무엇일까? 그것은 기계처럼 소모품처럼 살지 말고 조금 다르게 살아가라는 것 아닐까. 그게 진짜 인생이니까.

The Selfish Gene / Richard Dawkins

We are survival machines–robot vehicles blindly
programmed to preserve the selfish molecules
known as genes.

우리는 생존 기계다. 우리는 유전자로 알려진 이기적인 분자들을 보존하기 위해
맹목적으로 프로그램을 짜 넣은 로봇 운반자인 것이다.

....

리처드 도킨스(1941~) 급진적인 진화생물학자이자 자타가 공인하는 세계에서 가장
유명한 무신론자다. 케냐 나이로비에서 태어나 옥스퍼드 대학교에서 수학했으며,
현존하는 세계 최고 지성 가운데 한 명으로 손꼽힐 정도로 영향력 있는 과학자
이자 저술가다. 1995년부터 옥스퍼드 대학교에서 과학의 대중적 이해를 전담하
는 석좌교수를 맡고 있다.

소피는 왜 어린 딸을 선택했을까

닭이 먼저냐, 달걀이 먼저냐? 다들 수도 없이 얽혀보았을 다툼거리다. 한번 논쟁이 불붙으면 꼬리에 꼬리를 물고 이어진다. 답이 없다. 결국은 서로 기분만 상하고 끝내게 되는, 그래서 늘 찜찜하게 뇌리에 남아 있던 물음, 궁금하기는 한데 영원히 풀릴 것 같지 않은 문제다.

그런데 옥스퍼드 대학교의 생물학자 리처드 도킨스가 알려주는 방식대로 풀어보면 그 답은 아주 간단하다. 달걀이 먼저다! 왜 그런가? 도킨스가 1976년에 발표한 《이기적 유전자》를 읽어보면 이 물음이 실은 우리 자신은 물론 모든 생명과 관련된 것이었음을 이해하게 된다.

이화여대 최재천 교수는 《이기적 유전자》를 두고 이런 말을 했다. "세상을 살면서 한 권의 책 때문에 인생관, 가치관, 세계관이 하루아침에 뒤바뀌는 경험을 해보는 이들이 과연 몇이나 있을까? 내게는 그런 엄청난 책이 한 권 있다." 이 정도 극찬을 받은 책이라면 무조건 읽어볼 만한데, 일단 집어 들면 정말 오랜만에 경이로움을 느끼며 책장을 넘기는 경험을 선사해준다.

출간된 지 반세기도 채 되지 않은 이 책이 '우리 시대의 고전'이라는 찬사를 듣게 된 것은 이 세상과 삶을 바라보는 전혀 새로운 지평을 제시하기 때문이다. 《종의 기원》을 쓴 찰스 다윈이 자연선택이라는 관점에서 생명의 진화를 설명했다면, 도킨스는 유전자의 눈으로 생명의 의미를 돌아보게 만든다. 처음의 문제로 돌아가 설명하자면 이렇다. 닭이 알을 낳는 게 아니라 닭은 이 세상에 잠시 스쳐 지나가는 존재일 뿐이다. 알 속의 유전자야말로 닭의 진짜 주인이다. 따라서 유전자의 관점에서 보자면 알이 닭을 낳는 것이다.

너무 간단한가? 도킨스의 설명을 직접 들어보자. 40억 년 전 스스로 복제하는 힘을 갖게 된 분자가 원시 대양에 처음으로 나타났다. 이 자기 복제자는 더 잘 살아남기 위해 운반자까지 만들었다. 자기가 사는 생존 기계를 스스로 축조한 것이다. 생존 기계는 더 커지고 정교해졌다. 개량을 위한 충분한 시간이 흐른 지금, 자기 복제자는 외부로부터 차단된 로봇 속에 안전하게 거대한 집단으로 떼지어 살면서 복잡한 간접 경로를 통해 외계와 연락하고 원격 조정기로 외계를 조작하고 있다.

"이것들은 당신 안에도 내 안에도 있다. 또한 그것은 우리의 몸과 마음을 창조했다. 그리고 그것들의 유지야말로 우리가 존재하는 궁극적인 이론적 근거이기도 하다. 자기 복제자는 기나긴 길을 지나 여기까지 걸어왔다. 이제 그것들은 유전자라는 이름으로 계속 나아갈 것이며, 우리는 그것들의 생존 기계다."

여기서 '우리'란 인간만을 가리키는 게 아니라 모든 동식물과 박테리아, 바이러스를 포함한다. 유전자는 박테리아에서 코끼리에 이르기까지 기본적으로 모두 동일한 종류의 분자며, 불멸의 존재다. 유전자는 몸이 노쇠하거나 죽기 전에 그들의 몸을 차례로 포기해 버림으로써 세대를 거치면서 몸에서 몸으로 옮겨가는 것이다.

불멸의 존재, 나는 이 대목에서 숨을 멈췄다. 유전자는 불사신이고 영원히 이어진다. 비록 100년도 채 못 사는 유한한 존재지만 나는 어차피 불안정한 개체일 뿐이다. 유전자가 한번 섞은 카드 조합이 '나'라는 존재다. 유전자는 내가 죽은 뒤에도 살아남아 계속 카드를 섞을 것이다. 나의 아들, 딸, 손자, 손녀로.

이 책에서 가장 흥미로운 대목은 유전자가 우리의 행동을 제어한다는 것인데, 유전자 스스로 직접 로봇을 조작하는 게 아니라 컴퓨터 프로그램을 작성하듯 한다는 것이다. 미리 예측할 수 있는 많은 가능성들에 대처하기 위한 규칙들을 사전에 만들어 최선의 대책을 강구해두는 방식이다. 가령 북극곰 유전자는 곧 생겨날 생존 기계의 미래가 춥다는 것을 미리 예측하고 두터운 모피를 만든다. 또 얼음과 눈 속에서 유리하도록 모피를 백색으로 위장한다. 도킨스는 마지막 장에서 왜 우리는 이렇게 크고 복잡하게 만들어졌느냐고 묻는다. 생물 물질이 왜, 무엇 때문에 한데 모여서 생물체를 구성하느냐는 물음이다. 답은 유전자들의 이익 때문이라는 것이다. 우리 자신의 유전자들이 서로 협력하는 이유는 그것들이 우리 자신의 것이라서가 아니라 미래로의 같은 출구, 즉 알이나 정자를 공유하고 있어서다.

다시 처음으로 돌아가보자. 시간이 지남에 따라 이 세계는 가장 강하고 재주 있는 자기 복제자로만 채워진다. 어떤 자기 복제자가 이 세상에서 성공할 것인지의 여부는 그 세계가 어떤 세계인가에 달려있다. 여기서 제일 중요한 것은 다른 자기 복제자와 그것이 가져오는 결과다. 결국 여러 생물 개체 속에 자리잡은 유전자들끼리 서로서로 인과의 화살을 쏘아대고 있는 곳이 바로 이 세상인 것이다.

책을 읽는 동안 문득 메릴 스트립이 주연한 영화《소피의 선택》이 떠올랐다. 이 영화의 극적인 장면은 아우슈비츠 수용소로 끌려간 소피가 독일군 장교의 강요로 두 아이 중 하나를 가스실로 보내야 하는 순간이다. 소피는 "그러지 말아요*Don't make me choose!*"라고 몇 번이나 사정하다 끝내 딸을 선택한다. 아들을 살린 것이다.

많은 사람들처럼 나 역시 영화를 보면서 수없이 물었다. 소피는 왜 어린 딸을 선택했을까? 영화에서 소피의 딸은 여섯 살, 아들은 여덟 살 정도다. 아우슈비츠에서 살아남을 확률은 아무래도 여덟 살짜리 남자아이가 여섯 살짜리 여자아이보다 클 것이다. 새들도 먹이가 부족할 때는 가장 강한 새끼에게 먹이를 주고 약한 새끼는 굶어 죽도록 놔둔다. 소피의 뇌도 이기적 유전자가 만든 것이다. 생존 가능성이 높은 개체를 살리도록 프로그램을 짜 넣은 것이다. 너무 냉정한가.

그렇다고 슬퍼할 필요는 없다. 영화의 결말에서 소피가 그러듯이 우리의 뇌는 이기적 유전자를 향해 반란을 일으키기도 하니까. 더구나 개체가 아닌 인류를 위해 생애를 바친 테레사 수녀 같은 분도 있고, 인간이 아닌 다른 종의 보존을 위해 애쓰는 사람들도 얼마나 많은가. 인간의 위대함은 이런 데서 나오는 것이 아닐까.

■ 맥베스

Macbeth / William Shakespeare

Life's but a walking shadow.
It is a tale told by an idiot,
full of sound and fury signifying nothing.

인생이란 그림자가 걷는 것, 백치가 지껄이는 이야기 같은 것,
소음과 광기 가득하나 의미는 전혀 없네.

윌리엄 셰익스피어(1564~1616) 엘리자베스 1세 여왕 시대 런던에서 배우 겸 극작가, 시인으로 활동했다. 상인이었던 아버지의 경제적 몰락으로 마을의 문법학교밖에 다니지 못했으나 많은 독서와 사교를 통해 지식을 쌓았다. 평생 37편의 희곡과 여러 권의 시집을 남겼는데, 《맥베스》는 《햄릿》《오셀로》《리어왕》과 함께 4대 비극으로 꼽힌다.

운명은 필연이 아니더라

아, 내 운은 여기까진가? 문득 이런 체념 비슷한 생각이 들 때가 있다. 하지만 되돌아보면 다른 길이 숱하게 열려 있었다. 조금만 더 숙고하고 저항했더라면 얼마든지 그렇게 고개 숙이지 않았을 텐데….

아쉬움과 안타까움을 지워버리고 셰익스피어를 읽는다. 아니, 정확히 말하자면 셰익스피어가 창조해낸 비극 속 주인공들을 대면한다. 이들 역시 거역할 수 없는 운명에 이끌려 파멸하고 마는데, 오늘은 《맥베스》다.

반란을 진압하고 돌아가는 정직한 영혼 맥베스 장군에게 세 마녀가 다가올 운명을 말해준다. 하지만 그는 크게 놀라지도, 믿으려 하지도 않는다. 맥베스가 글래미스 영주라는 첫 번째 이야기는 이미 실현된 사실이니까. 그런데 코도의 영주라는 두 번째 이야기와 왕이 되실 분이라는 세 번째 이야기는 믿기지 않는 예언이다. 게다가 두 번째 예언이 곧바로 실현되자, 곧 왕이 될 것이라는 황당한 예언에도 흔들린다. "눈앞의 공포보다 끔찍한 상상이 더 무서운 법이다."

마침내 맥베스는 자신이 충성을 바쳐왔던 스코틀랜드의 덩컨 왕을 시해하는 역적의 길을 걷고, 자신의 왕좌에 걸림돌이 될지도 모를 동료 장군 뱅코마저 죽인다. "자, 운명아, 결전장에 들어와 나와 한번 끝까지 겨뤄보자!"

맥베스는 이처럼 '야심'이라는 인간 본성에 사로잡혀 끔찍한 살인을 저지르지만 곧 '양심'이라는 또 다른 영혼의 본성에 붙들려 번뇌하고 괴로워하다 마침내 자신의 죄악과 가책을 이겨내지 못하고 운명에 질식해 죽음을 맞는다.

"내일과 또 내일과 그리고 또 내일은 이렇게 옹졸한 걸음으로 하루, 하루, 기록된 시간의 최후까지 기어가고, 우리 모든 지난날은 바보들의 죽음으로 향한 길을 밝혀주었다. 꺼져라, 짧은 촛불! 인생이란 그림자가 걷는 것, 배우처럼 무대에서 한동안 활개치고 안달하다 사라져버리는 것, 백치가 지껄이는 이야기 같은 것, 소음과 광기 가득하나 의미는 전혀 없네."

맥베스는 사실 우리와 똑같은 감정과 이성을 지니고 똑같은 야망과 욕망에 따라 움직이는 인물이다. 그는 우리를 대신해 운명이라는 힘과 싸운다. 우리는 감히 하지 못하지만 그는 과감히 벼랑 끝까지 나간다. 눈에 보이지는 않지만 우리를 꼼짝 못하게 짓누르는 무시무시한 운명의 힘을 향해 한판 승부를 벌이다 쓰러지는 것이다.

맥베스 부인은 또 어떤가. 남편을 부추겨 왕을 죽이게 한 뒤 자신도 죄책감에 사로잡혀 몽유병에 시달리는데, 마지막 순간 실성한 그녀는 씻어내도 씻어내도 자신의 손에 핏자국이 남아있다고 느낀다.

"여기에 아직도 핏자국이, 저주받은 핏자국아, 없어져라! 제발 없어져! 하나, 둘, 아니 해치울 시간이 됐잖아. 지옥은 캄캄해. 저런, 폐하, 저런! 군인인데 두려워해요? 누가 알든지 두려울 게 뭐예요. 아무도 우리의 권력을 시비할 수 없는데? 그런데 그 늙은이 몸에 그렇게도 피가 많을 것이라고 누가 생각이나 했겠어요?"

맥베스 부인의 부르짖음은 계속 이어진다.(나는 사실 맥베스 부인에 더 애착이 가는데, 그건 순전히 베르디의 오페라에서 맥베스 부인이 마지막으로 부르는 아리아 〈여기 아직도 핏자국이〉때문이다. 이 노래를 마리아 칼라스의 목소리로 들으면 소름 돋는 전율이 느껴진다.) "아직도 여기에 피 냄새가 남았구나. 아라비아 향수를 다 뿌려도 이 작은 손 하나를 향기롭게 못하리. 오! 오! 오! 누가 문을 두드려요. 끝난 일은 돌이킬 수 없다고요. 자러 가요. 자러 가."

맥베스 부부는 어쩔 수 없는 숙명 앞에서 비극적이고도 끔찍한 결말을 맞이하지만 이들에게도 잔인한 운명으로부터 도망칠 수 있는 작은 문이 열려 있었다. 양심의 불꽃이 끊임없이 이들을 괴롭혔던 것이다.

맥베스는 처음부터 자신이 왜 왕이 되어야 하는지 스스로 물지 않았고 진지하게 고민하지 않았다. 그저 운명이 부르니 그에 따라 왕이 되겠다고 생각했을 뿐이다. 게다가 왕을 죽인 뒤 번민에 휩싸여 있을 때 환영이 나타나 "여자에게서 태어난 자는 그를 해치지 못하며 버남 숲이 움직이지 않는 한 정복되지 않을 것"이라고 또 한 번 달콤한 예언을 해주었으니 더욱 오만해질 수밖에.

아, 그럴수록 더 자신을 되돌아보고 '왜'라는 질문을 던져봐야 하는 것인데, 인간은 지나고 나서야 자신의 잘못을 깨닫는다. 그래서 우리는 맥베스 부부에게 슬픔과 동시에 연민과 공감을 느끼는 것이다. 운명은 전적으로 필연은 아니었으며 이들에게도 책임이 있었던 것이다.

셰익스피어를 향한 찬사 가운데 가장 유명한 것은 아마도 대영제국이 인도와도 바꾸지 않겠다고 했던 작가라는 것일 텐데, 이건 잘못된 표현이다. 이 말을 처음 한 토마스 칼라일은 그런 식으로 이야기하지 않았다. 그는 영국인들에게 물었다. 인도 식민지를 포기하겠는가, 아니면 셰익스피어를 포기하겠는가? 다시 말해 인도 식민지가 없는 게 좋은가, 아니면 셰익스피어 같은 인물이 없는 게 좋은가?

그러고는 이렇게 답했다. "인도 식민지야 있든 없든 상관없지만 셰익스피어가 없이는 살 수 없다! 인도 식민지는 어차피 언젠가는 사라지게 돼 있다. 그러나 셰익스피어는 절대 사라지지 않는다. 영원히 우리와 함께 머문다. 따라서 우리는 셰익스피어를 절대 포기할 수 없다. 셰익스피어는 우리가 이룩한 가장 큰 업적이다."

그러나 니코스 카잔차키스가 바친 찬사에는 미치지 못한다. "만약 인류가 신 앞에서 인간의 권리를 대변할 사람을 하나 보내야 한다면 아마 셰익스피어를 파견했을 것이다. 만약 우주에서 행성간 회의가 열린다면 우리 행성을 대변할 수 있는 유일한 사람 역시 그일 것이다."

셰익스피어는 자신에게 이런 찬사가 쏟아지리라고는 눈곱만큼도 생각하지 못한 채 눈을 감았다. 하지만 따지고 보면 사후의 명성이나 영광이 다 무슨 소용이 있겠는가. 어차피 백치가 지껄이는 소음과 같은 것이거늘.

Living the Good Life / Scott Nearing, Helen Nearing

Life is enriched by aspiration and effort, rather than by acquisition and accumulation.

삶을 넉넉하게 만드는 것은 소유와 축적이 아니라 희망과 노력이다.

스콧 니어링(1883~1983) 헬렌 니어링(1904~1995) 스콧은 대학에서 정치학을 가르치며 왕성한 저술 및 강연 활동을 하던 중 아동 노동 착취와 제국주의 전쟁에 반대하다 해직됐다. 스콧이 가장 힘든 시기에 만난 헬렌은 명상과 우주 질서에 관심이 많던 음악도였다. 두 사람은 자연에 순응하며 조화롭게 살아가는 게 얼마든지 가능하다는 점을 몸소 실천을 통해 보여주었다.

보이는 것이 보이지 않는 곳으로 옮겨가다

언제부터인가 서점가의 베스트셀러 목록을 보면 위안과 힐링, 웰빙과 치유를 주제로 한 책들 일색일 때가 자주 있다. 한편으로는 그만큼 따뜻한 위로가 필요한 사회라는 얘기겠지만, 어른아이 할 것 없이 온통 행복 타령만 하는 것 같아 좀 허전해지기도 한다.

"그렇다면 당신은?"하고 묻는다면, 나는 이런저런 설명 대신 스콧 니어링과 헬렌 니어링이 쓴 《조화로운 삶》을 읽어보라고 하겠다. 이 책은 두 사람이 1932년부터 스무 해 동안 버몬트 숲 속에서 생활한 기록인데, 사실 이들 부부만큼 성공적이고 행복한 삶을 산 경우도 드물 것이다. 하지만 이 책에서 성공이나 행복, 위안 따위의 단어는 찾아보기 힘들다. 이들이 원한 것은 그런 게 아니었기 때문이다.

시골로 들어갈 때 스콧은 직장을 잃고 제도권에서도 완전히 쫓겨난 상태였다. 돈도 별로 없는 상태에서 두 사람은 자급자족하는, 어떤 불황에도 끄떡없이 견딜 수 있는 독립된 경제를 꾸려나가기로 했다. 게다가 더 많은 자유를 누리며 건강하고 바르게 살겠다는 원칙을 세웠다. 그렇게 해서 해마다 먹고 살기 위해 일하는 시간은 여섯 달로 줄이고, 나머지 여섯 달은 여행하고 글 쓰고 연구하는 데 썼다.

"우리는 어느 순간이나, 어느 날이나, 어느 달이나, 어느 해나 잘 쓰고 잘 보냈다. 우리가 할 일을 했고, 그 일을 즐겼다. 충분한 자유 시간을 가졌으며, 그 시간을 누리고 즐겼다. 먹고 살기 위한 노동을 할 때는 비지땀을 흘리며 열심히 일했다. 그러나 결코 죽기 살기로 일하지는 않았다. 더 많이 일했다고 기뻐하지도 않았다. 사람에게 노동은 뜻있는 행위며, 마음에서 우러나는 일이고, 무엇을 건설하는 것이고, 따라서 기쁨을 주는 일이기 때문이다."

이것이 바로 책의 제목으로도 쓰인 '조화로운 삶'의 핵심이다. 우리 삶의 중요한 요소 중 하나인 경제 활동이 지겹고 짜증나는 것이라면 무슨 살 맛이 나겠는가? 헨리 데이비드 소로도 이야기하지 않았는가? 밥벌이를 직업으로 삼지 말고 도락으로 삼으라고 말이다. 우리가 날마다 하는 일, 바로 그것에서 스스로 즐거움을 얻는다면 그게 진짜 참된 삶일 것이다.

이 책은 소로의 《월든》처럼 일종의 실험서다. 대도시에서 살아온 지식인 부부가 용기를 내서 땅에 뿌리내리고 살겠다는 결심을 하고, 단순하지만 만족스러운 삶을 진지하게 시도해본 것이다. 그래서 처음부터 집터를 고르고, 돌집을 세우고, 농사를 짓고, 살림을 꾸려가고, 이웃과 함께 살아가는 이야기를 시시콜콜 상세하게 적어두었다. 그런 점에서 이 책은 귀농 참고서로 읽어도 적지 않은 도움을 얻을 수 있다.

다만 명심해야 할 점이 있는데, 두 사람은 돈 벌 생각이 전혀 없었다는 것이다. "우리가 경제 활동을 하는 목적은 돈을 벌려는 것이 아니라 먹고 살기 위한 것이다. 돈은 어디까지나 교환수단일 뿐이다. 중요한 것은 우리가 먹고 마시고 입는 것들이지 그것과 맞바꿀 수 있는 돈이 아니다. 그리고 다른 것들과 마찬가지로 돈을 얻으려면 대가를 치러야 한다."

두 사람은 뉴욕을 떠나오면서 돈이면 무엇이든 다 되는, 돈이 그야말로 전지전능한 힘을 휘두르는 도시 왕국과 완전히 결별한 셈이었다. 이들은 버몬트의 황무지를 개간하면서 돈이 그 추악한 머리를 치켜들 때면 돈으로 하여금 그 본분을 지키고 더 이상 나서지 않도록 했다. 이들이 아니면 할 수 없었던 특이한 땅 거래를 살펴보자.

버몬트로 이주한 지 얼마 되지 않았을 때였다. 돌집을 짓기 위해 자갈이 필요했는데 마침 인근에 있는 적당한 자갈 채취장이 100달러에 매물로 나와 있었다. 그런데 알고 보니 예전에 다른 이웃이 계약금 25달러만 내고 잔금을 치르지 못한 토지였다. 땅 주인은 밀린 세금 10달러까지 자기가 내게 됐다며 하루빨리 다시 팔려고 했지만 니어링 부부는 그랬다가 괜히 이웃간에 의가 상할 것 같았다. 그래서 두 사람은 땅 주인에게 100달러를 다 주고, 맨 처음 계약했던 이웃에게는 계약금 25달러를 돌려주고, 밀린 세금도 이쪽에서 부담하기로 했다. 당연히 거래는 원만하게 끝났고 모두들 다정한 이웃으로 지낼 수 있었다.

두 사람은 사탕단풍나무에서 채취한 시럽과 설탕을 팔아 수입을 올리기도 했지만 이들이 원한 것은 큰돈이 아니었다. 그저 마르는 법이 없는 작은 시내처럼 꾸준히 들어오는 돈이었다. 살아가는 데 필요한 돈은 사실 그리 많지 않기 때문이다. 이들이 욕심을 부렸던 것은 이런 것들이다. "세상에는 우리가 돈보다 더 탐닉할 수 있는 많은 사치품이 있다. 그것은 고마워할 줄 아는 마음, 시골생활, 마음이 끌리는 여성 같은 것이다."

사업가 집안에서 태어나 경제학 교수로 활동하기도 했던 스콧은 물질적으로 풍요로운 생활보다 보다 높은 차원의 '삶의 질'을 추구했다. 그래서 늘 소박한 음식을 먹고 허름한 옷을 입었다. 한번은 화려한 출판사 빌딩에 갔다가 그를 배관공으로 오인한 경비원이 뒷문 쪽으로 데려간 적도 있었다. 그에게 옷이란 그 위에 붙어있는 가격표가 아니라 그 옷을 입은 사람의 성실한 삶과 진지한 눈빛에 의해 가치가 결정되는 것이었다. 스콧은 이렇게 말한다.

"삶에서 정말로 중요한 것은 당신이 갖고 있는 소유물이 아니라 당신이 진실로 누구인가 하는 것이다. 우리가 생활하고 소유하는 것은 장애물이 될 수도 있고 짐이 될 수도 있다. 우리가 가지고 있는 것이 아니라 그것으로 우리가 어떤 일을 하느냐가 인생의 진정한 가치를 결정짓는 것이다."

사실 이 책의 매력 중 하나는 이제는 도저히 구할 수 없는 옛날 책에서 뽑아낸 주옥 같은 경구警句들을 여럿 소개하고 있다는 점인데, 한 가지만 보자. "사람은 누구나 자기가 손에 넣을 수 있는 음식을 먹는다. 다만 좋은 것을 먹는가, 나쁜 것을 먹는가 하는 차이가 있을 뿐이다. 아무리 가난한 사람이라도 자기 밭에서 나는 채소와 과일을 먹는 사람은 자기 밭을 갖고 있지 않은 부자보다 훨씬 더 좋은 것을 먹는다."(1826년 출간된 루던의《밭농사 백과사전》)

그러나 두 사람은 서로 돕는 공동체 마을을 만들어보겠다는 시도에서는 실패했다. 그렇다고 해서 실망하지는 않는다. "어떤 일을 하는 보람은 그 일이 쉬운가 어려운가, 성공할 수 있는가 아닌가에 있는 것이 아니라 오히려 희망과 인내, 그 일에 쏟아 붓는 노력에 있기 때문이다. 삶을 넉넉하게 만드는 것은 소유와 축적이 아니라 희망과 노력이다." 이들 역시 소로처럼 수고가 곧 보상이었던 셈이다.

하지만 버몬트 숲에 스키장이 생기고 관광객이 늘어나자

1952년 두 사람은 공들여 지은 돌집과 직접 개간한 밭을 놔둔 채 메인 주의 또 다른 시골로 들어간다. 여기서도 역시 자급자족하며 하루하루를 신선한 도전이자 모험으로 살아갔는데, 이렇게 스물여섯 해를 산 기록이 후속편 《조화로운 삶의 지속》이다.

이 책에서도 두 사람은 슬기롭게 그리고 느긋하게 살라고 조언한다. "여유를 가져야 한다. 힘을 모아야 한다. 어떤 일을 할 것인가 차근차근 계획해야 한다. 한 번에 한 발짝만 떼어야 한다. 그리고 다음 일을 차분히 준비해야 한다. 그러면 언젠가는 반드시 열매를 거둘 수 있다."

이 글을 쓸 당시 스콧은 96세, 헬렌은 75세였는데, 저녁을 먹은 다음 헬렌은 스콧에게 이런 구절을 읽어주었다고 한다. "삶은 죽음을 향한 순례다. 시작하는 그 순간부터 죽음이 오고 있다. 탄생의 순간부터 죽음은 당신을 향한 출발을 시작했다. 삶은 다만 죽음을 향한 순례이므로 죽음은 삶보다 더 신비로운 것이다."

스콧은 100세 생일을 한 달 앞둔 어느 날 사람들 앞에서 말했다. "나는 더 이상 먹지 않으려고 합니다." 그러고는 다시는 딱딱한 음식을 먹지 않았다. 그는 신중하게 자신이 떠날 시간과 방법을 선택했던 것인데, 처음에는 과일 주스를 먹었지만 나중에는 물만 마셨다. 그런데도 병이 나기는커녕 여전히 정신이 말짱했다. 몸은 서서히 시들어갔지만 그는 아주 평온하고 조용하게 삶에서 떨어져나갈 수 있었다. 헬렌이 전하는 그의 마지막 순간은 이렇다.

"천천히 천천히 그이는 자신에게서 떨어져나가 점점 약하게 숨을 쉬더니 나무의 마른 잎이 떨어지듯 숨을 멈추고 자유로운 상태가 되었다. 그이는 마치 모든 것이 제대로 되어있는지 시험하듯 '좋−아'하며 숨을 쉬고 나서 갔다. 나는 보이는 것이 보이지 않는 곳으로 옮겨갔음을 느꼈다."

스콧이 세상을 떠난 지 8년만에 헬렌도 그 뒤를 따라갔다. 두 사람 다 열정이 넘치는 넉넉한 삶을 살다 더 신비로운 영역으로 넘어간 것이다. 이들은 행복을 구걸하지 않았다.

한 번뿐인 인생, 그것은 내 선택

■ 이반 데니소비치의 하루

Odin den' Ivana Denisovitcha / Alexandre Soljénitsyne

What good is freedom to you?

무엇 때문에 당신은 자유를 원하는 거죠?

알렉산드르 솔제니친(1918~2008) '러시아의 양심'으로 불리며 구 소련의 정치적 억압을 사실적으로 묘사한 작품을 잇달아 발표했다. 유복자로 태어나 홀어머니 밑에서 자랐으며 대학에서는 물리와 수학을 전공했다. 제2차 세계대전이 발발하자 자원 입대해 포병중대장으로 활약했으나 종전 직전 스탈린 비판 혐의로 고발 당해 8년 형을 선고 받고 라게리(수용소)에 수용되기도 했다. 1970년 노벨문학상을 수상했다.

살아가는 태도는 우리가 선택하는 것

"여느 때처럼 아침 다섯 시가 되자 기상을 알리는 신호소리가 들려온다. 본부 건물에 있는 레일을 망치로 두드리는 소리다." 《이반 데니소비치의 하루》는 이렇게 시작된다. 바깥 기온이 영하 30도까지 내려간 1월의 어느날 강제노동 수용소에서 벌어지는 일상 풍경이 작품 줄거리다.

아무 죄도 없이 억울하게 수용소에 갇힌 주인공 이반 데니소비치 슈호프는 오늘도 추위와 굶주림, 분노와 두려움으로 가득한 하루를 보낸다. 그러나 그에게서 절망이나 비굴함은 찾아볼 수 없다. 오히려 누구보다 적극적이고 진지하며 유머 감각까지 보여준다. 오늘따라 몸이 으스스하고 오한이 난 것 같지만 그는 불평 한 마디 내뱉지 않고 모든 것을 긍정적으로 받아들인다.

나이 사십에 수용소 경력 8년차의 죄수답지 않게 귀여운 인상마저 풍긴다. 아무튼 참 재미있는 인물이다. 벽돌 쌓는 작업을 하면서는 땀까지 흘릴 정도로 열심이다. 작업 끝 신호가

울리자 다른 반원들은 전부 하던 일을 팽개치고 달려나가지만 슈호프는 일손을 멈추지 않는다. 늦었다고 경비병에게 두들겨 맞을지도 모르고 반장을 비롯해 나머지 반원들도 욕지거리를 해댈 것이다. 그러나 모르타르가 남았고, 그의 지랄 같은 성미는 아무리 하찮은 것이라도 버리지 못하기 때문이다. 그는 농담까지 던진다. "이렇게 하루가 짧아서야 무슨 일을 하겠어? 일을 시작한 지 얼마 되지도 않았는데, 벌써 하루가 다 갔으니 말이야!"

소설을 읽는 즐거움 가운데 하나는 작가가 설정한 허구의 공간 속으로 빨려 들어가는 것인데 《이반 데니소비치의 하루》는 바로 이런 재미를 만끽할 수 있다. 그것도 슈호프의 천진난만할 정도의 말과 행동 속에서 말이다. 도저히 견딜 수 없을 것 같은 극한의 환경에서 어쩌면 이리도 자신에게 충실할 수 있단 말인가? 나는 소설을 읽으면서 몇 번이나 감탄했다.

심지어 마지막 순간에는 매우 흡족한 마음으로 잠이 든다. "오늘 하루는 그에게 아주 운이 좋은 날이었다. 영창에 들어가지도 않았고, 점심 때는 죽 한 그릇을 속여 더 먹었다. 줄칼 조각도 검사에 걸리지 않고 무사히 가지고 들어왔다. 저녁에는 대신 줄을 서주고 많은 벌이를 했으며, 잎담배도 사지 않았는가. 찌뿌드드하던 몸도 이젠 씻은 듯이 다 나았다. 눈앞이 캄캄한 그런 날이 아니었고, 거의 행복하다고 할 수 있는 날이었다."

이 작품에서 가장 감동적인 대목을 꼽자면 저녁식사로 멀건 양배춧국을 먹는 장면이다. 슈호프는 경건한 자세로 모자를 벗어 무릎 위에 얹는다. 그리고 국그릇에 담긴 건더기를 숟가락으로 한번 휘저어 확인하고는 국물을 쭉 들이킨다.

"따끈한 국물이 목을 타고 뱃속으로 들어가자, 오장육부가 요동을 치며 반긴다. 아, 이제야 좀 살 것 같다! 바로 이 한순간을 위해서 죄수들이 살고 있는 것이다. 적어도 이 순간만은 모든 불평불만을 잊어버린다. 그래, 한번 견뎌보자. 하느님이 언젠가는 이 모든 것에서 벗어나게 해주실 테지!"

알렉산드르 솔제니친이 1962년에 발표한 이 소설에는 작가의 경험이 고스란히 녹아있다. 포병장교로 복무하다 반역죄로 체포돼 11년간이나 감옥과 수용소, 유형지를 돌아다녀야 했던 그의 경험이 이 작품을 쓰게 한 것이다. 그래서 발표 당시 스탈린 치하의 강제수용소와 그 안에서 고통 받는 죄 없는 인간들의 비극을 적나라하게 묘사했다는 평가를 받았다. 나 역시 처음에는 그렇게 읽었다.

그런데 세월이 흐르고 세상이 변하면 작품을 바라보는 시각도 달라지는 법인지, 요즘 다시 읽어보면 수용소의 하루가 딱 우리네 일상 같다. 더 편안한 침대에서 잠자고, 더 기름진 음식을 먹고, 더 좋은 작업 환경에서 일하는 것만 다를 뿐 새벽부터 밤늦게까지 숨가쁘게 쫓기듯 살아가는 건 마찬가지다. 물질적으로는 풍요해졌으나 우리는 더 오랜 시간 더욱 필사적으로 일하고, 더 절박한 심정으로 더욱 불안하게 살아가고 있다. 우리 스스로 마음의 감옥 속에 갇혀버린 부유한 노예 신세가 된 건 아닌지.

그렇다고 희망이 없는 건 아니다. 다시 작품을 보자. 수용소에는 여러 인간 군상들이 살아가는데, 다들 조금이라도 편하게 지내보려고 잔머리를 굴리고 잔꾀를 부리고 속임수를 쓴다. 하지만 전부가 그런 것은 아니다. 알료쉬카는 누가 무슨 부탁을 해도 싫다는 내색을 하는 법이 없는 인물이다. 그는 슈호프에게 이렇게 말한다. "무엇 때문에 당신은 자유를 원하는 거죠? 감옥에 있다는 것을 즐거워해야 해요! 그래도 이곳에선 자신의 영혼에 대해 생각할 수 있으니까요."

그리고 예의 저녁식사 장면에서 잠깐 나오는 키가 큰 노인, 이름도 없이 그저 죄수번호 유-81호뿐인 이 노인에게서 나는 희망을 발견한다. 다른 죄수들은 모두 새우등처럼 허리를 굽히고 있는데, 노인은 허리를 꼿꼿하게 세우고 있다. 다른 죄수들은 국그릇에 얼굴을 처박고 먹는데, 노인은 수저를 높이 들고 먹는다. 다른 죄수들은 빵을 더러운 식탁에 아무렇게나 내려놓지만, 노인은 깨끗한 천을 밑에 깔고 그 위에 내려놓는다. 얼굴에 생기라고는 하나도 없지만 그래도 당당한 빛이 있다.

결국 살아가는 태도는 우리가 선택하는 것이다. 아무리 비참한 상황 속에서도 당당하게 살아갈 수 있다. 죽음을 눈앞에 두고 있다고 가정하고, 인생에서 가장 중요한 것이 무엇인지 곰곰이 생각해보라. 그러면 이 노인처럼, 알료쉬카처럼 행동할 수 있다. 또 소박한 영혼 슈호프처럼 아무리 가혹한 조건 속에서도 담담하게 끈질기게 살아갈 수 있다.

창으로 비쳐드는 오월의 햇볕이 솜털처럼 따사롭다. 나뭇잎은 눈부시게 푸르르고 바람조차 향기가 느껴진다. 헨리 8세의 두 번째 왕비였던 앤 불린이 누명을 쓰고 단두대로 향하면서 마지막으로 한 말은 "아, 오월이군요!"였다.

Candide ou l'Optimisme / Voltaire

But let us cultivate our garden.

그러나 이제 우리의 밭을 가꾸어야 합니다.

볼테르(1694~1778) 18세기 프랑스 계몽주의를 대표하는 사상가이자 작가로 본명은 프랑수아 마리 아루에다. 일찍이 풍자시로 명성을 날리며 기존의 정치 체제와 종교를 비판해 영국과 스위스 등지로 망명해야 했다. 여러 계몽사상가들과 함께 《백과전서》를 집필했다. 프랑스의 위대한 작가, 학자, 정치가가 묻혀 있는 판테옹에 잠들어 있다.

선악을 꼰 실로 짜여 있는 우리네 인생

나이를 먹고 세상이치를 조금씩 깨쳐갈수록 새삼 고개를 끄덕이게 되는 속담이 있다. "음지가 양지 되고 양지가 음지 된다"가 그 중 하나인데, "쥐구멍에도 볕 들 날 있고 개똥밭에도 이슬 내릴 때가 있다"도 같은 의미다. 셰익스피어는 《끝이 좋으면 다 좋다》에서 좀더 고상하게 표현했다. "사람의 일생은 선악을 꼬아 만든 실로 짜여 있다."

행불행은 이처럼 돌고 도는 것이어서 운이 나빴다고 한탄하다 보면 그게 행운이 되고, 기쁨에 겨워 즐기다 보면 어느새 슬픔으로 바뀐다. 학창시절 배웠던 인간만사 새옹지마塞翁之馬의 고사는 그래서 진리다. 무엇이 행복이고 무엇이 불행인지 인간의 얕은 지식으로는 헤아릴 수 없다. 다 지나봐야 겨우 어렴풋이 이해할 수 있지만 그때 가서 알아봐야 그저 헛된 웃음만 나올 뿐이다.

《캉디드 혹은 낙관주의》의 주인공 캉디드가 딱 이렇다. 그가 생사의 경계를 넘나들면서도 끝내 버리지 않은 두 가지가 있었으니, 하나는 사랑하는 여인 퀴네공드 공주를 다시 만나야겠다는 일념이고, 또 하나는 스승 팡글로스의 가르침으로, "세상 모든 일이 선하고 최선으로 되어간다"는 낙관론이다.

하지만 캉디드가 온갖 시련 끝에 마침내 찾아낸 퀴네공드 공주는 완전히 달라져 있다. 하도 심하게 고생을 해서 검게 변해버린 얼굴, 핏발 선 두 눈에 깡마른 목, 주름이 쭈글쭈글한 뺨과 빨갛게 터서 부풀어 오른 손, 그는 꿈에도 그리던 애인 퀴네공드를 만나자 너무 놀라 세 걸음이나 뒤로 물러선다. 그래도 캉디드는 그녀와 결혼한다. 죽은 줄로만 알았던 스승과도 재회하고 충실한 하인 까깡보까지 한집에 모여 평화롭게 살아간다. 이 정도면 해피엔드가 아닐까?

물론 아니다. 잠시 즐거웠지만 얼마 안 가 캉디드는 유태인들에게 사기를 당해 재산을 잃는다. 퀴네공드는 점점 더 못생겨 갈 뿐만 아니라 잔소리가 심해져 캉디드가 견딜 수 없을 지경이 된다. 고매한 인격자였던 스승 팡글로스는 대학에서 자신의 실력을 발휘하지 못했다며 실의에 빠져버리고, 한마디 불평 없이 성실하게 자신의 역할을 다했던 까깡보마저 신세타령을 일삼는다.

세상사가 이런 것이다. 해피엔드는 없다. 잘 하면 한 가닥 깨달음을 얻을 수 있을 뿐이다. 이웃에 사는 탁발승에게 팡글로스가 묻는다. "인간이라는 이 기이한 동물이 왜 만들어진 겁니까?" 탁발승은 쏘아붙이듯 답한다. "자네가 왜 그런 일에 참견하려는 건가? 그게 자네 일인가?" 캉디드가 다시 묻는다. "이 세상에는 끔찍한 악이 넘쳐나고 있지 않습니까?" 그러자 탁발승은 이렇게 답하고는 문을 쾅 닫아 버린다. "악이 있든 선이 있든 그게 무슨 상관이란 말인가? 신께서 배 한 척을 이 집트로 보낼 때 그 안에 있는 생쥐 몇 마리가 편안할지 불편할지를 생각했을 성 싶은가?"

볼테르가 주인공 캉디드로 하여금 인간이 겪을 수 있는 모든 불행을 체험케 하고 세상의 온갖 악습과 편견에 직면토록 한 것은 단지 라이프니츠의 형이상학적 낙천주의를 조롱하기 위함이 아니라 "인생이 아무리 비참하고 가혹하더라도 묵묵히 그 운명을 감수해야 한다"는 메시지를 전하기 위해서였다. 니체도 말하지 않았는가, 아모르 파티*Amor Fati*, 네 인생을 사랑하라고. 나만 힘들고 고통스러운 게 아니다. 아니, 왜 꼭 내 삶이 편해야 한다고 생각하는가? 우리네 삶이란 언뜻 보면 비극으로 가득 차있으나 그것을 견뎌가다 보면 한편으로는 그게 즐거움이기도 하다.

캉디드는 집으로 오는 길에 한 노인을 만나 콘스탄티노플에서 처형된 대신들의 이야기를 묻는다. 그러나 노인은 아무것도 모른다. "나는 그저 수확한 과일을 팔러 갈 뿐입니다. 땅은 얼마 되지 않지만 나는 아이들과 더불어 열심히 가꾸고 있지요. 일을 하고 있으면 세 가지 커다란 불행이 우리에게서 멀어집니다. 권태와 타락, 궁핍이 그것들이지요."

그렇게 해서 다들 모든 것을 참아내고 일을 하기로 한다. 저마다 자신의 재능을 시험해보기로 한 것이다. 그러자 작은 땅에서도 많은 수확을 거둘 수 있었다. 퀴네공드는 훌륭한 과자를 만들게 됐고, 모두들 솜씨 좋은 일꾼이 되었다. 팡글로스는 다시 한번 그의 철학을 가르치려 한다. 모든 일이 다 최선의 결과로 이어졌다고, 그 동안의 고난과 역경이 다 이런 결실을 맺기 위해서 그랬던 것이라고 말이다. 그런 그에게 캉디드는 마지막으로 말한다. "옳은 말씀입니다. 그러나 이제 우리의 밭을 가꾸어야 합니다."

볼테르는 이 작품보다 12년 앞서 《쟈디그 혹은 운명》을 썼는데, 여기서도 시종일관 황당한 모험담만 들려주다 마지막에 가서야 진지해진다. "인간들은 아무것도 모르면서 판단한다"로 시작하는 천사의 경구警句는 서릿발처럼 엄하다. "우연이라는 것은 없다. 모든 것은 시련이거나 벌이거나 보상이거나 경고다. 미약한 필멸의 존재여, 마땅히 숭배해야 할 것에 맞서 다투는 짓을 멈추라."

이어지는 수수께끼는 사뭇 교훈적이다. "이 세상 모든 것들 중, 가장 길되 동시에 가장 짧고, 가장 빠르되 가장 느리며, 가장 가볍게 여기되 가장 아까워하며, 그것이 없으면 아무것도 이루어지지 않는 것은 무엇인가?" 답은 시간이다. 영겁을 재는 척도니 시간만큼 긴 것도 없지만 계획을 이루려면 늘 부족하니 시간만큼 짧은 것도 없고, 기다리는 사람에게는 시간처럼 느린 것도 없지만 즐기는 사람에게는 시간처럼 빠른 것도 없다.

그리고 두 번째 수수께끼. "감사한다는 인사도 없이 불쑥 받아서는, 방법도 모른 채 그것을 즐기고, 그것이 어떤 것인지도 모른 채 다른 이에게 주며, 종국에는 자신도 모르게 잃고 마는 것, 그것은 무엇인가?" 미적분의 발견자이기도 한 라이프니츠였다면 이렇게 물었을지 모른다. 미분해서 들여다보면 순간순간이 화려한 꽃이지만, 적분해서 바라다보면 그저 잠깐 스쳐 지나가는 바람 같은 것, 그것은 무엇인가?

■ **호밀밭의 파수꾼**

The Catcher in the Rye / Jerome David Salinger

How do you know what you're going to do till you do it?

실제로 해보기 전에 무엇을 하게 될지 어떻게 알 수 있단 말인가?

제롬 데이비드 샐린저(1919~2010) 뉴욕의 부유한 집안에서 태어나 컬럼비아 대학에서 창작수업을 받았다. 첫 장편소설 《호밀밭의 파수꾼》이 발표된 뒤 이름이 널리 알려지자 대중의 관심에 불편함을 느껴 1965년 이후 세상과 담을 쌓고 은둔 생활을 했다. 특유의 구어체 문장과 날카로운 아이러니가 작품 속에 녹아있는 게 특징이다. 영화 《파인딩 포레스터》의 모델로도 알려졌다.

다 벗겨버리고 싶다, 허위와 가식의 가면들

당신은 유명 로펌의 잘 나가는 변호사다. 서울 강남의 남부럽지 않은 아파트에 살고 있고 시골에 별장도 한 채 있다. 부인은 상류층 여성답게 우아하고 고상하다는 평을 듣는다. 실은 오늘도 부부가 함께 저녁 파티에 다녀왔다. 큰아들은 영화 시나리오를 쓰고 있고, 둘째 아들은 명문 사립학교에 다니고 있다. 늦둥이 막내딸은 눈에 넣어도 아프지 않을 만큼 예쁘다. 당신의 가정은 이처럼 행복과 평안이 넘쳐흐른다. 남들 보기에도 다 그런 것 같다.

그런데 다시 한번 냉정하게 들여다보자. 사실 오늘은 휴일인데 당신 보스가 호출해 어쩔 수 없이 파티에 참석한 것이고, 게다가 내일 새벽 일찍 비행기를 타고 출장을 떠나야 해 한 순간도 마음이 편치 않았다. 부인은 우울증이 심해 극도로 예민하다. 큰아들은 어린 나이에 벌써부터 술과 여자에 빠져 작가의 꿈은 이미 접은 상태다. 둘째는 엊그제 또 한번 퇴학을 당해 밤거리를 배회하고 있지만 당신은 전혀 모르고 있다. 막내

딸은 오늘 작은오빠가 멀리 떠나겠다고 하자 자신도 따라가겠다며 부모 몰래 짐을 쌌다.

언뜻 보면 평화롭고 행복한 가정 같지만 실은 이렇게 가면을 쓰고 살아가고 있는 것이다. 《호밀밭의 파수꾼》에 나오는 콘필드 변호사 가족이 딱 이런 모습인데, 배경은 1950년대 미국 뉴욕, 큰아들의 이름은 D. B, 둘째 아들은 홀든, 막내딸은 피비다. 줄거리는 열여섯 살 난 주인공 홀든이 영어를 제외한 모든 과목에서 낙제한 뒤 학교에서 네 번째로 퇴학을 당하고 사흘간 뉴욕에서 방황하며 지낸 이야기다.

소설은 홀든이 "지난 크리스마스 시즌에 갑자기 건강이 악화돼 요양을 가기 전에 일어났던 어처구니 없는 일들"을 소개하는 것으로 시작하는데, 당돌하게도 자신의 가족관계나 성장과정 같은 "아무짝에도 쓸모 없는 이야기들은 하고 싶지 않다"고 선을 긋는다. 그러면서 가짜가 판을 치는 이 세상의 허위와 가식을 한 꺼풀씩 벗겨낸다.

그가 다니던 고등학교의 광고에는 '1888년 이래로 우리는 건전한 사고방식을 가진 훌륭한 젊은이들을 양성해내고 있습니다'라는 문구가 있는데, 이건 정말 웃기지도 않는다고 말한다. "이곳은 다른 학교들과 별반 차이도 없다. 눈을 씻고 찾아봐도 건전한 사고방식을 가진 훌륭한 젊은이들이라고는 없다. 어쩌면 한두 명쯤 있을지 모르지만 아마도 이 학교에 들어오기 전부터 훌륭한 학생이었을 것이다."

변호사가 되는 건 어떠냐는 피비의 물음에는 아주 어른스럽게 대답한다. "죄 없는 사람들의 생명을 구해준다거나 하는 일만 할 수 있다면 좋겠지만 변호사가 되면 그럴 수만은 없거든. 일단은 돈을 벌어야 하고 몰려다니면서 골프를 치거나 브리지를 해야 해. 좋은 차를 사거나 마티니를 마시면서 명사인 척하는 그런 짓들을 해야 하는 거야. 그러다 보면 정말 사람의 목숨을 구해주고 싶어서 그런 일을 한 건지, 아니면 굉장한 변호사가 되겠다고 그 일을 하는 건지 모르게 되는 거야. 말하자면 재판이 끝나고 법정에서 나올 때 신문기자니 뭐니 하는 사람들한테 잔뜩 둘러싸여 환호를 받는 삼류영화의 주인공처럼 되는 거지."

열여섯 살짜리 문제 청소년도 이처럼 세상 물정 다 안다. 홀든은 자신의 꿈을 이렇게 털어놓는다. "나는 늘 넓은 호밀밭에서 꼬마들이 재미있게 놀고 있는 모습을 상상하곤 했어. 어린애들만 수천 명 있을 뿐 주위에 어른이라고는 나밖에 없는 거야. 난 아득한 절벽 옆에 서 있어. 내가 할 일은 아이들이 절벽으로 떨어질 것 같으면 재빨리 붙잡아주는 거야. 말하자면 호밀밭의 파수꾼이 되는 거지."

영악해 보이지만 마음 한구석에는 세속에 물들지 않은 따뜻한 사랑을 품고 있는 것이다. 홀든은 자연사 박물관을 좋아하는데, "그곳에서는 모든 것이 그대로 보존되기 때문"이다. 자연의 역사는 유리 안에서 오염되지 않은 채 언제 찾아오더라도 변하지 않은 원래의 모습을 보여주는 것이다. 그런데 이런 순수의 보존이 현실에서는 불가능하다.

홀든에게 구원의 손길을 뻗어주는 순진무구한 피비도 시간이 흐르면 어른이 될 것이고 순수를 잃을 것이다. 회전목마를 타는 피비를 바라보며 홀든이 눈물을 흘리는 것도 이 때문이다. 회전목마는 언제나 똑같지만 세상은 그렇지가 않다. 순수했던 아이가 어느새 세속에 찌든 어른이 되어 나타나는 것이다.

홀든은 서부로 가는 대신 요양원에 입원한다. 그리고 다시 학교로 가면 공부를 열심히 할 것인지 묻는 정신과 의사의 질문에 "실제로 해보기 전에 무엇을 하게 될지 어떻게 알 수 있단 말인가?"라고 반문한다. 그러고는 자기가 미워했고 싸움까지 벌였던 급우들까지도 보고 싶다고 말하는데, 홀든의 마지막 한 마디는 긴 여운을 남긴다. "누구에게든 아무 말도 하지 말아라. 말을 하게 되면, 모든 사람들이 그리워지기 시작하니까."

내가 보기에 《호밀밭의 파수꾼》은 헤르만 헤세의 《데미안》 같은 성장소설이 아니다. 홀든은 아름다운 청춘의 아이가 아니라 외로운 반항아이자 사색가다. J. D. 샐린저가 이 작품을 발표한 1951년은 소위 '진정제를 맞은 시대*Tranquilized Fifties*'라고 불린 1950년대의 시작이었다. 대다수 미국인들은 그야말로 평온한 절망 속에서 허위와 가식의 가면을 쓰고 진실을 외면한 채 살아갔다. 《호밀밭의 파수꾼》은 바로 이런 시대 분위기를 고발한 작품이다.

1950년대 미국 경제는 눈부시게 발전했고, 핵폭탄은 평화를 가져다 주었다. 거대한 부와 물질적 풍요 속에서 매카시 열풍이 아무리 거세게 불어도 침묵하기만 하면 안전했다. 이 시기는 그래서 '순응의 시대*The Age of Conformity*'이기도 했다. 그러나 그 내면에서는 무언가가 무너져 내리고 있었다. 샐린저는 홀든의 입을 빌어 그것을 말하고 싶었던 것이다. 우리 모두가 호밀밭의 파수꾼이 될 수는 없느냐고.

Our Town / Thornton Wilder

Do any human beings ever realize life while they live it? every, every minute?

살면서 자기 삶을 제대로 깨닫는 사람이 있을까요? 순간순간마다요?

손톤 와일더(1897~1975) 미국의 극작가로 인간 본성에 내재한 보편적 진리를 담은 작품을 주로 발표했다. 무대감독이 관객을 상대로 이야기하는 새로운 형식의 연극을 시도하는 등 작품의 주제와 문체를 대담하게 표현한 혁신적인 작가였다. 희곡뿐만 아니라 소설과 수필, 영화 시나리오에 오페라 작사까지 했다. 시카고 대학교와 하버드 대학교에서 비교문학과 작문을 가르쳤으며, 소설과 드라마 부문에서 퓰리처상을 세 차례 받았다.

세상이 이렇게 멋진 곳인 줄 알았더라면

영화 《아메리칸 뷰티》는 주인공 레스터 번햄 (케빈 스페이시 분)의 잔잔한 독백과 함께 시작된다. "그대가 헛되이 보내고 있는 오늘 이 시간은 어제 죽어간 어떤 사람이 그토록 살고 싶어 했던 내일일지도 모른다." 우리는 이 소중한 시간들을 얼마나 함부로 낭비하고 있는지.

19세기 영국의 낭만파 시인 로버트 브라우닝이 쓴 극시 《피파 패시스》는 공장에서 일하는 가난한 소녀 피파가 1년에 단하루 주어지는 휴일 아침 희망에 부풀어 일어나는 것으로 시작된다. "계절은 봄이고 / 하루 중 아침 / 아침 일곱 시 / 진주같은 이슬 언덕 따라 맺히고 / 종달새는 창공을 난다 / 달팽이는 가시나무 위에 / 하느님은 하늘에 / 이 세상 모든 것이 평화롭다."

러시아의 문호 톨스토이는 매일 쓰는 일기의 첫마디를 이렇게 적었다. "오늘도 나는 살아있다." 아마도 죽은 다음에는 살아있는 지금 이 순간의 소중함을 절실히 느낄 것이다. 다시는 돌아갈 수도, 돌이킬 수도 없는 그날들이기 때문이다. 하지만 죽은 뒤에 후회해 본들 무슨 소용이 있겠는가?

손톤 와일더의 3막짜리 희곡 《우리 읍내》는 바로 이런 교훈을 담담하게 전해준다. 1938년에 초연된 이 작품은 화려한 무대장치나 극적인 반전 따위는 전혀 없이 그저 뉴햄프셔 주의 그로버즈 코너즈라는 작은 시골마을에서 일어나는 소소한 일들이 줄거리다.

1막은 평범하기 짝이 없는 1901년 5월 7일, 일상의 하루다. 동이 트면 열한 살 된 조가 집집마다 신문을 배달하고, 주 2회 발행되는 지역신문의 편집국장 웹 씨네 집에서는 엄마가 아이들을 깨워 학교에 보낸다. 웹 씨의 큰딸인 에밀리는 오후에 집으로 돌아와 숙제하고, 이웃집에 사는 의사선생님 깁스 씨의 아들 조지는 야구를 한다. 밤이면 교회에서 성가대 연습이 한창이다. 한 가지 특별한 일이 있다면 은행을 새로 짓는데, 건물 모퉁이에 들어갈 정초석定礎石에다 뭘 넣을 것인가를 묻는 것이다. 이 연극에서 내레이터 겸 연출가 역할을 하는 무대감독은 이렇게 말한다.

"옛날 바빌론에는 200만 명이나 살았지만 남은 것이라고는 왕들의 이름하고 노예 계약서 몇 장뿐입니다. 하지만 바빌론에서도 저녁이면 굴뚝마다 연기가 오르고, 아버지는 일터에서 돌아오고, 그러곤 둘러앉아 식사를 했을 겁니다. 여기 우리처럼요. 저는 정초석에다 이 연극의 대본 한 권을 넣을까 합니다. 천 년 후의 사람들이 우리의 평범한 삶을 알도록 말입니다. 전 그게 베르사이유 조약이나 린드버그의 대서양 횡단 비행보다 더 중요하다고 보거든요. 천 년 후의 사람들이나 지금 여기 우리들이나 자라서 결혼하고 살다가 죽는 거, 그거야 마찬가지 아니겠습니까?"

2막은 3년이 흘러 1904년 7월 7일, 에밀리와 조지가 결혼하는 날이다. 오르간에서는 헨델의 '라르고'가 흘러나오고 교회 종소리도 들린다. 딸을 시집 보내는 웹 부부의 서운해하는 마음, 축하해주는 이웃들, 주례를 선 무대감독은 말한다. "한 남자와 한 여자가 결혼을 하고… 오두막에서 아이를 낳아 기르고, 일요일 오후에 산책을 나가고, 신경통에 걸리고, 손주들이 생기고, 두 번째 신경통, 임종, 유서 낭독… 살다 보면 즐거운 일보다 괴로운 일이 훨씬 더 많은 법이지요."

멘델스존의 결혼행진곡이 연주되고 기쁨에 찬 신랑신부는 즐겁게 통로를 지나가는데, 객석에 앉아있던 쏘옴즈 부인은 눈물까지 흘린다. "정말 어울리는 한 쌍 아니에요? 이렇게 훌륭한 결혼식은 난생 처음이에요. 잘들 살 거야."

3막은 다시 9년이 흘러 1913년 여름. 무대는 "수많은 슬픔이 서린 곳이자, 언젠가 우리도 와야 할" 마을의 공동묘지다. 에밀리는 둘째 아이를 낳다 죽어 얼마 전 이곳에 묻혔다. 하지만 두고 온 세상이 그리워 무대감독에게 딱 하루만 자신이 살아있던 날로 돌아갈 수 있게 해달라고 사정한다. 그렇게 해서 14년 전 자신의 열두 번째 생일날로 돌아가지만 엄마는 음식 잘 씹어먹으라는 잔소리를 하며 계속해서 음식을 만들고 선물 이야기를 하느라 바쁘기만 하다. 서로 눈을 마주칠 시간도 없다. 에밀리는 다급하게 외친다.

"엄마, 잠깐만 저를 진정으로 봐주세요. 옛날처럼요. 벌써 14년이 흘렀어요. 저는 조지와 결혼했고, 엄만 손주를 보셨어요. 전 이제 죽었어요. 동생 윌리도 캠프 갔다가 맹장이 터져 죽었잖아요. 그때 얼마나 슬펐어요? 하지만 지금은 이렇게 우리 모두 함께 모였어요. 엄마, 잠시 동안 행복한 거예요. 그러니 우리 한번 서로를 좀 쳐다보도록 해요."

하지만 엄마는 이 말을 듣지 못하고 선물 얘기만 늘어놓는다. 에밀리는 두 팔로 엄마의 목을 껴안아 보기도 하지만 도저히 참을 수 없다. 에밀리는 끝내 울음을 터뜨리며 무대감독에게 다시 저승으로 데려다 달라고 한다. 아직 시간이 많이 남았지만 도저히, 더는 도저히 견딜 수가 없다.

"몰랐어요. 모든 게 그렇게 지나가는데, 그걸 몰랐던 거예요. 데려다 주세요. 산마루 제 무덤으로요. 아, 잠깐만요. 한번만 더 보고요. 안녕, 이승이여. 안녕, 우리 마을도 잘 있어. 엄마, 아빠, 안녕히 계세요. 똑딱거리는 시계도, 엄마의 해바

라기도, 맛있는 음식도, 커피도, 갓 다림질한 옷도, 뜨거운 목
욕물도, 잠자리에 들고 잠에서 깨어나는 것도. 아, 이 세상이
이렇게 멋진 곳인 줄 알았더라면. 안녕."

　에밀리는 눈물을 흘리며 불쑥 묻는다. "살면서 자기 삶을 제
대로 깨닫는 사람이 있을까요? 순간순간마다요?"

　과연 우리는 오늘 하루가 주어진 데 대해 얼마나 감사하며
살아가고 있는지. 창 밖을 보니 어느새 겨울이 물러가고 봄날
이 시작되고 있다. 오늘 하루는 마음먹고 사랑하는 사람을 오
래도록 바라보자.

달려라 토끼

Rabbit, Run / John Updike

Love makes the air light. Things start anew.

사랑이 공기를 가볍게 만든다. 모든 것이 새 출발을 하고 있다.

존 업다이크(1932~2009) 미국의 소도시에서 살아가는 중산층의 삶에 밀착한 작품을 주로 썼다. 소설과 시, 에세이, 비평 등 여러 장르를 넘나들며 60권이 넘는 책을 출간했는데, 《달려라 토끼》를 시작으로 《돌아온 토끼》《토끼는 부자다》《토끼 잠들다》까지 10년 주기로 발표한 토끼 4부작이 대표작으로 손꼽힌다.

새 날은 깨어있을 때만 찾아올지니

무심코 서가에서 헨리 데이비드 소로의 《월든》을 꺼내든다. 수없이 접혀있는 책장冊張을 하나씩 펼쳐가다 눈이 딱 멈춘다. "왜 우리는 이렇게 쫓기듯이 인생을 낭비해가며 살아야 하는가?"

소로 이 친구, 참 매력적이다. 앞쪽으로 다시 책장을 넘긴다. "사람들은 대부분 평온한 절망quiet desperation 속에서 살아간다." 그래, 맞다. 늘 정신 없이 바쁜 일상, 어딘가로 탈출하고 일탈하고 싶지만 어느새 익숙해져 그냥 살아간다. 소로는 그것을 꿰뚫어 본 것이다.

그러거나 말거나 사람들은 더 세게, 더 빨리, 더 열심히 달린다. 그리고 《월든》이 출간된 지 106년이 지난 1960년에 소로와 마찬가지로 하버드 출신인 신예작가 존 업다이크가 《달려라 토끼》를 발표했다. 당시 그의 나이는 스물여덟, 대학 선배 소로가 월든 호숫가에 오두막을 짓고 살기 시작했던 나이와 같았는데, 작품 속 주인공 래빗도 그 나이다.

1950년대 필라델피아 인근의 소도시 브루어에서 동네 주방
용품점을 돌며 신제품을 선전하고 다니는 세일즈맨 해리 앵스
트롬, 그는 래빗(토끼)이라는 별명이 말해주듯 고등학교 시절
잘 나가는 스타 농구선수였다. 하지만 지금은 골목길에서 아
이들과 어울려 공을 던지는 신세다. 그는 그 과정을 잘 안다.

　　"조금씩 올라가다가 꼭대기에 닿으면 모두 환호한다. 눈에
땀이 들어가 앞은 잘 보이지 않고, 주위에서 소용돌이치는 소
음에 몸이 위로 올라가는 듯한 기분이다. 그러다 퇴장한다. 처
음에는 다들 기억해준다. 기분이 좋다. 그러다 마침내 이런 아
이들에게 하늘 한 조각에 불과한 존재가 되고 만다. 아이들은
그를 잊은 게 아니다. 더 나쁘다. 들어본 적도 없는 것이다."

　　그는 아직도 일류 농구선수였던 한때의 기억에 사로잡혀 있
지만 지금은 모든 게 이류다. 특히 아내 재니스와의 관계가 그
런데, 재니스는 하루 종일 텔레비전 앞에 붙어사는 알코올 중
독자다. 그는 목사에게 말한다. "어떤 것에, 그게 뭐가 되었든,
어떤 분야에서 일류가 되면 이류가 되는 게 뭔지 감이 좀 잡
히는 것 같아요."

　　그는 결국 임신 중인 아내와 두 살 된 아들을 버려둔 채 집
을 나간다. 직장도 팽개치고 고교시절 농구 코치가 소개해 준
여자 루스와 동거한다. 특별한 가출 동기는 없다. 그냥 아내가
담배를 한 갑 사다 달라고 했을 뿐이다.

"나는 저 안에 풀로 붙어 있는 것 같았어요. 수많은 망가진 장난감이며 빈 잔과 함께 말이에요. 텔레비전은 꺼질 줄 모르고, 빠져나갈 길은 보이지 않고. 그러다 갑자기 빠져나가는 게 사실 얼마나 쉬운가 하는 생각이 들었습니다. 그냥 걸어나가면 되니까. 젠장, 과연 쉽더군요."

이렇게 어느 날 갑자기 탈출까지 감행하지는 못하더라도, 래빗이 느꼈던 이런 감정을 다들 몇 번쯤 경험해봤을 것이다. 하지만 그렇게 달리고 또 달려도 영원히 도망칠 수는 없다. 아내가 딸을 출산하던 날 그는 집으로 돌아간다. 재니스도 술을 끊겠다고 결심하고, 장인은 그에게 새 직장을 구해준다. 그런데 그는 며칠 만에 다시 도망친다. 그 바람에 아내는 술을 마시고, 술에 취한 채 어린 딸을 목욕시키다 실수로 딸을 목욕물에 빠뜨린다.

혼절한 아내 곁으로 돌아온 그에게 장인은 이야기한다. "인생은 계속되어야 하네. 인생은 계속되어야 해. 우리에게 남은 것을 가지고 계속 나아가야 해." 장인은 그보다 훨씬 오랜 세월 동안 단련돼 왔고, 그래서 알고 있는 것이다. 삶이란 어떤 식으로든 계속 살아내야 한다는 것을.

하지만 래빗은 어린 딸의 장례식에 참석했다가 또 다시 도망친다. 그리고 찾아간 루스, 그녀는 그에게 임신 사실을 알린다. 그는 아이를 낳으라고는 하지만, 부인과 이혼을 하든지 자신을 잊든지 둘 중 하나를 택하라는 루스의 재촉에는 모르겠다는 말밖에 할 수 없다.

"모르겠어. 그는 루스에게 계속 그렇게 말했다. 그는 모른다. 뭘 해야 할지. 어디로 가야 할지. 무슨 일이 벌어질지. 그가 모른다는 생각이 그를 무한히 작게, 잡는 것이 불가능하게 만드는 것 같다. 그 작음이 광대함처럼 그를 채운다. 상대편이 그가 잘한다는 이야기를 듣고 수비 두 명을 붙이는 바람에 어느 쪽으로 돌든 둘 중 한 명과는 부딪치게 되어있어 할 수 있는 일이라고는 패스하는 것밖에 없던 때와 비슷하다."

제목처럼 래빗은 무조건 열심히 달리지만 목적지가 없다. 욕망은 있지만 꿈이 없는 것이다. 탈출하고는 싶은데 어디로 가고 싶은지 알지 못한다. 굳이 이름 붙이자면 '목표의식 결여증 후군'쯤 될 것 같다.

계속된 일탈과 불안의 이면에는 알 수도 없고 그래서 채울 수도 없는 삶의 욕망, 영혼의 갈증이 숨어있겠지만 해답은 없다. 너무 무책임한 것일 수도 있고, 스스로 자신이 무가치한 존재라고 느꼈기 때문일 수도 있다.

혹시 그에게 희망은 없었을까? 그래서 다시 처음부터 읽는다. 동네아이들과 2대5로 농구를 한 다음 골목길을 따라 올라가던 래빗은 새로운 가능성을 맛본다. 그래서 담뱃갑을 꺼내 쓰레기통에 버리고는 자족감에 윗입술이 슬며시 올라간다. "3월이다. 사랑이 공기를 가볍게 만든다. 모든 것이 새 출발을 하고 있다."

긴 인생을 살아가다 보면 몇 번씩 의문의 시간이 찾아오기 마련이다. 나는 어쩌다 이렇게 막막한 상황에 처하게 된 것일까? 내 삶은 왜 이토록 잘 풀리지 않는 것일까? 결정적인 순간 내 앞길을 가로막는 이 장애물은 누구 때문에, 무엇 때문에 생긴 것일까? 끝없는 의문들, 이런 물음은 고통만 안겨주고 자꾸만 방황하게 만들지만 때로는 새로운 도전의 출발점이 되기도 한다. 깨어나기만 하면 말이다.

평온한 절망 대신 선택한 불안한 새 출발, 그렇게 자꾸 달리기만 하는 래빗에게 나는 소로의 말을 들려주고 싶다. 새로운 날은 우리가 깨어있을 때만 찾아온다고.

Vishnyovyi sad / Anton Pavlovich Chekhov

Life has slipped by as though I hadn't lived.

살긴 살았는데 도무지 산 것 같지가 않아.

....

안톤 파블로비치 체호프(1860~1904) 모스크바 대학 의학부 시절 생계를 위해 콩트와 유머 소품을 쓰기 시작했다. 의사가 된 뒤에는 결핵에 시달리면서도 일상의 삶과 그 속에 담겨있는 진실을 보여주는 작품을 많이 남겼다. 단편소설 〈귀여운 여인〉은 톨스토이의 극찬을 받았고, 《갈매기》를 비롯한 희곡은 현대극의 형식을 확립했다는 평가를 받고 있다.

가까이서 보면 비극, 멀리서 보면 희극 같은 인생

웃기지 않는 코미디는 앙꼬 없는 찐빵이요 물 없는 호수다. 코미디喜劇란 관객들에게 웃음과 즐거움을 주는 극이라고 사전에 나와 있다. 그러니 웃겨야 한다. 그런데 코미디가 우울하고 쓸쓸하고 애잔하고 슬프기까지 하다면?

체호프는《벚꽃 동산》에 '4막 코미디'라는 부제를 붙여놓았다. 하지만 1막 첫 장면의 지문부터 좀 무겁고 어둡다. "곧 해가 뜨려는 새벽, 이미 벚꽃이 핀 5월이지만 동산에는 아침 서리가 내렸고 춥다. 창문들은 닫혀 있다."

극은 주인공 라네프스카야가 5년만에 벚꽃 동산에 돌아오는 것으로 시작된다. 그녀는 남편과 사별하고 어린 아들마저 강물에 빠져 죽자 외국으로 건너가 기둥서방 같은 인물과 방탕한 생활을 해왔다. 그렇게 있는 돈을 다 써버리고 허영에도 지쳐버리자 자신을 찾아온 딸 아냐와 함께 조상 대대로 물려받은 영지로 돌아온 것이다.

하지만 백과사전에도 실려 있을 정도로 유명한 벚꽃 동산은 빚으로 인해 곧 경매에 부쳐질 운명이다. 과거 그녀의 집에서 농노 생활을 했던 상인 로파힌은 벚꽃 동산을 별장용으로 임대하면 빚을 갚을 수 있을 것이라고 조언한다. 그러면 시대에 뒤떨어진 벚꽃 동산도 벌목해야 할 것이라고 덧붙인다. 하지만 라네프스카야는 귓등으로도 듣지 않는다. 동산을 바라보며 오로지 옛날 생각뿐이다.

"오, 나의 순수한 어린 시절! 그때도 동산은 이랬어. 조금도 변하지 않았어. 정말 온통, 온통 하얘! 오, 나의 동산! 어둡고 음산한 가을과 추운 겨울을 겪고도 너는 다시 젊고 행복에 넘치는구나. 하늘의 천사들도 너를 저버리지 않을 거야. 아, 내 어깨와 가슴에서 무거운 돌을 내려놓을 수만 있다면. 아, 나의 과거를 잊을 수만 있다면!"

벚꽃 동산은 그녀에게 현재의 현실이 아니라 과거의 추억일 뿐이다. 일생에 단 한 번만이라도 현실을 직시하라는 말에 그녀는 마치 시력을 잃은 듯 아무것도 보이지 않는다고 대답한다. 심지어 경매가 부쳐지던 날 그녀는 악단을 불러 무도회까지 연다. "다가오는 불행이 믿어지지 않아서 어떻게 해야 할지 아무것도 모르겠어. 정말 모르겠어."

매력적인 외모에 엄청난 재산까지 물려받은 귀족 신분이지만 현실을 직시하지 않은 채 그저 화려했던 옛날이 그대로 이어지기만 바라는 라네프스카야, 그러나 주위를 둘러보면 많은 사람들이 그녀처럼 눈앞의 상황을 믿고 싶지 않아 눈을 질 끈 감아버리고, 그것도 모자라 일부러 유쾌한 음악에 빠져 정신줄까지 놓아버린다. 물론 그런다고 해서 달라지는 건 하나도 없다. 그럴수록 현실은 한층 더 냉혹하게 다가선다.

마침내 벚꽃 동산이 팔렸다는 소식이 들려온다. 로파힌이 낙찰 받은 것이다. 그는 발을 구르며 외친다. "벚꽃 동산은 이제 내 것입니다! 내 것! 아버지, 할아버지가 농노로 지냈던, 부엌에조차 들어가지 못했던 바로 그 영지를 샀습니다. 나는 꿈을 꾸고 있는 겁니다. 상상에 취해 있는 겁니다. 이건 알 수 없는 어둠에 묻힌 당신네들의 공상의 열매입니다."

로파힌은 벚꽃 동산을 별장용지로 만들기 위해 벌목 작업을 시작하고, 라네프스카야는 자신이 나고 자랐던 고향집과 작별 인사를 한다. "1분만, 1분만 더 앉아 있겠어요. 이 집의 벽이며 천장이며 처음 보는 것 같아. 그래서 지금 열심히 보고 있는 거예요."

마차는 떠나고 텅 빈 무대에 여든일곱 살 먹은 늙은 하인 피르스가 들어온다. 그는 아침에 몸이 아파 병원에 다녀온 참이다. 사람들이 자신을 잊은 채 휑하니 떠나버린 건 괜찮지만, 젊은 나리가 털 외투를 입고 가도록 보살펴 주었어야 했는데 마지막까지 챙겨주지 못한 게 아쉬울 뿐이다.

"살긴 살았는데 도무지 산 것 같지가 않아. 좀 누워야겠어.

기운이 하나도 없군. 아무것도 남은 게 없어. 아무것도. 에이, 바보 같으니!"

4막의 마지막 장면은 이렇게 쓸쓸한 여운을 남기는 지문과 함께 끝난다. "마치 하늘에서 울리듯 멀리서부터 줄 끊어지는 소리가 구슬피 울리고 나서 잦아든다. 정적. 벚꽃 동산 멀리서 나무에 도끼질하는 소리가 들릴 뿐이다."

아무리 읽어봐도 웃음과는 거리가 멀다. 오히려 등장인물들의 대사와 몸짓에는 한숨과 탄식, 안타까움이 배어있다. 차라리 비극에 가깝다. 오죽했으면 체호프의 마흔네 번째 생일에 맞춰 1904년 1월 17일 모스크바 예술극장에서 첫 무대에 올려졌을 때도 연출자가 비극으로 그려냈을까.

그런데 체호프는 무척 화를 내며 항변했다고 한다. 이건 매우 우습고 즐겁고 경쾌한 코미디라고 말이다. 그리고 아냐는 절대 눈물을 흘리지 않았다고 지적했다. 벚꽃 동산이 팔리던 날 아냐는 울고 있는 엄마에게 다가가 이렇게 말했다.

"엄마! 아름답고 착하신 엄마, 엄마를 사랑해요. 엄마를 축복해요. 벚꽃 동산은 팔렸어요. 이제는 없어요. 그렇지만 울지 마세요. 엄마에게는 삶이 남아 있어요. 그리고 훌륭하고 순수한 영혼이 있잖아요. 함께 이곳을 떠나요! 이곳보다 더 화려한 새 동산을 만들어요. 새로운 동산을 보면 기쁨이, 깊고 편안한 기쁨이 엄마의 영혼에 깃들 거예요! 마치 석양의 태양처럼 미소 짓게 될 거예요, 엄마!"

찰리 채플린의 말처럼 인생은 가까이서 보면 비극이지만 멀리서 보면 희극일지 모른다. 체호프가 끝까지 자신의 작품을 코미디라고 강조했던 이유는 우리 삶을 한번 멀리서 바라보라고, 그러면 눈앞의 슬픔 따위는 아무것도 아니라는 메시지를 전해주기 위함이었을 것이다.

남들보다 조금 뒤처졌다고 해서 너무 슬퍼할 것도 없고 조급해하거나 자책할 일도 아니다. 아냐가 말한 것처럼 벚꽃 동산이 팔렸다고 해서 세상이 끝나는 것도 아니다. 밤이 찾아와도 삶의 희망은 여전히 남아 있다. 저녁노을은 그래서 아침 햇살처럼 아름다울 수 있는 것이다.

그러고 보니 올해 벚꽃은 유난히 화려하다. 문밖은 온통 벚꽃 동산이다.

■ **테스**

Tess of the D'Urbervilles / Thomas Hardy

Come to me, and save me from
what threatens me!

나에게로 와서 나를 위협하는 모든 것으로부터 나를 구해주세요!

....

토머스 하디(1840~1928) 석공의 아들로 태어나 고등학교를 마친 뒤 건축사 사무실에서 도제생활을 하다 작품 활동을 시작했다. 어머니의 영향으로 어린 시절부터 책을 좋아하고 고독을 사랑했다. 사회적 인습과 불합리한 제도를 공격한 《테스》와 《이름없는 주드》가 보수 진영으로부터 심한 비난을 받자 1895년 소설가로서 절필을 선언하고 죽을 때까지 시만 썼다.

가혹한 운명 앞에서는 누구나 작은 노리개일 뿐이지만

신문기자 시절 사회부 데스크에 앉아 있는 날이면 하루에도 수십 수백 건의 사건 사고 기사를 처리해야 했다. 작은 절도 사건부터 안타까운 교통사고와 화재사고, 끔찍한 살인사건에 이르기까지 이 사회의 어두운 구석구석을 보여주는 온갖 기사들이 들어왔는데, 주로 경찰 출입기자들이 보내오는 짤막한 문장들에는 '6하 원칙'에 따라 나열된 드라이한 팩트만이 담겨 있었다.

가령 이런 식이다. "미모의 젊은 여성 김아무개(31세)가 동거하던 재력가 남성 이아무개(42세)를 살해하고 오래 전 헤어졌던 남편과 함께 도주행각을 벌이다 6일만에 검거됐다. 경찰은…." 신문 사회면에서 읽을 수 있는 기사는 늘 이렇게 단순하다. 절망적일 정도로 냉정하고 건조하다. 인간의 감정이나 연민 따위는 끼어들 여지가 없다. 그저 또 한 건의 치정 살인극 발생, 도주하던 범인 검거, 이것으로 끝이다.

하지만 다시 잘 읽어보자. 단어 하나하나에 "왜?"라는 의문사를 붙여보자. 그러면 그저 무심하게 써내려 간 문장 속에 배어있는 애절한 사랑과 슬픔, 한없는 분노와 절망, 지워지지 않는 미련과 안타까움이 느껴질 것이다. 그 안에 얽혀있는 한 명 한 명의 실타래 같은 인생사를 재구성하면 아마도 수백 쪽 분량의 소설도 쓸 수 있을 것이다.

《테스》가 바로 이런 작품이다. 비록 실화를 바탕으로 한 것은 아니지만 토머스 하디는 이 소설에 순수한 여인*A Pure Woman*이라는 부제까지 붙여두었다. 미혼모에 법적으로는 간통을 했으며 살인까지 저지른 여인을 순수하다고 했으니 출간 당시 전통과 인습을 중시하는 교회와 비평가들로부터 매도 당할 만도 했다. 그러나 테스가 살아온 인생 행로를 추적해보면 그녀는 남자나 돈을 탐하거나 쾌락이나 좇는 악한 여성이 아니라 천성이 착하고 정직한 여인이다.

작약빛 입술과 크고 순결한 눈을 가진 그림처럼 예쁜 시골 처녀, 테스는 처음에 이렇게 소개되지만 그녀의 비극은 태어나면서부터 시작된 것이나 마찬가지다. 아버지 잭 더비필드는 가난하고 어리석은 행상이다. 어머니는 지능이 초등학생 수준이고, 그녀 아래로는 나이 어린 동생들이 여섯이나 있다. 아버지는 자기가 옛날에 기사였던 더버빌 가문의 직계 후손이라는 얘기를 듣고는 더 게을러져서 술에 빠져 지낸다. 답답한 인생, 불운은 늘 예고 없이 끼어든다.

술 취한 아버지를 대신해 밤중에 벌통을 마차에 싣고 장에 가다 사고로 집안의 제일 값 나가는 재산인 말이 죽는다. 테스는 책임을 느끼고 더버빌이라는 성을 가진 가짜 친척의 저택으로 일하러 갔다가 그 집 아들인 알렉에게 유린당한다. 임신한 몸으로 집에 돌아온 테스는 사람들의 눈을 피해 출산하지만 소로 *Sorrow*(슬픔)라는 이름의 이 아이는 얼마 안가 죽는다.

시련은 계속 이어진다. 테스는 농장에서 젖 짜는 일을 하다 만난 에인절과 사랑에 빠져 결혼에 성공한다. 그러나 첫날 밤 과거의 불행한 일을 고백하자 에인절은 그녀를 용서하지 못하고 떠나가 버린다. 그녀는 에인절이 돌아오기를 기다리며 모질게 악착같이 살아나간다.

줄거리를 다 알고서 읽는데도 책을 확 던져버리고 싶어질 만큼 화가 날 지경이다. 왜 이리도 힘든 인생을 살아가야 하는가? 이런 생각을 가졌던 독자는 나뿐만 아닐 것이다. 그러나 어쩌겠는가, 그것이 운명인 것을! 그래도 꿋꿋하게 살아가야 한다. 가혹한 운명이라고 하지만 그것이 자연의 법칙이다. 너무나도 힘들어 차라리 죽고 싶어질 때 비로소 깨닫게 된다. 테스도 그랬다. 에인절에게 버림받은 테스가 어느 날 사람들 눈을 피해 숲 속에서 하룻밤을 지내던 장면을 보자.

그녀는 밤새 나뭇잎 사이에서 들려오는 이상한 소리에 잠을 이루지 못하는데, 그럴수록 자신이 이 세상에서 가장 비참한 처지고 자신의 인생이 낭비된 것처럼 느껴진다. 차라리 하루빨리 죽음이 찾아와 육신이 사라져버렸으면 좋겠다는 생각도 한다. 그런데 다음날 동틀 녘에 일어나 보니 나무 주위에 여러 마리의 꿩들이 피를 흘리며 떨어져 있다. 전날 사냥꾼들에게 쫓겨 피해왔던 꿩들이었다. 총을 맞고 그 자리에서 죽은 녀석들은 사냥꾼들이 찾아서 집으로 가져갔지만 심하게 상처를 입은 녀석들은 사냥꾼의 눈을 피해 나뭇가지 무성한 곳에 숨었다가 밤사이 피를 너무 많이 흘려 결국 땅으로 떨어진 것이었다.

테스는 눈에 보이는 꿩들을 모조리 목을 비틀어 죽였다. 꿩들의 아픔이 자신의 아픔만큼이나 슬퍼 보였고, 그래서 아직도 살아있는 꿩들을 고통에서 해방시켜주려는 것이었다. 눈물을 흘리며 꿩을 죽이는 동안 테스는 뭔가를 깨닫는다. "가엾은 사람들, 이렇게 비참한 광경을 보고도 나를 세상에서 제일 불쌍한 존재라고 생각하다니! 나에게는 육체적인 고통이라고는 눈곱만큼도 없는데! 육신이 갈기갈기 찢어진 것도 아니고 피를 철철 흘리는 것도 아니야. 음식을 먹고 옷을 입는 데 쓸 두 손이 아직 멀쩡하잖아!"

그렇다. 건강하면 그것으로 충분하다. 자연은 인간을 동정해주지도 않지만 그렇다고 사회가 만든 제도나 인습처럼 인위적인 죄를 덮어씌워 차별하거나 벌을 주지도 않는다. 남의 시선 의식할 것 없이 자연의 법칙에 순응하며 살아가면 된다. 우리를 지배하는 것은 사회가 만든 제도와 인습이 아니라 자연의 법칙이니까.

그런데 한 번 깨달았다고 해서 다 끝나는 게 아니다. 삶은 계속 이어지고, 어쩌면 더 가혹할 수도 있는 새로운 운명과 조우해야 한다. 테스도 예외가 아니다. 어머니는 병들고, 아버지는 죽고, 살던 집에서도 쫓겨나는 불운이 계속 덮쳐온다. 게다가 그녀의 인생을 망친 알렉이 가족을 돌봐주겠다며 다시 유혹해온다. 그녀는 지금 어디 있는지도 모르는 에인절에게 편지를 쓴다.

"무서운 일이 일어나기 전에 지금 나에게로 와줄 수 없나요? 나에게로 오세요. 나에게로 와서 나를 위협하는 모든 것으로부터 나를 구해 주세요!"

이런 애절한 호소가 와 닿은 것일까? 브라질에 있던 에인절은 비로소 깨어난다. 인생의 가치가 아름다움이 아니라 연민 속에 있음을 알게 된 그는 초췌한 모습으로 테스를 찾아온다. 그런데 늘 그렇지만 구원의 손길은 한 발 늦게 도착한다. 테스는 이미 알렉의 정부가 돼있다. 에인절은 뒤돌아서고 방으로 들어간 테스는 자신을 추궁하는 알렉을 죽인 뒤 에인절을 쫓아간다.

테스는 그렇게 사랑을 되찾지만, 처음으로 행복이 무엇인지 알게 되지만, 사랑하는 사람의 곁에서 마지막으로 보낸 시간은 너무 짧다. "내가 자기를 그렇게 사랑할 때 자기는 왜 멀리가 버렸어요? 왜 갔어요? 자기가 왜 그랬는지 이유를 모르겠어요. 나는 정말로 자기를 다시 만나고 싶었어요. 너무나, 너무나요!"

돌기둥 아래서 잠든 그녀의 주위를 열여섯 명의 경관들이 에워싼다. 에인절은 다가오는 그들을 향해 낮은 목소리로 간청한다. "잠이 깰 때까지만이라도 그대로 두세요!"

테스가 교수형에 처해진 마지막 장면은 이렇게 묘사된다. "정의가 행해지고 신들의 대수장首長이 테스와의 희롱을 끝낸 것이다." 이 소설을 처음 읽었을 때는 테스가 너무 측은하고 안타깝게만 여겨졌는데, 나이가 들수록 이런 감상은 줄어들고 가혹한 운명 앞에서는 누구나 작은 노리개에 불과하다는 생각이 든다.

하디의 말처럼, 사랑하는 사람이 사랑하는 시간과 일치하는 일은 거의 없다. 보는 것이 행복한 순간에 하늘이 "보라!"고 말하는 경우도 없고, 인간이 "어디요?"라고 외칠 때 "여기"라고 답해주는 경우도 없다. 어차피 행복이란 우리 피조물이 감히 꿈꿀 수 없는 것인지도 모른다. 정말로 운 좋게 이것이 행복인가 하고 잠시 느낄 때도 있지만 그런 순간은 너무나도 빨리 지나가버린다.

그런 점에서 《테스》는 비극이지만 해피엔드다. 가련한 여주인공이 운명을 향해 살인이라는 마지막 도전장을 던졌고, 사랑하는 사람과의 행복한 엿새를 얻어낼 수 있었으니 말이다.

Homage to Catalonia / George Orwell

I sometimes fear that we shall never wake till
we are jerked out of it by the roar of bombs.

나는 가끔 이런 두려움에 사로잡히곤 한다. 우리가 폭탄의 굉음에
화들짝 놀라기 전까지는 결코 잠에서 깨어나지 못할 것 같다는 두려움 말이다.

조지 오웰(1903~1950) 본명은 에릭 아서 블레어*Eric Arthur Blair*로 식민지 인도에서 하급 관료의 아들로 태어났다. 영국에서 이튼 스쿨을 장학생으로 졸업하고 5년간 버마에서 인도제국 경찰관으로 근무하며 제국주의의 추악함에 눈떴다. 스탈린의 배신과 공산주의 독재 체제를 우화로 그려낸 《동물농장》과 전체주의의 종말을 작품화한 디스토피아 소설 《1984》가 대표작이다.

울면서 잠에서 깨어나지 않으려면

시궁이후공詩窮而後工이란 말이 있다. 중국 송나라 때의 문인 구양수歐陽脩가 한 말인데, 안락한 삶에 파묻혀 아무런 문제 의식 없이 지내다 보면 사물의 참모습을 볼 수 없고 좋은 시도 쓸 수 없다는 의미다. 조지 오웰만큼 이 말이 딱 들어맞는 작가도 드물다. 그는 어려운 시대를 살다간 지식인으로서 시대의 문제를 절실하게 체험했고, 그 절실함을 예술 작품으로 녹여냈다. 스페인 내전은 오웰의 삶에서 바로 '궁'이었다.

"그 이후 나는 내가 어디에 서 있는가를 알게 됐다. 내가 책을 쓰는 이유는 내가 폭로하고 싶은 어떤 거짓말이 있기 때문이고, 사람들을 주목하게 하고 싶은 어떤 진실이 있기 때문이다."

오웰은 우리에게 《동물농장》(1945)과 《1984》(1949)로 더 잘 알려져 있지만, 이 두 작품의 출발점은 《카탈로니아 찬가》(1938)다. 《카탈로니아 찬가》를 읽지 않고는 그가 왜 《동물농장》과 《1984》를 썼는지 정확히 이해할 수 없기 때문이다.

오웰은 1936년 7월 스페인 내전이 벌어지자 곧바로 스페인으로 달려간다. 그 해 12월이었다. 그는 파시즘에 맞서 민주주의를 지키겠다는 순수한 목적 하나로 노동자 계급이 주도하는 통일노동자당 산하의 의용군에 들어간다. "나는 신문기사를 쓸까 하는 생각으로 스페인으로 갔다. 하지만 가자마자 의용군에 입대했다. 그 시기, 그 분위기에서는 그것이 해볼만한 가치가 있는 유일한 일이었기 때문이다."

그런데 150일 동안이나 전선에 있다가 약간의 휴식을 찾아 바르셀로나에 왔더니 또 치안대와 전투를 치러야 했다. 그는 매일같이 전투가 벌어지는 시가지의 한 건물 위에서 지독하게 울려대는 소총 소리를 듣다 보니 올바른 상황 분석은 한 번도 못했다고 말한다. "내가 주로 생각했던 것은 이 비참한 내분의 옳고 그름이 아니라, 단지 밤낮으로 불편하기 짝이 없는 지붕에 앉아 있는 일의 고생과 권태, 그리고 점점 심각해지는 배고픔뿐이었다." 그는 실제로 며칠씩이나 제대로 식사를 하지 못하고 있었다.

게다가 프랑코 반란군에 맞서는 공화파 군대 안에는 심각한 알력이 있었고, 소련 스탈린 정권의 배후 조종을 받는 스페인 공산당은 통일노동자당을 불법화한다. 오웰이 전선에서 목에 총상을 입고 후송된 직후였다. "나는 줄곧 되뇌었다. 왜 나를 잡아간단 말이야? 무슨 짓을 했길래? 아내는 차분하게 상황을 설명했다. 당신이 무슨 짓을 했느냐는 중요하지 않다. 이것은 범죄자 검거가 아니다. 단지 공포정치일 뿐이다. 당신은 어떤 범죄를 저지른 것이 아니라 트로츠키주의라는 죄를 지었다."

전선에서 함께 싸웠던 동지들이 무더기로 체포되는 와중에 오웰은 아내와 함께 가까스로 스페인을 탈출한다. 그는 분노한다. 스페인에 처음 도착했을 때의 설레임과 해방감이 이제 두려움과 실망감으로 끝나버린 것이었다. "모든 것이 바뀌어 버렸다는 사실이 신기했다. 무정부주의자들이 지배하던 여섯 달 전만 해도 프롤레타리아처럼 보여야 존경을 받을 수 있었다. 그런데 이제는 반대가 되었다. 부르주아처럼 보이는 것만이 살 길이었다."

오웰은 스페인에서 자신이 직접 보고 경험한, 감출 수 없는 진실과 불의를 고발하기 위해 펜을 들었다고 밝힌다. "나는 당시 영국에서는 아는 사람이 별로 없었던 한 가지 사실, 무고한 사람들이 엉뚱하게 비난 받고 있다는 사실을 알고 있었고, 또 그 사실에 분노하고 있었기 때문에 이 책을 썼다."

그러나 이 책은 제목처럼 만가輓歌가 아니라 찬가讚歌로 읽혀져야 한다. 비록 패배했고 환멸에 몸서리칠지언정 그래도 희망을 보았기 때문이다. 그는 입대하기 전날 이탈리아인 의용병과 마주친다. 친구를 위해서라면 살인이라도 마다하지 않고 자기 목숨을 내던질 사람의 얼굴이었다. 그가 오웰의 손을 강하게 움켜쥐자 첫눈에 호감을 느낀다.

"그의 영혼과 내 영혼이 언어와 관습의 간극을 뛰어넘어 순간적으로 완전히 밀착된 것 같았다. 내가 그를 좋아하는 것만큼이나 그도 나를 좋아했으면 하고 바랐다. 그러나 동시에 그에 대한 첫인상을 유지하려면 두 번 다시 그를 만나서는 안 된다는 것도 알았다."

내가 이 책에서 가장 좋아하는 대목은 1월의 추운 새벽 꽁꽁 언 몸으로 경계 근무를 설 때의 모습이다. "이따금 우리 뒤편 봉우리들 뒤로 동이 트면서 가느다란 황금색 빛줄기들이 검처럼 어둠을 가르고, 이어서 빛이 밝아지면서 가없이 펼쳐진 구름 바다가 붉게 불들 때, 그 광경은 설사 밤을 꼬박 새고 난 뒤 무릎 아래로는 아무런 감각이 없고 앞으로 세 시간은 아무것도 못 먹는다는 생각에 마음이 우울해질 때라도, 한번 지켜볼 만한 가치가 있다. 나는 이 짧은 전쟁 기간 동안 인생의 나머지 기간을 다 합친 것보다 더 많이 일출을 보았다." 그는 분명히 봄이 오고 있음을 느꼈다. 다만 너무 느리게 왔을 뿐이다.

오웰이 7개월 만에 영국으로 돌아와보니, 어딘가에서 무슨 일이 벌어지고 있다는 느낌조차 들지 않았다. 아무도 전쟁을 걱정하지 않는 평화로운 일상 그대로였다. 그는 이렇게 마무리 짓는다. "모두가 영국의 깊고 깊은 잠을 자고 있다. 나는 가끔 이런 두려움에 사로잡히곤 한다. 우리가 폭탄의 굉음에 화들짝 놀라기 전까지는 결코 잠에서 깨어나지 못할 것 같다는 두려움 말이다."

이 책이 나온 지 1년 만에 제2차 세계대전이 발발했고, 영국은 울면서 잠에서 깨어나야 했다. 지금 우리는 어떠한가? 무슨 일이 벌어지고 있다는 건 다들 알고 있다. 그런데 그것에 맞닥뜨리기가 무섭고, 그래서 외면하고 피하기만 할 뿐 다가서려고 하지 않는 것이다. 그런다고 영원히 미룰 수 있는 것도, 어느 날 사라져버리는 것도 아니다. 언젠가는 반드시 직면해야 하고 싸워야 하고 이겨내야 한다. 그것이 숙제고 의무고 운명이다.

울면서 잠에서 깨어나지 않으려면 언제든 깨어날 준비를 하고 있어야 한다. 그래야 상쾌한 기분으로 깨어나 봄을 맞을 수 있다. 봄이 아무리 늦게 찾아온다 해도 말이다.

■ 보바리 부인

Madame Bovary / Gustave Flaubert

Her will, like the veil attached to her hat, flutters with every breeze.

여자의 의지란 모자에 달린 베일 같아서
끈에 매여 있으면서도 사방에서 불어오는 바람에 펄럭인다.

귀스타브 플로베르(1821~1880) 파리 대학에서 법률을 공부하던 중 간질 발작으로 쓰러진 것이 계기가 돼 문학에 평생을 바치기로 결심했다. 이후 루앙 근교의 크루아세로 이사해 생애 대부분을 그곳에서 글을 쓰며 보냈다. 평생을 독신으로 살았으며, 유작 《부바르와 페퀴셰》를 쓰던 중 책상에 앉은 채 뇌일혈로 사망했다. 사실주의와 자연주의 소설의 전범을 제시한 작가로 평가 받는다.

그녀를 망친 건 욕망인가 인습인가

계절에 따라 읽기 좋은 책이 있다. 아지랑이가 아른아른 피어오르는 이른 봄이라면 《보바리 부인》이 제격이다. 주인공 엠마는 풋풋한 봄처녀 내음을 물씬 풍기며 등장한다. 그녀는 젊고 아름다울 뿐만 아니라 늘 뜨거운 환상에 사로잡혀 있다.

시골생활에 따분해하던 엠마는 의사인 샤를르 보바리와 결혼한 후에도 곧 권태를 느낀다. "맙소사, 내가 어쩌자고 결혼을 했던가?" 그리고는 다른 남자를 만났더라면 어떻게 됐을지 상상한다. "무도회의 광채를 만끽하면서 가슴이 터질 듯한 생활을 하며 관능이 활짝 피어나는 나날을 보내고 있을 거야."

참 철딱서니 없는 생각 같지만 그럴 수도 있다. 비록 이룰 수 없더라도 꿈을 꾸고 환상을 좇을 수 있는 게 청춘이 가진 특권이니까. 현실에 안주하려고만 든다면 그게 어디 젊음인가? 엠마에게는 그러나 운이 따르지 않았다. 서둘러 결혼한 남편 보바리는 순진하고 성실했지만 눈치 없고 둔한 남자였다.

"샤를르가 하는 말은 거리의 보도처럼 밋밋해서 거기에는 누구나 가질법한 뻔한 생각들이 평상복 차림으로 줄지어 지나갈 뿐 감동도, 웃음도, 몽상도 자아내지 못했다. 그녀는 너무나 흔들림 없는 이 평온과 태연한 둔감, 그녀 자신이 그에게 안겨주고 있는 행복에 대해 그를 원망하고 있었다."

그녀의 남편은 한마디로 여성의 마음을 사로잡는 매력이라고는 눈곱만큼도 없었고, 그녀는 자신의 실패한 결혼 생활을 보상받기 위해 아들을 갖고 싶어했다. 남자로 태어나면 적어도 자유로울 수 있고, 온갖 정념의 세계, 온갖 나라를 두루 경험할 수 있을 것이었다.

"그러나 여자는 끊임없이 벽에 부딪친다. 수동적이고 순종적이어야 하는 여자는 육체적으로도 약하고 법률의 속박에 묶여 있다. 여자의 의지란 모자에 달린 베일 같아서 끈에 매여 있으면서도 사방에서 불어오는 바람에 펄럭인다. 여자는 늘 어떤 욕망에 이끌리지만 인습이 그녀의 발목을 붙잡는 것이다."

엠마는 바람과 달리 딸을 낳는다. 그러자 그녀는 로맨스 소설처럼 불 같은 연애를 꿈꾼다. "연애란 요란한 번개와 천둥과 더불어 갑자기 찾아오는 것이라고 엠마는 믿었다. 하늘에서 땅 위로 떨어져 인생을 뒤집어엎고 인간의 의지를 뿌리째 뽑아버리며 마음을 송두리째 심연 속으로 몰고 가는 태풍과도 같은 것이라고 말이다."

남편 보바리는 당연히 이런 연애 상대가 아니다. 그래서 열심히 그 환상의 짝을 찾았는데, 야속하게도 그녀가 만난 애인 둘 다 그녀를 배신한다. 로돌프는 이기적이고 야비한 바람둥이였고, 레옹은 나약하고 소심한 사내였다. 엠마는 그렇게 꿈과 청춘을 탕진해 버린다. 사월의 햇빛이 선반 위의 도자기들을 간지럽게 비추고, 어린 딸은 잔디밭에서 뒹굴던 어느 봄날 친정아버지가 칠면조를 보내온다. 한없이 행복해야 할 이 순간 작가는 묻는다. 도대체 누가 그녀를 이토록 불행하게 만들었냐고.

"그 시절은 얼마나 행복했던가! 아, 자유! 희망은 넘쳐났고, 또 환상은 얼마나 풍성했던가! 이제 환상은 하나도 남지 않았다! 그녀는 처녀 시절과 결혼, 연애, 이렇게 삶의 과정을 하나씩 거쳐오면서 새로운 영혼의 모험에 그것들을 다 써버리고 말았다. 마치 길가의 여관에 묵을 때마다 가진 것을 조금씩 비워놓고 온 나그네처럼 그녀도 인생길 구비구비에서 그것들을 끊임없이 잃어버린 것이었다."

엠마는 욕망에 눈이 어두워져 사치와 허영에 빠져들고, 결국 고리대금 업자의 빚 독촉에 시달리다 비소를 먹고 자살한다. 얼마 뒤 그녀의 남편 보바리도 죽고, 어린 딸은 가난한 친척집에 맡겨져 방직공장에서 일을 한다. 《보바리 부인》의 줄거리는 일견 단순해 보인다. 그도 그럴 것이 이 작품은 실제로 있었던 '들라마르 사건'을 바탕으로 했는데, 끔찍한 현실일수록 읽는 독자 입장에서는 오히려 평범하게 느껴지는 법이다.

《보바리 부인》은 약제사 오메가 "이제 막 레지옹 도뇌르 훈장을 받았다"는 문장으로 끝맺는다. 오메는 상투적이고 진부한 지식을 늘어놓으며 돈과 이익만 밝혔던 인물이다. 귀스타브 플로베르가 가장 싫어했던 천박한 부르주아 계급의 축소판이자 상징과도 같은 인물인데, 이런 오메가 마침내 명예까지 거머쥐었으니 분명 세상이 바뀐 것이다.

플로베르는 5년에 걸쳐 이 작품을 썼다. 작가가 소설 한 편을 남기기 위해 얼마나 많은 피와 땀을 쏟아야 하는지, 그는 한 편지에 이렇게 적었다. "이 빌어먹을 보바리 때문에 나는 괴롭다 못해 죽을 지경이야. 보바리가 나를 때려 눕히고 있어." 그러면서 그는 이 작품의 성공을 미리 예견한 듯 이런 말을 남겼다. "나는 이제 죽을 테지만 저 천박한 보바리 부인은 영원히 죽지 않을 테지."

어쨌거나 플로베르는 이 작품 한 편으로 현대소설의 스타일을 만들어냈다는 평가를 받았는데, 이 두 장면을 보자. 신혼초 남편 보바리가 아침 잠자리에서 바라본 아내 엠마의 모습은 투명할 정도로 아름답다. "그는 베게를 베고 나란히 누워 보닛 모자의 타원형 귀덮개에 반쯤 가린 그녀의 금빛 뺨 위에 솜털 사이로 햇살이 비쳐 드는 것을 바라보고 있었다. 그렇게 가까이서 보니 그녀의 두 눈이 더 커 보였다."

그런데 엠마가 로돌프에게 함께 도망치자고 할 때의 모습은 완전히 달라진다. "그녀의 눈꺼풀은 사랑에 빠진 나머지 눈동자가 꺼져 들어간 기나긴 시선을 위해 일부러 새겨놓은 것 같았고, 뜨거운 숨결로 인해 작은 콧구멍은 벌름거렸고, 약간 거뭇한 솜털에 빛이 닿아 그늘진 두터운 입술 끝이 위로 당겼다."

아무리 화려한 청춘의 나날도 막상 실제로 맞닥뜨리는 하루하루의 삶은 한없이 따분하고 지루할 수 있다. 그래서 엠마처럼 매혹적인 상상의 세계 속으로 빠져들 수 있는 것인데, 이 작품이 나온 뒤 만들어진 '보바리즘'이란 말은 스스로를 있는 그대로의 자신과 다르게 상상하는 것을 말한다. 이것은 환상이 자아내는 어리석음이자, 엠마와 오메, 어쩌면 우리 모두가 다 갖고 있는 허영일지도 모른다.

The Sign of Four / Arthur Conan Doyle

Everyone has some little immortal spark concealed about him.

모든 인간의 내부에는 어떤 불멸의 작은 불꽃이 숨어 있다.

아서 코난 도일(1859~1930) 스코틀랜드 태생으로 에든버러 의대를 졸업하고 안과 의사로 개업한 뒤 틈틈이 글을 쓰다 명탐정 셜록 홈즈를 탄생시켰다. 홈즈를 주인공으로 한 장편소설 4편, 단편소설 56편을 남겼으며, 추리소설 작가뿐만 아니라 역사가, 신문 특파원, 심령술사 등으로도 활동했다. 보어 전쟁 당시 야전병원에서 일한 공로로 1902년에는 기사 작위를 받았다.

홈즈도 풀지 못한 영원한 난제, 따분한 일상

내가 셜록 홈즈를 제대로 읽기 시작한 건 막 중학교에 입학할 무렵이었다. 갓 대학 신입생이 된 큰누나는 나도 이제 중학생이 됐으면 공부 좀 해야 한다며 겨울 추위가 아직 남아있는 3월 첫째 주 일요일 새벽부터 내 손을 붙잡고 남산도서관을 갔다. 한번 밖으로 나가면 다시는 안으로 들어올 수 없는 도서관 열람실에 앉아 나는 가방에 싸들고 간 도시락 두 개를 빼먹는 시간을 제외하고는 저녁 늦게 큰누나를 다시 만날 때까지 오로지 홈즈만 읽었다.

그렇게 꼬박 1년, 나는 홈즈를 주인공으로 한 소설 전부를 두세 번씩 독파했고 대학노트 한 권에 홈즈의 추리 기법을 아주 꼼꼼히 정리했다. 일찌감치 홈즈교도, 그러니까 홈지언(영국식)이나 셜로키언(미국식)이 된 셈인데, 그러자 홈즈를 곧잘 따라 하곤 했다. 그래 봐야 친구녀석이 싸온 도시락 반찬을 보고 그 집에 식모가 있는지, 있다면 성격이 어떤지 대충 넘겨짚는 정도였지만, 어쨌든 요즘 인기를 끌고 있는 영국 BBC 드라마 《셜록》 팬들이 홈즈의 관찰과 추리 방식을 흉내 내는 '셜록 놀이'를 즐겼던 것이다.

그런데 한참 나이가 들어 다시 꺼내든 셜록 홈즈는 그게 아니었다. 구두에 묻은 황토를 보고 친구 왓슨이 우체국에 다녀온 것을 알아낸다든가 의뢰인이 놓고 간 지팡이만 보고도 그가 기르는 개의 종류까지 정확히 맞추는 명탐정 홈즈는 더이상 나를 사로잡지 못했다. 오히려 홈즈 역시 그가 쫓는 범인과 마찬가지로 고뇌하고 번민하는 인간이라는 점이 새롭게 와 닿았다.

그리고 역사소설을 쓰고자 했으나 실패한 작가 코난 도일이 홈즈와 왓슨의 입을 빌려 던지는 한 마디 한 마디가 새삼 폐부를 찔러왔다. 홈즈는 자신이 처음 주인공으로 등장하는 《주홍색 연구》의 서두에서 "인류의 진정한 연구 대상은 인간"이라고 선언한다. "삶의 무채색 실 꾸러미 속에 주홍빛 살인의 혈맥이 면면이 흐르고 있네. 우리가 할 일은 그 실 꾸러미를 풀어서 살인의 혈맥을 찾아내 그것을 가차없이 드러내는 것이지."

《주홍색 연구》가 대성공을 거두면서 일약 유명 작가가 된 도일은 3년 만에 홈즈를 주인공으로 한 두 번째 소설 《네 사람의 서명》을 펴내는데, 이 작품에서 홈즈는 첫 장면부터 코카인이 든 주사기를 자신의 팔뚝에 쿡 찌른다. 그를 말리는 왓슨에게 홈즈는 이렇게 말한다. "자네 말이 옳아. 나 역시 이런 약물이 육체적으로는 악영향을 미칠 거라고 생각하네. 하지만 정신적인 각성 효과는 말할 수 없이 크거든. 그래서 그 부작용 같은 건 사소하게 여겨지네."

이처럼 인간적이다 못해 연민까지 느끼게 하는 홈즈가 약물 중독자가 된 이유는 다름아닌 그가 사설 탐정이 된 이유다. "나한테 문제를 던져주게. 나한테 일을 줘. 가장 난해한 암호, 가장 복잡한 분석 과제를 던져주게. 그러면 내 마음은 제자리로 돌아갈 걸세. 그러면 나는 인공적인 흥분제 없이도 살아갈 수가 있어. 하지만 나는 무미건조한 일상을 혐오하네. 나는 정신적으로 고양된 상태를 갈망하지. 나는 세상에서 유일무이한 존재라네."

이렇게 따분함을 못 견뎌하던 홈즈에게 미모의 여성 의뢰인이 찾아오면서 사건은 시작된다. 멀리 동인도회사의 폭정에 항거해 일어났던 세포이의 반란까지 거슬러 올라가 당시 아그라의 보물을 훔친 네 사나이의 명예를 건 서명과 그 보물을 가로챈 두 군인의 비극적인 운명이 실타래처럼 얽히는데, 홈즈는 완벽한 추리와 과감한 추적 끝에 범인을 검거하는 데는 성공하지만 아그라의 보물은 템즈 강 바닥에 버려지고 만다.

그러나 괴테까지 인용해 풀어놓는 홈즈의 명쾌하면서도 의미심장한 문장들은 사라진 보물보다 더 반짝인다. "재치 있는 사람들만큼 그렇게 까다로운 바보는 없다네." "사람들은 자신이 이해하지 못하는 것을 경멸하는 버릇이 있지.” “자연의 위대한 힘 앞에서 인간의 야망과 노력이란 얼마나 하찮은 것인가 말이야.” “인간의 진정한 위대함의 증거는 자신의 보잘것없음을 자각할 수 있다는 점이지.”

배를 타고 가다 부두에서 일하고 나오는 노동자들을 보며 홈즈가 형사 존스에게 하는 말은 특히 인상적이다. “저들은 더럽기 짝이 없는 몰골을 하고 있지만, 그래도 나는 모든 인간의 내부에는 어떤 불멸의 작은 불꽃이 숨어있다고 생각합니다. 하지만 저 사람들을 보면서 그런 생각이 나진 않을 겁니다. 뭐, 거기에 어떤 선험적 개연성이 있는 것은 아닙니다. 인간이란 참 불가해한 존재지요!”

그러면서 홈즈는 인간 본성에 관한 아주 빼어난 통찰을 왓슨에게 들려준다. “개체로서의 인간은 풀 수 없는 수수께끼지만 군중 속의 인간은 수학적 확실성이 된다고 하지. 가령 우리는 한 개인의 행동은 예측할 수 없어도 평균적인 사람들의 행동은 정확하게 말할 수 있어. 그래서 개체는 다양하지만 확률은 일정한 것이고, 이게 바로 통계란 것이지.”

여성 의뢰인과 사랑에 빠지는 왓슨 역시 홈즈를 향해 의미 있는 한 마디를 남긴다. “그의 움직임은 냄새를 쫓아가는 잘 훈련된 사냥개처럼 너무나 재빠르고 조용하고 은밀하기 때문에, 만일 그가 타고난 열정과 지혜를 발휘해 법을 수호하는 대신 법과 맞서는 쪽을 선택했다면 얼마나 가공할 범죄자가 되었을지 생각하지 않을 수 없다."

마지막 순간, 사건 해결의 영예는 존스가 다 차지하고 홈즈에게는 아무것도 남은 게 없다. 그는 애당초 남들에게 인정받기를 원하지 않았고 신문에 자신의 이름이 실리는 것도 바라지 않았다. 그에게 가장 큰 보상은 일 자체였고, 자신만이 가진 능력에 걸맞은 분야를 발견하는 기쁨이었다. 그리고 또 한 가지 뭔가 남은 게 있다고 말한다. "코카인일세." 홈즈는 희고 긴 손을 쭉 뻗는다.

《네 사람의 서명》은 이렇게 끝난다. 처음에 시작했던 것처럼. 사건이 끝나면 명탐정 역시 진부한 일상의 삶으로 돌아가야 하는 것이다. 따분하고 지루한 일상, 그것은 명탐정 홈즈도 풀지 못하는, 그래서 결국 우리들 각자가 풀어야 할 영원한 난제인지 모른다.

■ 죄와 벌

Prestuplenie i nakazanie / Fyodor Mikhailovich Dostoevskii

I murdered myself, not her!
I crushed myself once for all, forever···.

내가 살해한 것은 나 자신이지 그 노파가 아니었어!
나는 나 자신을 영원히 난도질해버린 거야···.

표도르 미하일로비치 도스토예프스키(1821~1881) 19세기 러시아를 대표하는 소설가로 소외된 개인의 자유와 이를 쟁취하기 위한 투쟁을 심층적으로 파헤쳤다. 25세 때 발표한 처녀작 《가난한 사람들》이 문단의 극찬을 받으며 화려하게 작가 생활을 시작했다. 이후 시베리아 유형과 도박 등으로 파란만장한 생활을 이어가면서도 꾸준히 작품을 발표했다. 《죄와 벌》을 비롯해 《백치》《악령》《미성년》《카라마조프가의 형제들》이 후기 대표작으로 꼽힌다.

정말 모든 게 변해야 하는 건 아닐까

찌는 듯이 무더운 7월 초의 어느 날 해질 무렵 한 청년이 거리로 나온다. "거리는 지독하게 무더웠다. 게다가 후텁지근한 공기, 혼잡, 여기저기에 놓인 석회석, 목재와 벽돌, 먼지, 근교에 별장을 가지지 못한 페테르부르크 사람이라면 누구나 다 알고 있는 독특한 여름의 악취, 이 모든 것들이 그렇지 않아도 혼란스러운 청년의 신경을 뒤흔들어 놓았다."

표도르 도스토예프스키의 작품은 늘 이렇게 병적이고 음산한 분위기가 배어있고 살인과 자살, 범죄와 돌발사건이 빼놓지 않고 등장하는데 《죄와 벌》은 여기에 스릴러 기법까지 가미돼 더욱 극적이다. 알프레드 히치콕 감독의 영화처럼 시작부터 뭔가 끔찍한 위험이 닥쳐올 것을 예고하면서 끊임없이 긴장을 고조시켜간다.

《죄와 벌》은 자신의 신념에 따라 살인을 저지르는 대학생 라스콜리니코프의 이야기지만 잔인한 범죄보다는 인간의 심리에 초점을 맞춘다. 가령 범행 현장으로 가면서 그는 생각한다. "사형장으로 끌려가는 사람도 이렇게 도중에 만나는 모든 것에 집착하겠지." 도끼를 꺼내는 순간에는 갑자기 현기증마저 느낀다. "그의 양손은 무서울 정도로 힘이 빠져 있었다. 그는 자기 손이 매 순간 점점 마비되어 가는 것을 느낄 수 있었다. 그는 도끼를 꺼내다가 놓칠까 봐 두려웠다."

라스콜리니코프는 사람들을 소수의 비범한 인간과 다수의 평범한 인간으로 나눈다. 지배하도록 태어난 사람들과 지배받고 복종하기 위해 사는 사람들이다. 나폴레옹 같은 초인적인 지도자들은 선과 악의 저편에 있고, 이들에게는 "모든 것이 허용된다." 그가 대학생 때 쓴 '범죄에 관하여'라는 제목의 논문은 다소 독선적인 시각이지만 잘 들어보면 일리가 없는 것도 아니다. 아니 꽤 설득력이 있다.

"만일 케플러와 뉴턴의 발견이, 그 발견을 방해할지도 모르고 혹은 그 발견의 길에 장애로 작용할 수도 있는 몇몇의 혹은 수십 명, 수백 명의 사람들을 희생시키지 않고서는 도저히 사람들에게 알려질 수 없는 상황이라면, 뉴턴은 자기 발견을 전인류에게 알리기 위해서 그런 수십 명 혹은 수백 명의 사람들을 제거해야 할 권리가 있고, 또 반드시 그렇게 하는 것이 의미 있는 행동일지 모른다."

그는 이런 논리에 따라 범죄를 저지른 것이다. 고리대금업자 노파는 "가난한 사람에게 빌붙어 먹고 사는 흡혈귀이자 더러운 해충"일 뿐이고, 따라서 이 노파를 제거하는 그의 행동은 정당한 것이다. 일찌감치 라스콜리니코프의 범죄 사실을 알아차린 예심판사 포르피리는 그에게 묻는다. "당신은 자기 자신을 '비범한' 사람이라고 생각해본 적은 없습니까?"

그랬다. 그런데 여기까지다. 생각은 그렇게 할 수 있어도 현실은 뜻대로 되지 않는다. 무엇보다 그는 노파만이 아니라 그녀의 여동생까지 살해한다. 계획과는 달리 무고한 여동생을 무참히 살해한 것이다. 게다가 그가 정말로 비범하다면 자신이 저지른 살인이 정당하다고 느껴야 하는데, 그는 끝없는 두려움과 가책에 시달린다. 당초에는 노파에게서 빼앗은 금품을 의미 있는 곳에 쓸 생각이었지만 막상 범행이 끝나자 증거를 인멸해버리느라 하나도 쓰지 못했다.

머릿속 생각과 실제로 일어나는 현실은 이처럼 전혀 다른 것이다. 비범한 사람과 평범한 사람을 구분한다는 것은 말로는 그럴듯해 보이지만 현실 세계에서는 불가능하다. 심지어 범행 당시 현장에 있던 인부가 혐의를 받고 엉뚱하게 범죄를 자백하지만, 그는 견딜 수 없는 정신적 고통에 시달리다 순결한 마음씨의 창녀 소냐에게 모든 사실을 고백한다.

"나는 그때 알고 싶었던 거야. 다른 사람들처럼 내가 이(蝨)인가, 아니면 인간인가를 말이야. 내가 벌벌 떠는 피조물인가, 아니면 권리를 지니고 있는가. 내가 노파에게 간 것은 다만 시험해보기 위해서였어. 내가 살해한 것은 나 자신이지 그 노파가 아니었어! 나는 나 자신을 영원히 난도질해버린 거야…."

여기서 소냐의 그 유명한 대사가 나온다. "지금 즉시 네거리로 나가서 먼저 당신이 더럽힌 대지에 절을 하고 입을 맞추세요. 그 다음 온 세상을 향해 모든 사람들에게 말하세요. '내가 죽였습니다!'라고. 그러면 하느님께서 또다시 당신에게 생명을 보내주실 거에요."

중요한 것은 비범함이나 평범함이 아니라 자기 마음속에 지니고 있는 양심이고, 다른 인간을 따뜻하게 안아줄 수 있는 사랑이다. 소냐는 그것을 말한 것이다. 라스콜리니코프는 자수하고, 소냐는 시베리아로 유형을 떠나는 그의 뒤를 따른다. 그는 유형지 감옥에서 병을 앓다 병원 문 옆에 서있는 소냐를 보는 순간 마음속에 말할 수 없는 감동이 인다. 그리고 비로소 진정한 참회와 함께 새로운 삶을 시작한다. "그는 다만 느꼈다. 변증법 대신에 삶이 도래했고, 의식 속에서 무언가 전혀 다른 것이 형성되어야만 한다는 것을."

그는 마침내 악령과의 투쟁에서 이겨낸 것이다.《죄와 벌》의 매력은 참담한 비극 속에서도 다시 부활하는 개인의 저력을 보여준다는 데 있다. 라스콜리니코프를 부활시킨 것은 소냐의 사랑이었다. 한 사람의 마음속에는 이처럼 다른 사람을 살려낼 수 있는 힘이 숨어있는 것이다.

《죄와 벌》의 주변 인물들 역시 극적이다. 악의 화신 스미드 리가일로프를 보자. 그는 돈 때문에 결혼하고 하녀를 능욕하고 아내마저 죽여 막대한 유산을 차지한다. 그러나 두냐에게 사랑을 거절당하자 자살을 택하는데, 자살하기 전 소냐에게 아무 이유 없이 거액을 내놓고, 고아가 된 그녀 동생들의 생활비까지 다 챙겨주고, 어린 약혼녀 부모에게도 엄청난 선물을 준다. 돈으로 살 수 있는 쾌락과 그렇게 충족된 욕망이라는 게 얼마나 헛된 것인지 멋지게 증명하고 확 죽어버리는 것이다.

알코올 중독자 마르멜라도프는 또 어떤가. 그는 아내가 숨겨둔 첫 월급을 몽땅 훔쳐 한 푼도 남김없이 술값으로 써버린 것도 모자라 아내가 사준 제복까지 팔아버리고, 굶는 가족을 보다 못해 창녀가 된 딸 소냐를 찾아가 술값을 구걸한다. 그는 말한다. "가난은 죄가 아니라는 말은 진실입니다. 그러나 빌어먹어야 할 지경의 가난은, 그런 극빈은 죄악입니다. 선생은 아무 희망도 없이 돈을 꾸러 가보신 적이 있습니까?"

내가 《죄와 벌》에서 가장 좋아하는 대목은 라스콜리니코프가 부활을 느끼면서 감옥에 돌아온 순간이다. "그날 그는 예전에 그의 적이었던 모든 유형수들이 그를 다르게 쳐다본다는 생각을 했다. 그 스스로가 자진해서 그들과 이야기를 시작했고, 그들은 그에게 상냥하게 대답했다. 이제야 이런 생각이 들었지만, 벌써 예전부터 이랬어야만 하는 게 아니었을까. 정말 모든 것이 변해야만 하는 것이 아닐까?"

대부분의 사람들은, 아니 나부터도 자신은 전혀 변하려 하지 않으면서 항상 남들이 변해야 한다고 말한다. 그러나 내가 변하지 않으면 아무도 변하지 않고 아무것도 바뀌지 않는다.

도스토예프스키는 평생 단 한 번도 선금을 받지 않고는 작품 원고를 써본 적이 없을 만큼 궁핍에 시달렸다. 《죄와 벌》역시 가난과 궁핍의 산물이었다. 잡지 경영의 실패와 죽은 형의 빚을 떠안는 바람에 그는 1865년에 스스로 파산을 선언했는데, 툭하면 찾아와 못살게 구는 빚쟁이들로부터 달아나기 위해 1년 안에 원고를 넘겨주겠다고 약속하고 미리 인세를 받아 비스바덴으로 도박을 하러 떠났다. 당연히 돈은 다 날렸다. 그는 자신의 표현대로 "필요의 매질"을 맞아가며 소설을 써나가야 했다.

마감 시한인 1866년 11월 1일까지 장편소설 한 편을 넘겨주지 않으면 앞으로 9년간 그가 쓸 모든 작품의 판권을 가져가기로 한 출판사와 시간을 건 싸움을 벌여야 했던 것이다. 이렇게 해서 한 달만에 완성한 소설이 《도박꾼》이었고, 같은 해 1월부터 12월까지 잡지 〈러시아 통보〉에 연재한 작품이 《죄와 벌》이었다.

참 대단한 작가 아닌가! 200자 원고지로 대충 환산해 《도박꾼》은 약 800매, 《죄와 벌》은 2500매쯤 되는데, 이 정도 분량의 소설 두 편을 동시에, 그것도 1년 사이에 써냈다는 것은 경이롭다는 말로밖에는 표현할 수 없다. 내용은 또 어떤가!《죄와 벌》이야 말할 것도 없지만《도박꾼》도 읽어보면 극적인 구성이 상당히 치밀하고 흥미진진하다.

도스토예프스키는 스물여덟 살 때 페트라셰프스키 사건에 연루돼 사형 선고를 받고 형 집행 직전까지 갔다가 겨우 강제 노동형으로 감형되는 극적인 체험을 했다. 또 젊은 시절 아버지가 농노들에 의해 살해당하는 끔찍한 일도 겪었다. 그런가 하면 잦은 간질 발작으로 인해 평생 동안 늘 죽음을 의식하며 살아가야 했다. 그의 작품 속 주인공들보다 더 극적인 삶을 살았기에 그는 이렇게 말할 수 있었던 것인지도 모른다. "현실보다 더 환상적이고 예측할 수 없는 것이 어디 있겠는가?"

삶에 대한 눈뜸, 세상을 이해하는 눈

The Grapes of Wrath / John Steinbeck

Maybe all men got one big soul
everybody's a part of.

어쩌면 모든 사람이 하나의 커다란 영혼을 갖고 있어서
모두가 그 영혼의 일부인지도 몰라.

존 스타인벡(1902~1968) 초등학교 교사였던 어머니의 영향으로 어려서부터 많은 책을 읽었으며, 고향인 캘리포니아 주 설리너스의 풍요로운 대자연 속에서 성장했다. 스탠퍼드 대학을 중퇴하고 신문기자로 일하다 너무 주관적인 기사를 쓴다는 이유로 해고된 뒤 작가로 활동했다. 1962년 노벨문학상을 받았다. 대표작으로 《생쥐와 인간》《에덴의 동쪽》 등이 있다.

모든 사람이 커다란 영혼의 한 조각인지도 몰라요

유난히 비가 많이 내렸던 2011년 여름, 나는 지리산을 두 차례 다녀왔다. 혼자서, 그것도 일주일 간격을 두고서. 나는 배낭에 책 두 권을 비닐로 휘감아 챙겨 넣고 산을 올랐다. 세찬 비바람이 몰아치던 날, 나는 다른 등반객들이 서둘러 떠나버린 썰렁한 세석 대피소 마루바닥에 앉아 존 스타인벡의 《분노의 포도》를 읽으며, 새삼 이 소설의 주제가 증오와 저항이 아니라 사랑과 휴머니즘임을 발견했다.

"케이시 말처럼, 사람은 자기만의 영혼을 갖고 있는 게 아니라 커다란 영혼의 한 조각인지도 몰라요. 그렇다면 문제될 게 없죠. 저는 어둠 속에서 어디나 있는 존재가 되니까. 저는 사방에 있을 거에요. 어머니가 어디를 보시든, 배고픈 사람들이 먹을 걸 달라고 싸움을 벌이는 곳마다 제가 있을 거에요. 경찰이 사람을 때리는 곳마다 제가 있을 거에요."

1930년대 중반 미국 오클라호마 주에 심한 가뭄과 모래폭풍이 닥치자 농민들은 지주와 은행의 빚 독촉에 땅을 빼앗긴 채 캘리포니아를 향해 떠난다. 살인죄로 4년간 감옥살이를 한 장남 톰이 가석방돼 집으로 돌아오자 조드 일가도 유랑목사 짐케이시와 함께 고난의 여행을 시작한다.

그러나 이주민들에게 캘리포니아는 약속의 땅이 아니었다. 착취는 심했고 배고픔은 여전했다. 조드 가족은 실업자 캠프에 수용되는데, 여기서 보안관들과 이주민들 간의 싸움이 벌어지고 케이시는 스스로 그 책임을 지고 체포된다. 이 사건이 계기가 돼 케이시는 노동자들의 파업 지도자가 되고, 톰이 케이시를 다시 만났을 때 케이시는 자경단원들의 몽둥이에 맞아 죽는다. 톰은 케이시를 죽인 자경단원을 살해하고 다시 쫓기는 신세가 된다. 톰은 도주하기에 앞서 어머니에게 굶주리고 핍박받는 사람들 편에서 투쟁하겠다고 약속한다.

스타인벡은 이 작품에서 농사를 지으며 성실하게 살아가던 조드 일가가 하루아침에 비참한 이주 노동자로 전락해가는 과정을 통해 당시 미국이 처해있던 참혹한 상황을 생생하게 묘사했다. "대기업들은 굶주림과 분노가 종이 한 장 차이라는 것을 몰랐다. 그들은 어쩌면 품삯으로 지불할 수도 있었을 돈을 독가스와 총을 사들이는 데, 공작원과 첩자를 고용하는 데, 블랙리스트를 만들고 사람들을 훈련하는 데 썼다. 고속도로에서 사람들은 개미처럼 움직이며 일자리와 먹을 것을 찾아다녔다. 분노가 끓어오르기 시작했다."

톰을 비롯한 주인공들은 가난에 허덕이면서도 끝까지 인간의 존엄을 지키며 희망의 가능성을 놓지 않는다. 특히 톰의 어머니 마 조드가 고난과 역경 속에서도 가족을 지켜나가는 모습은 부드러움과 강인함을 동시에 지닌 영원한 어머니 상을 보여준다. "어머니는 자신의 위치를 잘 알고, 그것을 두 팔 벌려 받아들이고 있는 것 같았다. 자신이 가족의 요새며, 그 요새는 결코 점령당하지 않는다는 사실을. 위대하면서도 하찮아 보이는 그 위치에서 어머니는 깨끗하고 차분한 아름다움과 위엄을 얻었다."

그래서 마지막 장면이 더욱 감동적인지 모른다. 겨울이 다가오던 어느날, 억수 같은 비가 난민들을 덮치고 톰의 여동생 로저샨은 아기를 사산하지만, 굶주려 죽어가는 낯선 노동자에게 자신의 젖을 물린다. 그리고는 이 한 문장으로 소설은 끝을 맺는다. "그녀의 입술이 한데 모이더니 알 수 없는 미소를 지었다."

그렇게 해서 스타인벡은 한없는 절망 속에서도 따뜻한 인간애로 살아남는 인간의 질긴 생명력을 전해준다. 줄거리는 일견 단순해 보이지만 막상 처음부터 끝까지 다 읽는 데는 약간의 인내심이 필요하다. 소설은 30개 장으로 구성돼 있는데, 짝수 장은 조드 일가의 이야기로, 홀수 장은 당시 상황과 이주자들에 대한 장황한 서술로 이뤄져 있다. 그러니까 홀수 장이 나올 때마다 갑자기 "이게 뭔 얘기지?"하며 갸우뚱하게 되는 것이다.

그래도 역시 거장의 작품답게 홀수 장에서만 읽을 수 있는 멋진 장면이 여럿 있다. 르포 전문기자다운 사실적인 묘사와 마치 그림책을 읽어주듯 재미있게 풀어내는 이야기들이 그런데, 그 중에서도 기계화돼 가는 농촌 풍경을 극적으로 드러낸 '말과 트랙터' 부분이 백미다. 좀 길지만 잘 읽어보면 스타인벡의 매력을 한껏 느낄 수 있다.

"말이 일을 마치고 헛간으로 들어갈 때는 아직 생기가 남아 있게 마련이다. 말들이 숨 쉬는 소리가 들려오는 헛간에는 따스함이 있고, 말들은 짚자리 위를 서성이며 건초를 먹는다. 헛간에는 생명의 따스함과 열기와 냄새가 있다. 그러나 모터가 멈추면 트랙터는 트랙터가 되기 전의 쇳덩어리처럼 죽어버린다. 시체가 싸늘하게 식어가는 것처럼 열기도 사라져버린다. 트랙터 창고의 함석 문이 닫히면 트랙터를 몰던 운전사는 차를 몰고 집으로 간다. 아마 집은 20마일이나 떨어진 시내에 있을 것이다. 운전사가 몇 주, 몇 달씩 헛간에 와보지 않아도 상관없다. 트랙터는 죽어 있으므로 너무 쉽고 효율적이다. 일에서 느끼는 경이가 사라져버릴 만큼 쉽고, 땅을 경작하면서 느끼는 경이가 사라져버릴 만큼 효율적이다. 경이가 사라지면 땅과 일에 대한 깊은 이해와 다정함도 사라진다."

스타인벡은 말한다. 말이 아니라 트랙터를 모는 사람, 생명이 아니라 기계를 다루는 사람은 이미 땅에 애정을 느끼지 못하는 이방인이라고. 자신이 잘 알지도 못하고 사랑하지도 않는 땅 위에서, 죽어버린 트랙터를 모는 사람은 결국 땅과 자기 자신을 경멸하게 된다. 이제 더 이상 그의 집은 땅이 아니다.

　《분노의 포도》는 미국이 대공황의 깊은 터널에서 헤매고 있던 1939년에 출간됐다. 최악의 경기 불황에다 유럽에서는 당장이라도 전쟁이 발발할 것 같은 분위기였으니 당연히 서점가는 썰렁했을 터이고, 게다가 내용까지 어둡고 우울했으니 이 소설이 안 팔려도 전혀 이상하지 않았을 것이다. 하루하루 살아가기도 벅찬 현실인데 누가 굳이 비참하고 고통스러운 이야기가 가득한 소설책을 읽으려고 하겠는가?

　그러나 세상일은 모르는 법, 《분노의 포도》는 출간 즉시 베스트셀러가 됐고 바로 다음 해에 영화로 만들어졌다. 당대의 거장 존 포드가 메가폰을 잡고 헨리 폰다가 주연을 맡았는데, 그 해 아카데미상 7개 부문에 후보작으로 올라 감독상과 여우조연상(마 조드 역의 제인 다웰)을 받았다. 이 영화를 본 사람은 다들 기억하겠지만, 마지막 장면은 원작 소설과 다르다. 로저샨이 가슴을 풀어헤치고 외간 남자에게 젖을 물리는 장면은 그 당시 관객들의 정서 상 도저히 쓸 수 없었던 것이다. 그래서 마 조드가 이렇게 외치는 대사로 영화는 끝맺는데, 이 장면 역시 무척 감동적이다. "우리는 계속 나아갈 거예요, 여보. 우리는 인간이니까요."

스타인벡은 말년에 자기처럼 나이든 개 찰리를 데리고 4개 월간 미국을 여행했다. 그 기록인 《찰리와 함께 한 여행》(1962) 에는 이런 구절이 나온다. "인간은 영혼이 슬프면 병균에 의해 죽는 것보다 더 빨리, 훨씬 더 빨리 죽게 된다."

미국의 시사주간지 타임이 '올해의 인물'로 시위자*The Protester* 를 선정했을 만큼 2011년은 분노가 들끓어 오른 한 해였다. '월가를 점령하라'는 구호는 가진 자의 탐욕을 향한 못 가진 자의 성난 목소리였다. 내가 지리산에 오르던 날도 '희망버스' 를 탄 많은 사람들이 전국 각지에서 부산의 한 조선소 앞으 로 모여들었다.

그런데 늘 지나고 나서야 깨닫지만 분노는 오래가지 못한다. 가진 자의 탐욕을 향해 분노했던 미국에서 불과 몇 년 지나지 않아 무슨 일이 벌어졌는가? 그야말로 탐욕스럽기 짝이 없는 인물이 대통령으로 선출되는 어이없는 사태가 현실화했다. 민 주주의 사회에서 공정한 선거에 의해 합법적으로 이루어진 일 이지만 그저 황당할 따름이다.

가난한 사람들의 비참함, 가진 자들의 착취와 횡포, 산산이 조각난 꿈과 갈라진 희망, 그리고 절대로 공평할 수 없는 기 울어진 운동장…. 우리가 분노할 것은 한없이 많지만 거기서 멈춰서는 안 된다.

　스타인벡이《분노의 포도》에서 보여주고자 한 것은 어둡고 참혹한 자본주의 사회의 모순이 아니다. 그가 말하고 있는 것은 계급투쟁도 아니고 프롤레타리아 유토피아의 건설도 아니다. 소설 전편에 흐르고 있는 조드 가족의 끈질긴 생명력과 따뜻한 인간애가 바로 스타인벡이 전해주고자 하는 메시지다. 그래서 이 소설은 밝고 긍정적인 희망의 빛을 던져주며 끝나는 것이다. 우리에게 필요한 건 분노가 아니라 사랑이다. 무슨 일이 있어도 영혼이 슬퍼져서는 안 된다.

Se questo è un uomo / Primo Levi

Perfect happiness is unrealizable.
Perfect unhappiness is equally unattainable.

완벽한 행복이란 실현 불가능하다. 완벽한 불행 역시 있을 수 없다.

....

프리모 레비(1919~1987) 토리노 대학 화학과를 최우등으로 졸업하고 파시즘에 저항하는 유격대 활동을 벌이다 체포돼 아우슈비츠 수용소로 강제 이송되었다. 전쟁이 끝나고 극적으로 생환한 뒤 인간이 인간에게 저지른 잔혹한 폭력을 고발하는 여러 작품을 남겼으나 자택에서 돌연한 자살로 생을 마감했다. 《이것이 인간인가》는 그의 처녀작이자 대표작이다.

아우슈비츠에서 나를 살려낸 것…고전과 교양

나의 서재 한쪽에는 책이 한 권 서있다. 표지가 좋아 일부러 꽂아놓지 않고 세워놓은 것인데, 젊은 시절의 프리모 레비가 이탈리아 알프스의 한 봉우리 절벽 꼭대기에 걸터앉아 깊은 사념에 잠겨있다. 그는 무슨 생각을 하고 있는 것일까?

표지에는 랍비의 잠언이 작은 글씨로 쓰여있다. "내가 나를 위해 살지 않는다면 과연 누가 나를 위해 대신 살아줄 것인가? 내가 또한 나 자신만을 위해 산다면 과연 나의 존재 의미는 무엇이란 말인가? 이 길이 아니면 어쩌란 말인가? 지금이 아니면 언제란 말인가?"

레비는 유태인이지만 대학에 들어갈 때까지는 유태인이라는 사실을 그저 얼굴에 있는 주근깨 정도로만 여겼다. 그런데 인종법이 공포되자 자신을 바라보는 교수와 학우들의 시선에서 불신과 경계심이 확연히 느껴졌다. 반反유태주의라는 촉매가 화학반응을 일으켜 그를 이탈리아 사회라는 유기체에서 불순물로 추출해버린 것이다.

하지만 그는 화학도답게 불순물의 중요성을 얘기한다. "바퀴가 돌아가고 삶을 이루기 위해서는 불순물이, 불순물 중의 불순물이 필요하다. 땅도 무엇을 키워내려면 그래야 한다. 불일치, 다양성, 소금과 겨자가 있어야 한다. 얼룩 하나 없는 미덕이란 존재하지 않는다."

이 이야기는 주기율표 상의 화학원소 21개를 제목으로 해서 쓴 연작소설집 《주기율표》의 아연 편에 나오는 것인데, 마지막 순간 그는 대담한 목표를 세운다. 자신이 좋아했던 비유태인 여학생 리타를 집까지 데려다 주며 팔짱을 끼기로 한 것이다. 그녀는 뿌리치지는 않지만 그렇다고 그의 팔을 꼭 끼지도 않는다. 그래도 그는 기분이 날아갈 것 같다. "어둠, 공허, 그리고 앞으로 다가올 혹독한 시절에 대항하는, 비록 작지만 결정적인 전투에서 승리한 느낌이었다."

레비에게는 이렇게 동의하기를 거부하는 능력이 있었다. 그랬기에 아우슈비츠에서 살아 돌아와 《이것이 인간인가》를 써 낼 수 있었다. 이 작품은 또 한 편의 유태인 생존기가 아니다. 살아남은 자의 부끄러움과 슬픔을 담아낸 서사시이자 가장 비인간적인 상황에서 드러나는 가장 인간적인 모습을 그려낸 통찰과 성찰의 글이다.

이탈리아의 유태인 게토에서 아우슈비츠수용소로 강제이송되기 전날 밤의 풍경을 보자. 사람들은 각자 자신에게 어울리는 방법으로 삶과 작별한다. 어떤 이는 기도하고, 어떤 이는 술에 만취하고, 어떤 이는 마지막 욕정을 채운다. 그런데 어머니들은 밤을 새워 여행 중 먹을 음식을 준비하고 아이들을 씻기고 짐을 꾸린다.

"새벽이 되자 바람에 말리려고 널어둔 아이들의 속옷이 철조망을 뒤덮었다. 기저귀, 장난감, 쿠션, 그밖에 아이들이 늘 필요로 하는 수백 가지 자잘한 물건들도 빠지지 않았다. 여러분도 그렇게 하지 않았겠는가? 내일 여러분이 자식들과 함께 사형을 당한다고 오늘 자식들에게 먹을 것을 주지 않을 것인가?"

레비는 자신이 체험한 지옥 같았던 나날을 철저히 되돌아보고 기록으로 남겼는데, 끝도 없는 절망의 나락에서 그를 건져낸 것은 역설적이게도 추위와 배고픔, 구타였다. 살려는 의지나 불확실한 희망이 아니었다. "누구나 인생을 얼마쯤 살다 보면 완벽한 행복이란 실현 불가능하다는 것을 깨닫게 된다. 하지만 그것과 정반대되는 측면을 깊이 생각해보는 사람은 드물다. 완벽한 불행도 있을 수 없다는 사실 말이다."

레비가 바라본 수용소는 인간의 본성을 가장 정확하게 드러내주는 실험장이었다. 끊임없이 가해지는 모욕과 구타, 굶주림과 죽음에 대한 공포가 있었고, 그 속에서 나이와 직업, 사회적 지위와 출신, 언어나 문화, 습관이 전혀 다른 수천 명의 개인들이 철조망 안에 갇혀 극도로 통제된 삶을 살아나간다.

그 어떤 욕구도 충족할 수 없고 절망적일 정도로 고통스러운 나날이 끝도 없이 이어지는 상황에서 수용자의 유일한 생존방식은 굴복하는 것이다. 명령을 그대로 따르며 수용소의 규율을 지키고 얼마 안 되는 배급이라도 먹으면서 생존을 유지해나가면 된다. 레비도 처음에는 그랬다. 수용소 생활 일주일만에 씻지 않게 된 것이다. 언제 죽을지도 모르는 상황에서, 그것도 기상해서 사역하러 가기까지 불과 10분밖에 주어지지 않는 여유시간에 뭐 하러 씻는단 말인가?

사실 내가 봐도 그렇고, 대부분의 사람들이 고개를 끄덕일 것이다. 누구에게 잘 보이겠다고 씻을 것이며, 애써 육체 에너지를 낭비해가면서 씻어봐야 30분만 강제노동을 하고 나면 다시 지저분해질 것을 말이다. 그래서 다른 수용자들처럼 레비도 잠시나마 한가로움을 즐기며 청결의 욕구를 지워버리게 된 것이다.

그런데 세면장에서 웃통까지 벗고 비누도 없이 열심히 씻는 사람이 있다. 제1차 세계대전 당시 오스트리아-헝가리 제국 하사관으로 철십자훈장까지 받은 슈타인라우프라는 쉰 살이 다 된 친구인데, 그가 서툰 이탈리아어로 이야기한다. 레비는 그의 분명하고도 단호한 말들을 잊지 못한다. 좀 길지만 귀담아 들어볼 필요가 있다.

"수용소는 우리를 동물로 격하시키는 거대한 장치기 때문에, 바로 그렇기 때문에 우리는 동물이 되어서는 안 된다. 이곳에서도 살아남는 것은 가능하다. 그렇기 때문에 나중에 그 이야기를 하기 위해, 똑똑히 목격하기 위해 살아남겠다는 의지를 가져야 한다. 우리의 생존을 위해서는 최소한 문명의 골격, 골조, 틀만이라도 지키기 위해 최선을 다해야 한다. 우리가 노예일지라도, 아무런 권리도 없을지라도, 갖은 수모를 겪고 죽을 것이 확실할지라도, 우리에게 한 가지 능력만은 남아 있다. 마지막 남은 것이기 때문에 온 힘을 다해 지켜내야 한다. 그 능력이란 바로 동의하지 않는 것이다."

말을 하는 와중에도 슈타인라우프는 세수를 다 했고, 무릎 사이에 끼워두었던, 나중에 걸칠 아마포 상의로 몸의 물기를 닦았다. 비누가 없으니 어차피 힘껏 문질러봐야 별 소용이 없는데도 그가 그토록 열심히 씻은 이유는 자기 자신에 대한 존중과 청결함에 대한 욕구 때문이었다. 수용소의 규정이나 누가 강제로 시켜서가 아니라 어디서든 당당하게 살아가기 위해 육체를 청결히 하고 몸을 꼿꼿이 세우고 걸어가야 하는 것이다.

내가 보기에 레비가 수용소에서 살아 돌아올 수 있었던 데는 슈타인라우프의 가르침이 결정적인 역할을 했다고 확신한다. 그는 나중에 《가라앉은 자와 구조된 자》에서 자신은 판사보다 증인이 되고 싶었다며 이렇게 적었다. "내가 보고 견뎌 이겨낸 것을 증거로 가지고 돌아오는 일이 나의 의무였다."

이 작품의 절정이라고 할 수 있는, 레비가 동료 수감자에게 단테의 《신곡》을 들려주는 대목을 읽어보자. 그러면 "고난을 겪으며 이겨낸 일들을 이야기하기 위해 살아남아야 한다"는 게 무슨 말인지 이해할 수 있다. 이탈리아어를 배우고 싶어 하는 프랑스인 장에게 《신곡》의 지옥 편에 나오는 오디세우스의 귀환 부분을 암송해주는 장면이다. 레비는 죽을 타러 가는 중에 감시의 눈초리를 피해 오디세우스가 고난을 이겨내는 구절들을 들려준다.

"이거야, 잘 들어봐, 귀와 머리를 열어야 해. '그대들이 타고난 본성을 가늠하시오. 짐승으로 살고자 태어나지 않았고 오히려 덕과 지를 따르기 위함이라오.' 그것은 나팔소리, 신의 목소리 같았다. 잠시 나는 내가 누구인지, 어디 있는지 잊을 수 있었다."

다시 말하지만 두 사람은 지금 죽을 타러 가는 중이고, 이들을 감시하는 SS대원과 스파이의 눈길을 피할 수 없다. 그래도 장은 계속 들려달라고 간청한다. 하지만 레비는 다음 구절이 잘 생각나지 않는다. "용서해줘, 최소한 네 줄은 잊어버렸어. '산이 하나 멀리 희미하게 나타났는데, 어찌나 높이 솟았던지 그런 산을 본 적이 없었소.' 그래, 그래. 굉장히가 아니라 어찌나야. 결과를 나타내는 표현이야."

그는 예전에 밀라노에서 토리노로 돌아갈 때 희끄무레하게 보였던 고향 토리노의 산들을 떠올린다. 장은 다음 행을 기다리며 그를 바라본다. 그런데 레비는 아무것도 기억할 수 없다. 마지막 행을 알 수만 있다면 오늘 먹을 죽을 포기할 수 있다고 다짐한다. 그는 눈을 감고 손가락을 깨문다. 내일이면 장이 죽을 수도 있고 그가 죽을 수도 있다. 그는 결론을 내린다. "마침내 바다가 우리 위로 덮쳐왔소. 하느님께서 원하셨던 대로였다오."

나는 이 장면을 몇 번이나 상상해봤다. 사지四肢는 영양실조에 걸려 앙상하고, 다 떨어진 누더기 죄수복에 맞지도 않는 나막신을 신고, 어깨 위에는 죽통을 걸 장대를 지고서 《신곡》을 암송하려 애쓰는 모습을 말이다. 레비는 말한다. "내가 아우슈비츠에서 살아남을 수 있었던 것은 고전과 교양 덕분이었다."

■ 오디이푸스 왕

Oedipus The King / Sophocles

Count no mortal happy till he has passed
the final limit of his life secure from pain.

삶의 저편에 이르기 전에는 이 세상 누구도 행복하다 말하지 말라.

소포클레스(BC 496~BC 406) 아이스킬로스, 에우리피데스와 함께 고대 그리스의 3
대 비극 시인으로 꼽힌다. 아테네 인근 콜로노스에서 부유한 기사의 아들로 태어
나 27세 때 처음으로 비극 경연대회에서 우승했으며 그 뒤로 단 한 번도 1등을 놓
치지 않았다. 평생 130편의 작품을 썼다고 하나 현재 전해지는 것으로는 《오이디
푸스 왕》과 그 속편 격인 《콜로노스의 오이디푸스》《안티고네》 등 7편에 불과하다.

자기를 책임지는 용기를 위하여

"아침에는 네 발로 걷다가 점심 때는 두 발로 걷고 저녁에는 세 발로 걷는 동물은?" 누구나 다 아는 간단한 수수께끼 같지만 옛날 테베에서는 이 문제를 풀지 못해 많은 사람이 목숨을 잃었다. 사자 몸에 여인 얼굴을 한 스핑크스라는 괴물이 길을 막고 이 수수께끼를 낸 뒤 풀지 못하면 잡아 먹은 것이다. 우스운가? 절대 그렇지 않다.

이 문제가 어려운 이유는 바로 우리 자신을 돌아봐야 하기 때문이다. 당신은 자기 자신의 진짜 모습을 얼마나 알고 있는가? 당신의 운명에 대해서는? 결국 자신이 누구고 자기 운명이 어떻게 될지도 모른 채 많은 사람들이 괴물 같은 인생에 잡아 먹히고 있는 것이다.

그런데 오이디푸스가 마침내 이 수수께끼를 풀어낸다. 그는 자신이 누구인지를 알아낸 것이다. 그러나 그게 끝이 아니다. 우리 인생이 어려운 이유는 늘 더 어려운 수수께끼가 새로 나타나기 때문이다. 오이디푸스의 운명 역시 예외일 수 없다.

테베 국민들은 스핑크스의 재난을 물리친 오이디푸스를 새로운 국왕으로 모신다. 오이디푸스는 테베의 전왕前王이었던 라이오스의 부인 이오카스테와 결혼해 안티고네를 비롯한 네 자녀를 낳는다. 여기서 끝났다면 얼마나 좋았을까? 물론 그럴 수 없다. 게다가 이건 비극을 잉태한 서곡에 불과하다. 이미 엄청난 비극은 시작됐지만 단지 그것을 알지 못할 뿐이다.

갑자기 역병이 온 나라를 휩쓸고 온갖 재앙이 닥친다. 신탁을 받아보니 전왕을 죽인 자가 바로 재앙의 원인이라고 한다. 지혜로울 뿐만 아니라 국민을 끔찍이도 사랑하는 자비로운 왕인 오이디푸스는 그 살인자를 반드시 잡아 국가를 평안히 하겠다고 다짐한다.

소포클레스의《오이디푸스 왕》은 이 장면에서 시작된다. 지금부터 오이디푸스가 자기 자신을 찾아가는 여정을 시작하는 것이다. 맨 처음의 수수께끼처럼, 알고 보면 너무나도 쉬운 것 같지만 결국은 죽음보다 더 고통스러운 자신의 본 모습을 알아가는 과정이다.

예언자이자 눈먼 장님인 테이레시아스는 진실을 얘기해준다. "당신이 찾아내려는 사람, 라이오스 왕을 살해한 자를 밝혀내겠다고 위협하고 외치고 있는 사람, 그 사람은 바로 여기 있습니다. 자기 자식들의 형제이자 아비, 자기 어미의 아들이자 남편, 아비의 잠자리를 뺏은 자, 그리고 아비를 살해한 자임이 밝혀질 것입니다."

오이디푸스는 그러나 믿지 않는다. 오히려 눈이 멀어 앞도 못 보는 예언자가 나라를 구한 자신을 비웃는다며 쫓아내 버린다. 사실 테이레시아스는 처음부터 오이디푸스에게 이롭지도 않은 일을 알려고 하지 말라고 경고했다. "지혜가 아무 쓸모도 없을 때 안다는 것은 얼마나 괴로운 일인가!"

왕비 이오카스테도 진상을 먼저 알아차리고 오이디푸스에게 범인 탐색을 중단하라고 간청한다. "인간 따위가 걱정해서 무슨 소용이 있겠어요? 인간에게 운명이란 절대적인 것이어서 무엇 하나 앞일을 분명히 모릅니다. 그저 그날그날 아무 걱정 없이 지내는 것이 상책입니다." 그러고는 이천 년 뒤 프로이트라는 심리학자가 '오이디푸스 콤플렉스'라고 이름 붙일 유명한 대사를 덧붙인다. "어머니와의 결혼이라는 것도 무서워할 것이 못 됩니다. 꿈에 어머니와 동침했다는 일이 얼마나 많습니까!"

그러나 오이디푸스는 멈추지 않고 유일한 증인인 늙은 양치기를 불러 마침내 자신의 진실을 알아낸다. 눈먼 테이레시아스가 말했던 모든 것을 눈뜬 자신은 하나도 보지 못했던 것이다. "오오, 빛이여, 다시는 너를 보지 못하게 해다오! 이 몸은 죄 많게 태어나 죄 많은 혼인을 하고 죄 많은 피를 흘렸구나!"

이오카스테는 자살하고 오이디푸스는 스스로 눈을 찔러 장님이 된다. 나라를 구하겠다는 선의와 자신의 진짜 모습을 끝까지 찾아내고야 말겠다는 집념 때문에 그는 파멸해버린 것이다. 추방자 신세가 돼 지팡이를 짚고서 세 발로 조국을 떠나는 오이디푸스를 향해 코러스가 마지막으로 노래한다.

"조국 테베 사람들이여, 명심하고 보라. 이이가 오이디푸스시다. 그이야말로 저 이름 높은, 죽음의 수수께끼를 풀고, 권세 이를 데 없던 사람. 온 장안의 누구나 그 행운을 부러워했건만 아아, 이제는 저토록 격렬한 풍파에 묻히고 마셨다. 그러니 사람으로 태어난 몸은 조심스럽게 운명으로 정해진 마지막 날을 볼 수 있도록 기다리라. 아무 괴로움도 당하지 말고 삶의 저편에 이르기 전에는 이 세상 누구도 행복하다 말하지 말라."

어리석게도 나는 쓸데없는 궁금증에 사로잡힌다. 오이디푸스가 차라리 스핑크스의 수수께끼를 풀지 못했더라면, 아니 그 답을 알았더라도 그냥 지나쳤더라면 어떻게 됐을까? 그랬다면 테베의 왕도 되지 않았을 것이고, 자신의 어머니와 잠자리를 같이 하는 비극도 없었을 것이다. 스핑크스의 수수께끼를 해결함으로써 그는 이 세상에서 가장 지혜로운 인물이 됐지만 막상 자신의 운명에 대해서는 하나도 알지 못했다.

그러나 한 가지 위안이 되는 것은 오이디푸스가 자신의 책임을 다른 누구에게도 돌리지 않았다는 점이다. "나는 그것을 몰랐다"며 자신의 무지를 핑계대지도 않았다. 무력한 인간이기에 운명의 신이 정해놓은 길을 걸어갈 수밖에 없었지만 그래도 그런 삶을 산 것은 나 자신이므로 책임은 내가 져야 한다. 오이디푸스는 그래서 자신의 손으로 자기 눈을 찔렀다. 내 운명의 앞 길을 볼 수는 없었지만 내가 한 행동에 대해서는 책임질 용기를 가졌던 것이다.

그러니 이제부터 오이디푸스를 이야기할 때 무의식 속에 감춰져 있다고 하는 '콤플렉스'를 말하는 대신 부끄럽더라도 자기 행동에 대해 책임질줄 아는 그의 용기를 얘기하자. 그것이 운명을 받아들이는 우리의 바른 자세일 것이다.

아, 스핑크스의 수수께끼는 하나가 더 있었다고 한다. 언니와 동생이 있는데, 언니가 동생을 낳고 동생이 언니를 낳는다. 이 자매는 누구인가?

Un Viejo que leía novelas de amor / Luis Sepúlveda

He could read! It was the most important discovery of his whole life.

읽을 줄 알아! 그것은 그의 평생에서 가장 중요한 발견이었다.

....

루이스 세풀베다(1949~) 칠레에서 태어나 피노체트 독재 정권에 맞서 민주화 운동을 벌이다 942일간 수감생활을 했으며 군부에 의해 추방당해 망명해야 했다. 기자로 앙골라 내전을 취재했고 그린피스에서도 행동파 대원으로 활동했다. 《연애 소설 읽는 노인》은 1989년에 발표된 그의 첫 소설로 출간과 동시에 그를 일약 세계적인 베스트셀러 작가의 반열에 올려놓았다.

문명과 개발이라는 이름의 야만성

경제학이 우울한 학문인 이유는 그 전제 때문이다. 인간의 욕망은 무한한데 우리가 가진 자원은 유한하다는 전제 말이다. 그래서 가진 자원을 최대한 효율적으로 활용해 생산을 늘릴 수 있는 방안을 찾아내려는 것이지만, 문제는 유한한 자원을 아무리 늘려도 현대인의 무한한 욕망은 채울 수 없다는 것이다. 현대 문명의 비극은 여기서 출발한다.

지구의 허파라는 아마존 열대 우림도 개발이라는 미명 아래 마구 유린당하고 있는데, 《연애 소설 읽는 노인》의 무대인 엘 이딜리오 역시 에콰도르 정부가 '약속의 땅'이라고 속여 수많은 사람들을 이주시킨 신개척지 마을이다. 이곳에는 고향을 등지고 떠나온 이주민들 외에도 일확천금을 노리고 들어온 노다지꾼과 무차별적으로 야생동물을 죽이는 밀렵꾼들이 활개치고, 정부가 파견한 뚱보 읍장이 무소불위의 권력을 휘두른다.

그리고 우리의 주인공, 연애 소설 읽는 노인이 있다. 안토니오 호세 볼리바르 포로아뇨 역시 고향을 떠나 엘 이딜리오로 들어왔지만 문명을 거부하는 원주민 수아르 족과 함께 생활하며 밀림에서 생존해 나가는 법을 배운 인물이다. 그는 글을 쓸 줄은 모르지만 읽을 줄은 아는데, 이 사실은 대통령선거일에 우연히 발견한 것이다.

"읽을 줄 알아! 그것은 그의 평생에서 가장 중요한 발견이었다. 그는 글을 읽을 줄 알았다. 그는 늙음이라는 무서운 독에 대항하는 해독제를 지니고 있었다. 그는 읽을 줄 알았다. 하지만 읽을 것이 없었다."

노인은 도시로 나가 책을 본 순간 형언할 수 없는 감동에 휩싸인다. 자신이 좋아하는 책을 고르기 위해 돋보기안경까지 쓰고 다섯 달 동안이나 혼자서 생각하고 묻고 되묻는다. 기하학 책은 도저히 이해할 수 없고, 역사 책은 거짓말만 늘어놓은 것 같다. 마침내 그는 사랑하는 사람들이 만나 고통과 불행을 겪다 결국은 해피엔드로 끝나는 연애 소설 책을 보기로 한다. 특히 등장인물들의 아픔과 인내를 아름답게 묘사한 대목에서는 줄줄 흐르는 눈물에 돋보기가 흥건히 젖을 정도다.

"노인은 천천히, 아주 천천히 책을 읽었다. 그의 독서 방식은 간단치 않았다. 먼저 그는 한 음절 한 음절을 음식 맛보듯 음미한 뒤에 그것들을 모아서 자연스러운 목소리로 읽었다. 그런 식으로 단어가 만들어지면 그것을 반복해서 읽었고, 그런 식으로 문장이 만들어지면 그것을 반복해서 읽고 또 읽었다. 이렇듯 그는 반복과 반복을 통해 그 글에 형상화된 생각과 감정을 자기 것으로 만들었던 것이다."

단조롭게 떨어지는 빗소리를 들으며 아늑한 기분에 젖어 연애 소설을 읽는 노인, 옆에 놓인 탁자에는 감칠맛 도는 새우 요리와 술병까지 있으니, 이것이야말로 진정한 행복 아닐까? 재미있는 장면 하나. 연애 소설 중간에 남자 주인공이 여자에게 '뜨겁게' 입을 맞춘다는 대목이 나오는데, 노인은 어떻게 키스를 하면서 '뜨겁게' 할 수 있는지 도무지 이해할 수가 없다. "뜨거운 키스, 뜨거운 입맞춤, 세상에 어떻게 했기에 그런 식으로 말할 수 있단 말인가?"

노인은 그렇게 세월보다 더 끈질긴 사랑이야기를 읽으며 무료하고 적막한 나날을 보내지만 이런 고독과 고요는 이미 파괴된 밀림의 평화처럼 오래갈 수 없다. "밀림은 새로이 정착한 이주민이나 금을 찾는 노다지꾼들 때문에 심한 몸살을 앓고 있었다. 그로 인해 사나워지는 것은 짐승들이었다. 조그만 평지를 얻고자 무차별하게 벌목을 해대는 바람에 보금자리를 잃은 매가 노새를 물어뜯고 번식기에 접어든 멧돼지가 사나운 맹수로 돌변하기도 했다."

비극은 예고된 것이나 다름없었다. 우기가 시작되던 어느 날 백인 시체가 발견되면서 마을은 두려움으로 술렁거린다. 양키 밀렵꾼에게 새끼들과 수놈을 잃은 암살쾡이가 그 보복으로 인간 사냥에 나선 것이다. 암살쾡이가 인간을 덮친 것은 맞지만 먼저 싸움을 건 쪽은 밀렵꾼이었다. 노인은 말한다.

"그때 암놈의 심정이 어땠을까요? 그 짐승은 슬픔과 고통을 이기지 못한 채 반쯤은 미쳐버렸을 것이고, 마침내 복수를 결심했을 것이오. 인간 사냥에 나선 거지요. 하지만 불쌍한 양키 놈은 자기 옷에 어린 짐승들의 젖 냄새가 배는 것도 모르고 가죽을 벗기느라 정신이 없었을 테니."

암살쾡이의 복수극은 이어지고 결국 세상사를 멀리한 채 연애 소설만 읽던 노인은 뒤집힌 현실 속으로 어쩔 수 없이 뛰어든다. 살쾡이와 노인 간의 처절한 대결은 이렇게 시작된다. 결과는? 살쾡이의 죽음이다. 그러나 승리자는 없다. 노인은 이것이 명예롭지 못한 싸움이었다며 부끄러움의 눈물을 흘린다. 새끼들과 수놈을 잃은 그 짐승은 스스로 죽음을 찾아 나섰던 것이다.

노인은 짐승의 시체를 강물 속으로 밀어 넣는다. 백인들의 더러운 발길이 닿지 않는 아주 먼 곳으로 흘러가길 바라며. 노인은 손에 들고 있던 엽총도 강물에 던져 버리고는, 가끔이나마 인간들의 야만성을 잊게 해주는 연애 소설이 있는 자신의 오두막을 향해 걸어간다.

《연애 소설 읽는 노인》의 클라이맥스는 당연히 '인간 사냥에 나선 암살쾡이와의 목숨을 건 대결'이다. 뭔가 극적인 드라마 같은 이 대결에서 우리의 주인공이 완벽한 승리를 거두지만 이 장면은 비극으로 그려진다. 죽임을 당한 암살쾡이가 불쌍해서도 아니고 노인이 부끄러움의 눈물을 흘려서도 아니다. 사실 자연을 상대로 싸움을 걸었다는 것 자체가 인간의 어리석음을 드러내는 것이고, 비극은 이미 그때부터 출발한 것이니 말이다.

세풀베다는 이 작품을 아마존의 수호자이자 환경 운동가로 활동하다 무장괴한들에게 살해당한 치코 멘데스에게 헌정했는데, 멘데스는 첫 망명지였던 아마존 밀림에서 수아르 족과 함께 지낼 때부터 몸에 밴 습관이 있었다고 말한다. 해가 질 무렵이면 식구들을 모아놓고 그날 있었던 일을 이야기하는 것이었다.

"그렇게 하루하루를 의미 있고 재미있게 만들다 보면 분명 더 나은 내일을 이룰 수 있을 것이다. 아마존의 강물처럼 우리네 삶도 계속 흘러가기 마련이다. 하루가 그 다음 날로 흘러 들어가고 그렇게 해서 지금 우리의 삶을 만들어내듯이 말이다."

■ **지킬 박사와 하이드 씨**

Strange Case of Dr. Jekyll and Mr. Hyde / Robert Louis Stevenson

Man is not truly one, but truly two.

인간은 진실로 하나가 아니라 둘이다.

로버트 루이스 스티븐슨(1850~1894) 스코틀랜드 태생으로 토목기사인 아버지의 대를 잇기 위해 에든버러 대학 공과에 입학했으나 허약한 체질 탓에 법학으로 전공을 바꾸었다. 변호사가 된 뒤 폐결핵으로 건강이 나빠지자 유럽과 미국 등지로 휴양 여행을 다녔다. 집안의 반대를 무릅쓰고 11세 연상의 이혼녀와 결혼한 뒤 의붓아들을 위해 《보물섬》을 썼고, 남태평양 사모아 섬에 정착해 작품 활동을 하다 뇌일혈로 세상을 떠났다.

우리 마음속의 두 가지 본성, 어느 것이 강할까

실제로는 읽었든 안 읽었든, 다들 읽었다고 말하는 책이 있다. 《지킬 박사와 하이드 씨》도 그런 책 가운데 하나인데, 아마도 영화와 연극, 뮤지컬로 워낙 많이 만들어져 굳이 원작 소설을 읽지 않고도 그 내용을 대충 알고 있기 때문일 것이다.

그런데 이런 책일수록 한 번 더 읽어봐야 한다. 그래야 작가가 전하고자 하는 의도나 그 작품이 지니고 있는 진가를 이해할 수 있다. 단지 흥미로운 줄거리만 알아봐야 아무 의미도 없다. 《지킬 박사와 하이드 씨》의 경우도 맨 마지막 장 '헨리 지킬의 진술'까지 꼼꼼히 주의 깊게 읽어가다 보면 문득 우리 인간의 본성을 다시 발견하게 된다. 그러면 지킬 박사의 고백을 따라가보자.

지킬 박사는 부잣집 아들로 태어나 좋은 체격에 성실함과 총명함까지 갖추었지만 그에게도 치명적인 약점이 있었으니 유희에의 탐닉과 오만한 욕망이다. 그는 이미 소년 시절부터 자신이 가진 순진한 외모의 이면에는 어두운 본성이 숨어 있다는 것을 느껴왔다. 그는 양심의 힘으로 이런 악마적 성향을 억눌러왔지만 결국 인간의 이중성을 끈질기게 파고든 끝에 끔찍한 진실을 발견하게 된다.

"바로 인간이 하나가 아니라 둘이라는 사실이었다. 나는 인간이 궁극적으로 다면적이며 이율배반적인 별개의 인자들이 모여 이루어진 구성체라는 가설을 감히 내놓고자 한다. 인간의 절대적이고 근원적인 이중성을 나 자신이 직접 체험했다. 의식 속에서 갈등하는 두 개의 본성을 본 것이다."

지킬 박사는 선과 악이라는 인간의 두 가지 본성을 분리시키면 인간이 더 자유로워질 수 있을 것이라고 믿고 실험에 몰두한다. 마침내 자신 안에 숨어 있는 악의 본능을 끄집어내는 약을 만들어내고, 뼈가 뒤틀리는 극도의 고통을 겪은 뒤 변신에 성공한다. 그렇게 해서 탄생한 악의 정체가 바로 흉측한 몰골에 난폭한 성격을 지닌 에드워드 하이드인데, 그는 거울에 비친 추악한 외모를 보며 반감이 아니라 오히려 반가움을 느낀다.

"몸이 더 젊고 더 가볍고 더 행복해진 느낌이었다. 그 안에 통제할 수 없이 무모해진 내가 있었다. 의무감은 녹아 내렸고 영혼은 낯설고 순수하지 않은 자유를 갈구했다. 마침내 그 본성을 깨달은 순간, 마치 와인을 마실 때처럼 나는 쾌감을 느꼈다. 나는 두 손을 뻗어 이 신선한 감각을 만끽했다."

무슨 말인지 알겠는가? 비록 사악한 모습이지만 위선에 익숙한 지킬보다 차라리 악마일지라도 자기 본성에 충실한 하이드가 훨씬 더 자연스럽고 인간적으로 보였던 것이다. 게다가 하이드 역시 자신의 분신 아닌가? 하이드는 개성이 뚜렷한 '순수한' 악의 존재였다. 그렇게 해서 나이 오십 줄에 접어든 저명한 과학자가 약을 먹고 쾌락을 위해 범죄를 저질렀던 것이다.

"대중의 눈앞에서는 점잖은 체면을 유지하다가 한 순간 동네 악동처럼 껍데기를 모두 벗어 던지고 곧바로 자유의 바다로 뛰어들었다."

범죄는 하이드가 저지른 것이고, 다시 깨어나면 선한 양심은 훼손된 것 같지 않았다. 그는 하이드의 악행을 만회하기 위해 더 열심히 선행을 베풀었다. 그런데 문제는 선악의 복합체이기는 했으나 지킬 박사가 하이드를 생각하는 만큼 하이드는 지킬 박사에게 흥미가 없었다는 점이다. 하이드에게 지킬은 범죄를 저지르고 몸을 피하는 은신처에 불과했다. 지킬 박사는 아버지 이상의 관심을 갖고 돌보았으나 하이드는 아들의 무관심을 극한으로 보여주었을 뿐이다.

지킬은 고심 끝에 하이드와 결별하기로 하고 두 달 동안 약을 끊는다. 하지만 자유를 갈망하는 하이드의 고통을 참지 못해 다시 약을 제조하고, 마침내 악의 본성이 포효를 지르며 자신을 가두어두었던 우리에서 뛰쳐나온다. 그날 밤 하이드는 발작적 황홀경을 느끼며 노신사를 무차별 난타해 살해한다.

하이드는 다시 지킬 박사로 변신해 숨지만 사악한 자아의 유혹은 사라지지 않는다. 하이드의 힘은 점점 더 강해져 이제 약을 먹지 않아도 지킬은 하이드로 변신하게 된다. 지킬은 다시 변신하기 위해 약을 두 배로 먹지만 더 이상 약을 제조할 수조차 없는 지경에 이른다. 쾌락과 자유는 두려움과 공포로 변하고, 지킬 박사는 마지막 선택을 한다.

"지금은 내가 죽을 시간이다. 이후로는 내가 아니라 하이드의 문제가 될 것이다. 이제 나는 펜을 내려놓고 이 고해의 편지를 봉인한 후 불행한 헨리 지킬의 삶을 마감하고자 한다."

어느 작가의 말처럼 추리소설의 본질은 살인이 아니라 질서의 복원이다. 범죄로 인해 야기된 혼돈과 불안이 종국에는 제자리를 잡고 균형을 회복해가는 것이다. 지킬 박사가 더 이상 어찌할 수 없는 악의 존재를 스스로 제거함으로써 질서를 되찾듯이 말이다.

《지킬 박사와 하이드 씨》를 읽을 때마다 떠오르는 궁금증 하나는, 작가인 스티븐슨이 지킬 박사에게서 악의 본성이 아니라 선의 본성만 끌어냈다면, 그래서 사랑과 양심, 정의감이 넘쳐나는 새로운 인격체를 만들어냈다면 어떻게 됐을까 하는 것이다. 아마도 우리 인간의 내면 어딘가에 숨어있는 아름다운 본성이 불쑥불쑥 튀어나와 마치 하이드가 그랬던 것처럼 세상을 향해 마음껏 선한 일만 하고 돌아다니는 줄거리가 되었겠지만, 물론 재미는 없었을 것이다. 베스트셀러가 되지도 못했을 것이다. 사람들은 선보다는 악에 더 관심이 많으니까.

그래도 언젠가는 그런 작품이 나오지 않을까 하고 상상해본다. 아무튼 《지킬 박사와 하이드 씨》는 1886년 영국에서 출간되자마자 선풍적인 인기를 끌며 4만부나 팔렸는데, 그 비결은 독자들이 마지막 순간까지도 지킬과 하이드가 동일 인물인지 알 수 없도록 한 덕분이었다.

그런 궁금증이 사라져버린 지금, 그럼에도 불구하고 여러 장르에서 이 작품이 생명력을 유지하고 있는 이유는 '나' 자신의 내부에도 두 개의 본성이 도사리고 있음을 새삼 확인할 수 있기 때문일 것이다. 하이드의 머리글자인 H와 지킬의 머리글자 J 사이의 알파벳이 I(나)인 것처럼 말이다.

■ **검찰관**

Revizor / Nikolai Gogol

What are you laughing at?
You are laughing at yourself?

뭐가 우습나? 결국은 자기를 보고 웃는 거 아닌가?

....
니콜라이 고골(1809~1852) 우크라이나 태생으로 상트페테르부르크 대학의 중세사 교수가 됐으나 자신의 자질에 회의를 느끼고 1년만에 그만두었다. 《검찰관》 발표 후 보수진영의 공격에 시달리다 로마로 피신해 6년간 생활하며 대표작 《죽은 혼》 을 집필했다. 죽기 전 10년 동안 만족스러운 작품을 창작하지 못하고 극단적인 금욕생활을 하다 반미치광이로 생을 마감했다.

누구나 한 번은 속물이 된다

가끔은 웃음이 그리워질 때가 있다. 그럴 때 가볍게 집어 드는 것이 니콜라이 고골의 단편소설들이다.

고골의 작품에는 다양한 웃음들이 들어있는데, 유머가 가득 담긴 풍자적인 웃음이 있는가 하면 깊은 여운을 남기는 냉소적인 웃음도 있다. 도스토예프스키가 "우리는 모두 고골의 외투에서 나왔다"고 한 단편소설 〈외투〉를 읽다 보면 비극을 동반하는 슬픈 웃음을 발견한다.

포복절도할 정도로 한바탕 웃고 싶다면 5막짜리 희곡 《검찰관》이 그만이다. 처음부터 끝까지 부패한 관리들이 보여주는 온갖 거짓과 오버액션으로 일관하는 이 작품에는 고골 특유의 눈물을 자아내는 웃음과 도덕적 풍자가 한껏 들어있다.

작품 맨 앞에 나오는 부제 "제 낯짝 비뚤어진 줄 모르고 거울만 탓한다"는 러시아 속담이 작가가 전하고자 하는 메시지를 암시하는데, 먼저 줄거리를 따라가보자.

주인공 흘레스따꼬프는 러시아의 어느 작은 도시로 오는 도

중 도박으로 여비를 다 날리는 바람에 숙박비와 식비를 지불하지 못해 여관을 떠나지 못하는 신세다. 그런데 마침 이 도시에는 중앙정부에서 파견한 암행 검찰관이 온다는 소식이 전해진 터라 그는 예기치 않게 고위 관리를 사칭하게 된다.

스물세 살의 14급 최말단 관리인 흘레스따꼬프는 워낙 속임수에 능하고 거침없이 거짓말을 쏟아내며 과장과 허풍이 넘쳐나는 인물이다. 그러다 보니 그 지방의 시장과 판사, 교육감, 지주를 비롯한 주요 인사들은 그를 대단한 권력자로 여기고 연회를 베푸는가 하면 뇌물 공세에다 온갖 아첨을 떠느라 여념이 없다.

흘레스따꼬프는 한술 더 떠 시장의 부인과 딸을 차례로 유혹하고 급기야 딸에게 청혼까지 한다. 시장은 고위 관리를 사위로 맞게 된 것을 자랑하며 자신을 고발한 사람들에게 앙갚음할 것을 다짐하지만 엄청난 사기극을 저지른 흘레스따꼬프는 두둑이 챙긴 뇌물을 갖고 홀연히 사라진다. 흘레스따꼬프가 친구에게 보낸 편지를 통해 비로소 그의 정체를 알아차린 시장과 부패한 관리들은 뒤늦게 분통을 터뜨리고, 마지막 순간 헌병이 나타나 진짜 검찰관이 도착했다는 소식을 전하자 경악한 채 일제히 굳어버린다.

이처럼 작은 오해에서 비롯된 거짓말과 사기극이 엄청난 스캔들로 확대되지만 이건 흘레스따꼬프 혼자 꾸민 일이 아니다. 흘레스따꼬프가 처음부터 대놓고 속이려 든 것은 아니었다는 말이다. 오히려 그동안 부정과 불법을 일삼았던 그 지방의 무능한 관리들이 지레 겁을 먹고 그를 암행 검찰관이라고 믿어버린 데서 사기극은 출발하는 것이다. 그래서 사기란 속아넘어가는 피해 당사자에게도 어느 정도 책임이 있다는 말이 나오는 것이다.

여관주인이 식사를 제공하지 않자 굶주린 흘레스따꼬프는 다른 손님이 먹는 연어 요리를 탐욕스럽게 들여다보는데, 지주의 눈에는 이런 모습이 거꾸로 주도 면밀한 검찰관의 날카로운 눈초리로 비쳐진다. "정말로 그 사람이에요. 관찰력이 강해 보였고, 모든 것을 죽 훑어보는 눈치였습니다. 저는 심한 공포에 사로잡혔습니다."

당황해서 횡설수설하는 흘레스따꼬프의 말투는 상대의 허점을 잡아내기 위해 일부러 둘러대며 빈틈을 보여주는 것으로 받아들여진다. "오, 재치 있는 농담이네! 별 수작 다 걸려고 들어! 어지간히 조심하지 않으면 안 되겠는걸." 그런가 하면 여관비를 내지 않아 잡혀가는 줄 알았던 흘레스따꼬프가 마구 쏟아내는 비난과 불만은 시장의 부정부패에 대한 비판과 분노로 해석된다. 다들 이렇게 자신이 믿고 싶은 대로 믿는 것이다.

《검찰관》은 한마디로 관료주의 세계의 가면과 위선을 폭로한 신랄한 풍자극이다. 이 작품은 황제 니콜라이 1세의 특명으로 1836년 4월 19일 무대에 처음 올려졌는데, 귀족들과 함께 연극을 관람한 황제는 이렇게 중얼거렸다고 한다. "모두들 멋지게 두들겨 맞았어. 그러나 누구보다도 호되게 얻어맞은 것은 황제인 나야."

나 역시 이 작품을 읽을 때마다 아주 세게 두들겨 맞는다. 흘레스따꼬프의 정체를 알아차린 시장이 노발대발하며 미칠 듯이 발작을 해대는 장면에서 특히 그렇다. "보라, 온 세상 사람들아! 모두들 이 시장이 어떻게 바보가 되었는지 똑똑히 봐라! 나는 바보다. 바보!"

시장은 그러면서 자기 자신을 향해 주먹을 휘두른다. 온 천지에 웃음거리가 된 게 분통 터지는 것이다. 하지만 이를 떠들고 다니며 박장대소할 세상 사람들에게 던지는 그의 한 마디는 비수처럼 폐부를 찌른다. "뭐가 우습나? 결국은 자기를 보고 웃는 거 아닌가?"

사실 이 작품에 등장하는 모든 인물들은, 시장부터 판사, 교육감, 경찰서장, 병원장, 우체국장, 지주, 시의 유지와 장사꾼에 이르기까지 직업이나 지위고하를 막론하고 하나같이 썩 어빠진 속물들이다. 주인공 흘레스따꼬프와 그의 하인 오시쁘 역시 사기꾼에 건달이나 다름없다. 어느 한 구석 진실되고 긍정적인 면을 가진 인물은 찾아볼 수 없다.

그렇지만 《검찰관》에 나오는 이들의 어처구니없는 모습을 보면서 나만큼은 고골의 풍자 대상이 아니라고 생각하며 한참을 웃었다면 그거야말로 웃기는 착각이다. 이 작품에서 고골이 주고자 했던 웃음은 '나를 돌아보게 하는 웃음'이다. 통쾌한 웃음 뒤에 가려진 우리들 모두의 약점, 그것은 주인공의 이름을 딴 '흘레스따꼬프시치나'라는 단어에 들어있는데, 아무런 부끄러움도 없이 거짓말을 일삼고 뇌물을 좋아하면서도 겉으로는 그런 척하지 않는 전형적인 속물을 가리키는 말이다.

당신은 어떤가? 나는 절대 그런 속물이 아니라고 확실하게 단언할 수 있는가? 어쩌면 그럴 수 있을지도 모른다. 그러나 고골의 말처럼 단 몇 분 혹은 단 한 순간일지라도 누구나 인생에서 한번은 흘레스따꼬프가 된다. "살아가면서 한번도 흘레스따꼬프가 되지 않는다는 것은 지극히 어려운 일이다. 말재주가 좋은 근위사관도, 정치가도, 죄 많은 우리 작가들도 때로는 흘레스따꼬프가 된다."

■ 모든 것이 산산이 부서지다

Things Fall Apart / Chinua Achebe

There is no one for whom it is well.

삶이 좋은 사람은 세상 어디에도 없다.

치누아 아체베(1930~2013) 나이지리아 이보족 출신으로 기독교 집안에서 태어나 미션스쿨을 졸업한 뒤 대학에서 의학과 문학을 전공했다. 아프리카가 겪은 참담한 사회사를 문학적 방식으로 기록하고자 노력했다. 28세 때 발표한 첫 소설 《모든 것이 산산이 부서지다》는 탈식민주의 문학의 새로운 장을 열었다는 평가를 받았다.

대체 어디서부터 잘못된 것일까

영화 《박하사탕》의 명장면 다들 기억할 것이다. 주인공 영호 (설경구 분)가 마주 달려오는 기차를 향해 "나 다시 돌아갈래!" 를 외치는 장면, 곧이어 영화는 세월이 앗아간 그의 흔적들 을 하나씩 보여준다.

누구에게나 이렇게 돌아가고픈 시절이 있다. 그저 아름다 운 추억으로 회상하면서 "그 시절 참 좋았었는데" 하고 끝내 버릴 수 있다면 다행이지만, 문제는 지나간 과거가 아니라 눈 앞의 현재라는 데 있다. 되돌릴 수 없는 것은 가물가물한 기 억이 아니라 생생하게 살아있는 현실이고, 바로 지금의 나 자 신이기 때문이다.

대체 어디서부터 잘못된 것인지, 그러니까 무엇 때문에 내 인생이 이렇게 꼬여버렸는지 모르겠다는 생각은 오늘의 절망 에서 출발한다. 이 절망을 이겨내지 못하면 영호처럼 극단적 인 선택을 한다. 19세기 말 아프리카를 배경으로 한 소설 《모 든 것이 산산이 부서지다》의 주인공 오콩코 역시 그랬다.

이오족 최고의 씨름선수이자 전사戰士로 존경 받았던 오콩코가 왜 그런 운명을 맞게 됐을까? 아마도 서구 문명과 제국주의의 침략 때문일 것이라고, 그래서 오콩코가 불쌍하게 희생됐을 것이라고 생각하기 쉽다. 그러나 치누아 아체베가 옆집 아저씨 얘기하듯 구수한 입담으로 담담하게 전해주는 이야기를 다 듣고 나면 그렇지 않다는 것을 알게 된다.

우무오피아 마을의 오콩코는 성격이 불 같은 사내지만 맨손으로 남부럽지 않은 부를 일궈낸 가장으로 세 명의 아내와 여덟 명의 자녀를 거느리고 있다. 그러나 실수로 한 소년을 죽이는 바람에 마을에서 추방당해 7년이 지나서야 돌아온다. 한데 그가 다시 마주친 고향은 전혀 다른 세상이다. 백인 교회가 들어서 사람들에게 새로운 믿음을 심어주고 있고, 백인 정부는 법원과 경찰의 힘으로 부족을 지배하고 있다. 그가 더 참을 수 없는 것은 자신의 눈앞에서 부서지고 산산 조각나고 있는 부족민들이다. 작가는 이렇게 설명한다.

"우무오피아의 많은 남자들과 여자들은 오콩코와 달리 새로운 체제에 강한 반감을 느끼지 않았다. 백인은 괴상한 종교를 가지고 왔지만 교역소도 세웠고, 이전과 달리 야자유와 열매도 비싼 물건이 되었고, 많은 돈이 우무오피아로 흘러 들었다." 게다가 백인들은 학교와 병원을 세웠고 속옷과 수건을 선물로 주었다. 사람들은 몇 달만 배우면 법원 서기까지 될 수 있었고, 백인들의 약은 빠르고 잘 들었다.

그러나 오콩코의 눈에는 이런 것들이 전부 이오족의 전통과 질서를 짓밟는 것으로만 보인다. 이오족이 신성시하는 비단구렁이를 백인들이 죽이는 일이 있었는데, 마을사람들은 그냥 못 본채 하는 게 현명한 처사라고 한다. 오콩코는 분노에 가득 찬 목소리로 이들에게 외친다.

"겁쟁이처럼 굴지 맙시다. 어떤 녀석이 내 집에 와 똥을 쌌다면, 어떻게 하겠습니까? 내 눈을 감으면 되나요? 아닙니다! 몽둥이를 가져와 머리를 깨버려야지요. 그게 남자가 할 일입니다."

결국 사달이 나고야 만다. 백인 교회의 신도 하나가 그들의 조상신에게 수모를 주자 오콩코는 부족 지도자들과 함께 교회를 불태워버린다. 그러자 자신의 유배 기간 동안 형언할 수 없이 변모해버렸던 세월이 다시 돌아온 듯했다. 전사가 전사였던 그 좋은 옛날이 다시 온 것처럼 느껴진 것이다. 그러나 오콩코와 부족 지도자들은 교회를 불태운 혐의로 잡혀간다. 치안판사는 이들에게 말한다. "우리는 당신들이 행복할 수 있도록 당신들에게 평화로운 통치체제를 가져왔습니다. 누군가 당신들을 괴롭히면 우리가 구하러 올 겁니다. 하지만 우리는 당신들이 다른 사람들을 괴롭히도록 놔두지도 않을 것입니다. 우리는 법정을 세워 위대한 여왕님이 다스리는 영국에서처럼 사건을 판결하고 정의를 구현합니다."

오콩코는 간수에게 채찍을 맞고 벌금을 낸 다음 풀려난다. 그는 복수를 다짐하지만 우무오피아 사람들은 전쟁을 원하지 않는다. 전사는 이제 다 사라지고, 그들은 혼란에 빠진 군중일 뿐이다. "훌륭한 남자들이 다 가고 없다." 오콩코는 이시케 부족과 전쟁을 벌였던 그 시절을 생각하며 회고에 잠긴다. "그때는 남자가 남자인 시절이었지."

오콩코는 마침내 치안판사가 보낸 전령의 목을 자르고 자신도 비극적인 죽음을 택한다. 하지만 이게 끝이 아니다. 이오족의 전통으로는 남자가 스스로 목숨을 끊는 것은 큰 죄악이라 동족이 손을 댈 수 없다. 그래서 오콩코를 잡으러 온 백인 치안판사에게 그의 친구 오비에리카는, 당신은 이방인이니 그를 묻어달라고 하는 것이다.

백인과 원주민의 구분은 기껏 이 정도다. 마을 원로이자 오콩코의 외삼촌인 우첸두는 이렇게 말한다. "세상엔 이것이다 하는 끝은 없는 법이어서, 어떤 종족에게 좋은 것이 다른 종족에게는 싫은 것이 되지."

'모든 것이 산산이 부서지다'라는 제목은 아일랜드 시인 예이츠의 시 〈재림〉에서 따온 것인데, 예이츠는 지금 이 세상의 질서가 갑자기 무너져 내린다 해도 그것이 새로운 세상으로의 전환점이 될 수 있음을 노래했다. 사실 문명이나 전통보다 더 중요한 것은 인간이고 앞으로 계속 이어질 삶이다.

이 소설에는 이오족 마을의 어른들이 전해주는 삶의 지혜들이 무수히 나오는데, 어떤 노인은 겸손을 모르는 오콩코에게 이런 말을 해준다. "왕의 입을 보면, 한때 어머니의 젖을 빨았다는 생각이 들지 않지." 출발시간이 늦어지니 한마디 툭 던진다. "새 아내를 막 맞이한 신랑과는 이른 아침에 약속을 하지 말아야 하네."

오콩코가 추방당해 어머니의 고향으로 갔을 때 무거운 표정으로 낙담에 빠져있자 우첸두는, 자신이 이 세상에서 가장 고통스러운 사람이라고 생각한다면 여자들이 죽으면서 부르는 노래를 떠올려보라고 한다. "누구에게 좋다는 것인가, 누구에게 좋다는 것인가? 삶이 좋은 사람은 세상 어디에도 없다."

삶이란 이처럼 누구에게나 고단한 것이지만 다들 힘들게 참고 살아간다. 이 세상 사람들을 둘로 나눈다면 백인과 원주민도 아니고 부자와 가난한 사람도 아니다. 자신이 원하는 삶을 살아가는 사람과 그렇지 못한 사람이 있을 뿐이다. 오콩코는 과연 자신이 원하는 인생을 살았을까?

- 타임머신

The Time Machine / Herbert George Wells

Strength is the outcome of need; security sets a premium on feebleness.

힘은 필요의 소산이고, 안전은 연약함을 가져온다.

허버트 조지 웰스(1866~1946) 가난한 상인 집안에서 태어나 어려서부터 포목점 점원과 약품상 보조 같은 직업을 전전하다 과학사범학교에서 생물학을 공부해 과학교사가 됐다. 폐결핵으로 요양 생활을 하다 소설을 쓰기 시작해 현대 문명에 대한 암울한 비전을 그려낸 《모로 박사의 섬》《투명인간》《우주전쟁》 등 100편 이상의 작품을 남겼다.

혼자만 잘 사는 안락한 미래는 없으니

박물관에 가면 마치 내가 타임머신을 타고 시간 여행을 하고 있는 것 같은 착각에 빠져들곤 한다. 구석기 시대 방과 신석기 시대 방을 거쳐 청동기 시대 방으로 들어서면서 문득 이런 생각이 드는 것이다. 아, 몇 걸음 옮겼을 뿐인데 벌써 몇 세기가 지나갔구나.

기나긴 역사는 이렇게 전시실 한 켠에 조용히 쌓여가고 남는 것은 흔적뿐이다. 아주 오랜 세월이 지나면 먼 후손들이 또 우리의 유물들을 모을 텐데, 그들은 과연 그 증거들을 보고 무슨 생각을 할까.

왜 이 시대 사람들은 그토록 미친 듯이 돈을 벌려고 했을까? 허영과 탐욕이 넘쳐나고, 과시와 낭비에 휩싸여 있으면서도 아무런 의문이나 진지한 고민 없이 어쩌면 그렇게 날마다 쫓기듯 살아갈 수 있었을까? 아마도 이런 생각을 하면서 쓴 웃음을 짓지나 않을지. 그러면서 지금 우리가 살아가고 있는 이 시기를 '돈의 시대' 혹은 '탐욕의 시대'라고 이름 붙일지도 모른다.

너무 부정적인가. 아니다. 오히려 반대다. 미래 세대가 그렇게 과거를 냉정하게 바라볼 수 있다면 적어도 우리 세대보다는 물욕에 훨씬 덜 물들었을 테니 말이다. 그런 점에서 나는 낙관주의자다. 한데 타임머신이라는 말을 처음으로 사용한 H.G. 웰스는 그렇지 않았다.

웰스가 1895년에 발표한 소설 《타임머신》은 시간을 여행할 수 있는 기계, 즉 타임머신을 자기 손으로 직접 만든 시간 여행자가 자신의 경험담을 들려주는 섬뜩하면서도 좀 황당한 이야기인데, 그는 이 작품에서 인류가 맞이하게 될 어둡고 참담한 미래 세상을 그려낸다.

시간 여행자가 타임머신을 타고 도착한 서기 80만2701년의 지구는 언뜻 보기에는 온화한 기후에 평화로운 분위기가 감도는 에덴동산 같은 곳이다. 거기서 처음 만난 엘로이라는 종족 역시 매우 아름답고 우아한 사람들이다. 그러나 자세히 들여다 보면 미래 사회는 아무런 변화도 없는 황폐하고 퇴락한 곳이다. 엘로이 역시 지적인 능력과 활력을 상실한 채 무기력 상태에 빠져있다.

"쇠퇴해가는 인류와 마주친 기분이 들었다. 비로소 나는 우리가 현재 힘쓰는 사회적 노력이 뜻밖의 결과를 낳았음을 깨닫기 시작했다. 하지만 잘 생각해보면 아주 당연한 결과다. 힘은 필요의 소산이고 안전은 연약함을 가져오니까. 삶의 조건을 개선하는 일, 그러니까 우리 생활을 더욱 편안하게 만들어 주는 문명화의 과정이 꾸준히 진행돼 정점에 이르렀고, 지금은 그저 꿈에 불과했던 일들이 그대로 실현되었는데, 그 성과가 바로 지금 내가 보고 있는 것이었다!"

참담하기만 한 인류의 미래, 그런데 더 자세히 들여다 보니 인류는 두 개의 종으로 따로 진화했다. 지상에서는 가진 자들이 쾌락과 안락과 아름다움을 추구하는 동안, 지하에서는 가지지 못한 자들이 소름 끼치는 흉악한 존재로 변해갔던 것이다. 풍요로운 삶 속에서 노동이 필요 없어진 지배 계급과 힘겹게 생산을 담당했던 노동자 계급이 각각 무력한 엘로이 종족과 지하 괴물 같은 몰록 종족으로 진화한 것인데, 채식주의자인 엘로이와 달리 몰록은 육식을 하고, 그들이 잡아먹는 것은 다름아닌 엘로이들이다.

"이제 나는 지상 사람들이 지닌 아름다움의 이면에 무엇이 감추어져 있는지 완전히 알게 되었다. 그들은 환한 낮에는 소떼처럼 즐겁게 보내는 듯했다. 그들은 소떼처럼 알려고도 하지 않았고 아무런 대비도 하지 않았다. 그리고 그들은 소들과 마찬가지로 최후를 맞이했다."

시간 여행자는 인간의 지적 능력이 만들어낸 꿈이 얼마나 허망한가를 깨닫는다. 발전과 진보와 문명이라는 이름으로 안락하고 풍요로운 사회를 만들어냈는데, 그 결과가 이처럼 끔찍한 세상인 것이다. 완벽한 과학 지식으로 무장한 지배 계급은 자연을 굴복시켰지만 동시에 같은 인간, 심지어 자신들까지도 굴복시켰던 것이다.

"다재 다능한 지적 능력은 변화와 위험과 어려움을 겪으면서 얻게 되는 보상인 것이 자연의 법칙인데, 우리는 그것을 간과하곤 한다. 자연은 습관이나 본능이 더는 유용하지 않을 때가 되어서야 지능에 호소하는 법이다. 변화나 변화의 필요성이 없는 곳에서는 지적 능력이 존재할 수 없다. 온갖 위험과 끔찍한 결핍에 직면하는 동물만이 지적 능력을 소유할 수 있다."

시간 여행자는 지구의 운명에 관한 비밀에 이끌려 3000만 년 후의 세계로 가본다. 그곳에는 거대한 태양이 어두운 하늘을 거의 10분의 1이나 가리고 있었고, 해변에는 거무스름한 녹색 이끼를 빼고는 아무런 생명체도 보이지 않았으며, 간혹 흰 눈이 쏟아져 내릴 뿐 온 세상은 침묵뿐이었다.

시간 여행자의 이야기는 여기서 끝난다. 현재로 귀환했던 그는 다시 한 번 타임머신을 타고 떠나지만 3년이 지나도록 돌아오지 않는다. 그가 미래 세계에서 가져온 하얀 꽃 두 송이만 남긴 채. 이 꽃은 그가 생명을 구해주었던 여성 엘로이가 그의 주머니에 넣어준 것이었다. 웰스는 마지막으로 한 가닥 희망을 본다.

"문명의 발전이란 부질없이 쌓아놓은 것에 불과하며, 결국에는 문명을 세운 사람들의 머리 위로 무너져 내릴 것이라는 게 그의 생각이었다. 설사 그렇다 하더라도 우리는 그런 일은 일어날 리 없다고 생각하면서 살아갈 수밖에 없다. 꽃은 시들어가고 있지만 이것이야말로 인류의 지성과 힘은 사라지더라도 서로 사랑하고 감사하는 마음은 영원히 살아있을 것임을 증명해주는 것이리라."

혼자만 잘 사는 그런 안락한 미래는 없다. 시간 여행자가 목격한 허망한 미래, 웰스가 쏟아내는 날 선 미래상은 바로 오늘을 살아가는 우리 모두가 되새겨야 할 반성문으로 읽혀져야 한다. 그래야 웰스가 예견한 미래상을 바로잡을 수 있다. 타임머신이 전해주는 메시지는 이렇게 간단한 것이다.

■ 군주론

Il Principe / Niccolò Machiavelli

It is far better to be feared than loved if you cannot be both.

동시에 둘 다 얻을 수 없다면
사랑을 받는 것보다는 두려움의 대상이 되는 게 훨씬 낫다.

니콜로 마키아벨리(1469~1527) 약관 29세에 피렌체 공화국 제2서기국 서기관에 선출돼 외교무대에서 활약했으나 메디치 가의 복귀로 관직에서 물러난 뒤 저술에 몰두했다. 《군주론》과 《피렌체사》《전술론》 등 정치 및 역사 관련 서적뿐 아니라 유머와 해학을 섞어 정치 현실을 풍자한 《만드라골라》 같은 희곡을 남기기도 했다.

안아주거나 혹은 짓밟아버리거나

실직한 마흔네 살의 전직 관료, 시골집에 은둔한 지 8개월째, 딸린 식구는 아내와 어린아이 넷, 모아둔 돈도 없이 나무별채로 근근이 먹고 산다. 저녁 무렵이면 선술집에 들러 자신을 향한 운명의 장난에 분노를 터뜨리지만, 밤이 되면 관복으로 갈아입고 서재에 들어간다.

"예절을 갖춘 복장으로 몸을 정제한 다음, 옛사람들이 있는 옛 궁정에 입궐하지. 그곳에서 나는 그들의 친절한 영접을 받고 나만을 위한 음식을 먹는다네. 나는 부끄럼 없이 그들과 이야기를 나누고, 그들의 행위에 대한 이유를 물어보곤 하지. 그렇게 보내는 네 시간 동안 나는 전혀 지루함을 느끼지 않아. 모든 고뇌를 잊고, 가난도 두렵지 않고, 죽음에 대한 공포도 느끼지 않는다네."

그렇게 매일같이 서재에서 혼자 책을 읽고 사색하고 글을 쓰던 니콜로 마키아벨리는 1513년 12월 10일 친구에게 보낸 편지에서 처음으로 《군주론》을 집필하고 있다고 소개한다. "나는 그들과의 대화를 소논문으로 정리해보기로 했네. 군주국이란 무엇인가? 어떤 종류가 있는가? 어떻게 하면 획득할 수 있는가? 어떻게 하면 보전할 수 있는가? 왜 상실하는가?"

그가 《군주론》을 쓴 목적은 단 하나, 복직을 위해서였다. 《군주론》은 그래서 당시 피렌체 공화국의 실권자였던 로렌초 데 메디치에게 바치는 헌정사로 시작된다. 군주의 환심을 사고자 하는 자들은 자신의 소유물 중 가장 소중한 것을 바치는데, 그는 "꾸준한 독서를 통해 습득한 위대한 인간들의 행적에 관한 지식만큼 귀중하고 가치 있는 것은 없다는 점을 깨달았다"고 적는다.

마키아벨리가 정리한 내용은 모두 26장, 구구절절 명쾌하면서도 냉정하기 이를 데 없고, 인간 본성에 대한 예리한 통찰이 깔려 있다. "인간들이란 다정하게 안아주거나 아니면 아주 짓밟아 뭉개버려야 한다. 인간이란 사소한 피해에 대해서는 보복하려 들지만 엄청난 피해에 대해서는 감히 복수할 엄두도 못 내기 때문이다."

어떤가? 그야말로 단순 명료하면서도 통렬하고 동시에 핵심을 찌르고 있지 않은가. 사실 《군주론》 이전까지 정치는 감미로운 이상이었다. 마땅히 이러이러해야 한다는 도덕론이 지배한 세계였다. 그런데 마키아벨리는 "실제로 일어난 사건들을 고려할 때" 혹은 "경험에 비춰보면" 이라는 전제 아래 현실론을 들이민다. 갑자기 정치가 냉혹한 현실이 된 것이다.

"'인간이 어떻게 사는가'는 '인간이 어떻게 살아야 하는가'와
는 다르다. 따라서 일반적으로 행해지는 바를 행하지 않고 마
땅히 해야 하는 바를 고집하는 군주는 권력을 잃기 십상이
다. 어떤 상황에서든 선하게 행동하려는 사람이 무자비한 이
들에게 둘러싸여 있다면 그의 몰락은 불가피하다. 권력을 유
지하고자 하는 군주는 필요하다면 부도덕하게 행동할 수 있
어야 한다."

마키아벨리는 그래서 군주는 사랑을 받는 것보다는 두려움
의 대상이 되는 게 훨씬 더 안전하다고 말한다. 인간은 두려움
을 불러일으키는 자보다 사랑을 받는 자에게 해를 끼치는 것
을 덜 주저하기 때문이다. 그리고 《군주론》에서 가장 많이 인
용되는, 사자의 무력과 여우의 지혜를 제시한다.

"사자는 함정에 빠지기 쉽고 여우는 늑대를 물리칠 수 없다.
함정을 알아채기 위해서는 여우가 되어야 하고 늑대를 혼내주
려면 사자가 되어야 한다. 단순히 사자의 힘에만 의지하는 자
는 사태를 제대로 이해하지 못한다. 현명한 군주는 신의를 지
키는 것이 그에게 불리하게 작용할 때, 그리고 약속을 맺은 이
유가 더 이상 존재하지 않을 때는 약속을 지킬 수 없으며 지
켜서도 안 된다."

너무 노골적인가? 그렇다면 위대한 선인先人들을 모방하라

는 대목을 보자. 마치 동양고전의 한 구절을 읽는 느낌이다. "노련한 궁사가 목표물이 아주 멀리 떨어져 있을 때 활을 쏘는 방법과 마찬가지로 행동해야 한다. 그는 자기 활의 힘을 잘 알고 있기 때문에 좀더 높은 곳을 겨냥하게 되는데, 이는 그 높은 지점을 맞히기 위한 것이 아니라 목표물을 맞히기 위해 일부러 그곳을 겨냥하는 것이다."

운명*fortuna*의 힘에 대해 이야기하는 제25장은 또 어떤가. 마키아벨리는 운명의 여신을 위험한 강에 비유해 이렇게 설명한다. "이 강은 노하면 평야를 덮치고, 나무나 집을 파괴하고, 이쪽 땅을 저쪽으로 옮겨놓기도 한다. 모든 사람들이 그 격류 앞에서는 도망치며 어떤 방법으로도 제지하지 못하고 굴복하고 만다. (…) 운명은 자신에게 저항하려는 힘이 하나도 조직되어 있지 않은 곳에서 그 위력을 떨치며, 자신을 제지하기 위한 아무런 제방이나 둑이 없는 곳을 덮친다." 그러면서 지금 이탈리아가 바로 아무런 제방이나 방파제가 없는 들판이며, 그래서 격변의 근원이자 무대가 되고 있다고 토로한다.

《군주론》의 결론은 한마디로 이런 통찰과 식견을 갖고 있는 자신을 하루빨리 등용해달라는 것이다. 그러나 마키아벨리의 간절한 바람에도 불구하고 로렌초 데 메디치는 《군주론》을 아예 읽어보지도 않는다. 다시 한번 운명의 여신에게 버림받은 그는 끝내 관직에 복귀하지 못한다. 《군주론》은 그의 사후 5년 만에 출간되지만, 1559년 교황청은 선량한 그리스도교도에게 적당치 않다며 마키아벨리의 모든 저작을 금서로 지정한다.

그의 이름을 딴 '마키아벨리즘'은 한동안 사악한 권모술수의 대명사처럼 여겨지기도 했지만, 지금 마키아벨리는 근대 정치사상을 처음으로 주창한 인물로 화려하게 복권됐다. 요즘 들어서는 특히 기업인들 사이에 인기가 높은데, "결과만 좋으면 수단은 언제나 정당화된다"는 문장에서 읽을 수 있듯 무엇보다 효율을 우선하는 그의 철학 때문일 것이다.

그러나 절대로 오해해서는 안 된다. 마키아벨리는 개인이나 기업의 사익을 위해 책을 쓴 게 아니다. 그가 "필요할 경우 주저 없이 악을 택하라"고 말할 때 그 전제는 어디까지나 조국의 이익이었다. 《군주론》의 마지막 장은 "야만족의 지배로부터 이탈리아의 해방을 위한 권고"다.

Walden / Henry David Thoreau

Here is life,
an experiment to a great extent untried by me.

여기에 인생이라고 하는, 내가 그 대부분을 겪어보지 않은 하나의 실험이 있다.

....

헨리 데이비드 소로(1817~1862) 미국 매사추세츠 주 콩코드에서 태어나 하버드 대
학교를 졸업했다. 당시 하버드 출신 대다수는 직업으로 목사나 의사, 법률가를
선택했지만 소로는 돈을 버느라 귀중한 인생을 허비하고 싶지 않았다. 소로는 특
정한 직업에 얽매이지 않고 자신이 좋아한 산책과 자연관찰에 많은 시간을 썼고,
동서양 고전을 아우르는 폭넓은 공부에 매진하며 평생을 보냈다.

당신 말곤 아무도 할 수 없는 일을 하라

소설을 쓰는 어느 작가는 말하기를 "책에는 길이 없다"고 했다. 책만 보아서는 길을 찾을 수 없다는 의미일 것이다. 맞는 말이다. 길은 살아 숨쉬는 현장에서 찾아야지 백날 죽은 활자만 들여다 봐야 발견할 수 없다.

그런데 살아가다 보면 길을 잃을 때가 있다. 문득 하늘을 올려다 보면 이게 올바른 길인가 싶을 때도 있고, 지나온 길을 되돌아 보면 가슴이 먹먹해질 때도 있다. 그럴 때 위안과 함께 깨달음을 주는 책이 있다. 헨리 데이비드 소로의 《월든》은 바로 그런 책이다.

이 책은 소로가 매사추세츠 주 콩코드의 월든 호숫가 숲 속에서 2년 2개월 하고도 이틀간 혼자 생활한 기록이다. 그는 손수 지은 네 평 남짓한 오두막에 살면서 콩밭도 가꾸고 호수와 숲을 돌아다니며 자연을 관찰하고 사색하면서 책도 읽고 글도 쓰고 찾아오는 사람들도 만났다. 그가 혼자 오두막에서 산 것은 괜한 기벽 때문이 아니었다. "내가 숲 속으로 들어간

이유는 인생을 의도적으로 살아보기 위해서였다. 오로지 인생의 본질적인 사실들만을 상대한 다음, 삶이 가르쳐주는 내용을 내가 배울 수 있는지 알아보고, 그리하여 죽음을 맞이했을 때 내가 헛된 삶을 살았구나 하고 후회하는 일이 없도록 하기 위해서였다. 나는 삶이 아닌 것은 살지 않으려고 했으니 산다는 것은 그토록 소중한 것이다."

소로의 눈에는 콩코드에 사는 사람들이 가게, 사무실, 농장 같은 일터에서 갖가지 고행을 하고 있는 것으로 보였다. 소로는 특히 젊은이들이 '불행히도' 토지와 주택, 가축을 상속받았다며, 누가 이들을 흙의 노예로 만들었느냐고 묻는다. "이들은 이런 온갖 소유물들을 짊어진 채 어렵사리 한평생을 살아가야 하는 것이다. 불멸의 영혼을 지닌 가련한 사람들이 등에 진 짐의 무게에 짓눌려 숨도 제대로 쉬지 못하면서 (…) 고된 인생길을 걸어가는 것을 나는 수없이 보아왔다!"

이 엄청난 역설. 재산이 많을수록 더 불행한 노예가 된다니. 통쾌하지 않은가! 소로는 한마디 덧붙인다. "유산을 물려받지 않아 그런 불필요한 짐과 싸우지 않아도 되는 사람들은 또 자그마한 육신 하나의 욕구를 채우고 가꾸는 데도 힘들어 한다." 주위를 둘러보자. 다들 저마다 설정한 숙명에 복종해 스스로 노예가 되어 살아간다. 현재 누리고 있는 안락을 버리지 못하고, 미지의 세계를 두려워하면서 체념한 듯 살아가는 것이다. 소로는 이를 '평온한 절망quiet desperation'이라고 표현했다. "대부분의 사람들이 평온한 절망 속에서 살아간다."

나는 《월든》을 읽으며 야생의 인간을 발견한다. 삶은 날 것이다. 소로는 길들여지지 않은 야생의 삶을 살라고 이야기한다. "때로는 야성적인 삶에 탐닉해 하루를 좀더 동물처럼 보내고 싶어진다." 그는 자연의 한가운데 살면서 자신의 감각기능을 온전하게 유지했다. 그의 귀에는 폭풍우 소리도 바람의 신이 들려주는 음악으로 들렸다. 식탁에서 받침이 달린 유리잔으로 물을 마시는 것보다 호수에서 맨손으로 뜬 맑은 물을 마시는 것을 더 좋아했다.

그는 고독을 즐겼다. 어차피 사람은 혼자 살아가야 하는 것이고, 아무리 좋은 사람들이라도 같이 있다 보면 곧 싫증이 나고 주의가 산만해지기 때문이다. 소로는 그래서 고독을 벗삼아 홀로 지내는 것을 좋아했다. "나는 아직까지 고독만큼 친해지기 쉬운 벗을 만나보지 못했다." 하지만 소로가 숲 속 오두막에 사는 동안 그를 찾아온 사람들은 그 어느 때보다 많았다. 그는 고독이라는 거대한 바다 한가운데로 물러앉아 있었고, 사교라는 여러 강물이 그 바다로 흘러 들어온 것이다. "내 집에는 세 개의 의자가 있다. 하나는 고독을 위해, 둘은 우정을 위해, 셋은 사교를 위한 것이다."

소로가 숲에 들어가서 산 것은 자신만의 삶의 방식을 찾기 위한 실험이었다. "여기에 인생이라고 하는, 내가 그 대부분을 겪어보지 않은 하나의 실험이 있다." 소로는 그래서 무조건 안정되고 큰 길로 향하려 하는 많은 사람들에게 외치는 것이다. 자신만의 길을 가라고. 그것이 진정한 성공이라고. "아무리 좁고 구불구불할지라도 그 길이 그대가 애정과 존경심을 갖고 있는 길이라면 그대로 그 길을 따라 걸으라. 비록 큰 길 위에 서 있는 여행자라 할지라도, 그의 눈에 보이는 길이 울타리 사이로 난 좁고 험한 길이라면, 그 길을 추구해 나가라. 사람이란 결국 자신만의 좁은 길을 가는 것이다."

소로는 그 누구에게도 자신이 선택한 삶의 방식을 그대로 따르라고 강요하지 않는다. 세상을 살아가는 데 올바른 길이 딱 하나만 있는 것은 아니다. 모두가 각자 자기 자신의 고유한 길을 조심스럽게 찾아내 그 길을 가야 한다. "남들과 똑같은 것을 추구하는 데 열중하지 말라. 당신 말곤 아무도 할 수 없는 일을 하라. 그 밖의 것은 과감히 버리라."

구구절절 옳은 말인 건 분명한데, 막상 이렇게 살아가기란 무척 어렵다. 결심하기도 어렵지만 자꾸만 남들 시선을 의식하게 되기 때문이다. 내가 뭐 대단하다고, 다들 그럭저럭 잘 살아가는데 나만 괜히 튈 필요는 없잖아? 용기를 내지 못하고 이렇게 안주해버리는 가장 큰 이유는 나의 기준이 없기 때문이다. 내 기준이 아니라 다른 사람들의 잣대로 내 삶을 평가

하고 거기에 맞춰 살아가려 하기 때문이다. 그럴 때 소로의 조언은 힘이 되어준다.

"진실로 바라건대 그대의 내면에 있는 신대륙과 신세계를 발견하는 콜럼버스가 되어라. 무역이 아니라 사상을 위한 신항로를 개척하라. 각자는 하나의 왕국의 주인이며, 그에 비하면 러시아 황제의 대제국은 보잘것없는 작은 나라요 빙산조각에 불과하다." 진정으로 자신이 원하는 삶을 살아가려면 내면의 목소리에 귀를 기울여야 한다는 말이다.

그렇다면 소로는 평생 무슨 일을 하며 살았을까? 소로는 1847년 봄 하버드 대학교 동문회에서 졸업생의 신상명세를 조사하면서 그의 직업을 묻자 이렇게 답했다. "나는 학교선생, 가정교사, 측량사, 정원사, 농부, 페인트공, 목수, 석수, 날품팔이 일꾼, 연필 제조업자, 유리사포 제조업자, 작가, 그리고 때로는 삼류시인입니다." 1837년 대학을 졸업하고 교사 생활을 시작한 소로는 2주 만에 사표를 던졌다. 학생들에게 체벌을 가하는 학교의 방침에 동의할 수 없다는 것이 그 이유였다. 그는 젊은이들이 지금 당장 삶을 경험해보는 것이야말로 최고의 교육이라며 이런 질문을 던진다. "한 학생은 자신이 캐낸 광석을 녹여 주머니칼을 만들면서 그 일에 필요한 책들을 찾아 읽고, 다른 학생은 대학에서 광물학 강의를 듣고 아버지로부터 로저스 주머니칼을 선물 받았다고 하자. 그러면 두 학생

가운데 누가 더 손가락을 잘 베이겠는가?"

교사를 그만둔 뒤 그는 여러 직업을 가졌지만 이웃들이 보기에는 하나같이 성공과 거리가 먼 것이었다. 작가로서도 마찬가지였다. 그의 생전에 출간된 저서는 《콩코드 강과 메리맥 강에서 보낸 일주일》(1849)과 《월든》(1854)뿐이었고, 둘 다 전혀 알려지지 않았다. 그래도 그는 일기에 이렇게 썼다. "책이 수천 권 팔리는 것보다 이편이 내겐 더욱 좋은 일이라고 믿는다. 내 사생활에 영향이 적고 더 자유로울 수 있으니까." 역시 매력적인 인물이다.

마음먹기만 하면 얼마든지 넉넉하게 인생을 즐기면서 살아갈 수 있는데 많은 사람들이 생활고에 시달리며 진흙수렁 같은 힘든 삶을 이어가고 있다. 이들은 그러면서도 밥벌이는 인간의 숙명이니까 어쩔 수 없다고 말한다. 그러나 삶의 방식을 조금만 바꾸면 된다. 소로가 알려주는 훌륭한 삶의 비밀은 아주 간단하다. "밥벌이를 지겨운 직업으로 삼지 말고 즐거운 도락으로 삼으라. 대지를 즐기되 소유하려 들지 말라. 진취성과 신념이 없어 사람들은 지금 있는 곳을 벗어나지 못한 채 사고팔고 농노처럼 인생을 헛되이 보내는 것이다."

소로는 자신이 가난하지 않다고 했다. 화창한 아침햇살을 아낌없이 썼을 때 그는 정말 부자였으며 고독과 가난 자체만으로도 풍성한 삶을 살았다. 그가 월든 호숫가에 사는 동안 수입과 지출 내역을 꼼꼼히 기록한 이유는 재산을 얼마나 많이 모을 수 있는지가 아니라 자신의 삶에 필요한 것이 얼마나 적은지를 보여주기 위함이었다. 그는 이렇게 속삭인다. "사람들은 흔히 필요성이라고 불리는 거짓 운명의 말을 듣고는 성경 말씀처럼 좀이 파먹고 녹이 슬며 도둑이 몰래 훔쳐 갈 재물을 모으느라 정신이 없다. 그러나 인생이 끝날 무렵에는 알게 되겠지만 이것은 어리석은 자의 인생이다."

나는 묻는다. 그러면 왜 숲에서 돌아온 거요? 소로는 숲에 들어갈 때와 같이 어떤 중요한 이유 때문에 숲을 떠났다고 답한다. 그는 한 가지 삶을 살고 싶지 않았던 것이다. "우리가 의식하지도 못하는 사이에 얼마나 쉽게 정해진 길을 걸어가게 되고 또 자기 발로 그 길을 다져가는지는 참으로 놀라울 정도다. 내가 월든 호숫가에서 산 지 일주일이 채 안 돼 내 집 문앞에서 물가까지 내 발자국으로 인해 길이 났다. (…) 땅의 표면은 아주 부드러워서 사람이 밟으면 흔적이 남는다. 우리 마음이 지나는 길도 똑같다. 그렇다면 이 세상의 큰길들은 얼마나 많이 닳고 먼지투성이일 것이며, 전통과 순응의 바퀴자국은 얼마나 깊이 패었겠는가!"

《월든》은 직설적이고 예리한 소로 특유의 경구로 가득하다. 그 중에서도 가장 많이 인용되는 구절을 읽어보자. "왜 우리는 성공하려고 그토록 필사적으로 서두르며 그토록 무모하게 일을 벌이는 것일까? 어떤 사람이 자기와 함께 있는 사람들과 보조를 맞추지 않는다면 그것은 아마도 그 사람이 그들과는 다른 고수의 북소리를 듣고 있기 때문일 것이다. 그 사람으로 하여금 자신이 듣는 음악 소리에 맞춰 걸어가도록 내버려두라. 그 북소리의 음률이 어떻든, 그 소리가 얼마나 먼 곳에서 들리든 말이다. 그가 꼭 사과나무나 떡갈나무처럼 그렇게 빨리 성장해 나가는지는 중요하지 않다. 그가 성장 속도를 맞추기 위해 자신의 봄을 여름으로 바꾸어야 한단 말인가?"

《월든》의 마지막 장에는 쿠우루에 사는 장인의 이야기가 나온다. 완전을 갈구하던 이 장인은 어느날 지팡이를 만들기로 한다. 불완전한 일에는 시간이 한 요소가 되겠지만 완전한 일에는 시간이 문제가 되지 않는다고 생각한 그는 한평생 딴 일은 아무것도 못하는 한이 있더라도 모든 점에서 완벽한 지팡이를 만들겠다고 다짐한다. 그가 숲으로 들어가 쓸만한 나무를 구하는 사이 친구들은 다른 일을 하다 늙어 죽었다. 적당한 재목을 찾아냈을 때 쿠우루는 폐허가 된 지 오래였고, 지팡이의 모양이 채 갖추어지기도 전에 칸다하르 왕조가 망했다. 지팡이를 매끄럽게 다듬고 보석으로 장식했을 때는 이미 브라마 신조차 수없이 잠이 들었다 깬 다음이었다.

소로는 이 장인처럼 완벽을 추구하는 데 매진한다면 삶을 자신이 의도한 바대로 영위해나갈 충분한 시간이 있다고 말한다. 다들 세월이 너무 빠르다고, 우리 인생이 너무 짧다고 말한다. 하지만 시간이 부족한 게 아니다. 값비싼 주택과 호화로운 가구, 맛있는 요리를 사는 데 필요한 돈을 벌기 위해 삶을 허비한다면 시간은 빠르게 소진되지만 삶을 무한한 가치로 여긴다면 시간은 우리 삶을 방해하지 못한다.

소로가 자신만의 고독한 숲으로 들어갔을 때 주위 사람들은 대체 거기서 뭘 할 거냐고 물었다. 그는 이렇게 답했다. "계절이 변하는 것을 지켜보는 것만으로도 할 일은 충분하지 않겠소?" 눈부신 계절이 또 한 번 우리 곁을 찾아와 잠시 멈춰 있다. 눈길을 돌려 창 밖의 풍경이라도 바라보자.

이 책에 수록된 작품들의 우리말 인용 부분은 아래의 번역서를 토대로 했으나 일부 문장과 표현은 필자가 직접 번역하거나 수정한 것이다. 원문이 영어가 아닌 경우 영어 번역본 가운데 필자가 읽은 것을 골랐으며, 영어 번역자는 따로 표기하지 않고 출판 사와 간행연도만 썼다. 인명과 지명 등은 외래어 표기법을 따르는 것을 원칙으로 했으 나 참고문헌을 출간한 출판사에서 현지 발음에 맞춰 표기한 경우 그것을 따랐다. 장 편소설과 희곡, 영화, 단행본의 제목은 《 》, 단편소설과 시의 표제는 〈 〉로 표기했다.

봄   어느 날 문득 찾아온 깨달음

행복이란 순간순간 삶의 의미를 느끼는 것

레프 톨스토이 《안나 카레니나》 맹은빈 역, 동서문화사, 1998
Leo Tolstoy, *Anna Karenina*, Wordsworth Classics, 1995

톨스토이의 인생 철학을 읽을 수 있는 작품으로는 《나의 참회·인생의 길》(김근식 역, 동서문화사, 2007)이 있다. 톨스토이가 말년에 겪은 고통과 위기에 대해서는 슈 테판 츠바이크가 쓴 《광기와 우연의 역사》(안인희 역, 휴머니스트, 2004)와 《츠바이 크가 본 카사노바, 스탕달, 톨스토이》(나누리 역, 필맥, 2005)를 참고했다. 석영중 교 수가 쓴 《톨스토이, 도덕에 미치다》(예담, 2009)는 톨스토이의 삶과 문학을 《안나 카 레니나》를 토대로 풀어나간 흥미진진한 책으로 많은 도움이 됐다. 러시아 민화와 복 음서를 바탕으로 한 단편집 《사람은 무엇으로 사는가》(이종진 역, 창비, 2003)를 읽으 면 톨스토이의 사상을 쉽게 이해할 수 있다.

함께 살아가는 이들에게 감사하라

앙투안 드 생텍쥐페리 《인간의 대지》 허희정 역, 펭귄클래식 코리아, 2009
Antoine de Saint-Exupéry, *Wind, Sand and Stars*, HarcourtBooks, 1992

생텍쥐페리의 초기작으로 그의 조종사 경험이 생생하게 담겨 있는 《야간비행·남방 우편기》(허희정 역, 펭귄클래식 코리아, 2008)와 생텍쥐페리가 '어른들에게 바치는 동 화'라고 한 《어린 왕자》(김화영 역, 문학동네, 2007)는 생텍쥐페리를 이해하기 위해 꼭 읽어야 할 책이다. 《생텍쥐페리, 내 어머니에게 보내는 편지》(김보경 역, 시공사, 2011)는 어린 시절부터 죽음에 이르기 직전까지 생텍쥐페리가 지녔던 순수한 감정 들을 보여준다.

사는 방법을 배우고 시작하는 인생은 없다

조셉 콘래드 《암흑의 핵심》 이상옥 역, 1998
Joseph Conrad, *Heart of Darkness*, Collins Classics, 2013

《로드 짐》(이상옥 옮김, 민음사, 2005)은 이야기꾼 말로가 들려주는 또 한 편의 독특한 소설이다. 처음에 인용한 키케로의 물음은 서양의 《논어》로 불리는 《키케로의 의무론》(허승일 옮김, 서광사, 2006)에 나오는 것이다. 영화 《지옥의 묵시록*Apocalypse Now*》은 《암흑의 핵심》을 원작으로 했으나 배경은 콩고 밀림 속 오지가 아니라 전쟁이 벌어지고 있는 베트남 정글이다.

정녕 하고 싶은 일 하며 살고 있나요

서머싯 몸 《달과 6펜스》 송무 역, 민음사, 2000
William Somerset Maugham, *The Moon and Sixpence*, Penguin Classics, 2005

몸의 작품 가운데 삶의 의미를 곱씹어보게 만드는 것으로는 《인간의 굴레에서》(송무 역, 민음사, 1998)와 《인생의 베일》(황소연 역, 민음사, 2007)이 있다. 몸의 단편소설 가운데도 인상적인 작품들이 많은데, 《서머셋 몸 단편선》(이호성 역, 범우사, 1999)에는 재미있는 단편이 여럿 실려 있다. 폴 고갱의 삶과 그림을 이해하는 데는 《고갱》(피오렐라 니코시아, 유치정 역, 마로니에북스, 2007)이 많은 참고가 됐다.

살아가는 동안 만나는 은밀한 암시들

대니얼 디포 《로빈슨 크루소》 남명성 역, 펭귄클래식 코리아, 2008
Daniel Defoe, *Robinson Crusoe*, Penguin Popular Classics, 1994

《로빈슨 크루소》를 패러디해 완전히 새롭게 써낸 《방드르디, 태평양의 끝》(미셸 투르니에 저, 김화영 역, 민음사, 1999)은 고전 명작을 얼마나 다양한 시각으로 재해석할 수 있는가를 보여주는 작품이다. 버지니아 울프가 쓴 《보통의 독자》(박용익 역, 함께 읽는 책, 2011)와 《보통의 독자—버지니아 울프의 또 다른 이야기》(박용익 역, 함께 읽는 책, 2011)에는 디포와 《로빈슨 크루소》를 깊이 있게 읽을 수 있도록 안내해주는 글들이 실려 있다.

무엇을 이루었든 우리는 계속 살아가야 한다

어니스트 헤밍웨이 《노인과 바다》 정홍택 역, 소담출판사, 1991
Ernest Hemingway, *The Old Man and the Sea*, Scribner, 1995

제임스 미치너가 쓴 《작가는 왜 쓰는가》(이종인 역, 미세기, 1995)에는 《노인과 바다》가 〈라이프〉에 처음 발표될 때 있었던 재미있는 일화가 실려있다. 《파리는 날마다 축제)(주순애 역, 이숲, 2012)는 헤밍웨이가 파리에서 보낸 젊은 시절을 회고한 것이고, 《헤밍웨이 vs. 피츠제럴드》(스콧 도널드슨 저, 강미경 역, 갑인공방, 2006)는 헤밍웨이와 스콧 피츠제럴드 간의 우정과 경쟁을 중심으로 한 특이한 전기인데, 두 책 다 읽어볼 만하다. 마지막에 인용한 헤밍웨이의 노벨문학상 수락 연설 구절은 《걸작의 공간》(J. D. 매클라치 저, 김현경 역, 마음산책, 2011)에서 참고한 것이다. 헤밍웨이의 많은 작품들 가운데 꼭 읽어야 할 것으로는, 그가 쓴 첫 장편소설이자 거트루드 스타인의 그 유명한 제사題詞 "당신들은 모두 잃어버린 세대입니다"를 속표지에서 만날 수 있는 《해는 또다시 떠오른다》(양병탁 역, 동서문화사, 1988)가 있다.

문득 눈을 떠보니 세상이 전혀 달라 보일 때

대실 해밋 《몰타의 매》 고정아 역, 열린책들, 2007
Dashiell Hammett, *The Maltese Falcon*, Orion, 2005

서두에 인용한 비토리아 데 시카 감독의 이야기는 로저 애버트가 쓴 《위대한 영화》(최보은·윤철희 역, 을유문화사, 2003)를 참조한 것이다. 《몰타의 매》를 영화로 제작한 세 편의 작품 가운데는 1941년에 개봉된 존 휴스턴 감독의 작품이 최고로 손꼽히는데, 샘 스페이드 역의 험프리 보가트가 보여주는 연기도 일품이지만 브리지드 오쇼네시 역의 메리 아스토가 뿜어내는 팜므파탈의 매력도 기막히다.

삶이란 누군가와의 애틋한 추억을 쌓아가는 일

제임스 조이스 《더블린 사람들》 임병윤 역, 소담출판사, 2006
James Joyce, *Dubliners*, Penguin Modern Classics, 1956

조이스의 대표작 《율리시즈》(김종건 역, 생각의나무, 2007)를 읽으면 더블린을 더 자세히 들여다 볼 수 있다. 마지막에 인용한 이시카와 타쿠보쿠의 시는 《이시카와 타쿠보쿠 시선》(손순옥 역, 민음사, 1998)에서 따온 것이다.

보이는가, 당신을 보고 있는 바로 곁의 보물

조지 엘리엇 《사일러스 마너》 한애경 옮김, 지만지, 2012
George Eliot, *Silas Marner*, Signet Classics, 2007

본문에서 인용한 푸슈킨의 희곡 《인색한 기사》속 대사는 《푸슈킨 선집》(최선 역, 민음사, 2011)에서 따온 것이다.

누구나 다 멋진 아버지가 될 수 있다

하퍼 리 《앵무새 죽이기》 김욱동 역, 문예출판사, 2007
Harper Lee, *To Kill a Mockingbird*, Grand Central Publishing, 1982

처음에 소개한 로버트 풀검의 수필집은 《내가 정말 알아야 할 모든 것은 유치원에서 배웠다》(박종서 역, 김영사, 1989)며, 헨리 데이비드 소로의 글은 《시민의 불복종》(강승영 역, 이레, 1999)에서 인용한 것이다.

헤쳐나가야 할 고통이 얼마나 많은가

빅터 프랭클 《죽음의 수용소에서》 이소민 역, 제일출판사, 1993
Viktor Frankl, *Man's Search for Meaning*, Pocket Books, 1985

프랭클의 자서전으로는 《Recollections》(Basic Books, 2000)가 있고, 그가 창시한 로고테라피에 대해 좀더 알고 싶다면 《빅터 프랭클의 심리의 발견》(강윤영 역, 청아출판사, 2008)을 읽으면 좋다. 서두에 소개한 작가는 알베르 카뮈로, 그의 말은 장 그르니에가 쓴 《섬》(김화영 역, 민음사, 1997)을 두고 한 것이다.

여름 잡을 수 없는 것의 아름다움

꿈과 희망까지 버릴 순 없는 인생이기에

F. 스콧 피츠제럴드 《위대한 개츠비》 김욱동 역, 민음사, 2003
F. Scott Fitzgerald, *The Great Gatsby*, Penguin Popular Classics, 1994

피츠제럴드의 단편 가운데는 수작이 많은데, 〈겨울꿈〉이 실려있는 《피츠제럴드 단편선》(김욱동 역, 민음사, 2005)과 〈벤저민 버튼의 기이한 사건〉이 있는 《피츠제럴드 단편선 2》를 추천한다. '재즈 시대'라는 말을 처음으로 사용한 〈재즈시대의 반향*Echoes of the Jazz Age*〉이 실려있는 자전적 에세이집 《The Crack-Up》(Edited by Edmund Wilson, A New Directions Books, 1993)과 《헤밍웨이 VS. 피츠제럴드》(스콧 도널드슨 저, 강미경 역, 갑인공방, 2006)를 읽으면 그의 삶과 문학을 이해할 수 있다. 술을 빼놓고는 피츠제럴드를 이야기할 수 없는데, 헤밍웨이가 쓴 《파리는 날마다 축제》(주순애 역, 이숲, 2012)와 《알코올과 예술가》(알렉상드르 라크루아 저, 백선희 역, 마음산책, 2002)는 알코올 중독으로 무너져가는 젊은 천재작가의 모습을 잘 그려내고 있다. 일본어를 해독할 수 있다면 무라카미 하루키가 번역한 《グレート·ギャツビ-》(中央公論新社, 2006)를 일독해보는 것도 괜찮다. 탁월한 저널리스트인 F. L. 알렌이 쓴 《원더풀 아메리카》(박진빈 역, 앨피, 2006)는 '미 역사상 가장 특별했던 시대에 대한 비공식 기록'이라는 부제를 달고 있는데, 《위대한 개츠비》의 배경이 된 1920년대 미국의 풍경을 선명하게 보여준다.

산다는 건 얼마나 좋은 일인가

버지니아 울프 《댈러웨이 부인》 최애리 역, 열린책들, 2007

Virginia Woolf, *Mrs. Dalloway*, Wordsworth Classics, 1996

울프가 '의식의 흐름'이라는 실험적인 소설 기법으로 써나간 또 다른 작품 《등대로》(이숙자 역, 문예출판사, 2008)와 《파도》(박희진 역, 솔, 2004), 페미니스트로서의 면모가 그대로 드러나는 《자기만의 방》(이미애, 민음사, 2006) 그리고 비평가로서의 자질을 유감없이 보여주는 《보통의 독자》(박인용 역, 함께 읽는 책, 2011)와 《보통의 독자-버지니아 울프의 또 다른 이야기》(박인용 역, 함께 읽는 책, 2011)는 울프를 이해하는 데 많은 참고가 됐다. 영화 《디아워스》로 만들어진 마이클 커닝햄의 소설 《세월》(정명진 역, 비채, 2012)은 울프의 삶과 죽음, 그리고 《댈러웨이 부인》을 한데 묶어 환상적으로 풀어나간 작품인데, 다 읽고 나면 울프가 더 가까이 다가온다. 울프의 아픈 과거와 그녀가 견뎌낸 시간들을 이해하는 데는 《신이 내린 광기》(황선영 역, 시그마북스, 2008)가 도움이 됐다.

인생은 한 순간, 무서워하면 끝장이다

니코스 카잔차키스 《그리스인 조르바》 이윤기 역, 열린책들
Nikos Kazantzakis, *Zorba the Greek*, Scribner Paperback Fiction, 1996

열린책들에서 출간한 카잔차키스 전집은 다 흥미로운 읽을거리인데, 그 중에서도 《영혼의 자서전》(1~2권, 안정효 역, 2008)은 제목 그대로 작가 자신의 자전적 기록이라는 점에서 특히 읽어볼 만하다. 소설에서 화자가 자주 인용하는 부처의 이야기는 초기 불교 경전 《숫타니파타》에서 인용한 것들로, 법정 스님이 쓴 《그물에 걸리지 않는 바람처럼》(샘터, 2002)은 그 강론이다.

인생 최고의 행복은 사랑 받고 있다는 확신

빅토르 위고 《레미제라블》 강영길 역, 일신서적출판사, 1992
Victor Hugo, *Les Misérables*, A Signet Classic, 1987

꼭 읽어봐야 할 위고의 다른 작품으로는 《파리의 노트르담》(정기수 역, 민음사, 2005)과 《웃는 남자》(이형식 역, 열린책들, 2009)가 있다.

당신에게 주어진 멋진 삶을 살라

오스카 와일드 《도리언 그레이의 초상》 김진석 역, 펭귄클래식 코리아, 2008
Oscar Wilde, *The Picture of Dorian Gray*, Collins Classics, 2010

와일드의 극적인 인생 역정을 이해하는 데는 《옥중기》(임헌영 역, 범우사, 1995)와 《위대한 패배자》(볼프 슈나이더 저, 박종대 역, 을유문화사, 2005)가 많은 참고가 됐다. 와일드의 작품 가운데 가장 널리 알려진 동화 〈행복한 왕자〉와 희곡 《살로메》

《진지해지는 것의 중요성》을 한꺼번에 보려면 《오스카 와일드 작품선》(정영목 역, 민음사, 2009)이 좋다.

그때 몹시 행복할 수 있었는데

스탕달 《적과 흑》 이동렬 역, 민음사, 2004
Stendhal, *The Red and the Black*, Penguin Classics, 2002

스탕달은 소설 창작 외에도 여러 분야에서 활동했는데, 《연애론》(권오석 역, 홍신문화사, 1990)과 《스탕달의 이탈리아 미술 편력》(강주헌 역, 이마고, 2002)은 흥미로운 저작이다. 스탕달의 삶과 문학에 대해서는 미하엘 네를리히가 쓴 《스탕달》(김미선 역, 한길사, 1999)과 《츠바이크가 본 카사노바, 스탕달, 톨스토이》(나누리 역, 필맥, 2005)를 많이 참조했다. 스탕달과 《적과 흑》을 간략하면서도 명료하게 해설한 것으로는 아놀드 하우저의 《문학과 예술의 사회사―현대편》(백낙청·염무웅 역, 창작과 비평사, 1974) 제1장을 꼽을 수 있다. 서머싯 몸은 《불멸의 작가, 위대한 상상력》(권정관 역, 개마고원, 2008)에서 《적과 흑》을 세계 10대 소설 중 하나로 선정했다.

사랑하는 그녀를 한 번만 꼭 껴안을 수 있다면

요한 볼프강 폰 괴테 《젊은 베르테르의 슬픔》 박찬기 역, 민음사, 1999
Johann Wolfgang von Goethe, *The Sorrows of Young Werther*, Oxford World's Classics, 2012

요한 페터 에커만이 쓴 《괴테와의 대화》(1~2권, 장희창 역, 민음사, 2008)는 괴테가 들려주는 인생의 의미와 지혜라는 점에서 읽어볼 만하다. 외젠 들라크루아의 삽화가 들어있는 문학동네 판 《파우스트》(이인웅 역, 2006)는 괴테의 대표작을 보다 친숙하게 읽을 수 있게 해준다. 30대의 젊은 괴테를 만날 수 있는 《이탈리아 기행》(1~2권, 박찬기 역, 민음사, 2004)도 흥미로운 읽을거리다.

가질 수 없는 것을 탐하는 비참함

앙리 바르뷔스 《지옥》 오현우 역, 문예출판사, 2006
Henri Barbusse, *Hell*, Turtle Point Press, 2004

콜린 윌슨이 쓴 《아웃사이더》(이성규 역, 범우사, 1997)는 《지옥》의 한 구절을 인용하는 것으로 시작하는데, 《지옥》과는 관계없이 꼭 읽어볼 만한 책이다. 에드워드 호퍼의 「호텔방」에 대해서는 호퍼의 작품세계를 여러 그림들과 함께 보여주는 포트폴리오 북 《에드워드 호퍼》(마로니에 북스, 2006)를 참고했다.

유토피아에 살면 과연 행복할까

토머스 모어 《유토피아》 류경희 역, 펭귄클래식코리아, 2008

Thomas More, *Utopia*, Penguin Classics, 2003

토머스 모어의 재판 과정과 사형장에서 있었던 일화는 《내 목은 매우 짧으니 조심해서 자르게》(박원순 저, 한겨레신문사, 1999)를 참고한 것이다.

그대, 어떤 운명을 부러워하나요

알렉산드르 푸슈킨 《예브게니 오네긴》 석영중 역, 열린책들, 2009

Alexander Pushkin, *Eugene Onegin*, Penguin Classics, 2008

서두와 마지막에 인용한 푸슈킨의 시는 《뿌쉬낀과 러시아 로망스》(이연성 편역, 뿌쉬낀하우스, 2009)에서 따온 것이다.

실패할 줄 알지만 포기할 수 없어라

허먼 멜빌 《모비딕》 이가형 역, 2008

Herman Melville, *Moby-Dick*, Penguin Classics, 2003

작가정신에서 펴낸 《모비딕》(김석희 역, 2010)은 다양한 그림들이 있어 멜빌의 '고래학'을 파악하는 데 참고가 됐다. 신문수 교수가 쓴 《허만 멜빌》(건국대학교 출판부, 1995)은 멜빌의 삶과 문학을 이해하는 데 많은 도움이 됐다. 《필경사 바틀비》(공진호 역, 문학동네, 2011)와 《빌리 버드》(최수현 역, 열림원, 2002)는 멜빌의 작품에 공통적으로 나타나는 '수수께끼 같은 모호함'을 잘 보여주는 소설로 일독할 필요가 있다. 서머싯 몸은 《불멸의 작가, 위대한 상상력》(권정관 역, 개마고원, 2008)에서 《모비딕》을 세계 10대 소설 중 하나로 꼽았다. 스타벅스라는 브랜드 작명을 둘러싼 에피소드는 하워드 슐츠의 자서전 《스타벅스, 커피 한 잔에 담긴 성공신화》(홍순명 역, 김영사, 1999)를 참고했다.

가을   지나간 세월, 돌아보는 쓸쓸함

인생의 정점은 순간이다

유진 오닐 《밤으로의 긴 여로》 민승남 역, 민음사, 2002

Eugene O'Neill, *Long Day's Journey into Night*, Yale University Press, 2002

예일대학교 교수인 J. D. 매클라치가 쓴 《걸작의 공간》(김현경 역, 마음산책, 2011)을 보면 오닐이 이 작품을 쓰면서 얼마나 고뇌하고 번민했는지 알 수 있다.

얼마든지 내 삶을 살아갈 수 있었는데

가즈오 이시구로 《남아있는 나날》 송은경 역, 민음사, 2009

Kazuo Ishiguro, *The Remains of the Day*, faber and faber, 2005

이시구로 특유의 섬세하면서도 절제된 아름다움을 읽을 수 있는 작품으로는 복제 인간의 삶과 죽음을 소재로 한 《나를 보내지 마》(김남주 역, 민음사, 2009)와 '음악과 황혼에 대한 다섯 가지 이야기'라는 부제가 붙어있는 《녹턴》(김남주 역, 민음사, 2010)이 있다.

사랑하지 않고서는 살 수 없는 영혼

기 드 모파상 《여자의 일생》 신인영 역, 문예출판사, 2005

Guy de Maupassant, *A Life: The Humble Truth*, Oxford World's Classics, 2009

서두에서 소개한 〈고인〉은 모파상의 환상적인 단편소설만을 모아서 펴낸 《박제된 손》(한용택 역, 우물이 있는 집, 2007)에 실려 있다.

오늘은 또 어떤 기억의 집을 지을까

솔 벨로 《오늘을 잡아라》 양현미 역, 민음사, 2008

Saul Bellow, *Seize the Day*, Penguin Classics, 2003

현대를 살아가는 지식인의 내밀한 이야기를 담아낸 《허조그》(이태동 역, 펭귄클래식코리아, 2011)를 읽으면 벨로의 거장다운 면모를 이해할 수 있다.

흐르는 강물처럼 인생도 쉼 없이 흐른다

헤르만 헤세 《싯다르타》 박병덕 역, 민음사, 2002

Hermann Hesse, *Siddhartha*, Bantam, 1981

서두에 인용한 구절은 《데미안》(전영애 역, 민음사, 2000)에서 발췌한 것이다. 헤세의 놀라운 그림솜씨를 감상하고 싶다면 그의 아름다운 수채화와 산문, 시를 엮은 《테신, 스위스의 작은 마을》(정서웅 역, 민음사, 2000)이 있다.

다시 시작하자, 남들 시선은 무시하고

토마스 만 《토니오 크뢰거》 안삼환 역, 민음사, 1998

Thomas Mann, *Tonio Kröger(Death in Venice and Other Stories)*, Bantam Classics, 1988

토마스 만의 작품에 등장하는 주인공들은 하나같이 고뇌하면서 새로운 길을 찾으려 애쓰는데, 그의 젊은 시절과 중장년기, 말년을 각각 대표하는 《부덴브로크 가의 사람들》(홍성광 역, 민음사, 2001), 《마의 산》(곽복록 역, 동서문화사, 2007), 《파우스트 박사)(임홍배 박병덕 역, 민음사, 2010)를 읽으면 긴 호흡으로 '토니오 크뢰거'를 만날 수 있다.

음악이 그를 이토록 사로잡는데

프란츠 카프카 《변신》 전영애 역, 민음사, 1998
Franz Kafka, *Metamorphosis and Other Stories*, Penguin Classics, 2008

서두에 인용한 카프카의 대표작 3편은 국내에 여러 종의 번역본이 나와 있는데, 필자가 참고한 것은 《성》(홍성광 역, 펭귄클래식코리아, 2008), 《소송》(홍성광 역, 펭귄클래식코리아, 2009), 《실종자》(한석종 역, 솔, 2003)다. 카프카의 고단했던 삶과 기이한 문학 세계를 이해하는 데는 《카프카, 권력과 싸우다》(박홍규 저, 미토, 2003)와 《프라하의 이방인 카프카》(클라우스 바겐바하 저, 전영애 역, 한길사, 2005), 《카프카의 엽서—누이에게》(편영수 역, 솔, 2001)가 많은 도움이 됐다. 카프카에 관한 카뮈의 글은 《시지프 신화》(김화영 역, 책세상, 2008)에서 인용한 것이다. 《최고의 고전 번역을 찾아서 2》(교수신문 엮음, 생각의 나무, 2007)에서는 《변신》의 국내 번역본들을 비교 분석해놓고 있다.

제대로 보려면 마음으로 보아야 하는 법

에드몽 로스탕 《시라노》 이상해 역, 열린책들, 2008
Edmond Rostand, *Cyrano de Bergerac*, Signet Classics, 2012

서두와 마지막에 인용한 생텍쥐페리의 글은 《야간비행·남방우편기》(허희정 역, 펭귄클래식 코리아, 2008)와 《어린 왕자》(김화영 역, 문학동네, 2007)에서 따온 것이다. 엘리자베스 배릿의 시 〈당신이 날 사랑해야 한다면〉은 《장영희의 영미시 산책—생일》(비채, 2006)에서 가져온 것이다.

굴레가 고마울 때도 있더라

너새니얼 호손 《주홍글자》 김욱동 역, 민음사, 2007
Nathaniel Hawthorne, *The Scarlet Letter*, Penguin Popular Classics, 1994

《주홍글자》는 쉽게 읽히지 않는 소설인데, 서숙 교수의 《영미소설 특강—주홍글자》(이화여자대학교출판부, 2005)와 《미국을 만든 책 25》(토마스 C. 포스터 저, 이종인 역, 민음사, 2013)를 보면 호손이 왜 그렇게 '거리감을 갖고' 작품을 썼는지 이해할 수 있다. 호손의 단편소설 가운데는 호손 특유의 난해함과 모호함을 보여주는 빼어난 작품들이 많은데, 《나사니엘 호손 단편선》(천승걸 역, 민음사, 1998)에 실려 있는 〈웨이크필드〉와 〈반점〉은 꼭 읽어볼 만하다.

고단한 인생, 매일 새롭게 각오를 다지지 않는다면

오노레 드 발자크 《고리오 영감》 박영근 역, 민음사, 2000
Honoré de Balzac, *Pere Goriot*, Oxford World's Classics, 2009

슈테판 츠바이크가 쓴 《츠바이크의 발자크 평전》(안인희 역, 푸른숲, 1998)은 발자크의 파란만장했던 생애와 《인간희극》의 집필 과정을 잘 보여준다. 발자크와 커피에 대해서는 《대가의 식탁을 탐하다》(박은주 저, 미래인, 2010)에서도 재미있게 묘사하고 있다. 서머싯 몸은 《불멸의 작가, 위대한 상상력》(권정관 역, 개마고원, 2008)에서 《고리오 영감》을 세계 10대 소설 중 하나로 소개하고 있다.

어려워도 해야 하는 두 가지, 고독과 사랑

라이너 마리아 릴케 《젊은 시인에게 보내는 편지》 김재혁 역, 고려대학교 출판부, 2006
Rainer Maria Rilke, *Letters to a Young Poet*, W. W. Norton & Company, 1954

서두에 인용한 시는 《소유하지 않는 사랑》(김재혁 역, 고려대학교출판부, 2003)에서 따온 것이다. 릴케의 대표작 《말테의 수기》(문현미 역, 민음사, 2005)와 그가 조각가 로댕에 대해 쓴 《로댕론》(장미영 역, 책세상, 2000)을 읽으면 고독 속에서 힘들게 예술을 추구해나간 릴케의 노력을 가늠해볼 수 있다. 알베르토 망구엘이 쓴 《독서의 역사 2》(정명진 역, 세종서적, 2009)에는 릴케의 시적 언어가 얼마나 빼어났는지를 보여주는 재미있는 에피소드가 실려있다.

겨울   죽음으로 다가가는 또 다른 방식

죽음에 맞서 싸우는 유일한 방법은 성실성

알베르 카뮈 《페스트》 김화영 역, 책세상, 2008
Albert Camus, *The Plague*, Penguin Modern Classics, 2002

카뮈의 대표작이라고 할 수 있는 《이방인》(김화영 역, 책세상, 2009)과 그가 처음으로 발표한 산문집 《안과 겉》(김화영 역, 책세상, 2009) 그리고 아름다운 시적 산문집으로 손꼽히는 《결혼·여름》(김화영 역, 책세상, 2006)을 읽으면 카뮈가 고민한 것들에 대해 어느 정도 공감할 수 있다. 카뮈의 스승이자 친구였던 장 그르니에가 쓴 《카뮈를 추억하며》(이규현 역, 민음사, 1997)는 카뮈의 인간적인 모습을 이해하는 데 좋다. 카뮈의 전기로는 《카뮈》(브리기테 젠디히 저, 이온화 역, 한길사, 1999)가 간략하게 정리가 잘 돼있다. 서두에 인용한 카뮈와 축구에 관한 에피소드는 《축구 그 빛과 그림자》(에두아르도 갈레아노 저, 유왕무 역, 예림기획, 2006)에서 참고한 것이다.

인생이란 고독한 기억만 남기는 것

가브리엘 가르시아 마르케스 《백년의 고독》 조구호 역, 민음사, 2000

Gabriel García Márquez, *One Hundred Years of Solitude*, Harper Perennial Modern Classics, 2006

가르시아 마르케스의 자서전 《이야기하기 위해 살다》(조구호 역, 민음사, 2007)는 그의 소설만큼이나 흥미로운 읽을 거리다. 서두에 인용한 '잠자는 미녀의 비행기'와 관련된 이야기는 가르시아 마르케스의 중단편소설 및 산문 등을 엮은 《꿈을 빌려드립니다》(송병선 역, 하늘연못, 2006)와 가와바타 야스나리의 《잠자는 미녀》(정향재 역, 현대문학, 2009)를 참고한 것이다. 《백년의 고독》이 주는 마술적 리얼리즘의 감동을 더 원한다면 《콜레라 시대의 사랑》(송병선 역, 민음사, 2004)이 적당하다.

너도 나처럼 세월에 잡아 먹히고 말겠지만

사뮈엘 베케트 《고도를 기다리며》 오증자 역, 민음사, 2000

Samuel Beckett, *Waiting for Godot: A Tragicomedy in Two Acts*, Grove Press, 1982

서두와 마지막에 인용한 고야의 그림과 관련된 내용은 홋타 요시에가 쓴 《고야》(1~4권, 김석희 역, 한길사, 2010)에서 참고한 것이다.

인생의 첫 번째 리허설이 인생 그 자체라면

밀란 쿤데라 《참을 수 없는 존재의 가벼움》 이재룡 역, 민음사, 2009

Milan Kundera, *The Unbearable Lightness of Being*, Harper Perennial Modern Classics, 1991

쿤데라의 작품을 번역한 책들은 영어 번역서를 포함해 저자의 머리말이나 역자 후기 혹은 작품해설 같은 게 없는 게 공통적인 특징인데, 《밀란 쿤데라 소설의 기술》(권오룡 역, 민음사, 2008)을 읽으면 그가 왜 소설을 쓰는지 이해할 수 있다. 말미에 인용한 비스와바 쉼보르스카의 시는 《끝과 시작》(최성은 역, 문학과지성사, 2007)에서 따온 것이다.

미래의 목적만을 위해 사는 삶이란

로버트 피어시그 《선과 모터사이클 관리술》 장경렬 역, 문학과지성사, 2010

Robert Pirsig, *Zen & the Art of Motorcycle Maintenance*, Harper Torch, 2006

작품에서 화자와 끊임없이 가상의 대화를 나누는 파이드로스는 플라톤의 《파이드로스》(조대호 역해, 문예출판사, 2008)에서 사랑과 수사학에 대해 소크라테스와 토론하는 젊은 인물이다. 에드워드 애비가 쓴 《소로와 함께 강을 따라서》(신소희 역, 문예출판사, 2004)에는 《선과 모터사이클 관리술》에 관한 다소 특이한 시각의 서평

이 실려 있다. 《선과 모터사이클 관리술》이 '가치의 탐구'라는 부제를 달고 있는 것처럼 피어시그의 또 다른 소설 《라일라》(장경렬 역, 문학과지성사, 2014)는 '도덕에 대한 탐구'라는 부제를 달고 있는데, 두 작품 모두 더 나은 삶의 방식을 찾고자 하는 저자의 물음을 다루고 있다.

죽음보다 어려운 것이 삶이다

레프 톨스토이 《이반 일리치의 죽음》 고일 역, 작가정신, 2005
Leo Tolstoy, *The Death of Ivan Ilyich*, Bantam Classics, 1981

결국 그렇게 죽을 걸…왜 그렇게 살았나요

아서 밀러 《세일즈맨의 죽음》 강유나 역, 민음사, 2009
Arthur Miller, *Death of a Salesman*, Penguin Plays, 1976

하버드대학교 경영대학원의 역사학 교수인 월터 A. 프리드만이 쓴 《세일즈맨의 탄생》(조혜진 역, 말글빛냄, 2005)을 읽으면 주인공 윌리 로먼을 가차없이 해고한 미국의 세일즈맨십을 자세히 들여다 볼 수 있다.

소피는 왜 어린 딸을 선택했을까

리처드 도킨스 《이기적 유전자》 홍영남 역, 을유문화사, 2006
Richard Dawkins, *The Selfish Gene*, Oxford University Press, 2006

서두에 인용한 최재천 교수의 글은 《통섭의 식탁》(명진출판, 2011)에서 따온 것이다. 도킨스의 다른 저작 가운데 《눈먼 시계공》(이용철 역, 사이언스북스, 2004)과 《만들어진 신》(이한음 역, 김영사, 2007)은 꼭 읽어볼 만하다.

운명은 필연이 아니더라

윌리엄 셰익스피어 《맥베스》 최종철 역, 민음사, 2004
William Shakespeare, *Macbeth*, Dover Thrift Editions, 1993

중간에 소개한, 마리아 칼라스가 레이디 맥베스로 나오는 베르디의 오페라 《맥베스》는 밀라노의 라스칼라 극장에서 필하모니아 오케스트라의 연주로 공연한 1959년도 녹음 레코드를 들은 것이다.

보이는 것이 보이지 않는 곳으로 옮겨가다

헬렌 니어링, 스콧 니어링 《조화로운 삶》 류시화 역, 보리, 2000
Helen and Scott Nearing, *The Good Life(Living the Good Life and Continuing the Good Life)*, Schocken Books, 1989

헬렌과 스콧 니어링 부부가 실천한 '조화로운 삶'을 더 잘 이해하기 위해서는, 두 사람이 메인 주로 이주해 26년간 산 기록을 정리한 《조화로운 삶의 지속》(이수영 역, 보리, 2002)과 스콧이 쓴 《스콧 니어링 자서전》(김라합 역, 실천문학사, 2000), 《그대로 갈 것인가, 되돌아갈 것인가》(이수영 역, 보리, 2004) 그리고 스콧이 죽은 뒤 헬렌이 두 사람의 지나온 인생을 돌아본 《아름다운 삶, 사랑, 그리고 마무리》(이석태 역, 보리, 1997)를 읽어보는 게 좋다.

다시 봄   한 번뿐인 인생, 그것은 내 선택

살아가는 태도는 우리가 선택하는 것

알렉산드르 솔제니친 《이반 데니소비치, 수용소의 하루》 이영의 역, 민음사, 1998
Alexandre Soljénitsyne, *One Day in the Life of Ivan Denisovich*, Berkley, 2009

솔제니친의 진면목을 만나고 싶다면 《수용소군도》(김학수 역, 열린책들, 2007)와 《암병동》(이영의 역, 민음사, 2015)의 일독을 권한다.

선악을 꼰 실로 짜여 있는 우리네 인생

볼테르 《캉디드》 염기용 역, 범우사, 1996
Voltaire, *Candide*, Bantam Classics, 1984

펭귄클래식 코리아에서 펴낸 《쟈디그·깡디드》(이형식 역, 2011)에는 볼테르의 또 다른 대표작인 《쟈디그 또는 운명》이 실려 있다.

다 벗겨버리고 싶다, 허위와 가식의 가면들

제롬 데이비드 샐린저 《호밀밭의 파수꾼》 공경희 역, 민음사, 2001
Jerome David Salinger, *The Catcher in the Rye*, Little, Brown and Company, 1991

탁월한 저널리스트이자 역사가인 데이비드 핼버스탬이 쓴 《1950년대》(상하권, 김지원 역, 세종서적, 1996)는 1950년대 미국의 풍경을 이해하는 데 많은 참고가 됐다.

세상이 이렇게 멋진 곳인 줄 알았더라면

손톤 와일더 《우리 읍내》 오세곤 역, 예니, 1999
Thornton Wilder, *Our Town*, Perennial Classics, 2003

서두에 인용한 로버트 브라우닝의 시 구절은 《Pippa Passes》(Forgotten Books, 2012)에서 따온 것이다.

새 날은 깨어있을 때만 찾아올지니

존 업다이크 《달려라 토끼》 정영목 역, 문학동네, 2011
John Updike, *Rabbit, Run*, Random House Trade Paperbacks, 1996

가까이서 보면 비극, 멀리서 보면 희극 같은 인생

안똔 빠블로비치 체호프 《벚꽃 동산》 오종우 역, 열린책들, 2009
Anton Pavlovich Chekhov, *The Cherry Orchard*, Dover Thrift Editions, 1991

위의 책 《벚꽃 동산》에는 체호프의 또 다른 걸작 희곡인 《갈매기》와 《바냐 아저씨》
가 실려 있다. 체호프의 기가 막힐 정도로 빼어난 단편소설들은 《개를 데리고 다니
는 부인》(오종우 역, 열린책들, 2009)과 《체호프 단편선》(박현섭 역, 민음사, 2002)에
서 20편 정도를 읽을 수 있다.

가혹한 운명 앞에서는 누구나 작은 노리개일 뿐이지만

토머스 하디 《테스》 정종화 역, 민음사, 2009
Thomas Hardy, *Tess of the D'Urbervilles*, Penguin Popular Classics, 1994

사회통념과 인습에 대한 하디의 비판적 시각이 잘 드러난 작품으로는 《이름없는
주드》(정종화 역, 민음사, 2007)와 《캐스터브리지의 시장》(이윤재 역, 문학과 지성사,
2016)이 있다.

울면서 잠에서 깨어나지 않으려면

조지 오웰 《카탈로니아 찬가》 정영목 역, 민음사, 2001
George Orwell, *Homage to Catalonia*, Penguin Classics, 2013

오웰의 대표작인 《동물농장》(도정일 역, 민음사, 2001)과 《1984》(정회성 역, 민음사,
2003)외에도 그의 처녀작이자 자전적 소설인 《파리와 런던의 밑바닥 생활》(신창용
역, 삼우반, 2003)과 그가 스페인 내전에 참전하러 가기 직전에 쓴 르포 《위건 부두
로 가는 길》(이한중 역, 한겨레출판, 2010)은 오웰을 이해하려면 꼭 읽어야 할 작품
들이다.

그녀를 망친 건 욕망인가 인습인가

귀스타브 플로베르 《마담 보바리》 김화영 역, 민음사, 2000
Gustave Flaubert, *Madame Bovary*, Oxford World's Classics, 2004

아놀드 하우저가 쓴 《문학과 예술의 사회사—현대편》(백낙청·염무웅 역, 창작과 비평
사, 1974)은 플로베르의 자연주의 예술관과 '보바리즘'에 대해 아주 선명하게 요약해

놓고 있다. 줄리언 반스의 장편소설 《플로베르의 앵무새》(신재실 역, 열린책들, 2005)는 플로베르의 인생과 문학을 이해하는 데 훌륭한 단서를 제공해준다. 서머싯 몸은 《불멸의 작가, 위대한 상상력》(권정관 역, 개마고원, 2008)에서 《보바리 부인》을 세계 10대 소설 중 하나로 꼽았다.

홈즈도 풀지 못한 영원한 난제, 따분한 일상

아서 코난 도일 《셜록 홈즈 전집—네 사람의 서명》 백영미 역, 황금가지, 2002

Arthur Conan Doyle, *The Sign of Four(The Complete Sherlock Holmes)*, Bantam Classics, 1986

알베르토 망구엘은 《독서일기》(강수정 역, 생각의나무, 2006)에서 홈즈를 파우스트와 비슷한 비극적인 주인공으로 통찰한다.

정말 모든 게 변해야 하는 건 아닐까

표도르 도스또예프스키 《죄와 벌》 홍대화 역, 열린책들, 2000

Fyodor Dostoyevsky, *Crime and Punishment*, Penguin Popular Classics, 1997

열린책들에서 펴낸 《도스또예프스키 전집》은 두어 달쯤 시간을 내서 읽어볼 만한 책이다. 석영중 교수가 쓴 《도스토예프스키, 돈을 위해 펜을 들다》(예담, 2008)는 색다른 시각으로 도스토예프스키의 작품을 안내하는 훌륭한 입문서다. E. H. 카가 쓴 《도스또예프스키 평전》(김병익, 권영빈 역, 열린책들, 2011)은 세계적인 역사학자가 들여다 본 대가의 삶과 문학이라는 점에서 일독할 만하다. 한길사에서 펴낸 《도스토예프스키》(얀코 자브린 저, 홍성광 역, 1997)에는 그가 쓴 편지와 그를 직접 만난 사람들의 기록과 같은 1차 사료들이 많이 실려있다. 슈테판 츠바이크가 쓴 《광기와 우연의 역사》(안인희 역, 휴머니스트, 2004)에서는 사형 직전의 상황까지 갔던 도스토예프스키의 모습을 시적인 문장으로 그려내고 있다. 도스토예프스키의 작품에 공통적으로 나타나는 신비주의와 리얼리즘을 간략하게 이해하는 데는 아놀드 하우저의 《문학과 예술의 사회사—현대편》(백낙청·염무웅 역, 창작과 비평사, 1974)이 좋다. 레오니드 치프킨이 쓴 《바덴바덴에서의 여름》(이장욱 역, 민음사, 2006)은 《죄와 벌》을 쓸 무렵과 말년의 도스토예프스키를 소재로 한 소설로 아주 흥미로운 읽을거리다.

에필로그   삶에 대한 눈뜸, 세상을 이해하는 눈

모든 사람이 커다란 영혼의 한 조각인지도 몰라요

존 스타인벡 《분노의 포도》 김승욱 역, 민음사, 2008

John Steinbeck, *The Grapes of Wrath*, Penguin Classics, 2006

스타인벡이 쓴 첫 번째 정치소설 《의심스러운 싸움》(윤희기 역, 열린책들, 2009)과 중편소설 《진주》(권혁 역, 돋을새김, 2005) 그리고 쉰여덟 나이에 중병을 치르고 난 뒤 애견 찰리와 함께 미국 대륙을 여행한 《찰리와 함께 한 여행》(이정우 역, 궁리, 2006)은 스타인벡을 이해하는 데 필요한 입문서다. 《미국을 만든 책 25》(토마스 C. 포스터 저, 이종인 역, 민음사, 2013)에서는 《분노의 포도》가 미국의 《전쟁과 평화》이자 《레미제라블》이라며, 20세기 미국 소설 중 가장 유의미한 작품이라고 평가하고 있다.

아우슈비츠에서 나를 살려낸 것…고전과 교양

프리모 레비 《이것이 인간인가》 돌베게, 이현경 역, 2007
Primo Levi, *If this is a man · The Truce*, Abacus, 2003

프리모 레비가 이탈리아 알프스 절벽 위에 걸터앉아 있는 사진을 표지로 쓴 책은 그의 장편소설 《지금이 아니면 언제?》(김종돈 역, 노마드북스, 2010)다. 강제수용소에서 겪은 경험을 소재로 한 다른 작품으로는, 《이것이 인간인가》에 이어지는 그 뒤의 이야기 및 내면적 성찰을 담은 《휴전》(이소영 역, 돌베게, 2010)과 《가라앉은 자와 구조된 자》(이소영 역, 돌베게, 2014)가 있고, 소설로는 주기율표상의 원소 하나하나를 제목으로 한 자전적 연작소설 《주기율표》(이현경 역, 돌베게, 2007)와 일과 자유에 대해 탐색하는 특이한 소설 《멍키스패너》(김운찬 역, 돌베게, 2013)가 있다. 서경식 교수가 쓴 《시대의 증언자 쁘리모 레비를 찾아서》(박광현 역, 창비, 2006)는 레비가 우리에게 주는 교훈과 경고에 대해 생각하게 하는 책이다. 레비가 암송하려 애쓰는 구절들은 《신곡—지옥편》(단테 알리기에리 저, 박상진 역, 민음사, 2007)을 참고했다.

자기를 책임지는 용기를 위하여

소포클레스 《그리스 비극—소포클레스 편》 조우현 역, 현암사, 2006
Sophocles, *The Three Theban Plays: Antigone, Oedipus The King, Oedipus at Colonus*, Penguin Classics, 1984

위의 책에 함께 실려 있는 소포클레스의 비극 《콜로노스의 오이디푸스》 《안티고네》 《엘렉트라》도 꼭 읽어야 할 작품들이다.

문명과 개발이라는 이름의 야만성

루이스 세풀베다 《연애 소설 읽는 노인》 정창 역, 열린책들, 2009
Luis Sepúlveda, *The Old Man Who Read Love Stories*, A Harvest Book, 1993

주인공 노인은 세풀베다가 실제로 만났던 실존 인물인데, 그가 쓴 산문집 《길 끝에서 만난 이야기》(엄지영 역, 열린책들, 2012)에 자세한 전말이 실려 있다. 《연애 소설 읽는 노인》을 읽고 아쉬움이 남았다면 세풀베다의 다른 작품 《지구 끝의 사람들》(정창 역, 열린책들, 2003)과 《우리였던 그림자》(엄지영 역, 열린책들, 2012)를 읽으면 좋다.

우리 마음속의 두 가지 본성, 어느 것이 강할까

로버트 루이스 스티븐슨 《지킬 박사와 하이드 씨》 조영학 역, 열린책들, 2011
Robert Louis Stevenson, *Strange Case of Dr. Jekyll and Mr. Hyde*, Dover Thrift Editions, 1991

《알코올과 예술가》(알렉상드르 라크루아 저, 백선희 역, 마음산책, 2002)에서는 지킬 박사가 마신 음료를 알코올과 비교하고 있는데, 매우 흥미로운 해석이다.

누구나 한 번은 속물이 된다

니꼴라이 고골 《검찰관》 조주관 역, 민음사, 2005
Nikolai Gogol, *The Diary of a Madman, The Government Inspector, and Selected Stories*, Penguin Classics, 2006

도스토예프스키가 러시아 리얼리즘의 출발점이라고 극찬한 〈외투〉와 고골 특유의 비현실적인 단편소설 〈코〉 〈광인일기〉가 실려있는 《뻬쩨르부르그 이야기》(조주관 역, 민음사, 2002) 그리고 고골의 대표작인 《죽은 혼》(이경완 역, 을류문화사, 2010)은 고골을 이해하려면 반드시 읽어야 할 책이다.

대체 어디서부터 잘못된 것일까

치누아 아체베 《모든 것이 산산이 부서지다》 조규형 역, 민음사, 2008
Chinua Achebe, *Things Fall Apart*, Penguin Modern Classics, 2001

하버드대학교 경영대학원 교수인 조셉 바다라코 주니어가 쓴 《문학의 숲에서 리더의 길을 찾다》(고희정 역, 세종서적, 2009)에서는 오콩코의 실패한 삶의 원인을 리더십의 문제로 접근하는데, 참고할 만하다.

혼자만 잘 사는 안락한 미래는 없으니

H.G. 웰스 《타임머신》 임종기 역, 문예출판사, 2007
Herbert George Wells, *The Time Machine*, Dover Thrift Editions, 1995

안아주거나 혹은 짓밟아버리거나

니콜로 마키아벨리 《군주론》 강정인, 문지영 옮김, 까치, 2003
Niccolò Machiavelli, *The Prince*, Penguin Classics, 1995

마키아벨리가 쓴 희곡과 그의 편지들은 《마키아벨리와 에로스》(곽차섭 편역, 지식의 풍경, 2002)를 참고했다. 《마키아벨리의 네 얼굴》(퀸틴 스키너 저, 강정인 김현아 역, 한 겨레출판, 2010)은 마키아벨리의 생각을 아주 간결하게 정리해주는 책이고, 시오노 나나미가 쓴 《나의 친구 마키아벨리》(오정환 옮김, 한길사, 1996)는 비록 저자 특유 의 시선으로 각색되기는 했으나 매우 흥미롭게 읽을 수 있는 마키아벨리의 전기다.

당신 말곤 아무도 할 수 없는 일을 하라

헨리 데이비드 소로 《월든》 강승영 역, 이레, 2004
Henry David Thoreau, *Walden and Other Writings*, Modern Library Classics, 2000

현재 국내에는 10종이 넘는 《월든》 번역본이 나와있는데, 위의 책 외에 한기찬(소담 출판사, 2002)과 홍지수(펭귄클래식 코리아, 2010) 번역본, 그리고 소로 인스티튜트의 큐레이터로 오랫동안 일한 제프리 S. 크레이머가 상세한 주석을 단 《주석 달린 월 든》(강주헌 역, 현대문학, 2011)을 참고했다. 우리말로 번역된 소로의 저작으로는 《시 민의 불복종》(강승영 역, 이레, 1999)과 《씨앗의 희망》(이한중 역, 갈라파고스, 2004), 《소로우의 강》(윤규상 역, 갈라파고스, 2012), 《소로의 자연사 에세이》(김원중 역, 아 카넷, 2013)가 있다. 소로의 삶을 이해하는 데는 헨리 솔트가 쓴 전기 《헨리 데이빗 소로우》(윤규상 역, 양문, 2001)와 《소로우와 에머슨의 대화》(하몬 스미스 저, 서보명 역, 이레, 2005), 《소로와 함께 한 나날들》(에드워드 윌도 에머슨 저, 서강목 역, 책읽는 오두막, 2013)이 도움이 됐다. 소로의 일기는 오델 셰퍼드가 편집한 《소로우의 일기》 (윤규상 역, 도솔, 2003)를, 시는 《19세기 미국 명시—헨리 데이비드 소로》(김천봉 역, 한국학술정보, 2012)를, 해리슨 블레이크에게 보낸 편지는 《구도자에게 보낸 편지》 (류시화 역, 오래된미래, 2005)를 참고했다. 아직 우리말로 번역되지 않은 월터 하딩 의 주석서 《Walden》(Houghton Mifflin Company, 1995)과 제프리 S. 크레이머가 소로 의 일기에 주석을 단 《I to Myself》(Yale University Press, 2007), 로버트 D. 리처드슨 주니어가 쓴 소로의 전기 《Henry Thoreau》도 많은 참고가 됐다.

불멸의 문장

1판1쇄 찍음 2017년 4월 1일
1판1쇄 펴냄 2017년 4월 15일

지은이 박정태
펴낸이 서정예
펴낸곳 굿모닝북스

등록 제2002-27호
주소 (10364) 경기도 고양시 일산동구 호수로 672 대우메종 804호
전화 031-819-2569
FAX 031-819-2568
e-mail image84@dreamwiz.com

가격 14,800원
ISBN 978-89-91378-32-2   03810

Copyright ⓒ 2016 박정태